KB086016

이탄국의
자청비

이탄국의
자청비

이탄국의 자청비

1

김보람 장편소설

Terrace Book

서장(序章) _ 자청비, 사라지다 · 7

제1장 _ 생심(生心) : 저절로 드는 마음 · 13

제2장 _ 의심(疑心) : 알 수 없어 믿지 못하는 마음 · 43

제3장 _ 낙심(落心) : 바라던 일이 이루어지지 아니하여 마음이 상함 · 72

제4장 _ 동심(動心) : 마음이 흔들림 · 99

제5장 _ 기심(機心) : 기회를 보고 움직이는 마음 · 125

제6장 _ 자선심(慈善心) : 남을 동정하여 도와주려는 마음 · 153

제7장 _ 장심(藏心) : 숨기려는 마음 · 176

제8장 _ 안심(安心) : 걱정 없이 마음을 편안히 가짐 · 204

제9장 _ 혼심(溷心) : 어지러운 마음 · 240

제10장 _ 곡해심(曲解心) : 사실을 옳지 아니하게 해석하는 마음 · 262

제11장 _ 감위심(敢爲心) : 어떤 일을 과감하게 해내려는 마음 · 289

제12장 _ 적대심(敵對心) : 적으로 대하는 마음 · 307

제13장 _ 복수심(復讐心) : 복수하려고 먹은 마음 · 330

제14장 _ 도심(掏心) : 마음을 드러냄 · 354

제15장 _ 부심(腐心) : 방안을 생각해내느라 몹시 애를 씀 · 386

2권

제16장 _ 수심(愁心) : 염려하고 걱정하는 마음 · 7

제17장 _ 부능설심(不能說心) : 마음을 말할 수 없음 · 39

제18장 _ 갈망심(渴望心) : 간절히 바라는 마음 · 68

제19장 _ 애모지심(愛慕之心) : 사랑하며 그리워하는 마음 · 92

제20장 _ 분노심(憤怒心) : 분하고 섭섭하여 화가 치미는 마음 · 123

제21장 _ 불신지심(不信之心) : 믿지 않는 마음 · 151

제22장 _ 계심(悸心) : 두근거리는 마음 · 183

제23장 _ 간난심(艱難心) : 몹시 힘들고 고생스러운 마음 · 212

제24장 _ 택심(宅心) : 마음에 새겨 두고 잊지 아니함 · 236

제25장 _ 투심(妬心) : 질투하는 마음 · 263

제26장 _ 이심전심(以心傳心) : 마음과 마음으로 서로 통함 · 290

제27장 _ 불안적심(不安的心) : 불안한 마음 · 316

제28장 _ 절치부심(切齒腐心) : 몹시 분하여 이를 갈며 속을 썩임 · 344

제29장 _ 사심(死心) : 죽음을 각오한 굳은 마음 · 372

종장(終章) _ 물푸레나무의 마지막 · 396

작가 후기 · 420

자청비, 사라지다

평소 핸드볼이나 배드민턴 선수들이 연습하는 용도로만 쓰고 있어 썰렁했던 체육관이 오래간만에 많은 사람들로 붐비고 있었다.

체육관 중앙에는 '세계 대학 태권도 선수권대회 파견 국가대표 선발대회'라고 인쇄되어 있는 현수막이 걸려 있었고, 관람석은 빈 좌석이 거의 없을 정도로 성황이었다. 이미 경기를 끝낸 선수들과 그들의 친인척, 지인들이 자리해 있는 곳 여기저기서 응원 소리가 들려왔다.

태권도 경기장 안에서는 오늘 일정의 마지막 경기인 49kg 체급 여자 준결승전 3회전이 시작되고 있었다. 백색의 단도복을 입은 여자 선수 두 명이 정사각형의 붉은 선 안에서 호흡을 고르며 시합을 준비하고 있었다.

49kg 체급의 유력한 우승 후보들이라 경기 결과를 예측하기가 어려웠다. 태권도 경기에서 청색 보호 장비는 '청', 홍색 보호 장비는 '홍'으로 불리는데, 몸을 가볍게 움직이며 헤드기어를 고쳐 쓰는 여자가 홍이고, 긴장된 표정으로 손을 털고 있는 여자가 청이었다.

현재 1 대 1로 무승부였고, 이제 마지막 경기인 3회전에서 승패가 갈리는 대로 한 명만 결승에 진출할 수 있었다.

심판의 준비 구령이 떨어지자 홍과 청이 마주 보며 섰고, 일순간 경기장 안은 긴장감이 흘렀다.

주어진 시간은 단 2분, 득점 부위의 구분에 따라 점수를 주는 차등 점수제로, 경기 시간 안에 많은 점수를 득점한 선수가 승리하게 된다.

곧 심판이 '시작'을 외치자마자 홍이 먼저 바른 주먹을 이용한 손 기술을 시도했지만 청의 보호구를 비껴가면서 선제공격은 제대로 이루어지지 않았다. 청도 이에 질세라 가장 큰 점수를 딸 수 있는 돌려차기로 홍의 얼굴을 가격하려 했지만 홍은 가볍게 피하며 청을 경계했다.

청색 헤드기어를 쓰고 청색 호구를 착용한 여자가 자청비였다.

오호, 나를 한 방에 보내시겠다 이거지?

청비는 1회전에서 오른발 뒤차기로 2점을 먼저 뽑아 앞서 나갔으나 2회전에서는 상대의 밀어차기와 경고 누적으로 점수를 내줘 3회전은 반드시 이겨야만 하는 상황이었다.

여기서 이겨 결승에 진출해 우승한다면 청비는 금메달뿐만 아니라 세계 선수권대회 파견이라는 명목으로 스페인을 갈 수 있는 비행기 표까지 손에 거머쥘 수 있고 한 학기 장학금까지 받을 수 있었다. 이런 기회를 놓칠 순 없었다.

내 평생 이번 기회 아니면 스페인 갈 일이 언제 있겠냐고! 이번 경기, 반드시 이긴다! 스페인아, 내가 간다!

청비의 머릿속에서는 종아리에서부터 엉덩이까지 쫙 달라붙는 검정 압박 레깅스를 입은 투우사가 붉은 망토를 흔들며 그녀를 유혹하고 있었다.

무조건 이겨야 한다!

"김 자청비, 파이팅!"

그녀의 이름을 저렇게 다 불러주는 사람은 단 한 명. 관람석에서 자신에게 보내는 신뢰 가득한 남자의 음성에 청비는 반가움으로 얼굴이 환해졌다.

성은 김, 이름은 자청비. 그래서 부르기 힘들어 보통 '청비'라고 불렸는데 유독 그녀의 아빠만은 항상 저렇게 긴 이름으로 불러주었다.

"꼭 이겨라, 우리 딸!"

회사 조퇴까지 하고 경기를 보러 온 아빠였다.

아빠의 응원까지 받았으니 질 수 있나.

청비는 원을 돌며 거리를 유지하는 홍에게 다가가 단숨에 회축차기(뒤돌려차기)로 상대의 몸통에 적중시켰다. 홍이 뒤로 밀리며 비틀거리자, 기회다 싶은 청비는 온 힘을 다 실은 밀어앞차기를 선보였다.

결국 홍이 KO패로 쓰러지면서 경기 종료 3초 전, 청비는 준결승 승리를 확정 지었다. 헤드기어를 벗은 청비는 아빠인 김진국을 향해 환하게 웃으며 손을 흔들어 보였다.

"아빠, 나 이겼어!"

이제 결승에 진출해 우승만 한다면 2학기 등록금도 생겨 아빠에게 부담을 주지 않아 좋고, 다음 달에 스페인에서 개최될 세계 대학 태권도 선수권 대회에 한국 대표 선수로 나갈 수 있었다. 생각만으로도 그녀의 얼굴에 세상을 다 가진 것처럼 행복한 미소가 절로 지어졌다.

"그래, 지금 가고 있어. 괜히 배만 부르는 맥주 말고 소주로 스타트하고 있어라. 이 언니가 얼른 가서 합류할 테니까…… 쏘야도……."

경기에서 이겼으니 같이 축하주를 마셔야 한다는 친구들의 성화에 학교 근처 호프집으로 향하던 청비는 순간 걸음을 멈추고 말을 잇지 못했다.

"저 남자는……."

길 건너편에 서 있는 남자와 눈이 마주친 것뿐인데 그녀는 몸이 얼어붙어 꼼짝도 할 수 없었다. 그녀를 향한 남자의 흔들림 없는 강한 시선과 위압감에 심장 근육이 움츠러드는 것 같았다.

분명 그 남자였다.

꿈속에서 자주 보았던 그 신비로운 남자가 틀림없었다.

끝도 없이 펼쳐져 있는 꽃밭. 그 꽃밭에는 항상 같은 남자가 서 있었다. 매번 꾸는 꿈에서 보았던……. 아련한 눈길로 자신에게서 눈을 떼지 않던 남자.

꿈속에서 봤던 남자를 실제로 보게 되다니, 이게 가능한 일인가?

길 한가운데에서 은회색의 긴 도포를 입고 있는 남자는 꿈속에서처럼 머리가 무척 길었다.

차림새가 저렇게 희한한데도 사람들은 그를 아무렇지 않게 지나쳐 가고 그에게 눈길조차 주지 않았다. 마치 사람들에게는 저 남자가 보이지 않는 것처럼. 마치 그녀에게만 보이는 환영 같았다.

이건 꿈이 아닌데, 분명 현실인데 어떻게 저 남자가 내 앞에 있을 수 있는 거지?

청비는 홀린 듯이 남자에게로 가까이 다가갔다. 이제 손만 뻗으면 닿을 수 있을 정도로 가까운 거리였다.

하지만 갑자기 귀가 찢어질 듯 들리는 클랙슨 소리에 깜짝 놀란 청비는 걸음을 멈추었고, 곧이어 헤드라이트 불빛이 그녀의 시야를 덮쳤다. 그와 동시에 큰 충격이 몸에 전해지면서 그녀는 그대로 정신을 잃었다.

몇 시간, 며칠…… 얼마나 지났는지 모르겠다. 그 후로 드문드문 이어지는 기억들은 구급차의 사이렌 소리와 병원의 소독약 냄새, 절규 어린 아빠의 목소리, 그리고…… 물소리였다.

물살을 가르며 강으로 들어가는 남자의 뒷모습은 점점 안개 속으로 묻히고 있었다. 강물 속으로 무릎이 잠길 때쯤 시간도 멈춘 듯 남자가 멈추었고, 그의 애달픈 흐느낌만이 강가를 지배하고 있던 고요함을 깨뜨렸다. 오랜 시간 침묵을 지키던 남자가 어렵게 입을 열었다.

　"나를 용서하지 말거라."

　목이 메는지 잠겨 있는 남자의 목소리와 떨리는 뒷모습으로 그의 절망과 슬픔을 느낄 수 있었다. 두 눈은 빨갛게 충혈된 채 그는 마치 제 몸인 양 소중히 안고 있던 여인의 몸을 천천히 물속에 내려놓았다.

　힘없이 축 늘어져 있는 여인의 팔다리가 강물에 먼저 닿았고, 이내 몸 전체가 서서히 가리앉기 시작했다.

　"미안하다. 미안하구나."

　눈물을 삼키며 말하는 남자의 애처로운 목소리가 강을 에워싼 밤안개에 흩뿌려졌다. 부스스 내리던 안개비는 순식간에 빗줄기가 굵어지더니 이내 앞이 보이지 않을 정도로 점점 거세어져 애타게 부르짖는 남자의 목소리마저 삼켜버렸다.

　"미안하다, 청비야."

　차가운 물에 정신이 번쩍 든 청비는 바로 눈을 떴다. 어두운 형체가 그림자처럼 눈에 들어오는 것도 잠시, 그녀는 얼굴이 물속에 잠기어 제대로 앞을 볼 수 없었다.

　정신이 깨자마자 찾아온 숨 막히는 고통에 그녀는 여기가 어디인지, 왜 갑자기 자신이 물속에 빠지게 된 건지 영문을 알 수 없었다.

　"살려……주……세요……."

　살려달라는 외침도 물속이라 소용이 없었고, 허우적거리며 몸부림을 칠

수록 그녀의 팔다리는 더욱 물속으로 옭아매져 깊은 수렁에 빠지듯 더 깊이 가라앉을 뿐이었다. 이미 몸은 제 것이 아닌 듯 감각이 없었고, 가느다란 숨마저 점점 잦아들고 있었다.

　이내 시간이 멈춘 듯 물살도 멈추고 청비의 주위로 빛 한 줄기가 희미하게 새어 나왔다. 그 빛은 점점 환해지더니 이내 펼쳐지듯 그녀의 주위를 감쌌다. 그리고 청비의 손에서 팔로, 가슴에서 발로 순식간에 그녀의 몸 전체를 덮어버렸다.

　그렇게 청비는 어둠과 함께 사라졌다.

제1장

생심(生心) : 저절로 드는 마음

"폐하! 폐하!"

황금과 사암으로 만들어져 금빛을 띠는 붉은 아치형의 문이 열리며 풍정전으로 목소리의 주인이 들어섰다.

이탄국의 황위 계승 서열 1위인 태자 단휘였다.

날벼락과도 같은 소식을 듣자마자 뛰어와 거친 숨을 몰아쉬는 단휘의 앞에 펼쳐진 전경은 절정에 이른 술판이었다.

악사들은 신명 나는 연주로 흥을 돋우고 있었고, 풍정전 중앙에는 음식과 술이 한 상 거하게 차려져 있었다. 그 중심에는 기녀들에 둘러싸인 천무 황제가 있었다. 그는 한껏 취기가 오르는지 자리에 일어나 들썩들썩 어깻짓을 하고 있었다.

"태자 단휘 인사 올리겠습니다, 폐하."

단휘의 등장에도 아랑곳하지 않고 천무 황제는 술기운이 올라 벌게진 얼굴로 손을 까딱하는 걸로 태자의 인사를 받아주었다.

"올릴 말씀이 있습니다."

황제는 단휘에게 흘깃 눈길을 주고는 자리에 앉아 기녀가 청동 산에 따라주는 술을 받아 단숨에 비웠다.

"그래, 태자가 여긴 어인 일이냐. 올릴 말은 또 뭐인고."

천무 황제는 한쪽 입술을 말아 올리며 웃음을 흘렸다. 그는 태자가 다급하게 자신을 찾아온 이유를 알고 있었다.

태자가 무슨 말을 할지도 예상하고 있었기에 흥이 깨진 듯 황제는 술을 따라주려는 기녀를 제지했다.

황제의 손짓에 악사들은 동작을 멈추었고, 깔깔거리던 기녀들도 모두 자리에 가만히 앉은 채 침묵했다.

태자의 단단히 벼른 듯한 음성이 침묵을 가로질렀다.

"난데없이 후궁이라니요? 제 생각은 묻지도 않으시고 왜 갑자기 후궁을 들이신다는 겁니까?"

"네가 그러지 않았느냐. 태자비를 들이는 것은 시간을 좀 더 달라고. 하지만 후궁도 들이지 않겠다는 말은 하지 않았으니, 내가 친히 나서는 것이다."

태자가 저리 부정적으로 나오는 것은 역시나 예상했던 대로였다. 태자비든 후궁이든 언제나 무관심으로 일관했던 태자가 아니던가. 황제는 입가에 조소를 흘리며 보란 듯이 옆에 앉아 있는 기녀의 허리춤을 당겼다.

"이 좋은 것을 모르고 혼자가 좋다니. 너도 이제 여인을 알 때가 되었다. 언제까지 그리 외로이 있을 것이냐."

단휘의 얼굴은 무척 어두웠다. 항상 주색에 빠져 있는 황제였다. 자신의 혼인에 관해서도 무관심하리라 안심하던 차였는데 제대로 뒤통수를 얻어맞은 격이 아닌가.

"예전에도 말씀 올리지 않았습니까? 소자는 아직 여인을 들일 생각이 없다고."

"또 그런 말 같지 않은 소리! 그딴 말로 흥을 깰 거면 집어치우거라!"

"제 혼인 걱정보다는 나라 걱정을 우선으로 하십시오. 지금 이탄국 백성들이 어떻게 살고 있는지 직접 보신다면……."

단휘는 아차 하는 생각에 말을 채 잇지 못했다. 천무 황제의 눈매가 매섭게 번뜩였다.

"직접 보다니? 궁을 나가서 그들이 어찌 사는지 보기라도 했다는 것이냐!"

"직접 보아야만 아는 것입니까?"

하고 싶은 말을 참고 있는 듯 억눌린 말투로 태자가 되물었다.

이탄국은 비가 자주 내렸지만 언제인가부터 물이 고여 있는 강이나 저수지들이 오염되어 그 물을 농수로 쓰는 농사에도 영향을 끼치어 농작물의 수확량이 한 해 한 해 줄어갔다. 이에 농가들은 큰 타격을 받아 빈민층이 급속도로 늘어났고, 거둘 수 있는 세금도 줄어들었다.

그 결과 이탄국 황실의 재정 역시 악화되고 있는 상황이었다. 민심은 나날이 황폐해져가고 도성의 분위기는 흉흉했다. 그럼에도 불구하고 천무 황제는 백성들을 살피려 하기보다는 나랏일은 등진 채 여색과 주색에만 빠져 있었다.

"왜 백성을 멀리하고 두려워하십니까? 언제까지 그들의 원성을 사실 것입니까? 폐하께선 모든 백성의 어버이십니다. 그들은 폐하의 자식입니다. 더 이상 백성들을 잃지 않도록 그들의 이야기에 귀를 기울이시고 살피셔야 합니다."

"먼저 간 네 어미 소헌황후가 눈에 밟혀 측은하다 여겨 오냐오냐 해줬더니 감히 네가 나를 가르치려 들어!"

황제는 격노하여 손에 들고 있던 술잔을 바닥에 힘껏 내던졌다.

"내가 명을 내리면 알겠다 대답이나 하면 될 것이지, 태자랍시고 벌써부터 황제 노릇을 해보겠다는 것이냐?"

노기등등한 음성이 쩌렁쩌렁하게 풍정전을 울리며 분위기는 싸해졌다. 황제의 광증이 다시 도진 듯했다. 황제는 자리에서 벌떡 일어나 호위병에게 다가갔다.

누가 말릴 새도 없이 그는 단숨에 호위병의 검 집에서 검을 빼내었다. 검을 보는 황제의 눈에는 실핏줄이 붉거져 있었다. 취기가 제대로 오른 탓에 몸을 제대로 가누지 못해 휘청거리니 들고 있던 검 역시 심하게 흔들려 칼끝이 어디로 겨눠질지 몰라 보는 이로 하여금 불안하게 만들었다.

기녀들은 비명을 지르며 흩어져 몸을 숨겼고, 환관과 호위병들은 부디 아무 일도 일어나지 않길 바라는 마음으로 벌벌 떨고 있었다. 태자만이 꼿꼿하게 선 채 표정의 변화가 없었다.

"저는 단 한 번도 황제가 되고 싶다 생각해본 적이 없습니다."

"황제가 되기 싫다?"

천무 황제의 칼끝이 단휘의 얼굴로 향했지만 단휘는 더 결연한 모습을 보일 뿐이었다.

"태자의 지위도 원하지 않았습니다. 자유도 없고 여인 또한 제 뜻과는 별개로 받아들여야 하는 이 자리가 대체 무엇이 좋은 것입니까? 백성들은 황실을 버린 지 오래입니다. 이미 백성들의 존경을 잃은 황실의 태자가 차후 황위에 오른다 한들 무엇을 할 수 있겠습니까? 아무것도 할 수 없는 허수아비 황제 따위, 무엇이 좋단 말입니까!"

단휘의 직언에 노기로 가득한 황제의 눈동자가 위태롭게 흔들렸다. 그의 손에서 칼이 힘없이 떨어져 나갔다.

황제는 몸을 돌리며 단휘를 외면했다. 잠시 적막이 감돌다 격해진 감정을 추스른 듯 황제의 입에서 무겁게 가라앉은 음성이 새어 나왔다.

"네가 되고 싶지 않다고 해서 마다할 수 있는 자리가 아니다. 그건 너도 알 것이다. 후궁 간택 역시 조회 때 이미 공표한 바, 조만간 후보들을 궁으로 들일 게다. 태자는 더 이상 이 일을 거론하지 말라.”

후보들을 궁으로 들인다는 말에 단휘는 낭패스러운 얼굴을 하다 애써 담담한 척 눈빛을 굳혔다. 말로는 후궁을 간택한다지만, 실상은 태자비를 간택하는 것이나 다름없었다.

아직 태자비가 없으니 후궁으로 간택되기만 한다면 태자비에 오르는 것은 시간문제일 것이다. 차기 황후까지 노려볼 만하니 조정 대신들은 서로 자신의 여식을 후보에 올리겠다고 한바탕 시끄러워질 것이 분명했다.

지금도 내궁은 황제가 숱하게 둔 후궁들로 인해 조용할 날이 없는데, 여기에 자신의 후궁 후보들까지 가세한다 생각하니 단휘는 벌써부터 관자놀이가 지끈거렸다.

어머니 역시 궁중 여인들의 암투 속에서 희생양이 되어 마음고생만 하다 일찍 돌아가셨기에 단휘 자신만은 다르게 살고 싶었다.

외로웠던 어린 시절을 떠올리자 그의 마음속 깊은 곳에 깔려 있던 슬픔이 그의 얼굴을 금세 어둡게 만들었다.

일찍이 어머니를 여의어 궁인들과 환관들 손에 양육된 단휘였다. 사랑을 받기보단 일찍부터 황위를 이을 후계자로 떠받들어져 자랐고, 마음을 쉽게 드러내지 않는 성격 탓에 그의 속마음을 알아주는 이도 없었다.

황제의 적장자였기에 태어난 순간부터 차기 황통의 계승자로서 이복형제들보다 우위에 있었던 그는 형제들과의 친밀한 관계를 바랄 수도 없었다. 가장 가깝다 할 수 있는 류하 형님에게는 내내 미안함을 가지고 있었다.

형님은 일찍이 학문을 깨쳐 기예, 무예, 수련 등 다방면에 재능을 보일 뿐만 아니라 사람들을 이끄는 힘 또한 탁월해 언제나 충성스러운 부하들과 함께하고 있었다. 형님께서 간간이 올리는 상서들도 국력에 큰 힘을 보태고 있어 왕재로서의 재목으로 본다면 자신보단 류하 형님이 더 태자의 지위에 제격이었다. 형님 역시 아바마마의 아들이거늘, 적출이니 서출이니 하는 출신을 빌미로 정통성을 운운해 형님은 계승권조차 가질 수 없는 상황이지만 단휘는 그를 믿어 의심치 않았다. 형님께서 폐하의 뒤를 이어 황위에 오른다면 지금보다 훨씬 더 큰 이탄국의 전성기를 가져오리라는 것을.

풍정전을 나온 단휘는 발등에 떨어진 불을 어찌 꺼야 하나 골똘히 생각에 빠졌다. 마음에도 없는 여인을 품어야 한다니, 이대로 가만히 후궁 간택을 지켜볼 순 없었다. 잠시 생각에 잠겨 있던 단휘의 눈매가 어느 순간 날래게 빛을 내며 가늘어졌다. 그래, 여인. 여인이다. 당장 여인이 필요하다. 가짜라도 내세워 후궁을 대신할 만한 여인이.

단휘는 자신의 뒤를 따르고 있는 부하 건희를 불렀다.

"건희야."

"예, 전하."

저리 이름을 다정하게 부르니 건희는 다음 이어질 태자의 말이 무엇일지 직감할 수 있었다.

"오늘 밤 나갈 것이다."

"오늘은 자중하시는 것이……. 며칠 상황을 지켜보고 잠잠해질 때 나가는 것이 어떠하실런지요……."

"항상 해오던 것이다. 급히 알아봐야 할 것도 있으니 서두르거라. 오늘따라 성 안이 더욱 숨 막히는구나."

궁을 둘러싸고 있는 높은 성벽들이 그를 옥죄는 것 같았다. 가슴을 짓누르는 갑갑함에 단휘는 한시라도 빨리 궁을 나가고 싶었다.

주청강은 생명이 있는 어떠한 것도 존재하지 않아 오래전, 버려진 것이나 다름없는 강이었다. 언제나 침묵하던 고요한 강이 무엇 때문인지 바람 한 점 없는데도 절로 물살이 흔들리기 시작했다. 강 한가운데에서부터 피어오른 안개는 서서히 주위를 잠식해갔고, 이내 모든 것이 안개로 뿌옇게 뒤덮여버렸다.

안개로 덮인 강 속에서 한 남자가 청비를 안은 채 걸어 나오고 있었다. 그들의 인영이 물 밖으로 드러날수록 물안개도 완전히 걷히고 탁했던 강물도 순식간에 투명해져 속이 다 비칠 정도로 맑아져 있었다. 긴 머리칼을 가진 남자의 품에는 의식이 없는 청비가 안겨 있었다. 강물은 이제 남자의 발목에서 찰랑거리고 있었다. 물 밖으로 나온 남자는 조심히 청비를 내려놓고 아무 말 없이 그녀를 바라보았다.

얼마 남지 않은 시간, 네가 이곳에서 어떻게 살아갈지, 누구를 만나게 될지 궁금하구나.

청비에게서 시선을 거둔 남자의 무감한 얼굴에는 어떤 감정도 실려 있지 않았다. 그는 청비를 그대로 놔둔 채 유유히 멀어져갔다. 강이 다시 침묵을 찾은 것도 잠시, 어디선가 말발굽 소리가 들려오고 있었다.

해륜궁으로 가는 지름길 중 하나인 주청강 길목은 오랫동안 사람의 발길이 닿지 않은 탓에 정적이 흐르고 있었다. 언제나 그랬듯 이곳은 사색에 잠기기 좋은 곳이었다. 마른 잎사귀만이 바람에 날리어 말을 타고 있는 류하를 스쳐갔다.

궁에 가까워지니 류하는 궁에서 보낸 지난 시절들을 떠올렸다.

후궁도 아닌 시녀 출신의 어머니를 두었기에 외롭고 상처가 깊었던 날들.

아무도 자신에게 관심을 가져주지 않았고 어머니 또한 아버지에게서 잊혀져 버림받은 것이나 다름없다는 걸 깨닫기까지 그는 어린 나이에 겪기 힘든 고통의 시간들을 보내야만 했다.

그 시간 동안 그의 외로움과 상처를 보듬어준 건 주청강이었다. 오래전부터 사람들이 찾지 않다 보니 그를 보는 동정 어린 시선도 없었고, 그가 혼자만의 시간을 가질 수 있는 곳이었다.

말발굽에 의해 부서지던 마른 자작 나뭇잎 소리가 갑자기 끊겼다. 류하는 이상한 기운을 감지하고는 주변을 살폈다.

문득 내려다본 시선 아래에는 마른 나뭇잎과 연기처럼 피어나는 흙먼지가 아닌, 싱그러운 풀밭이 펼쳐져 있었다. 그 끝에선 새소리, 풀벌레 소리가 들려오고 있는 것 같았다.

류하는 주변의 아름다운 광경에 시선을 빼앗겨 지금 자신이 꿈을 꾸고 있는 건 아닌지 정신이 몽롱하기까지 했다.

말이 멈춰 선 강가에 류하가 내려섰다. 자신이 아는 그곳이 맞는지 의심스러울 정도로 주청강은 달라져 있었다. 희뿌옇던 강물은 맑았고, 푸른색을 띠고 있었다.

강 주변에는 노란 산수유 꽃들이 꽃망울을 터뜨리고 있었는데, 그것이 강물에 비쳐지니 금빛을 감은 강이 따로 없었다. 강물은 맑아 속이 훤히 들여다보였다. 강뿐만 아니라 강 주변의 수풀이며 물속의 물고기들까지, 강을 둘러싼 모든 것이 그가 처음 보는 경관들로 변해 있었다.

류하는 대체 이게 무슨 신의 조화인가 싶었다. 강가 근처 물푸레나무가 눈에 들어왔다. 류하는 홀린 듯 저도 모르게 그쪽으로 가까이 다가갔다.

메말라 죽은 줄만 알았던 물푸레나무였다. 하지만 나무는 살아 있었다. 꽃까지 피어 있어 바람이 불어올 때마다 하얀 꽃잎들이 춤을 추듯 날리어 신비한 광경을 만들어냈다.

믿기지가 않는지 류하는 시선을 떼지 못했다. 더욱이 어디선가 불어오는 향기에 그는 점점 취하고 있었다. 꽃향기라고 하기엔 달고, 과일 향이라고 하기엔 또 향긋했다. 처음 맡아보는 생소한 향기가 어디서 나는 것인지.

한 발 한 발 조심스레 다가가 발을 내딛는 순간, 그의 입에서 탄성이 흘러나왔다.

그늘 아래 들꽃들이 피어 있는 곳에 한 여인이 누워 있었다. 마치 누가 옮겨놓은 듯 풀숲에 곱게 누운 여인은 강물에 빠졌었던 건지 몸에는 물기가 채 마르지 않은 상태였다.

축 늘어져 있는 팔다리를 보니 아주 가녀리고 체구도 작아 보였다. 눈을 감고 있었지만 눈을 뜨면 제법 고운 여인의 티가 날 것 같았다. 물푸레 꽃잎들이 기척 없는 여인에게로 떨어지며 일어나라는 듯 얼굴을 간질이고 있었지만 그녀는 어떤 반응도 보이지 않았다.

혹시 물에 빠져서 정신을 잃은 것인가.

"이봐요, 아가씨."

들리지도 않는지 여인은 미동도 없었다. 얼굴에 혈색도 없고 숨도 아주 미약했다. 어디가 다친 것인지 걱정이 된 류하는 여인을 조심히 살펴보기 시작했다. 다행히도 어딜 다친 것 같지는 않았다. 잠을 자고 있는 게 아닐까 착각할 정도로 여인의 얼굴은 평온해 보였다.

여인은 풍기는 향기만큼이나 생김새도 신비로웠다. 검은 머리는 짙고 윤기가 흘렀으며 그냥 하얀 것만이 아니라 파란 핏줄이 비칠 만큼 피부가 투명할 정도로 희었다. 입고 있는 옷 역시 본 적이 없는 차림새였다.

이탄국 여인이 아니군. 다친 것 같진 않은데……

깨어나지 못하는 것이 혹여나 병을 앓고 있어서 그런 것은 아닌지, 처음 보는 여인이었지만 류하는 마음이 쓰였다.

여인을 궁으로 데려가야겠어.

이러다 상태가 더 악화될까 싶어 마음이 급해진 류하는 여인을 말에 태운 뒤 뒤따라 올라다 자신의 두 팔로 감쌌다. 충격을 덜 받게 해주려 그는 여인의 몸을 자신 쪽으로 기대게 한 뒤 말고삐를 내리치며 길을 서둘렀다.

최대한 빨리 여인을 궁의에게 보여야 했다. 그는 여인의 의식이 돌아오면 묻고 싶은 것이 많았다.

대체 어디에서 왔는지 그것부터 물어볼까? 아니면 어쩌다 강가에 쓰러져 있게 된 건지…… 아니면 주청강이 바뀐 것에 대해 알고 있는 것이 있는지…… 무엇을 먼저 물어야 하지?

아니다. 이런 건 중요하지 않았다. 여인이 어떤 대답을 할지도 궁금하지가 않다. 다만 여인에게 이런 것을 묻는다면…… 그건 사실 여인의 목소리가…… 듣고 싶어서일 것이다. 처음 보았음에도 불구하고, 그는 여인이 궁금했다.

정오쯤 류하가 궁에 도착할 거라는 기별을 받았기에 단휘는 류하가 궁에 있는 동안 머무는 거처에 일찍부터 가서 기다리고 있었다. 하지만 정오가 한참이나 지났음에도 류하의 소식은 들리지 않았다. 단휘가 지루함을 참지 못하고 나가려던 차에 때마침 류하의 음성이 들려왔다.

"여봐라!"

목소리만으로도 알 수 있었다. 류하는 평소와는 뭔가 달랐다. 무슨 일이 있구나 싶어 단휘는 문을 열고 류하를 맞이했다.

"궁의를 불러라! 당장 궁의를 데려오거라!"

고개를 조아려 인사를 올리는 시종들을 지나쳐 오며 다급해 보이는 류하의 모습에 단휘는 의아했다.

모든 언행에 있어 침착함과 신중함을 보이는 형님이 아니던가.

이마에 축축하게 맺혀 있는 땀으로 봐서는 급하게 뛰어온 것 같았다. 더군다나 처음 보는 여자아이를 품에 안고서 말이다. 류하는 말을 붙이려는 단휘를 그대로 지나쳐 침상으로 가 조심스럽게 여인을 눕혔다.

단휘는 여인을 한번 휙 쓸어보고는 다시 류하에게로 시선을 돌렸다.

"형님, 좀 늦으셨습니다. 이 아이는 뭡니까? 대체 이게 무슨……."

"아이가 아니다."

류하가 단휘의 말을 잘랐다.

"여인이다."

여인? 단휘는 자신이 잘못 들었나 싶었다. 그럼 형님이 여인을 궁으로 데려왔다는 건가? 뭔가 복잡한데. 상황을 정리해보자. 류하 형님이 아이……가 아니라 여인, 그것도 처음 보는 여인을 데려……. 여인?

"여인이라 하셨습니까, 지금?"

단휘의 미간이 좁혀지는 것도 잠시, 그는 무심히 지나쳤던 여인에게로 고개를 틀었다.

"찾았다."

여인을 보는 그의 얼굴에 의미 모를 미소가 번졌다. 그 모습을 보던 류하는 왠지 모르게 마음이 불편했다.

"혹, 아는 여인이더냐?"

여전히 시선은 여인에게 둔 채로 단휘는 고개를 저었다.

"아닙니다. 처음 보는 여인입니다."

"그럼, 방금 그 말은……."

"찾고 있었습니다."

말끝에 묻힌 묘한 웃음이 심상치 않았다. 류하의 불안함이 담긴 눈길에도 아랑곳하지 않고 단휘는 찬찬히 여인을 살폈다.

얼핏 봤을 때에는 워낙 몸집이 작아 아이인 줄 알았는데, 이리 보니 그냥 저냥 봐줄 만한 생김새하며 어떤 향료를 쓰는지 모르겠으나 꽃내까지 진동하는 것이 필시 여인이 맞았다.

오롯이 여인을 향한 단휘의 눈동자가 일렁거렸다.

"여인이 필요했거든요."

청비의 의식은 조금씩 돌아오고 있었다. 완전히 정신을 차릴 수는 없었지만 분명히 숨도 쉬고 있었다.

그대로 물속에 빠져 죽는 줄만 알았는데, 이렇게 자신이 살아 있는 것이 믿겨지지가 않았다.

하지만 뭔가 이상했다. 손가락 하나조차 맘대로 움직일 수 없었고, 실눈조차도 뜰 수가 없으니 일어날 수도, 지금 있는 이곳이 어디인지도 알 수 없었다. 입을 벌릴 수가 없어 목소리도 내지 못하니 할 수 있는 일이 아무것도 없었다.

몸도 못 움직이고 말도 못 하고. 혹시 이것이 말로만 들었던 뇌사 상태인가? 식물인간 그런 거 된 거 아니냐고! 악! 말도 안 돼! 갑자기 왜 물에 빠지게 된 건지 이유도 모른 채 그냥 익사할 뻔했는데 이대로 식물인간이 된다니 절대 있을 수 없는 일이다.

청비는 어떻게든 움직여보려고 안간힘을 써보았지만 소용이 없었다.

"병에 걸린 것이 아니라면 왜 깨어나질 못하는 것이냐?"

그나마 들을 수는 있나 보네. 갑자기 들려온 남자의 목소리에 청비는 귀를 기울였다.

"아마도 독이라든가 약제에 의한 게 아닐까 의심되옵니다. 타국에는 사람을 죽은 것처럼 자게 만들거나 또 몸을 마비시켜 아무것도 할 수 없게 만드는 약제들이 있다는 것을 책에서 본 적이 있습니다."

"궁의도 책에서 본 적만 있다는 약제를 어찌 이 여인이……. 그럼 평생 이렇게 잠만 잔다는 것이오?"

"아닙니다, 류하 왕자님. 맥박도 정상으로 돌아오고 호흡 또한 고르니 몸의 긴장도 풀어지면서 서서히 정신이 들 것입니다. 그럼 몸도 정상으로 돌아와 움직일 수 있사옵니다."

꺄아! 나 정상으로 돌아갈 수 있다! 청비는 목소리를 낼 수는 없었지만 속으로나마 환호하며 안도했다. 그런데 한 가지 걸리는 것이 있었다.

왕자님이라니, 요즘도 저런 호칭을 쓰는 곳이 있나?

저들이 나누는 대화체도 그랬다. 사극에서나 나올 법한 말투와 화법이 아닌가.

물에 빠지더니 정신 착란 현상 같은 게 왔나? 귀가 이상해졌어.

더군다나 자신은 당연히 병원에 누워 있을 거라 생각했는데 그것은 잘못된 판단이었다.

틀림없이 저 두 사람은 서로를 '궁의'와 '왕자님'이라고 불렀는데, 이런 호칭을 쓰는 곳이 어디지?

머릿속에 선뜻 떠오르는 곳이 없어 청비는 더욱 혼란스러웠다. 병원이 아니라는 걸 깨닫자 대체 이곳이 어디인지, 자신이 왜 이곳에 누워 있게 된 건지, 여러 가지 의문들이 그녀의 머릿속을 가득 메우기 시작했다.

그래도 자신의 몸이 정상으로 돌아오고 있다 했으니 그 후에는 이 의문을 풀 수 있으리라. 청비는 애써 초조한 마음을 가라앉혔다.

"수고했소. 그만 돌아가 보시오."

궁의에게서 여인이 곧 의식을 차릴 것이라는 말을 들은 류하는 그제야 안도의 한숨을 내쉬었다.

"대체 이 여인은 어디서 데려온 겁니까?"

또 다른 남자의 목소리. 귀의 감각만은 정상이었기에 새로이 들려온 남자의 날카로운 음성에 청비는 왠지 모르게 긴장이 되었다.

"주청강에서 발견했다."

주청강? 우리나라에 있는 강 이름 맞아?

처음 들어본 강의 이름에 청비는 더 갈피를 잡을 수가 없었다.

대체 어떻게 된 거지? 기억이 흐릿해. 친구들을 만나러 가는 도중에 꿈속에서 보았던 남자를 본 것까지는 기억이 나는데…….

자신을 향해 오던 트럭의 헤드라이트 불빛이 오버랩되면서 그 후의 기억은 없었다. 자신이 왜 물에 빠지게 된 건지, 사고가 나고 무슨 일이 생겼던 건지 통째로 기억을 잃어버린 듯했다.

답답함에 한숨이 새어 나오고 이제는 목소리도 조금은 낼 수 있을 것 같아 청비는 어렵게 입을 떼 도움을 청하려 했다. 하지만 그것도 잠시, 무겁게 내리깔리는 남자의 음성에 청비의 입은 쏙 다물어졌다.

"이 여인, 제가 데리고 있겠습니다."

누군데 나를 데리고 있겠대? 대체 무슨 이유로?

"그게 무슨 말이냐?"

"말 그대로 지금 당장 여인이 필요합니다. 값은 원하는 만큼 쳐드리죠."

뭐? 여인이 필요해? 원하는 만큼 뭘 줘?

자신을 두고 마치 물건을 흥정하듯 값을 치르겠다는 저 남자. 들리는 것으로만 정체를 추측해보건대 필시 인신 매매범이나 인력 사무소에서 불법적인 일에 사람을 대주는 이가 틀림없었다. 어떻게 사람을 돈을 주고 산다는 말을 저리 쉬이 할 수 있느냐 말이다.

눈을 뜨진 못했지만 청비의 눈동자는 이리저리 흔들리고 충격으로 눈자위에 경련까지 일어나고 있었다.

저 상판대기를 내 눈으로 직접 봐야 하는데! 일어나기만 해봐. 바로 네놈부터 신고한다!

"대체 어디서 온 여인입니까?"

단휘는 자신 앞에 누워 있는 여인을 흘끔 바라봤다. 어디에서도 맡아본 적이 없는 싱그러운 향기에 눈이 가지 않을 수 없었다. 푸른빛이 도는 검은 머리칼에 오밀조밀해 보이는 작은 이목구비는 한눈에 봐도 이탄국이 아닌 타국의 여인이었다.

"여인이 편히 쉬어야 하니, 우린 나가서 이야기하자."

두 남자의 발자국 소리가 점점 멀어지고 문이 닫히자 청비는 참았던 숨을 크게 내쉬며 긴장했던 얼굴을 폈다. 하지만 졸아든 심장은 여전했다. 자신이 있는 곳이 안전하지 않다 여겨지니 공포감에 휩싸여 이도 바들바들 떨렸다.

나 이러다 팔려가는 거 아냐?

무슨 수를 써서라도 이곳을 빠져나가야 했다. 손가락의 감각이 돌아오고 있는지 조금씩 까딱일 수 있는 것으로 보아 이제 곧 몸도 움직일 수 있을 것 같았다. 일어나기만 하면 바로 경찰을 불러 도움을 청하거나 어떻게든 도망가야지.

"저 여인이 어디서 온 건지는 나도 아는 것이 없다. 주청강 근처에 쓰러져 있는 걸 치료해주려고 궁에 데려온 것뿐이다. 그러니 저 여인을 두고 값을 치르겠다는 말은 안 들은 걸로 하지."

"죽은 강이나 다름없는 그곳에서 말입니까? 대체 그 인적이 드문 곳에는 왜 가서 쓰러져 있었답니까?"

"죽은 강이 아니었다. 주청강은 달라져 있었어. 이탄국의 그 어떤 강보다도 깨끗하게 말이다. 내 눈으로 봤는데도 여전히 믿겨지지가 않는구나."

"주청강이 다시 예전 모습을 되찾았다니 직접 제 눈으로 확인해봐야겠습니다."

주청강은 그렇게 큰 강은 아니었지만 수도인 하북성과 가장 가까이 위치해 있는 강이었다. 형님 말대로 그곳의 물이 깨끗해졌다면 그 정도의 수량은 농수로 쓰기에도 충분할 것이고, 이는 언제 내릴지 모르는 빗물에 의존해 논밭을 경작하지 않아도 되니 하북성의 농민들에게 더없이 반가운 희소식이 분명했다. 단휘의 머릿속에서는 새로운 농수로 조성과 관련한 여러 계획이 세워지고 있었다.

"근데 여인이 필요하다니?"

류하의 물음에 단휘는 잊고 있었던 현실로 돌아와 한숨을 내쉬었다.

"폐하께서 제 후궁을 들이신답니다. 아시지 않습니까, 형님도. 저는 아직 여인을 들일 생각이 없습니다. 그래서 대역이라도 세워볼까 하고요."

류하는 씁쓸한 기분을 감출 수가 없었다. 나날이 쇠약해지는 어머니를 보살피느라 그 역시 관심은 없었지만 자신의 혼인 문제는 한 번도 거론하지 않았던 폐하였다. 그런데 단휘의 혼인에는 직접 관여하여 챙기신다니, 내색은 하지 않았지만 그는 마음 한구석이 시큰거렸다.

"류하 왕자님, 근위기병 대장님께서 국경선 재정비 문제로 뵙기를 청합니다."

병사가 전갈을 마치고 몇 발짝 물러서 류하를 기다렸다. 여기까지 온 것으로 보아 급한 일인 듯했다. 옆에서 여인이 깨어나는 걸 보고 싶었지만 오랜만에 해륜궁을 찾은 것이기에 해야 할 일이 많았다.

"일이 있어 가봐야겠다. 다음에 마저 이야기하자."

여인을 홀로 남겨두고 별궁을 나서는 발길이 무거운 류하였다. 단휘 역시 왠지 모르게 드는 아쉬움을 뒤로한 채 발길을 돌려 자신의 궁으로 향했다.

벌써 해는 저물어 어두워지고 있었다.

얼마나 시간이 지났을까. 청비는 마취가 풀린 듯 온몸의 감각이 돌아오는 것을 느꼈다.

으으, 얼마나 누워 있었던 거야? 온몸이 쑤시고 머리가 다 지끈거리네.

힘겹게 몸을 일으켜 눈을 뜬 청비는 자신이 입고 있는 병원 환자복을 보고선 낯설고 당황스러웠다.

'서울병원'이라는 문구가 있는 것으로 보아 자신이 사고가 났던 것은 분명하며 근처의 대형 병원으로 옮겨진 것이라 생각했는데 주변의 경관으로 보아 병원은 절대 아니었다.

방 전체가 동양풍의 실내 장식으로 인테리어 되어 있는 곳이라……. 대체 여긴 어디지?

청비는 방 안을 휘 둘러보곤 시선을 거두어 기억을 더듬었다.

그래, 그것까진 기억나. 환영인지 실제인지 꿈속의 그 남자를 보고선 내가 넋이 나가서 걷다가 차 사고가 났었지. 그리고 그 후에 눈을 떠보니 누가 나를 물에 빠뜨려서 내가 물속에 가라앉고 있었고. 그대로 죽는 줄만 알았는데 이렇게 멀쩡히 살아 있는 데다 요상한 방에 와 있다니.

사고가 나고 물에 빠지게 되기까지, 그리고 어떻게 이곳에 누워 있게 된 건지 연결되는 기억들은 없었다.

그리고 아까 그 남자들은 정체가 뭐야? 그 남자들 중 한 명이 주청강인지 뭔지 하는 강에서 나를 이곳으로 데려온 것 같은데. 나를 어디다 팔아먹으려고 데려온 거 아냐?

이해할 수 없는 많은 일이 일어난 탓에 두려움이 커져갔다. 더군다나 자신이 누워 있는 곳은 딱딱한 나무 침상으로, 요즘 쓰는 것과는 상당히 다른 모양이었다. 마치 중국 무협 드라마나 '선덕여왕', '서동요' 같은 사극에서 보아온 침상이었다. 기둥이며, 머리 부분의 상판은 자줏빛을 띠었고, 자신이 누워 있는 이불 역시 비단 보료로, 과거 시대에서나 방바닥에 깔았을 법한 것이었다.

"뭐야? 이 할마시 취향은. 요즘도 이런 이불을 덮는 사람이 있어? 돈 많은 할머니 방인가?"

대체 이곳이 어디인지 알아보기 위해 청비는 방 한가운데 창문을 가리고 있는 커튼을 손으로 열어보았다.

밖은 암흑 그 자체였다. 깜깜한 것으로 보아 한밤중인 것 같았다.

몇 시쯤 된 건가 싶어 시계를 찾아보는데 처음 와본 곳이라 그럴 수도 있겠지만 방이 어째 좀 평범함과는 거리가 있었다. 지금껏 살면서 접해본 적이 없는 방 안의 전경에 청비는 입을 다물 수 없었다.

화려한 자개 모자이크와 벽화로 꾸며진 내부 장식이며 방 안에 세워져 있는 기둥들은 청동과 대리석으로 화려하게 꾸며져 있었고, 모든 가구들은 쉽게 접할 수 없는 동양 고유의 고풍스러운 디자인이었다. 한눈에 봐도 있는 집 포스가 팍팍 풍겼다. 가구들은 원목이 주를 이루고 있었고, 청동, 상아, 은과 같은 장식물이 정교하게 세공되어 있었다.

취향 참 사치스럽네. 돈 좀 꽤나 물 쓰듯 하겠는데.

눈으로만 훑던 청비가 이제는 침상에서 나와 본격적으로 주변을 살펴보는데 방 안에는 이상하게도 가전제품이 전혀 존재하지 않았다. 시계도 없어 몇 시인지 알 수도 없었고, 전화기나 달력 등 보통 집에 있을 만한 것들이 아예 보이지 않았다. 전화기라도 있어야 아빠한테 연락해서 도움이라도 청할 텐데.

구석구석 돌아다니며 도움이 될 만한 걸 찾으려 했지만 온통 화려한 도

자기와 값이 나가 보이는 장식품들만 가득할 뿐 흔한 생활용품 하나 없었다. 더욱 이해할 수 없는 건 방 안은 밝았지만 천장에는 형광등도, 어떤 조명 기구도 없었다. 오로지 장식장과 탁자 위에 놓여진 촛대의 촛불이 방 안을 환히 비추고 있을 뿐이었다.

아무리 옛것을 좋아해도 그렇지, 사는 것도 참 원시적이네. 이렇게 살면 불편하지 않나?

아까운 시간만 계속 흘려보내는 것 같아 청비는 밖에 나가 도움을 청해보기로 했다. 까치발을 해서 살금살금 문 앞으로 다가가는데 그 범상치 않던 목소리의 인신 매매범이 떠올랐다.

설마, 그놈 밖에 있는 거 아냐?

혹시라도 누가 지키고 있는 게 아닐까 싶어 청비는 조심스럽게 문에 귀를 바짝 대보았다. 다행히도 밖에서는 어떤 인기척도 느껴지지 않았다.

금장식으로 만들어진 손잡이를 최대한 소리 나지 않게 잡아당기자 문이 열렸다. 청비는 슬며시 머리를 내밀어 문 밖을 살폈다. 역시 밖에는 아무도 없었다.

청비는 속으로 쾌재를 부르며 나갈 준비를 시작했다. 건물 안에는 아무도 없었지만 밖의 상황을 모르니 최대한 걸리지 않게 자신을 숨길 수 있는 것이 필요했다. 마침 장식 촛대를 두르고 있던 검은색의 커다란 비단 천이 눈에 띄었다.

천을 빼내어 머리에 뒤집어쓰니 그녀의 발아래까지 내려와서 눈에 확 띄는 환자복이 가려졌다. 이제 최대한 서둘러야 했다. 아무도 없는 이 기회를 놓치지 않겠다는 생각에 청비는 온 힘을 다해 맨발로 질주하기 시작했다.

얼마나 뛴 것일까. 생각보다 건물 안이 어둡고 커서 나가는 문을 찾는 것이 쉽지 않았다. 한참을 찾아 헤매고 있는데 가까이 들려오는 신발 소리와 함께 중년 여자의 모습이 보였다.

청비는 기겁하며 눈앞에 보이는 방으로 들어가 몸을 숨겼고, 다행히도 들키지 않았는지 중년 여자의 발자국 소리가 멀어졌다.

다시 밖으로 나가려는 순간, 자신의 뒤로 달빛이 들어오고 있는 창문이 눈에 들어왔다. 벽 전체를 차지하는 커다란 창이었다. 창문을 열고 내려다보니 자신의 생각대로 바닥은 가까이 있어 뛰어내려도 다치지 않을 만한 높이였다.

이 정도 높이야 나한테는 껌이지.

청비는 창밖으로 뛰어내렸다. 착지도 사뿐하니, 소리도 작아 들키지 않았으리라. 하지만 건물 밖으로 나왔다고 좋아하는 것도 잠시, 무더기로 돌아다니고 있는 남자들을 발견한 청비는 바로 납작 엎드려 풀숲으로 몸을 숨겨야 했다.

밤이라 어둡긴 했지만 아주 크고 밝은 달 덕분에 풀숲 사이로 남자들의 움직임을 볼 수 있었다. 대충 봐도 덩치가 큰 남자들이 싸늘함마저 느껴지는 표정 없는 얼굴로 이곳을 순찰하고 있었다.

저렇게 많은 남자들을 거느리고 있는 것으로 보아 이 집의 주인은 분명 어두운 세계에 몸을 담고 있는 게 틀림없었다.

인신 매매범에 조직폭력배까지 투 잡을 뛰고 계셨어. 근데 좀 달라. 뭔가 튀는데?

조직폭력배라면 검정 복장에 짧은 헤어스타일이 연상되는데, 저들의 스타일은 좀 별났다. 잿빛 비늘 무늬 철제로 만들어진 옷을 입고 있었다. 유니폼인가? 사람 키보다 더 큰 창을 들고선 구령에 맞추어 걷는 것도 아닌데 걸음걸이, 보폭, 하물며 손동작까지 같았다. 제대로 훈련된 조폭 같았다.

청비는 여기서 걸리면 다시 끌려가는 것은 물론이고 이렇게 도망 나올 수 있는 기회가 두 번 다시 없을 것이라는 생각에 마치 철망을 지나는 군인처럼 낮은 포복 자세를 취했다. 그러고는 몸을 더 낮추어 몸을 숨기기 쉬운 큰 나무들이 있는 곳으로 기어가기 시작했다.

이제 거의 다 왔다 싶어 한숨을 돌리려는 찰나, 검은 그림자가 청비의 얼굴에 드리워졌다.

"뭐야, 너."

마치 바람 소리로 착각할 정도의 낮은 목소리. 청비는 몸이 움츠러들었다. 이런, 들킨 건가? 그렇다면 남은 방법은 이것뿐.

"살려주세요. 제발 살려주세요."

청비는 살려달라며 애원하는 목소리와 함께 반사적으로 손바닥에 불이 날 듯 빌어댔다. 이만하면 불쌍하게 보이겠지? 동정심이 생겨 그냥 좀 지나쳐주는 넓은 아량을 가진 남자이길……

"누가 널 죽이기라도 한대?"

조금은 커진 음성이 참으로 시원하고 청량했다. 듣기만 하는데도 박하사탕같이 싸한 느낌.

청비가 얼굴을 들었다. 목소리의 주인은 단휘였다. 단휘는 출궁하지 말라는 천무 황제의 명도 듣지 않고 몰래 변복을 하고 궁 밖을 나갔다 들어오던 차였다.

깜깜한 밤중이고 나무 그늘에 가려져 실루엣이 제대로 보이지 않는 데다 검은 천에 얼굴까지 가려져 있어 단휘는 눈앞의 여인이 아까 그 침상에 죽은 듯 누워 있던 여인과 동일 인물이라고는 전혀 생각지 못했다. 그저 시녀 하나가 궁 생활에 적응하지 못하고 몰래 궁을 빠져나가려는 것으로 오해해 그는 지금 여기 멈춰 서 있는 것도 시간 낭비라 여기고 있었다.

"귀찮아."

단휘는 표정 변화 없이 청비를 그대로 지나쳐 갔고 청비의 눈동자는 왔다 갔다 빠르게 남자를 스캔했다.

분위기로만 보면 딱 숨어든 쥐 같았다. 남자의 복면이며 옷차림새로 보아 그리 당당하게 이곳을 다니는 것 같지는 않다는 결론이 나오자 청비는 도박을 걸어보기로 했다. 혹시라도 조직원 중 한 명이라면 필사적으로 도망을 치면 그만이니 아주 낭패는 아니었다.

"이봐요."

단휘는 자신을 부르는 여인의 음성에 바로 발을 멈추고 말았다. 뭐? 이, 봐, 요? 저 천것이 지금 나를 '이봐요.'라고 부른 건가?

무관심으로 일관하던 단휘가 어이가 없었는지 청비 쪽으로 돌아섰다. 태자인 내게 감히 '이봐요.'라니. 잘못 들었나 싶었는데 여인의 다음 행동은 더 가관이었다. 여인이 옷을 툭툭 털며 일어서서는 조금의 주저함도 없이 그의 앞에 꼿꼿하게 마주 서는 게 아닌가.

궁에서 몰래 나오기 위해 변복에다 복면까지 해서 자신의 정체를 모를 테니 여인의 이런 오만한 행동은 어쩌면 당연할 수 있었다. 그래, 여기까진 좋았다.

"제 말 안 들려요?"

무시당하는 게 못마땅했는지 여인이 그의 팔꿈치를 잡으며 대답을 채근하는 상황에 이르자 단휘는 그 손길을 차갑게 뿌리쳤다. 그 순간 달을 가리던 구름이 비껴나고 달빛이 스산하게 비쳐오자 어두운 탓에 잘 보이지 않았던 여인의 상태가 그의 눈에 들어왔다. 얼마나 급했으면 저런 상태로 도망을 치는 것인지.

여인은 맨발이었다. 주변 흙바닥에는 핏자국으로 보이는 것이 군데군데 흩뿌려져 있었는데, 아무래도 여인의 피 같았다.

다쳤나 보네.

바닥을 디딘 여인의 하얀 발은 역시나 흙과 함께 혈흔이 뭉쳐 덕지덕지 묻어 있었다. 평소라면 생판 처음 보는 여인의 일이 나랑 뭔 상관이냐며 그냥 무시해버렸겠지만 오늘은 참으로 이상하게도 발이 떨어지질 않았다.

"저 좀 도와주세요."

그의 머릿속은 마치 하얀 백지가 된 것 같았다. 분명 전신을 떨고 있는 것이 보이는데, 여인은 필사적으로 아무렇지 않은 듯한 얼굴로 그와 마주한 시선을 피하지 않고 작지만 또박또박 할 말을 하고 있었다.

단휘는 얼굴을 가리고 있던 복면을 벗었다. 그의 예상치 못한 행동에 순간 놀란 청비는 입가에 손을 가져다 댔다.

헉. 뭐냐, 이 남자.

청비는 복면을 벗은 남자의 얼굴에서 눈을 떼지 못했다. 달빛이 더 환해졌나? 남자의 얼굴에서 달빛이 반사되어 똑바로 볼 수 없을 정도의 후광이 비쳤다.

백옥같이 흰 피부와 대비되는 흑요석 같은 눈동자는 청비의 눈을 단숨에 사로잡았다. 긴 속눈썹에 드리워진 선명한 눈매가 오롯하니 길어, 미소라도 짓는다면 그 눈웃음에 홀딱 넘어가고도 남을 것 같았다.

"이제 내가 누군지 알겠구나. 인사는 됐고. 피나 닦거라."

단휘는 복면을 휙 던졌고, 청비는 그제야 정신을 차렸다. 아까 정신없이 뛰느라 발바닥이 까지고 살갗이 쓸려 피가 나는 것이 눈에 들어왔다.

힘이 풀린 듯 다리가 후들거렸다. 아픔이 느껴지자 청비는 울 것 같은 얼굴을 하고선 떨어진 천을 주워 피를 쓱쓱 닦아냈다.

하지만 그것도 잠시, 남자가 자신을 지나쳐 가려 하자 그녀는 다시 재빨리 그의 앞을 막아섰다.

"가긴 어딜 가요. 좀 도와달라니까. 나가는 문을 도저히 못 찾겠단 말이에요."

"뭐? 도망을 치게 도와달라고? 내 얼굴을 보고도 아직도 그런 말이 나오는 것이냐?"

복면을 벗은 그의 얼굴을 보았으니 저 여인은 자신이 말을 섞은 상대가 누구인지 알고 꽤나 충격을 받았을 것이다. 단휘는 여인이 바로 납작 엎드려 사죄를 하겠지 예상했는데 그녀는 조금도 당황한 기색이 없었다.

뭐지? 정말 나를 몰라?

그는 미심쩍은 눈초리로 짧게 되물었다.

"신참?"

새로 들어온 시녀라면 그의 얼굴을 모를 수도 있으니 저런 말을 할 수도 있지 싶었다. 하지만 여인은 여전히 이해 못 하겠다는 얼굴로 멀뚱히 그를 바라보기만 할 뿐이었다.

"신참이고 뭐고 제발요. 전 집에 돌아가야 해요. 아빠가 엄청 찾아다니고 있을 텐데. 좀 도와주시죠. 같은 처지끼리."

"같은 처지? 하! 같은 처지라니! 그럼 지금 나를 너와 같은 신분으로 보는 것이냐?"

청비는 남자의 말투가 상당히 거슬렸다. 이곳은 사극 말투가 유행 중인가? 아무리 유행어라 해도 그렇지, 듣는 데 전혀 어색함이 느껴지지 않았다. 원래부터 저런 말투를 써왔던 사람처럼 자연스럽기까지 했다.

아니지, 이런 생각할 시간이 없어. 얼른 이곳을 나가야 해.

"무슨 말을 하는 건지 모르겠고. 제발 저 좀 나갈 수 있게 도와주시면 안 될까요?"

청비는 길 잃은 강아지처럼 눈꼬리를 내리고 남자를 올려다보았다. 제발 도와달라는 절절함도 실어서.

단휘는 왠지 모르게 애처롭게 매달리며 동정심마저 들게 하는 여인의 눈빛에 마음이 동했다. 어렸을 적 자신의 모습과 여인이 겹쳐 보여서일까.

어릴 적 궁에서 도망치고 싶을 때마다 그를 도와주는 이는 아무도 없었다. 누군가가 자신을 궁에서 나가게 해주는 꿈을 얼마나 꾸었던가. 여인의 간절한 눈빛은 그의 외롭고 고독했던 어린 시절을 생각나게 했다.

아마 단휘에게 있어서 이번이 처음일 것이다. 누군가의 부탁을 들어주는 것은.

"따라오거라."

입이 헤벌쭉해진 청비는 남자를 놓칠세라 열심히 쫓아갔다. 그러다 그녀는 뭔가가 조금 이상하다는 것을 느꼈다. 근데, 저 남자 옷차림이 왜 저래?

아까는 얼굴만 보느라 눈에 들어오지 않았는데 지금 보니 남자는 사극 복장을 하고 있었다.

여기 정말 왜 이러는데.

청비는 자신이 있는 곳이 대체 뭘 하는 곳인지 예상할 수 없었다. 그저 이상하다고 여길 뿐이었다.

단휘는 병사들의 동선을 파악하고 있었기에 무리 없이 자신만이 아는 탈출구에 도착할 수 있었다.

그는 주변을 한번 살피고는 쫄래쫄래 뒤따라온 청비의 허리를 홱 낚아챘다. 그리고는 청비가 뭐라 소리 낼 틈도 없이 밑동이 굵은 나무를 올라타 빠르게 담벼락을 타더니 다시 나무 위에 올라섰다.

굵고 푸른 가지들이 우거져서 담벼락을 타고 성벽으로 뻗어 있었다. 아래에서 아무리 올려본다 한들 단휘와 청비의 모습은 잔가지와 울창한 나뭇가지들에 가려져 보이지 않았다.

무협 드라마의 한 장면과도 같은 일이 순식간에 일어나자 청비는 어안이 벙벙하면서도 나무에서 떨어질까 봐 단휘의 어깻죽지를 꽉 잡고 놓지를 않았다.

단휘는 여인의 이런 행동이 신기했다. 자신이 태자인 줄 모르고 하는 행동이겠지만 지금껏 그 누구도 그의 몸에 함부로 손댄 적이 없었기에 기분이 묘했다.

"네가 그렇게 함부로 만져도 되는 몸이 아니다."

청비는 바로 손을 떼었다.

"함부로? 말 참 막하시네. 내가 뭐 그쪽 좋아서 잡았겠어요? 어쩔 수 없이 살려고 잡은 거지."

남자가 자신을 마치 아랫것 대하듯 하는 말투가 그녀는 마음에 들지 않았다.

"암튼 됐고, 이제 갈 길 가세요. 여기서부턴 저 혼자 내려갈 거니까."

이까짓 높이쯤이야. 몸 풀기로 밥 먹듯 점프 훈련을 해왔었다고.

가장 먼저 보이는 가지로 청비가 아슬아슬하게 발을 뻗으려던 순간, 나무 사이로 불어온 미풍이 그들을 스쳐 갔다. 단휘의 눈이 쓱 가늘어졌다.

"잠깐."

이러다 놓칠라, 단휘는 단숨에 청비의 손목을 잡아채 자신 쪽으로 돌려세웠다. 미풍에 익숙한 향기가 실려 있었다.

분명 그 향기였다. 낮에 죽은 척 잠만 자던 이국의 여인에게서 났던 그 향기가 눈앞에 있는 이 시녀에게서 풍기고 있었다.

"너는……."

단휘는 청비가 두르고 있던 공단 천을 벗겨 내렸다. 그러자 청비의 머리카락이 넘치듯 흘러내렸고, 달빛을 받아 짙은 푸른빛이 도는 머리카락이 단휘의 시선을 단번에 빼앗았다.

갑작스러운 남자의 행동에 청비는 당황함을 감추지 못한 얼굴로 그를 다그쳤다.

"지금 뭐 하는 거예요!"

"넌…… 낮에……."

"나를…… 알아요?"

자신이 어떻게 잡혀왔는지 아는 사람인가 싶어 청비는 남자의 대답을 기다렸지만 그는 대답이 없었다.

"나를 아냐고요."

단휘에겐 청비가 하는 어떤 말도 들리지 않았다. 그와 여인 사이에는 고요함만이 존재할 뿐이었다. 고요함 속에 쏟아지는 하얀 달무리에 여인의 얼굴은 더욱 고아한 빛을 띠었다.

다시 바람이 불어오고, 청비의 긴 머리카락이 허공에 흩날렸다. 순간 단휘의 시선은 눈앞의 여인에게로 향해질 수밖에 없었다.

모든 것이 신비했다. 여인의 푸른빛을 띠는 머리카락, 외모, 풍기는 향기, 분위기조차. 그리고…… 그를 바라보는 또렷한 맑은 눈빛. 모든 것이 신비로웠다.

청비는 더는 시간을 지체해선 안 될 것 같아 나무 아래로 내려가는 것을 서둘렀다.

"그럼 저는 이만."

여인의 마지막 인사에 단휘는 그녀를 이대로 보내면 안 될 것 같은 기분이 들었다.

그냥 이대로 보내기가 싫었다. 단휘의 속마음에선 여인을 놓치고 싶지 않다는 충동이 거세게 일었다.

지금 놓아준다면, 언제 다시 볼지 모르는 여인이지 않은가.

하지만 이미 단휘에게서 시선을 돌린 청비는 나무에서 내려가는 것에만 급급했다.

"가지 마."

드디어 여인의 시선이 그에게 머물렀다.

"갑자기 그게 무슨 말이에요? 저 얼른 가야 하거든요."

"가지 말라고."

청비는 처음 본 남자가 왜 저러나 싶어 고개를 갸웃거리고는 못 들은 척하며 나무에서 내려가는 것을 멈추지 않았다. 자신이 그리 말했는데도 달라지시 않는 여인의 행동에 단휘의 낯빛이 어두워졌다. 자존심도 상하고 화도 났다.

감히 태자인 내 말을 듣지 않아서……? 아니면 이대로 다시는 여인을 보지 못할까 봐……? 모르겠다. 분명한 건 저 여인을 이대로 보낼 수 없다는 것이었다.

단휘는 내려가는 청비의 손을 잡아 다시 자신의 앞으로 올려 세웠다.

"아, 왜 이래? 이거 놔요!"

"몰래 나가는 거 보니까 수상한데. 무슨 죄졌어? 물건이라도 훔쳐서 나가는 거 아냐?"

이것은 핑계다.

"이 작자가 지금 생사람 잡네. 그럼 내가 지금 도둑질이라도 했다는 거예요? 이상한 소리 그만 좀 하고 갈 길 가세요."

청비는 단휘에게 붙들린 손목을 빼내려 했지만 어림도 없었다.

"난 원해서 이곳에 있는 게 아니거든요!"

"상관없어."

단휘가 씨익 입꼬리를 올렸다.

"내가 널 좀 더 봐야겠거든."

"보긴 뭘 봐요. 이 손 놓으라고 했어요."

"말 들어."

단휘는 버둥거리는 청비를 꽉 안고 나무에서 내려왔다. 청비는 곧바로 단휘를 뿌리치고 다시 어떻게든 나무 위로 올라가려 애를 썼다.

하지만 손톱으로 긁어대기만 할 뿐 혼자서는 도저히 올라갈 수 없는 높이였다.

"고양이도 아니고 왜 애꿎은 나무를 할퀴어대?"

청비는 이대로 포기할 수 없었다. 자신에게 한 걸음 한 걸음 가까이 오는 단휘를 보며 그녀는 뒷걸음질했고, 다른 곳에 빠져나갈 곳이 있겠지 싶어 무작정 뛰기 시작했다. 하지만 단휘 역시 포기하지 않았고, 청비는 그를 향해 고래고래 소리쳤다.

"오지 마! 따라오지 말라고! 나 혼자서라도 도망갈 거야!"

갑자기 소리가 웅성거리며 더 시끄러워지자, 그녀는 이상하다 싶어 뒤돌아보았다. 그 남자는 보이지 않았고, 주변을 순찰하고 있던 아까 그 조폭 똘마니들로 보이는 남자들이 쫓아오고 있었다. 앞쪽에서도 남자들이 자신을 막고 서 있어서 청비는 독 안에 든 쥐 신세가 되어 처음 도망 나왔던 방으로 다시 돌아가게 되었다.

"나 말고 다른 남자도 있었다니까요! 그 남자는 안 잡고 왜 나만 잡는 건데!"

혼자 잡혀 억울하다며 청비는 고래고래 소리를 질렀으나 남자들은 시키는 대로 할 뿐이라는 말만 남기고는 방 안을 나갔다.

"악! 그놈 때문이야!"

도망칠 수 있는 기회를 그 남자가 망쳤다는 생각에 분이 풀리지 않아 청비는 침상에 누워 허공에 발차기와 주먹을 휘두르다 지쳐 잠이 들었다.

그림자가 촛불에 흔들려 창문에 사라졌다 나타났다를 반복했고, 잠시 후 그림자의 주인인 단휘가 모습을 드러냈다.

자신 앞에 서 있는 남자의 존재를 눈치채지 못한 채 청비는 잠에 깊게 취해 있었다. 청비를 바라보는 단휘의 눈빛은 창문으로 하얗게 들어오는 새벽 달만큼이나 서늘했다.

여인을 붙잡은 것은 자신도 이해할 수 없는 행동이었다.

자신을 홀리던 그 꽃내음에 취했던 것인가. 그 순간은 분명 무언가에 휩쓸려 마음을 다잡지 못했었다.

처음 가져보는 생소한 감정이었다.

그게 무엇인지는 정의를 내릴 수가 없다.

그저 신비한 생김새의 여인에게 갖게 된 호기심이라 여길 뿐이었다. 그리고 마침 여인이 필요했으니까. 단지 그뿐이었다.

제2장
의심(疑心) : 알 수 없어 믿지 못하는 마음

"일어나세요, 아가씨."

자신을 부르는 소리에 몸을 일으켜 보니 TV 사극이나 영화에서 봤던 옛날 시대의 시녀 복장을 하고 있는 중년의 아줌마가 앞에 서 있었다. 코스프레를 좋아한다고 하기엔 나이도 많고, 표정 또한 진지해 보였다.

"그만 침상에서 일어나셔야 합니다."

"저기, 아주머니. 저 좀 도와주세요. 여기 어떻게 오게 된 건지는 모르겠는데 제가 있을 곳이 아니에요."

"씻고 나서 이 옷으로 갈아입으십시오."

아줌마는 그녀의 말을 못 들은 척 무시하며 옷을 내밀었다.

얼핏 봐도 고급스러운 비단옷.

여기는 비단옷을 왜 이리 남용해? 처음 보는 사람한테 막 입으라고 줘도 되는 거야?

청비는 무성의하게 옷을 침상에 내려놓고 다시 한 번 도움을 청하는 눈길로 올려다보았다. 하지만 아줌마는 계속 일관된 태도를 보였고, 도와줄 기미가 조금도 없어 보였다. 애원하며 다시 사정해봐도 전혀 개의치 않을 얼굴이었다. 계속해서 적응 안 되는 낯선 사극 말투로 어서 씻고 옷을 갈아입으라고만 하니 답답하고 짜증이 치밀어 올랐다.

깨끗이 씻기고 단장시켜서 비싼 값에 팔아먹을 수작 같은데. 그렇게는 안돼!

청비는 모든 것을 다 의심할 수밖에 없었다.

"싫어요. 이거 입혀서 나를 어디로 데려가려고요? 씻지도 않고 이 옷도 안입을 건데요!"

이러다 저 아줌마한테 얻어맞는 게 아닐까 겁도 났지만 자신이 그리 호락호락하진 않을 거라 어필하고 싶었다. 계속 싫다고 거부하고 나대면 저쪽에서 먼저 포기할지도 몰랐다.

"그냥 두고 나가거라."

언제 들어온 건지, 지켜보던 류하가 아줌마를 방에서 내보냈다. 방 안에 생판 처음 보는 남자와 둘만 있게 된 것이 꺼림칙해 청비는 차라리 중년 아줌마를 다시 부르고 싶었다.

"이제 몸은 좀 괜찮으십니까?"

류하는 청비의 마음을 알아챈 것인지 거리를 두고 걱정스러운 얼굴로 물었다. 잔뜩 얼어 있는 청비의 표정에 류하는 안심하라는 듯 미소를 지었다. 남자는 진심으로 자신을 걱정하고 있는 듯했다. 처음 보는 남자인데도 안심이 되고 마음이 놓이는 것이 참으로 아이러니했다.

"강가에 쓰러져 있는 아가씨를 제가 이곳으로 데려왔습니다."

남자의 목소리는 중저음이었고 듣기 좋을 정도로 부드러웠다. 살짝 내려간 눈꼬리와 웃고 있는 듯 보이는 입매가 참 단정하고 착해 보이는 인상이었다.

얼굴선은 어쩜 저리도 고운지. 준수한 얼굴의 모범 답안이랄까. 얼굴만 가지고 판단하는 건 좀 그렇지만 남자에게선 무한한 신뢰감이 느껴졌다. 이 남자라면 그녀가 궁금해하는 걸 다 알려줄 것 같았다.

"저를 이곳에 데려왔다고요? 그럼 여기가 어딘데요? 당신은 누구고요? 그리고 왜 제가 강가에 있었는지 그것도 알고 계시나요?"

청비는 참지 못하고 궁금한 걸 한꺼번에 물어보았다.

"아가씨께서 왜 그곳에 있었는지는 저도 궁금합니다. 그곳은 얼마 전까지만 해도 죽은 강이었으니까요. 그런데 제가 아가씨를 발견했을 때는 강이며 그 주변이 되살아나 있었습니다. 그곳에 쓰러져 있던 아가씨를 깨워도 일어나지 못하기에 제가 궁으로 데리고 온 겁니다. 여긴 이탄국의 수도, 하북성. 그리고 지금 계신 곳은 해륜궁에서 제 거처로 쓰는 별궁입니다."

저 남자, 외계어 쓰는 거야? 아니면, 내가 어디 촌 동네에 와 있어? 이탄국은 뭐고, 하북성은 또 어디야?

처음 듣는 지명이었다. 한국에선 들도 보도 못한 이탄국이며 해륜궁이었다. 청비는 머릿속이 멍해졌다.

잠깐, 이 남자가 이탄국의 수도 하북성이라고 했는데. 대한민국의 수도는 서울인데, 그럼 내가 대한민국도, 서울도 아닌 곳에 있다는 거잖아!

잘못 들은 게 아닐까 싶었다. 저 남자, 생긴 건 멀쩡하게 생겨서는 그녀가 도통 알아들을 수 없는 말만 하는 걸로 보아 미안하지만 정상은 아닌 것 같았다. 그럼 조금 이해가 될 것도 같다. 상상, 허구의 세계에서 살고 있으니 저런 말들을 할 수 있는 거겠지. 안됐는데, 좀.

청비는 남자를 향한 동정 어린 시선을 거두고 어제는 깜깜해서 보이지 않았던 밖을 보기 위해 창문 난간에 서서 휘장을 걷었다. 그리고 동시에 그녀도 모르게 말이 튀어나왔다.

"뭐, 뭐야, 이거."

청비의 몸은 경직되었고, 눈은 튀어나올 듯 커졌다. 떡 벌어진 입을 다물지 못한 채 그녀는 멍하니 눈앞에 펼쳐진 광경을 보았다. 믿기 힘들어 손으로 눈을 비비고 다시 보았지만 달라진 건 없었다.

그림을 그려놓은 듯, 완벽히 손질된 푸른 정원이 끝도 없이 펼쳐져 있어 한눈에 담기도 힘들었고, 사이사이에 나열된 정자며 곳곳에 흩어져 있는 못이 몇 개인지 일일이 셀 수 없을 정도였다.

정원을 사이에 두고 양옆으로는 다큐멘터리 같은 것에서 보았던 궁들과 대저택 수준의 큰 건물들이 여기저기 자리하고 있었다.

사극 세트겠지. 그래, 겉만 번지르르하게 실제처럼 만들어놓는 세트를 가본 적도 있고 방송에서도 본 적 있잖아.

"여기 세트장인가 봐요? 여기서 뭐 찍는 거지? 드라마? 영화?"

"무슨 말인지 이해를 못 하겠군요. 아가씨께선 대체 어디에서 오신 겁니까? 하북성 사람은 아닌 듯 보입니다만."

"어디긴요. 한국이지. 같은 한국말 하시면서 저랑 지금 농담하시는 거예요?"

"한……국……?"

"네. 대한민국 서울. 제가 사는 곳이요."

"처음 들어보는 곳이군요."

처음 들어본다고?

청비는 장난기라곤 조금도 찾을 수 없는 남자의 진지한 대답에 충격을 받았다. 그녀의 얼굴은 사색이 되었고, 몸은 휘청거리기까지 했다.

"말도 안 돼. 지금 대한민국을…… 처음 들어본다고 했어요? 그럼 서울 몰라요? 대한민국 수도 서울이요. 삼성도, 가수 싸이도, 김치, 불고기, 다 몰라요?"

속사포처럼 내뱉는 청비의 말에 류하는 난감한 얼굴을 할 뿐이었다.

하아, 처음 들어보는 곳이란다. 외국인들이 대한민국은 몰라도 삼성은 알잖아. 전 세계 차트를 올킬해버렸다는 싸이도 어떻게 모를 수가 있지? 더한 건 자기가 지금 우리나라 말을 쓰고 있으면서 한국을 모른다니!

"소수 인원이 사는 고을이라면 제가 모를 수도 있겠군요. 수소문해서 한국이라는 곳을 찾아보라 이르겠습니다."

소수 인원…… 고을……?

갑자기 두통이 몰려와 청비는 지끈거리는 머리를 눌렀다. 너무 어이가 없어 실소가 흘러나왔다.

이분 연기 참 실감 나게 하시네. 연기가 아니라면 이 남자의 상태가 꽤 심각한 게지. 한국이 고을이라니! 오천만이 무슨 소수 인원이야!

마음을 진정시키고 청비는 다시 창밖의 전경으로 눈을 돌려 세세히 살펴보았다. 그리고 이내 깨달았다. 이 모든 것이 세트라고 하기엔 너무나 정교했고, 다니고 있는 사람들도 사극 복장을 하고 있는 사람들이 대부분이라는 것을.

세트라면 현대 복장을 한 스태프들이며 카메라나 촬영 기구들이 있을 텐데 그런 것들은 전혀 찾아볼 수 없었다. 창문 밖의 사람들은 모두 하나같이 백제나 신라, 삼국시대쯤 되는 머리 모양과 복식을 하고 있었다.

"혹시 말이에요. 설마 아니겠지만 그래도…… 혹시나 해서 물어보는 건데…… 지, 지금이 몇 년도죠?"

물어보는 청비의 목소리가, 나오는 숨이 바르르 떨렸다.

"천무 황제 폐하께서 즉위하신 지 22년이 되었으니, 천무 황제 22년입니다."

몇 년도인지 물었는데 들려온 대답은 청비를 더욱 충격 속으로 빠뜨렸다. 거의 졸도 직전 수준이었다.

"년도가 좀 특이한데. 알겠어요, 이제 감이 좀 오는데요. 이거, 꿈인 것 같아요, 꿈. 내가 아직 잠에서 덜 깼나 봐요."

청비는 현실을 부정하듯 다시 침상으로 가 눕더니 이불을 머리 꼭대기까지 덮고 눈을 감았다. 왔다 갔다 혼잣말을 하다 이제는 아예 침상에 누워버린 청비를 류하는 의자에 앉아 가만히 지켜보았다. 걱정이 담긴 눈길로.

청비는 몇 번 몸을 뒤척이더니 침상에서 벌떡 일어났다. 류하와 눈이 마주치자, 아무것도 달라지지 않은 현실에 다시 베개에 얼굴을 묻었다.

"아, 미치겠네, 정말! 꿈도 아니고 이게 뭐냐고! 으아아악! 말도 안 돼! 이건 정말 말이 안 되잖아!"

물속에 빠졌으면 차라리 용궁이나, 그도 아니면 천당이 맞는 거 아냐? 물론 그것도 믿기지 않겠지만 그건 조금이나마 개연성이라도 있지. 이건 뭐 내가 갑자기 새로운 세상에 뚝 떨어지기라도 한 거야? 대체 이것을 어떻게 설명할 수 있을까.

끔찍하게도 믿고 싶지 않았지만 지금 이곳은 한참 전의 과거라고 생각할 수밖에 없었다. 그것도 들어본 적도 없는 나라. 이탄국이라니! 나라 이름도 생소했으며 천무 황제라는 칭호 또한 들어본 적이 없었다. 청비는 깊은 한숨을 내쉬었다.

"어떻게 이런 일이……."

혼절이라도 하는 게 나았다. 말도 안 되는 일이 일어난 이 상황에서 어떻게든 벗어나고 싶었다.

이런 게 바로 신의 장난일까? 물속에서 죽지 않은 걸 천만다행이라 여겨야 해?

아빠가 보고 싶다.

아빠의 얼굴이 떠오르자 청비의 눈에는 눈물이 그렁그렁 차올랐다. 갖은 노력 끝에 엄마, 아빠는 사십 넘은 나이가 되어서야 청비를 보았다 했다. 그리고 그녀의 이름을 특이하게 세 자가 아닌 네 자로 만들었다. 그녀의 성은 김, 이름은 자청비였다. '자청하여 갖게 된 딸'이라는 뜻으로 직접 지어주신 이름이었다. 그녀가 태어나고 얼마 되지 않아 엄마가 돌아가시고 그 후로 재혼도 하지 않으신 채 홀로 엄마의 역할까지 다해 자신을 키워준 아빠였다. 하나뿐인 딸이 없어져서 분명히 병이 나셨을 것이다. 분명 그녀 걱정에 여기저기 찾아다니고 난리 나셨을 텐데.

그녀의 눈시울은 더 뜨거워지고 눈에서 눈물방울이 또르르 쉼 없이 떨어졌다.

"집에 돌아가고 싶어서 우는 것이라면 제가 데려다드리죠. 최대한 빠른 시간 안에 아가씨를 그곳으로 데려다드릴 것이니 진정하세요."

갈 수가 없는 곳. 그 누구도 데려다줄 수 있는 곳이 아니다. 왜 자신에게 이런 일이 일어난 것일까. 청비에게는 착해 보이는 이 남자의 따뜻한 말도, 위로도, 아무것도 들리지 않았다. 말로는 설명할 수 없는 일이기에 털어놓을 수도 없었다.

이 세상에서 완전히 혼자라는 생각에 갑자기 몸서리치게 외로워졌다.

눈물만 뚝뚝 흘리던 청비는 이제는 아예 이불에 얼굴을 파묻고 대성통곡하기 시작했다.

"혼자 있는 것이 좋을 듯하니, 진정이 되거든 들르겠습니다."

남자가 나가고 시간이 얼마나 흘렀을까. 너무 울어서인지 눈이 퉁퉁 부어 제대로 뜰 수도 없었고, 이제 따갑기까지 했다. 그냥 누워만 있고 싶은데 이런 상황에서도 배고픔은 예외 없이 찾아왔다.

"배고프다."

어제부터 아무것도 먹지 못한 탓에 청비의 뱃속은 요동을 치고 있었다. 먹으라고 갖다놓은 건지 탁자에는 죽과 여러 종류의 음식이 놓여 있었다.

청비는 바로 달려가 앉아 죽을 물 마시듯 후루룩 해치운 뒤, 한 손에는 떡, 한 손에는 닭다리를 들고 우악스럽게 뜯어 먹기 시작했다. 떡, 닭다리,

떡, 닭다리를 계속해서 번갈아가며 입에 우걱우걱 쑤셔 넣고 있는데, 생각 지도 못하게 문이 벌컥 열리는 것이 아닌가.

청비는 음식을 입에 가득 문 채 문 쪽을 바라보았다. 아까 그 다정했던 남자가 아니었다. 다른 남자가 안으로 들어오더니 그녀 쪽으로 다가오고 있었다.

청비는 남자가 자신을 향해 걸어오는 모습을 음식 맛을 보듯 천천히 음미하며 보았다. 손으로 꽉 움켜쥐었던 떡을 자연스레 내려놓았고 본격적으로 남자 감상에 들어갔다.

오호, 우선 비율은 봐줄 만하네. 몸은 드러나는 저 옷태로 봐선 군살 하나 없을 것이 안 봐도 DVD겠고, 외모는…… 헉! 뭐야? 남자가 왜 저렇게 예쁘게 생겼어? 남자의 외모를 계속 보고 있다간 정신 줄도 놓아버릴 듯했다.

마치 대영박물관에서나 볼 수 있을 듯한 조각상이, 신화 속에서나 나올 법한 외모의 남자가 살아 움직이고 있었다. 청비는 입 안에 음식이 있어 말은 하지 못하고 남자를 바라볼 뿐이었다.

냉기가 뚝뚝 흐르는 날카로운 눈매에는 설핏 웃음기가 실려 있어 부드러운 선을 그리고 있었다. 시원하게 뻗은 코와 턱 선은 어찌나 날렵한지, 브이라인을 내세우는 옥수수 수염차 광고는 이 남자가 해야 할 것 같았다.

꾹 다물고 있는 입술 또한 붉은 기가 배어 있는 데다 입꼬리가 호선을 그리고 있어 여자를 홀리는 남자상이 따로 있다면 아마도 이 남자가 아닐까 하는 생각이 들었다.

"뭘 그렇게 보는 것이냐?"

"……."

"상태가 영 아닌데."

숨 막힐 듯한 남자의 외모에 시선이 꽂혀 아무 말도 나오지 않던 청비의 머릿속엔 이내 물음표가 가득해졌다. 분명 처음 보는데 자신이랑 친한 듯이 이 남자는 아무 거리낌 없이 다가와 말을 걸고 있었다.

"특이한 건 정작 옷이며 향기가 아니었어. 살면서 너처럼 먹성 좋은 여인은 처음 보니 말이다."

힘겹게 음식을 모두 삼킨 청비가 남자를 쏘아봤다. 그럼 그렇지. 비위 거슬리는 말투하며 딱 얼굴값 견적 나오시네.

"처음 보는 사이에 그런 말은 좀 아니지 않나요?"

"처음 보는 사이? 우리가?"

청비는 눈썹을 찡그렸다.

이 남자 뭐지? 나를 알아?

"너 말이야. 딱 지금 그 표정, 나를 모른다는 얼굴인데. 정말 기억 안나?"

저 목소리. 저 말투. 스멀스멀 기억이 어렴풋이 떠오르자, 청비는 손가락으로 남자를 가리키며 눈을 번뜩였다.

"어제 그……!"

"생긴 것도 모호한 게, 기억력도 딱 그만큼이구나."

눈앞의 남자와 어젯밤 복면 쓴 남자의 얼굴이 오버랩되었다. 어젯밤 그남자가 복면을 벗긴 했지만 워낙 밤이 어두워 얼굴이 잘 보이지 않았기에 얼굴만 가지고는 확신이 안 섰는데, 저 꾸며낼 수 없는 거만한 말투며 날 선목소리는 분명 그 남자였다.

"당신이 어제 나 버리고 간 그 시커먼 남자였어? 도와주는 척하다 사람 뒤통수나 치고! 치사하게 왜 그런 거예요? 아예 못 본 척 가던 길을 가시던가. 누구 약 올리는 것도 아니고 도와주는 척하다 그 상황에서 날 버려두고 혼자 내빼요?"

전혀 기죽는 것 없이 바락바락 대드는 여자를 보고 단휘는 이 상황이 웃음도 나고 당황스럽기도 했다. 하지만 표를 내지 않고 애써 담담하게 대답했다.

"여기 있으라고."

"뭐라고요? 여기에 뭘 있어요?"

"형님한테 들었다. 너 어차피 당분간 갈 곳도 없잖아. 그리고……."

왜 말을 하다 말아? 청비는 삐뚜름한 얼굴로 다음 말을 기다렸다.

"혹시 아느냐? 태자 눈에라도 들지."

"태자?"

자신이 태자인 걸 모르니 한번 흘려나 본 말이건만 여인은 되물음으로 답을 하였다.

"태자가 누군데요?"

여인은 고개를 갸우뚱하며 인상을 쓰는가 싶더니 또 금세 웃음을 터뜨렸다.

"설마 이름이 태자? 말자, 숙자까진 들어봤어도 태자는 또 처음이네. 풉. 거기다 성이 황이면 황태자 아냐. 아, 웃겨. 크크큭."

"틀렸어."

단휘는 치미는 화를 애써 누르며 말했다.

"이름을 말하는 게 아니야. 지위를 말하는 것이다."

이쯤 했으면 알아서 기겁하고 황송해하겠지 했는데, 여인에게서 나오는 대답은 더 가관이었다.

"아, 그 태자. 난 또 이름인 줄 알고."

아까 그 남자도 황제가 있다 하고 지금도 태자를 운운하는 걸 보니 여긴 황제가 나라를 다스리는 시대인가 보네.

"근데 태자 눈에 들어서 뭐하게요. 호칭만 들어도 딱 느낌 오는데. 분명 기름진 외모에 산돼지 같은 몸을 하고선 여자나 겁나게 밝히겠죠. 아니면 비리비리해서 혼자서는 아무것도 못 하는 우쭈쭈 모태 샌님 스타일이거나."

또 역사 속이나 사극들을 보면 태자나 세자, 그런 신분의 왕자들은 본처를 놔두고 후궁을 여럿 만들었었어. 그 숱한 후궁 중 하나가 되어 다른 여인들과 암투를 벌이면서 살아남으려 용을 쓰느니 편히 혼자 살다 죽고 말지.

단휘는 자신이 잘못 들었나 싶었다. 자신이 태자인 걸 모른다 쳐도 저렇게 서슴지 않게 한 나라의 태자를 욕보이다니. 그것도 궁에서.

이게 가능한 일인가. 단휘는 입이 다물어지지 않았다. 극존칭을 쓰며 자신의 얼굴을 똑바로 쳐다보지도 못하는 궁중의 여인들만 보던 그에게 지금 눈앞의 여인은 새롭기까지 했다. 하지만 딱 거기까지였다.

뭐라, 산돼지? 비리비리?

불같은 성정에 단휘의 속은 이미 분이 오를 대로 치솟아 있었다.

"태자는 됐고, 어제는 왜 날 못 가게……."

난단히 열이 받은 것처럼 보이는 단휘의 모습에 청비는 저 남자가 왜 열을 내고 그러나 의아해했다.

"왜 그래요? 어제는 복면을 쓰고 있어 좀도둑으로 봤는데 이렇게 흥분하는 거 보니 혹시 태자 측근이라도 되는 거예요? 뭐 어때요. 태자도 없는데. 원래 없을 때는 뒷담화도 좀 까주고 그러는 거예요. 알면서."

청비가 이런 걸 가지고 뭘 그렇게 흥분하느냐며, 팔꿈치로 단휘의 옆구리를 슬쩍 쳤다.

"감히 누구 몸에 손을 대는 것이냐!"

"감히……?"

그의 한마디에 불안감이 폭풍우처럼 엄습해왔다.

"설마……."

그때 열려 있던 문으로 단휘의 호위 무사인 건희와 그의 뒤로 무표정한 늙은 남자와 어려 보이는 소년 서너 명이 들어왔다. 청비의 눈은 그들에게로 쏠렸다.

"태자 전하, 여기 계셨사옵니까?"

황제의 오른팔인 총관, 그리고 그 시종들이었다. 청비는 자신의 귀를 의심하지 않을 수 없었다.

분명 지금 이 남자를 '태자'라고 불렀어.

남자의 한쪽 입가가 미소로 번지는 걸 보고 설마 하던 일이 현실임을 깨닫게 되자 청비는 놀라기도 하고 겁이 나 안절부절못하였다.

단휘는 청비에게서 눈을 떼지 않은 채 입을 열었다.

"총관께서 여기까지 직접 오시고 무슨 일입니까? '태자'인 나를 보러 온 것은 아닌 듯한데."

"그렇습니다. 태자 전하를 뵈러 온 것은 아니옵고……."

청비는 입을 다물지 못했다. 그녀의 가슴은 급박하게 두방망이질하기 시작했다.

세상에! 진짜 태자였어? 저 남자가 태자라니! 그것도 눈치 못 채고 내가 무슨 말을 한 거야! 분명 할 말 못 할 말 가리지 않고 한 것 같은데.

자신을 내려다보는 남자의 알 수 없는 표정에 청비는 심장이 쪼그라드는 것만 같았다.

운도 지지리 없지. 하필 걸려도 태자 본인한테 걸리다니.

총관은 동그랗게 뜬 눈만 끔벅거리며 입술 한 번 벙긋하지 못하는 청비를 흘깃 보았다.

"어젯밤 궁에서 일어났던 소동이 이 여인에 의한 것으로 보고 받았습니다. 폐하께서 이 여인에 대해 물으시어 데려가려 합니다."

"알았다. 바로 여인을 보낼 것이니 밖에서 대기하라."

총관과 시종들이 나가고 방 안에는 청비와 단휘, 단둘이 있게 되었다. 좀도둑으로 알았던 남자가 태자라는 사실을 알고 나니 청비는 쥐구멍, 아니 개미굴이라도 찾고 싶은 심정이었다.

어떡해. 어떡해. 태자라면 곧 황위를 이어받을 테니 분명 이 나라에서 황제 다음으로 최고 권력자일 텐데. 저를 능멸했느니, 모독했느니 하며 설마 나를 지하 감옥 같은 곳에 가두거나 하는 건 아니겠지?

단휘가 가까이 다가오자 청비는 겁에 질린 얼굴로 슬금슬금 단휘의 눈치를 보았다. 잔뜩 몸을 움츠린 채 떨고 있으면서도 눈은 여전히 그를 보고 있는 여인이 단휘는 무척 흥미로웠다. 어느 여인이 그의 눈을 이리도 빤히 볼 수 있을까.

단휘는 청비의 시선을 가볍게 지나치며 그녀의 얼굴을 지나 귀에 대고 속삭였다.

"너는 어제 나를 못 본 것이다."

깊은 중저음의 음성이 청비의 귓전을 흔들었다.

"알겠느냐?"

청비는 입을 꾹 다물고 고개만 세차게 끄덕였다. 그런 청비의 모습이 흡족한 듯 단휘는 미소를 남기며 밖으로 나갔고, 잠시 후 총관이 들어왔다.

어떤 상황에서도 웃음을 보일 것 같지 않은 무표정의 노인이었지만 눈빛만큼은 영롱해서 보는 이에게 위압감을 주었다. 내키지는 않았지만 여기서 자신이 도망칠 수 있는 곳은 없었기에 청비는 저들을 따라나설 수밖에 없었다.

분명 이 노인네가 말하길, 폐하가 나를 찾는다고 했어. 폐하라면 황제잖아? 우리나라 대통령 얼굴도 본 적 없건만 이곳에선 뭐가 이렇게 쉬워. 태자에 황제까지 아주 제대로 인맥 쌓네, 오늘.

아직도 딴 세상에 뚝 떨어졌다는 것이 실감이 나지 않는 청비는 앞으로 무슨 일이 일어날지 몰라 두려웠다. 정신 똑바로 차리자. 온전하게 있다 어떻게든 한국으로 다시 돌아가야지. 청비는 두 손에 힘을 꽉 쥐며 심란한 마음을 다잡았다.

낯선 이들을 따라 들어간 건물은 고개를 꺾어서 올려다봐야 할 정도로 거대했고, 목재에 색을 입힌 것인지 대부분 붉은색이었다. 전각들의 기와는 푸른빛이 돌았고, 벽면은 치장 벽토와 진주 가루를 입혀 햇빛을 받으면 눈이 부실 정도로 빛이 났다.

지나쳐간 기둥만 20개요, 석회로 포장된 단의 양옆은 청동 조각상들이 줄지어 나열되어 있었다. 천장 높이만 건물 3, 4층은 되어 보이는 어마어마한 규모였다.

앞서 가던 사람들과 자신을 따라오던 이들의 발이 멈췄다. 그들은 모두 한곳을 향해 고개를 숙였다. 청비도 본능적으로 같이 고개를 숙이고 숨을 죽였다.

"데려왔습니다, 폐하."

어좌의 위치가 높은 탓에 청비는 눈을 치켜뜬 채 황제로 보이는 중년의 남자를 훔쳐보았다. 사람의 마음을 꿰뚫어 보듯 자신을 내려다보는 황제의 눈빛은 얼음 입자처럼 날카롭고 강렬했다.

"옷차림새가 평범하진 않구나. 너는 어디서 온 것이냐?"

연회를 열거나 신하들과 회의를 여는 해륜궁 궁전 중심부 풍정전은 압도적인 위압감을 주는 천무 황제의 음성으로 인해 분위기가 더욱 무겁게 가라앉았다.

청비는 자신을 짓누르는 무거운 분위기에 주눅이 들어 입을 열지 못했다. 그나마 여기서 아는 이가 저기 서 있는 태자인데 그는 모르는 척 무심히 그녀를 응시하고 있었다.

"왜 대답을 하지 못하는 것이냐."

황제라는 사람은 대답을 못 하면 크게 호통이라도 칠 듯한 표정이었다.

나도 솔직하게 말하고 싶지, 이 아저씨야. 그렇다고 '나는 한국에서 왔다, 그것도 미래인지 아니면 다른 시공간인지, 같은 시대의 사람은 아니다.'라고 어떻게 말을 꺼낼 수 있겠느냐고.

어느 날 물에 빠져 죽었는데 눈을 뜨니 여기였다고 말한다면 자신이 생각해도 말도 안 되는 일인데 분명 아무도 믿어주지 않을 것이다. 아마 이곳에서도 마녀사냥이 존재한다면 자신을 마녀로 몰아 죽일지도 몰랐다.

내 살길은 내가 찾아야 해. 뭐라도 해보자.

청비는 긴장감에 짧게 숨을 내쉬었다.

"폐, 폐하, 있지요, 그게, 그러니까요……."

웃는 얼굴에 돌 던질까 싶어 청비가 애교 작전을 선보이려는 찰나였다.

"폐하앙! 그러띠 마띠옵또뗘."

청비의 어색한 애교를 비웃기라도 하듯 스펙터클한 수준의 까랑까랑한 콧소리가 풍정전을 울렸다. 또래? 아니 자신보다 더 어려 보이는 소녀였다.

"오, 신아 공주 왔느냐?"

"폐항, 저 신아 무떱따옵니다앙. 신아를 봐서라도 표정을 풀으셔요."

천무 황제와 황후 사이의 하나뿐인 금지옥엽 신아 공주였다. 공주를 보는 황제의 얼굴에는 인자한 미소가 넘쳐흘렀다.

진작 저런 걸 배웠어야 했는데. 평소 애교라고는 찾아볼 수 없는 성격이라 불여우들만 보면 눈을 흘기며 씹어댔었는데 이처럼 힘겨웠던 상황을 저리 구렁이 담 넘어가듯 해주니 저 공주라는 여자한테 개인 교습이라도 따로 받고 싶은 심정이었다.

"저 아이옵니까? 궁에 소문이 다 났습니다. 이상한 옷을 입은 여인이 밤에 궁을 소란스럽게 만들었다고."

이 넓은 궁은 소문도 참으로 빠르네.

황제의 시선은 다시 청비에게로 향했다.

"어떻게 궁에 들어온 것이냐? 또한 궁에서 소동을 부린 이유가 무엇인고?"

이마에는 식은땀이 흐르고 이 상황을 어떻게 빠져나갈지 안절부절못하고 울상을 짓는 청비의 눈에 단휘가 들어왔다. 청비는 아랫입술을 깨물었다.

그래, 우선 당장은 내가 살고 봐야 해. 원래 톱기사가 일면을 장식하면 다른 자잘한 기사들은 자연스레 묻히는 법. 물귀신 작전이다!

"폐하, 저는 제가 궁에 잡혀 온 줄 알고 나가려 한 것입니다. 그러다 병사들한테 걸린 거고요. 근데요, 폐하. 그게 말씀드릴 것이 있는데."

청비는 단휘를 손으로 가리켰다. 그녀는 차마 눈을 마주칠 수 없어 바닥을 보고 말을 내뱉었다.

"그곳에 저 태자님도 계셨습니다! 왜 그런 건지 제대로 복장까지 챙겨 입고 복면까지 쓰고 계셨는데 그 이유를 폐하께서 한번 들어보심이 어떠실지요."

단휘는 바로 발끈했다.

"너! 내가 그리 일렀는데!"

이제 당신 차례야. 나는 숨 좀 돌리고 있겠네.

청비는 모른 척 고개를 돌리며 단휘의 시선을 피했다.

"태자, 그게 사실인가? 얌전히 궁에 있으라 했더니 기어이 아비 말을 거역한 것이야!"

결국 자신을 끌어들인 청비를 쏘아보며 단휘는 황제 앞에 섰다.

"그것이……"

들켜선 안 될 일이었다. 변복에 복면까지 쓰고 밤마다 궁 밖으로 나가 무얼 하는지.

"아뢰겠습니다. 저는 궁을 엄호한 것뿐입니다."

마른 입술을 비틀던 단휘가 차분하게 변명을 늘어놓았다.

"궁 안의 안전이 불안하여 그리한 것을 저 여인이 오해한 모양입니다. 복면을 쓴 것은 제가 태자임을 드러내고 밤새 궁을 엄호하게 되면 근위병들이 저를 신경 쓰느라 제대로 소임을 못해 병력이 저하될까 그런 것이옵니다."

단휘의 입에서 나오는 말들은 청산유수였다. 저 빠져나갈 구멍 하나는…… 기가 막히네, 진짜.

"해륜궁의 호위 병력은 무장한 금군들로만 배치된 것이니 태자가 신경 쓰지 않아도 될 것이다."

"예, 폐하."

황제는 더 이상 단휘에게 묻지 않았고, 다시 청비에게로 시선을 돌렸다. 바통은 생각보다 빨리 그녀에게로 넘어와버렸다.

"잡혀 왔다 했느냐? 그럼 너를 잡아 온 이가 누군지 말해보라."

이름을 모르니 생김새를 설명하려고 자신을 데리고 왔다던 착한 남자의 외모를 떠올리려 했지만 그럴 필요가 없었다. 어느새 그 남자가 청비의 앞에 와 있었다.

"아가씨를 난처하게 만들었군요. 처리할 일이 있어 늦었습니다."

청비는 눈물이 핑 돌았다. 이곳에 내 편은 저 사람뿐이구나 싶었다. 류하는 청비에게 안심하라는 듯 따뜻한 미소를 지어주고는 황제 앞에 섰다.

"폐하, 이 여인은 제가 데리고 온 것입니다."

"류하 왕자, 그럼 너는 저 아이가 어디 출신인지 알고 있다는 것이냐?"

류하 왕자? 그렇다면 저 남자도 왕자? 아니, 이탄국에서 만난 남자들의 신분이 다 왜 이런데? 이거 무슨 왕자 밭에라도 떨어졌나.

놀랍기도 하고 류하가 어떻게 대처해줄지, 청비는 상황을 가만히 지켜보기로 했다.

"그건 알지 못합니다. 강에 쓰러져 있는 걸 치료차 데리고 온 것인데 이제 괜찮은 듯 보이니 원래 있던 곳으로 데려다줄 생각입니다."

데려다주다니, 어디로? 한국으로? 설마 류하 왕자라고 불리는 저 남자, 정말로 한국을 소수 인원이 살고 있는 촌 동네로 생각하는 거야?

청비의 얼굴이 새하얘졌다. 원래 살던 곳으로 돌아갈 수가 없는 처지이기에 난감할 수밖에 없었다. 어제 자신이 궁을 도망치려 한 것은 이탄국이라는 나라에 뚝 떨어진 걸 몰랐기에 그런 것이고, 지금은 상황이 달랐다. 돌아갈 방법도 모르니 무작정 궁을 나가게 되면 어디서 지내고, 어떻게 먹고 살아야 할지 막막할 수밖에. 류하의 말이 전혀 고맙지 않은 청비였다.

궁 밖으로 나갈 바에야 차라리 이곳에 머무르는 게 낫지.

언제 어떻게 돌아가게 될지 모르겠지만 그때까지 편히 자고, 먹을 수 있을 테니 궁에서 지내고 싶었다.

어떡하지? 궁에서 눌러 살고 싶다 대놓고 말할 수도 없고. 그래, 방법은 그것뿐. 드라마를 많이 봐온 게 이런 때 도움이 되는 건가?

청비는 최대한 눈동자에서 힘을 빼 넋이 나간 얼굴로 바닥에 털썩 주저앉았다.

"나는 누구인가요?"

사람들의 시선이 일제히 자신에게로 쏠리자 청비는 더욱 공허한 눈동자로 혼잣말을 하는 것처럼 읊조렸다.

"기억이…… 나질 않아요. 내가…… 누구인지. 어디에서 왔는지. 데려다주신다니 감사한데요…… 모르겠어요. 대체 어디로 가야 하는지……."

눈앞에 있는 착한 남자를 포함해 황제, 태자까지 모두 당혹감을 감추지 못했다.

청비의 카이저 소제급 연기는 멈출 줄 몰랐다. 동공을 먼 곳으로 향한 채 초점을 더 흐릿하게 했다. 정신이 온전치 않은 사람으로 보여야 했다.

"도무지 기억이 안 나요. 제가 누구죠? 누구 저 아시는 분 없어요? 저는 어디서 온 거죠?"

자신의 연기를 의심받을까 싶어 조금도 틈을 주지 않으려 눈물까지 선보였다. 일생일대 혼신의 연기였다.

"저는…… 저는…… 아흑…… 모르겠어요! 제가 누군지. 어떡하면 좋아요. 흑흑. 흑흑흑."

가만히 상황을 지켜보고 있던 신하들은 청비의 기억상실이 일리가 있다는 듯 말을 보탰다.

"류하 왕자님의 말씀으로 정신을 잃고 쓰러져 있었다 하니 무슨 변고를 당해 저리 된 것이 아닌가 싶사옵니다."

"기억을 잃었을 정도라니, 무슨 일인지 모르겠지만 받은 충격이 꽤 컸나 봅니다."

청비가 눈물에 콧물에 꺼이꺼이 소리 내어 울기까지 하니 천무 황제 역시 동정심이 드는지 어투가 누그러져 있었다.

"이 아이를 어찌하는 것이 좋겠소. 기억을 잃었다 하니 내칠 수도 없고."

말만 안 할 뿐이지 청비는 '부디 저를 내치지 마세요.' 하는 눈으로 호소하고 있었다. 처량한 눈망울은 '슈렉'의 장화 신은 고양이는 저리 가라 할 정도였다. 억지로 쥐어 짜내며 가짜 눈물을 흘리다 더 이상 눈물도 나오지 않으니, 청비는 얼굴을 손으로 감싸고 곡을 했다.

청비를 유심히 보고 있던 신아 공주의 얼굴에 회심의 미소가 지어졌다.

"폐하앙! 저 신아에게 주시와용. 언니들도 모두 다른 나라로 시집가고 심심하던 차에 잘되었습니다. 저에게 동무로 주시……."

"폐하!"

신아 공주의 말이 끝나기도 전에 누군가가 끼어들어 공주의 말을 잘랐다.

"폐하! 청이 있사옵니다."

류하였다. 공주가 먼저 말을 꺼냈음에도 불구하고 그는 아랑곳하지 않고 황제 앞에 나가 무릎을 꿇고 간청했다.

"제가 저 여인을 맡게 해주십시오. 데리고 온 것은 저이니 여인을 보살피면서 기억을 찾는 것 역시 제가 도와주고 싶습니다. 여인이 기억을 찾는다면 데려다주는 것 또한 제가 해줄 요량입니다."

황제는 금지옥엽 막내딸 신아 공주에게는 미안하나 류하의 청을 들어주고 싶었다. 한 번도 자신에게 간청을 해본 적이 없는 류하였다. 단 한 번을 따뜻하게 안아준 적 없이 마음으로만 보듬고 아낀 아들이었다. 황제는 신아 공주보단 류하 왕자의 청에 마음이 더 동했다. 그래서 그는 류하의 청을 수락하려 했다.

"폐하!"

그런데 갑자기 태자가 소리치며 나오는 것이 아닌가.

"저 역시 절대, 절대적으로 저 여인이 필요합니다, 폐하!"

자신 역시 여인이 필요하다며 류하 옆에 무릎을 꿇고 앉는 태자의 행동에 황제도, 지켜보던 사람들도 하나같이 놀라움을 금치 못하고 동요했다.

언제까지나 '독신(배우자가 없는 사람)', '독거(혼자 삶)', '독존(홀로 존재함)'으로 살 것이라 입버릇처럼 말하고 다녔던 태자가 아니었던가. 지금껏 난다 하는 작위의 여식은 물론이고 타국의 공주와의 혼담도 다 거절해왔던 터라, 여인에게 관심을 보이는 태자의 행동에 모두의 시선이 고정되었다.

상황이 재밌게 흘러가는 듯해 천무 황제는 웃음을 흘렸다. 그러곤 흥미로운 표정으로 그들을 내려다보며 수염을 쓸었다. 누구 하나 양보하지 않고 자신만을 보고 있으니 참으로 난감한 상황이었다. 이를 어찌해야 하나.

황제는 류하의 청을 들어주려 했지만 보는 이들이 많아서 태자인 단휘의 자존심 또한 챙겨주고 싶었다. 더군다나 단휘가 여자에게 관심을 보인 적은 처음이지 않은가. 그는 이 기회를 이용해보고 싶기도 했다.

황제 앞에서 류하와 단휘의 눈빛이 활줄처럼 팽팽하게 오갔다.

어렸을 적 전쟁놀이에서 서로 대장 역할을 하겠다고 다툰 이후로 이렇게 류하 형님과 부딪친 적이 있었던가. 형님은 감정적인 사람이 아니었다. 어떤 일이건 이성적으로 판단했고, 지금껏 사사로운 감정을 내비친 적이 없었다.

단휘는 양보할까 싶기도 했지만, 이 여인을 좀 더 보고 싶었다. 그 이유가 이국인에게 드는 신기함 때문인지, 아니면 다른 무엇이 있는 건지 알아야 했다. 또한 후궁 간택에 앞서 여인이 필요한 상황이었기에 이 여인이라면 그 역할을 제대로 해줄 것이라는 확신이 들어 절대 포기할 수 없었다.

류하와 단휘 사이에선 한 치의 양보가 없어 보였고, 황제는 재미난 구경을 하는 것처럼 내내 얼굴에 웃음이 걸려 있었다.

"다들 물러날 뜻이 없어 보이니 그럼 당사자에게 묻는 수밖에. 너는 누구를 따르겠느냐?"

분위기상 자신이 나서는 건 무모하다 생각했던 청비는 부디 황제가 자신에게 선택권을 주기를 바라고 있던 차였다. 고대하고 있었던 선택권이 자신에게 오자 청비의 얼굴에는 기쁨이 번졌다.

그녀가 당연히 착하고 친절한 류하 왕자의 얼굴로 눈길을 보내는 순간, 단휘의 이죽거리는 음성이 던져졌다.

"참으로 속물이 아니냐."

"뭐라고요? 속물?"

"지금 얼굴을 보고 뽑겠다는 것이 아니냐?"

내가 그렇게도 류하 왕자의 얼굴을 빤히 봤나? 청비는 헛기침을 하며 그런 게 아니라는 뜻으로 고개를 도리질했다.

"뭐 그런 거라면 필시 나를 택하겠지만."

얼굴에 철판을 깔아도 저 정도로 뻔뻔할 수 있을까. 그래, 얼굴. 인정한다, 인정해. 하지만 아무렇지 않은 얼굴로 민망함 하나 없이 저런 말을 내뱉을 수 있다니.

태자에게서 뿜어 나오는 당당한 아우라에 청비는 할 말을 잃은 얼굴로 그를 외면했다.

청비는 다시금 류하를 보았다.

강에서 쓰러져 있던 그녀를 지나칠 수도 있었는데 데려와 치료까지 해주었다. 기억을 잃었다니까 데리고 가서 보살펴주겠다고까지 하니 청비에게 류하는 은인이나 다름없었다.

"류하 왕자님께 한 가지 묻겠습니다."

청비의 말에 단휘는 눈썹을 치켜올렸다.

"형님한테만 묻겠다고? 이런 상황일수록 더욱 공평해야 하는 것이다. 모르느냐?"

단휘의 말을 싹둑 무시하고 청비는 류하 앞으로 몇 발짝 다가섰다.

"저 손이 좀 많이 가는 편이에요."

류하는 미소를 드리운 채 청비의 말을 받아주었다.

"괜찮습니다."

또 걸리는 것이 있었다. 앞으로 이곳에서 지내는 동안 배울 것도, 부탁할 것도 많으니 되도록 착한 사람이어야 했다.

"정말 여러 가지로 귀찮은 점이 많을 거예요."

"괜찮습니다."

"제가 질문이 많을 수도 있고요."

"최대한 다 답해드릴 것입니다."

청비는 류하의 대답이 만족스러운 듯 고개를 끄덕이며 그의 옆으로 섰다.

"류하 왕자님을 따르겠습니다."

청비의 대답을 들은 단휘는 이마를 일그러뜨리며 옆에 서 있던 호위병의 멱살을 움켜잡았다.

"말해봐라. 내가 잘못 들은 것이지? 저것이 방금 누굴 따르겠다 그런 것이냐?"

"그, 그것이……."

기가 막히고 코가 막혀 단휘는 호위병을 잡아먹을 듯 보았고, 황제는 혀를 차며 단휘의 행동을 제지했다.

"쯧쯧쯧, 여인의 마음 하나 못 얻어서야. 그만하거라! 실로 보기 좋지 않구나."

황제는 이것으로 상황을 일단락 지으려 했다.

"이제 너는 류하 왕자의 소관이니라. 류하가 너를 필요로 한다 했으니 그것을 잘 받들고 어제와 같은 소동은 없어야 할 것이다."

"네, 폐하."

청비의 대답을 들은 황제는 계단을 내려와 신하들과 함께 홀을 나갔다. 공주는 아쉬움이 남는지 입술을 내밀며 토라진 얼굴로 뒤를 따라갔고, 시종과 시녀들도 모두 나가니 홀에 남은 이는 단휘와 류하, 청비 셋뿐이었다.

단휘의 낯빛은 고목나무처럼 바짝 말라 있었고, 느낌일 뿐이지만 그녀에게서 눈을 뗄 줄 모른 채 단단히 벼르고 있었다.

"형님, 이 아이에게 몇 가지 물을 것이 있으니 얘기 좀 하고 형님께 보내겠습니다."

류하 왕자마저 자리를 비켜주고 이제 남은 건 태자와 그녀뿐이었다. 이건 뭐 완전 가시방석이 따로 없었다.

"왜 거짓말을 하지?"

청비는 일순 가슴이 뜨끔했지만 겉으로는 이해 못 한 얼굴로 되물었다.

"뭐가요? 무슨 거짓말이요? 무슨 말을 하는지 저는 잘……."

"집에 돌아가야 한다며? 어제 분명 아버지가 엄청 찾아다니고 있을 거라 하지 않았어? 근데 뭐? 기억을 잃었다고?"

역시나 그냥 넘어가주질 않는 남자였다. 청비는 그의 눈을 제대로 볼 수 없어 시선을 다른 곳으로 돌렸다. 그리고 어떻게 이 순간을 모면해야 할지 머릿속은 온갖 변명거리로 가득 차고 동공이 심하게 흔들리고 있었다.

단휘는 청비의 당황한 기색을 놓치지 않았다.

"너, 이거 작정했다고 생각할 수밖에 없어. 강가에 쓰러져 있던 것도 거짓 아냐? 어떻게든 궁에 들어와 한몫 챙겨보려고 형님 앞에서 자빠졌던 거 아니냐고? 어제도 물건 챙겨서 도망가려다 나한테 잡혀서 실패하니까 어떻게든 궁에 남으려고 집이 어디네, 내가 누구네, 기억을 잃은 척 연기한 거고."

"아, 정말 사람을 뭘로 보고! 그럼 앞으로 일거수일투족을 감시해보던가요!"

도둑으로 몰린 것에 기분이 상한 청비는 단휘를 힘껏 노려보았다. 가늠하듯 그녀를 응시하던 단휘가 대뜸 물었다.

"괜찮아?"

태자의 한마디에 청비의 흥분이 일순 멈춰졌다. 뜬금없이 괜찮냐니? 무엇이? 단휘는 청비의 팔을 응시하며 저벅저벅 가까이 다가왔다.

왜, 왜 이래. 자기 선택 안 했다고 보복이라도 하겠다는 거야? 긴장한 청비는 거리를 다시 넓히고 싶었지만 단휘가 그녀의 손목을 잡는 바람에 그 자리에서 꼼짝도 할 수 없었다.

"다친 팔, 괜찮냐고."

뭐라고 할 새도 없이 단휘가 청비의 옷소매를 걷어붙였다. 청비는 그제야 어젯밤 다친 자신의 팔꿈치가 생각나 단휘의 손을 급히 뿌리쳤다.

"괜, 괜찮아요."

"발은?"

발? 내가 발도 다쳤었나?

"괜찮을 거예요, 아마도."

뭐야, 갑자기. 어울리지도 않게 걱정 같은 걸 해주고. 제 몸만 엄청 사리고, 제 몸만 챙길 것같이 생겨서는.

"하자는 아니었구나. 나중에 뒤탈이 생기는 건 곤란해서 말이지."

투두둑, 이마의 핏줄이 곤두서는 느낌이었다. 청비는 미간을 실그러뜨렸다. 하자, 그건 물건이나 건물에 쓰는 말 아닌가? 결함 투성이, 하자 투성이 이렇게들 말하던데.

역시나 그렇지. 내가 다친 걸 걱정하는 게 아니었어.

청비의 표정이 급격하게 식었지만 단휘는 전혀 아랑곳하지 않았다.

"네게 뭔 꿍꿍이가 있는지 모르겠다만, 나를 따르는 것이 좋을 것이다. 뭘 원하는지 말해보거라. 그게 뭐든 내가 들어주지."

"됐고, 빨리 왕자님한테 데려다주기나 해요."

일말의 여지없이 단번에 거절이었다. 단휘의 눈빛이 굳었다. 이렇게까지 말했는데도 끝까지 류하 형님을 택하는 여인의 행동에 적잖은 충격을 받은 것이다. 태자인 자신이 원하는 걸 들어주겠다는 건, 즉 세상의 그 어떤 금은보화라도 주겠다는 말인데 그것을 한 식경도 생각지 않고 거절하다니. 그에게는 생소할 수밖에 없는 반응이었다.

그는 냉정히 몸을 돌렸다. 싫다는데 더 붙잡을 필요 있나.

"밖에 누구 없느냐! 이 여인을 류하 형님 별궁으로 보내거라."

아예 등을 돌려버린 단휘의 모습에 청비는 괜히 마음이 찜찜했다. 삐쳤나? 너무 단칼에 거절한 듯싶어 그의 눈치를 살피는데 시녀가 들어와 바로 안내를 해주겠다 하니 청비는 더는 말을 붙이지 못하고 류하 왕자의 별궁으로 향했다.

별궁에 도착한 청비는 여기서부터는 혼자 갈 수 있다며 길 안내를 해준 시녀를 보내고는 천천히 주변을 감상하며 걸었다.

류하 왕자의 별궁은 다른 궁과는 다르게 화려하다거나 웅장한 느낌이 없었다. 하지만 왕자의 분위기와 아주 흡사했다. 왕자처럼 단정하고 정갈한 느낌 그대로였다. 아까는 긴장해서 그냥 지나쳐간 것들이 이제는 하나둘 시야에 들어오고 있었다.

별궁 안으로 들어갔지만 류하 왕자는 궁 안에서도 할 일이 많은지 좀처럼 얼굴을 볼 수 없었다. 하지만 시녀장이라는 중년 여자가 류하 왕자의 명을 받았다며 그녀가 지내게 될 방을 안내해주었고 식사까지 챙겨주어 불편함은 딱히 없었다.

청비는 류하 왕자에게 할 말이 있었기에 그가 일이 끝나 자신을 만나주길 기다렸지만 해가 저물고 어느새 날이 어두워져버려 내일을 기약해야 했다. 하루 사이에 엄청난 일을 겪은 탓에 피곤이 몰려와 그녀는 금방 잠이 들어버렸다.

날이 밝고 아침을 먹고 나오니 초봄을 알리는 따뜻한 햇살이 쏟아지고 있었다. 궁 앞 정원에서는 마침 류하 왕자가 야외 탁자에 앉아 그림을 그리고 있었다. 청비는 방해가 되지 않게 조용히 다가갔다.

선한 눈매, 깊은 눈빛, 영준한 콧날, 단정한 입술 선…… 그려놓은 것처럼 흠잡을 곳 없는 준수한 외모의 류하 왕자.

남자에게서 이렇게 깨끗한 느낌을 받은 적은 처음이었다.

그는 붓으로 그려놓은 분꽃나무에 색을 칠하는 데 열중해 있었다. 그러다 청비를 발견하고 이내 미소 짓더니 붓을 내려놓았다.

"제가 방해가 됐나 봐요. 계속 그리셔도 되는데."

"어제는 급한 일이 생겨서 제가 챙겨드리질 못했습니다. 방은 편하십니까?"

고전 영화에 나오는 남자 주인공처럼 부드러운 미소와 음성에 청비가 미소로 답했다.

"네, 아주 편했어요."

정신없이 잠들어서 방 구경도 제대로 못 했지만.

"저를 택한 이유, 물어도 되겠습니까."

청비는 잠시 망설였다. 솔직하게 말해도 되나?

"제 부탁을 잘 들어주실 것 같아서요. 사실 지금도 부탁드릴 것이 하나 있는데요……."

청비는 자신이 쓰러져 있었다던 그 강에 가보고 싶었다. 분명 주청강 근처에서 발견됐다 했으니 그곳으로 가면 다시 한국으로 돌아갈 수 있는 방법이 있지 않을까 하는 기대감이 있었다.

"주청……강? 그곳에 가보고 싶은데. 데려다주실 수 있으세요?"

"말을 준비하라 이르죠. 한데……."

류하는 청비의 환자복 차림을 위아래로 훑어보더니 고개를 갸웃거렸다.

"그 옷차림은 너무 눈에 띄는군요."

류하는 시녀를 불러 청비가 입을 옷을 준비해 갈아입히라 명했다. 청비는 바로 데려다준다는 류하의 말에 씩 입술을 올리며 고마움과 함께 만족감을 드러냈다.

역시 내가 사람 보는 눈은 있다니까.

죽은 줄만 알았던 강이 달라졌다는 류하의 말에 단휘는 직접 눈으로 확인하고 싶기도 하고 머리도 식힐 겸 해서 주청강에 와 있었다. 아들이 여인에게 거부당한 것이 안쓰러웠던지 천무 황제의 허락도 바로 떨어져 쉽게 궁을 나올 수 있었다.

강은 류하의 말대로 정말 달라져 있었다.

혼탁했던 강물은 바닥이 보일 정도로 투명했다. 맑아진 강 덕분인지 죽은 것이나 다름없던 강 주변이 살아나 있었다. 모든 것이 생기를 되찾은 듯했다.

그래도 여전히 죽은 강이라 알려진 탓에 사람들의 발길이 끊긴 지 오래라 혼자 감상에 젖기엔 더할 나위 없이 좋은 장소였다. 강은 잔잔한 물결을 이루며 조용히 흐르고 있었다. 눈부신 햇살 아래 바람이 불자 어디선가 흐드러지게 핀 흰 꽃잎들이 하늘하늘 강으로 떨어졌다.

단휘는 강 앞에 서서 여인이 자신이 아닌 류하를 택한 것을 다시 떠올렸다. 보통 그런 상황에 처하면 고민하는 척이라도 할 텐데 일말의 여지도 없이 류하 형님을 택하다니.

'류하 왕자님을 택하겠다.'

'류하 왕자님만 있으면 된다.'

'류하 왕자님보다 당신이 못하다.'

어느덧 단휘의 머릿속 생각은 점점 와전되어갔다.

그 많은 사람들 앞에서 감히 나를 망신 줘?

소문은 이미 궁 안에 다 퍼졌을 것이다. 단휘는 벌써 자신이 비웃음거리가 된 듯해 입술을 깨물고 눈을 지그시 감았다.

그래, 다른 생각을 하자.

가장 시급한 일은 어서 다른 여인을 구하는 것이었다. 그 타국의 맹랑한 여인이 류하 형님께 가버렸으니 다른 여인을 알아봐야 했다.

시간이 얼마 남지 않았는데 어딜 가서 여인을 데려온단 말인가.

초조함에 길게 한숨을 내쉬던 그때였다. 시원하게 불어오는 강바람에 익숙한 향기가 실려 왔다.

이 향기는……? 이건 필시 그 여인의 향기였다!

향기가 나는 곳으로 홀린 듯 다가가니 만개한 꽃들로 가득한 물푸레나무와 물푸레 꽃잎들이 바람에 흩어지고 있었다.

그래, 이 향기. 그 여인의 향이 보통 여인들이 지니고 다니는 향낭에서 풍기는 향과는 다르다 했는데, 물푸레나무 향기였나?

여인에게 났던 향기가 눈앞의 나무에서도 진하게 풍겨왔다. 단휘는 취할 듯 몽롱해져 나무 아래에 팔을 베개 삼아 풀썩 누웠다. 그러고는 한쪽 무릎에 발을 올려놓고 흥얼거리며 눈을 감고는 평온한 분위기에 심취했다.

제3장

낙심(落心) : 바라던 일이 이루어지지 아니하여 마음이 상함

청비는 류하와 같이 말을 타고 주청강으로 향하고 있었다. 그녀는 류하의 등 뒤에서 얼굴을 바짝 숙이고 어서 강에 도착하기만을 바랐다.

얼마나 시간이 지났을까. 달리는 속도가 점점 느려지더니 드디어 말이 멈추었다. 류하의 도움을 받아 말에서 내린 청비의 시야에 고즈넉한 주청강의 풍경이 들어왔다. 강가 주변에 늘어서 있는 나무들 사이로 산들바람이 불어와 나뭇가지를 흔드니 잎이 사락사락 흔들리고 싱그러운 향기도 나는 것 같았다.

눈앞의 주청강은 지금까지 한국에서 봐온 강들과는 비교할 수 없을 정도로 아름다웠고, 분위기도 묘했다. 특히 연푸른색의 강물은 속이 들여다보일 정도로 투명했고, 햇빛을 받은 강에는 눈이 부실 정도의 은색 광망이 뿌려져 있었다.

강을 둘러싼 들꽃들은 종류도 다양했다. 미풍에도 작은 꽃잎들은 춤을 추었고, 물푸레나무 꽃잎이 우수수 떨어져 그림 같은 경관을 만들어냈다.

"본래 생명이 없는 죽은 강이나 다름없었는데, 이렇게 변해 있더군요."

류하의 말은 상상이 되지 않았다. 신성함마저 드는 이 아름다운 곳이 생명이 없는 곳이었다니.

청비는 좀 걷고 싶다는 말을 남기고는 혼자 강 주변을 걸으며 여기저기 살펴보았다.

이상한 흔적이라던가, 자신이 살던 한국과 통하는 구멍 같은 게 있지는 않을지, 별별 상상까지 하며 이곳저곳을 들쑤시고 다녔지만 아무것도 찾을 수 없었다.

기운이 넘쳤던 청비는 실망감에 걸음도 점점 느려지고 힘도 빠졌다. 한국으로 돌아갈 방법을 도저히 찾을 길이 없었다. 청비는 그대로 풀썩 쪼그려 앉아 무릎에 얼굴을 대고 팔로 감쌌다. 눈물이 핑 돌았다.

그때였다.

"뭐 하냐, 너?"

고개를 드니 태자가 기다란 풀 하나를 입에 물고 그녀를 내려다보고 있었다. 청비는 우는 모습을 보이고 싶지 않아 손으로 눈을 벅벅 문질러 눈물을 닦았다.

"앉아서 쉬는 거예요. 힘들어서. 이제 일어날 거예요."

그런데, 저 남자가 왜 여기에 있는 거지?

"태자님이 여긴 왜……."

"너, 내가 왜 여기에 있나 그 말을 하려는 것 같은데, 이곳엔 내가 먼저 와 있었느니라."

청비가 자리를 털며 일어나자 단휘도 청비 쪽으로 숙이고 있던 몸을 세웠다. 여인이 똑바로 자신 앞에 서자 그녀의 달라진 모습이 눈에 들어왔다. 단휘는 특유의 소년 같은 눈빛으로 그녀를 바라보았다.

여인은 살구색의 어아주(魚牙紬) 비단옷을 입고 있었다. 여인의 흰 피부와 잘 어울렸다. 지난번에 봤을 때 얼굴을 가리고 있던 헝클어진 머리도 단정히 묶여 있어서인지 붓으로 그려놓은 듯한 고운 아치형 눈썹이 드러나 있었다.

"수영 좀 해요?"

단휘는 청비의 얼굴을 보느라 그녀의 말을 제대로 듣지 못했다. 이 여인이 뭐라 한 거지?

"뭐?"

"수영 좀 하냐고요."

대뜸 하는 소리가 수영을 하냐니. 여인은 질문을 하면서도 자신을 보고 있지 않았다. 여인의 시선은 강에 꽂혀 있었다.

"나는 못하는 것이 없다. 그런데, 그건 왜 묻는 것이냐?"

청비는 강을 보다 문득 그런 생각이 들었다. 한국에서의 마지막 기억이 물속인 데다 이곳 강가에서 발견되었으니 혹시나 돌아가는 방법 역시 저 강물 속으로 들어가야 하는 것이 아닐까 하는.

그래, 밑져야 본전인데 의심만 하고 계속 찜찜한 상태로 있으니 시도라도 해보자.

태자가 그나마 수영을 할 줄 안다니, 만약 그녀가 강물 속으로 들어갔는데도 한국으로 돌아가지 못하고 그냥 물에 빠져 허우적거리면 그래도 명색이 한 나라의 태자인데 설마 그냥 내빼진 않을 것이다.

강을 보는 청비의 표정에서 심상치 않은 기분을 느낀 단휘가 말을 걸려는데 마침 류하가 그들에게 다가왔다.

"태자가, 여긴 어찌……."

"하도 궁에만 갇혀 있다 보니 답답하여 나왔습니다. 강도 변했다 하니 살펴볼 겸 해서요."

"이게 가능한 일인가 싶구나. 이레 전에 왔을 때만 해도 황폐한 곳이었는데 말이다."

단휘와 류하가 말을 주고받는 사이 청비는 강으로 향하고 있었다.

그렇게 춥지 않은 날씨였지만 청비가 한 발 한 발 나아갈 때마다 굽이치는 강물의 수온은 물이 무릎까지밖에 차지 않았음에도 온몸을 전율케 했다. 눈을 질끈 감고 앞을 향해 나아가니 어느새 물은 허벅지를 넘어 허리께에서 넘실거리고 있었다.

물에 빠졌던 것이 마지막 기억이었으니 한국으로 돌아가려면 물속으로 들어가야 할 것 같은 생각에 청비는 지푸라기라도 잡는 심정으로 더욱 깊은 물속으로 들어갔다.

처음엔 위험하지 않을 정도의 깊이까지만 들어가 보자 했었는데, 한 발만 더, 한 발만 더 하다 보니 어느새 가슴까지 물이 차올랐다. 한국으로 다시 돌아가야 한다는 생각에 살을 에는 차가움도 느껴지지 않는지 청비는 멈추지 않았고 그녀의 몸은 점점 더 깊은 강 속으로 젖어들고 있었다.

그때였다.

『멈추거라.』

귓가에 강한 울림이 전해졌다.

환청인가? 아니면 뒤에서 왕자들이 자신을 부르는 것인가?

『자청비야, 멈추거라.』

왕자들은 분명 아니었다. 저들에게 이름을 알려준 적이 없어 그들은 그녀의 이름을 모른다.

그럼 누구지? 이 사람은 내 이름을 알고 있다.

청비는 주변을 두리번거리며 목소리의 주인을 찾아보려 했지만 제대로 앞을 볼 수 없었다. 강물은 어느새 그녀의 목 근처에서 출렁이고 있었다.

거센 강물에 얼굴을 후려 맞으니 정신이 번쩍 들었다. 그제야 청비는 물밖으로 나가려 했다. 하지만 시도에 그칠 뿐이었다. 거세어진 물살에 그녀는 발길을 돌릴 수도, 방향을 제대로 틀 수도 없었다.

"태자! 나 죽어, 태자!"

힘겹게 부르긴 했지만 물살이 세지면서 그녀의 코와 입으로도 물이 흘러들어와 살려달라는 그녀의 외침은 제대로 입 밖으로 나오질 못했다.

"살려…… 흐읍……."

더 깊은 곳으로 빠져들었는지 바닥에 발이 닿지 않았다. 청비는 물속에 가라앉았다가 다시 발길질을 하여 허우적거리면서 간신히 물 밖으로 얼굴을 내밀 수 있었다. 몇 번을 가라앉았다 올랐다 반복하니 힘이 빠지고 몸을 움직이는 것이 버거웠다.

청비의 눈은 점점 감겼다. 물속으로 더 깊이 가라앉아 물 밖으로 나가기를 포기할 즈음, 누군가가 그녀의 손을 잡아채는 것이 느껴졌다. 손이 따뜻했다. 얼음장 같아진 손에 누군가의 따뜻한 체온이 느껴지니 눈을 감고 있는 청비의 얼굴에 희미하게 미소가 퍼졌다.

아, 따뜻해.

물 밖으로 나왔는지 살갗으로 바람이 스쳐 지나는 것이 느껴졌다. 자신을 안고 있는 이가 누구인지 모르겠지만 몸이 밀착되어 느껴지는 품 안의 체온으로 인해 차가운 몸이 조금씩 녹아가는 듯했다.

누구지?

그녀의 심장은 쉴 틈이 없었다. 평소보다 몇 배는 더 심하게 뛰고 있는 것 같았다.

혹시, 돌아온 걸까?

제발 눈을 뜨면 다시 한국이기를…….

이탄국이며 주청강은 꿈이었기를…….

하지만 이내 품어본 기대는 들려오는 음성에 산산조각이 나버렸다.

"이러려고 수영 잘하냐 물어본 거였어? 내가 정말 잘하는지 시험이라도 해보려고? 빨리 눈 떠! 정신 차리라고!"

태자의 목소리였다. 청비는 크게 실망했고, 절망감에 눈가가 뜨거워졌다.

"어서 궁에 데려가야 한다!"

그 착한 왕자의 목소리까지 더해지는 것을 보니, 변한 것 하나 없이 결국은 또 이탄국이었다. 이곳에서 벗어날 수 없음을 알게 된 청비는 눈을 떠서 굳이 이곳이 어디인지 확인하고 싶지 않았다.

발견됐다던 주청강에서도 돌아갈 방법이 없다면, 난 이대로 영영 한국으로 돌아갈 수 없는 것일까? 대체 내가 왜 이곳에 오게 된 걸까?

청비는 금방이라도 툭 터져 나올 것 같은 울음을 참으려 아랫입술을 깨물었지만 이미 뜨겁게 차오른 눈물은 어쩔 수 없었다.

"정신 좀 차려보라니까!"

청비를 바닥에 눕히고 흔들어 깨우던 단휘의 손이 멈춰졌다. 그의 손에 닿는 뜨거운 무언가는 강물이 아니었다. 스르르, 청비의 창백한 두 뺨 위를 가르며 흘러내린 투명한 물방울은 눈물이었다.

여인은 울고 있었다. 그녀의 어깨를 붙잡고 있던 그의 손에 여인의 떨림이 고스란히 느껴졌다. 통나무처럼 굳은 단휘의 입에서는 어떤 말도 나오지 않았다.

눈물을 닦아주려 여인의 얼굴에 손을 가져가는데 류하가 말을 데리고 오는 것이 보였다. 단휘는 바로 손을 거두었다.

여인을 돌아본 순간, 단휘의 눈이 커지고, 내쉬던 숨마저 멈추었다. 청비는 조금도 움직이지 않고 가만히 누워 있었다. 물에 흠뻑 젖은 그녀의 옷은 몸에 착 달라붙어 있었다. 몸의 굴곡이 적나라하게 드러나자 단휘는 얼굴이 화끈거려 여인을 제대로 쳐다볼 수가 없었다.

"진짜, 손 많이 가네."

단휘는 자신의 도포를 벗어 여인에게 던지듯 덮어주었다. 시선을 어디다 둬야 할지 몰라 헛기침을 하는 사이 류하가 다가와 여인을 안아 들었다.

"단휘, 너는 먼저 궁으로 가 궁의를 부르거라. 여인은 내가 데리고 가겠다."

류하가 다급한 얼굴로 여인을 옮기려 하자 단휘는 기분이 이상했다. 공연스레 심기가 불편했다. 그러다 결국 자신도 모르게 그는 여인을 데리고 가는 류하의 어깨를 잡아 세웠다.

"제가 데리고 가겠습니다."

"단휘, 네가 왜?"

류하 역시 여인을 내줄 생각이 없었다. 류하와 단휘의 양보 없는 기류 속에 청비가 눈을 뜨고 몸을 일으켰다.

"가요, 류하 왕자님. 좀 쉬고 싶어요."

류하는 급히 말을 데리고 오겠다며 자리를 비웠고, 단휘는 기분이 나빴지만 애써 내색하지 않고 눈썹만을 굳혔다.

"괜찮으냐?"

청비는 젖은 옷의 물기를 두 손으로 짜며 단휘의 말은 듣는 둥 마는 둥 건성으로 대답했다.

"네."

"생색내는 건 절대 아니지만, 널 구한 것은 나였느니라. 내가 네 생명의 은인이란 말이지."

"알아요. 근데, 완전 늦었던데요. 덕분에 물도 엄청 많이 먹었어요."

허, 이거 봐라. 구해줬더니만 옷 보따리 내놓으라 하네. 고맙다는 말은커녕 오히려 늦게 구했다며 자신을 타박하고 있었다. 한 번도 자신이 예상한 반응을 보여주지 않는 여인이었다.

금세 말을 가지고 온 류하는 청비를 말에 올려주고는 자신 역시 그녀의 뒤에 올라탔다.

"그럼 궁에서 보자."

자신을 남기고 멀어지는 류하와 청비를 보는 단휘의 눈빛이 무척 어두워졌다.

류하 형님께 간 것은 저 여인이니 이제 더는 상관하지 않아도 될 일이었다. 목숨까지 구해줬건만 고마움도 모르는 여인이었다.

휙 고개를 돌리며 방금 전 상황을 떨쳐버리려 해도 단휘의 머릿속에서는 물속에 들어가고 있던, 보는 것조차 안타깝고 애처로웠던 여인의 모습이 자꾸 떠올랐다.

그냥 지나치기엔 석연찮은 점이 한두 가지가 아니었다. 왜 겁도 없이 강에 들어갔는지, 왜 소리도 내지 않고 눈물을 흘린 건지, 대체 무슨 사연인지 그는 그 이유를 알고 싶었다.

류하는 궁으로 돌아오자마자 궁의를 불러 청비의 상태를 살피게 했다. 특별히 다치거나 몸이 상한 곳은 없다는 궁의의 말을 들은 후에야 그는 청비에게 휴식을 취하는 것이 좋겠다는 말을 남기고 방에서 나갔다.

시녀의 도움으로 옷을 갈아입고 침상에 누운 청비는 몸도 마음도 지쳐 있었다. 아무것도 생각하고 싶지 않을 정도로 노곤했다.

한숨 푹 자고 생각하자.

여전히 찬 강물 속에 있는 듯 한기가 느껴져 청비는 이불을 머리까지 끌어 올리고 잠을 청했다.

뒤척거리다 잠이 든 지 얼마 안 된 것 같은데 시녀들이 식사를 가져와 일어나 보니 벌써 하루가 가버리고 아침이 되어 있었다.

고소한 냄새가 나는 죽이었는데 그녀는 입맛이 없어 몇 술 뜨지 못하고 숟가락을 내려놓았다.

"일어나셨습니까?"

류하 왕자였다. 여인이 일어났다는 시녀의 전갈에 바로 와본 것이었다.

"잠깐 잠이 들었는데 하루가 갔네요."

청비는 옅게 미소를 지었다. 류하는 잠시 망설이다 조용히 입을 열었다.

"어제, 왜 그런 행동을 한 건지 물어도 되겠습니까?"

류하의 걱정이 담긴 눈길에 청비는 선뜻 입을 열지 못했다.

어떻게, 뭐라 대답을 해야 할지……. 그냥 솔직하게 털어놔? 무슨 방법을 써서라도 한국으로 돌아가고 싶었다고?

강물로 무작정 들어가는 게 한국으로 돌아가는 방법 중 하나라고 생각해 시도해본 것이라고 말한다면 아무리 착한 왕자라고 해도 그런 터무니없는 말을 믿어줄 것인가. 더군다나 기억을 잃었다는 말로 저들의 동정심을 사 궁에 있을 수 있었는데, 만약 그게 아니라 한다면 자신은 이곳에 더는 머무를 수 없을지도 몰랐다.

청비는 고개를 아래로 푹 떨어뜨렸다.

"기억이 나지 않을까 해서요."

"기억?"

"네……. 왕자님께서 그러셨잖아요. 그 강가에서 저를 발견하셨다고요. 그래서 혹시나 물에 빠져서 기억을 잃은 게 아닌가 싶어서……."

왕자의 얼굴에 안타까움과 연민이 스치고 지나갔다. 청비는 미안함에 더욱 얼굴을 들 수 없었다.

"저한테 분명 대한민국이라는 곳에서 왔다 했는데, 기억나는 건 그것뿐입니까?"

이곳에서 대한민국은 아예 없는 나라이니 이들에게 말해줘도 도움이 될 리 없었다.

청비는 고개를 저었다.

"그것도 확실하지 않은 기억이라…… 잘 모르겠어요. 저한테 무슨 일이 일어난 건지 아는 것이 없어요."

이곳 이탄국에 언제까지 있을지 모르겠지만, 이곳에 있는 동안은 거짓말을 계속 달고 살아야 할 것 같았다.

그들 사이로 긴 그림자가 들어와 있었다. 그림자의 시작은 단휘의 검은 가죽신이었다. 아침까지만 해도 그는 제왕의 후계자로서 받아야 할 수업이며 검술 연습을 모두 다 마친 후 저녁쯤에나 청비를 찾아갈 생각이었다. 하지만 어느새 그의 발은 자신의 의지와는 상관없이 류하의 별궁으로 향했고, 청비가 머물고 있다는 처소 앞에 멈추어 있었다.

그는 마음이 뒤숭숭했다. 어제 그런 일이 있었으니 얼굴이 괜찮은지 확인만 하고 가야겠다는 생각에 들러본 것이었다. 그런데 하얀 도자기 같은 창백한 여인의 얼굴을 보니 쉽사리 발길을 돌릴 수가 없었다. 들려오는 여인의 목소리 역시 힘없이 잠겨 있었다. 거기다 강에 들어간 것이 기억을 찾으려 한 것이었다니.

단휘는 자신이 청비에게 한 말들을 떠올렸다.

─왜 거짓말을 하지?
─너, 이거 작정했다고 생각할 수밖에 없어.
─궁에 들어와 한몫 챙겨보려고 형님 앞에서 자빠졌던 거 아니냐고?
─기억을 잃은 척 연기한 거고.

자신이 내뱉은 말들은 도로 파편이 되어 그의 가슴에 박혔다. 그는 문에서 두어 걸음 떨어져 벽에 몸을 기대었다.

내가 저 여인에게 무슨 말을 했던 거지?

단휘는 안으로 들어가려 했지만 류하 형님과 여인이 서로 말없이 눈빛을 주고받고 있었다. 이미 그가 끼어들 수 없는 분위기였다.

　그에게는 까칠하기만 했던 여인은 형님 앞에서는 얌전한 규수의 모습을 보이고 있었다. 표정은 나긋나긋, 따뜻한 봄바람 같았다.

　그의 마음 한자락에 왠지 모를 서운함이 비쳤다. 분명 들어갔다가는 좋은 말이 나올 것 같지 않았다.

　단휘는 그대로 별궁을 나왔다. 발은 무거웠고, 마음도 묵직했다.

　늦게 구해준 것이 내내 마음에 걸렸는데, 그래도 여인의 상태가 괜찮은 걸 보니 그나마 안심은 되었다.

　낮에 종일 잠만 자서인지 청비는 한밤중이 되어도 잠이 오질 않았다.

　―자청비야, 멈추거라.

　눈을 감기만 하면 그 목소리가 떠올랐다. 환청인지 실제인지 분간이 안 갔다. 다만 귓가를 울리던 남자의 목소리가 뇌리에 박혀 지워지지 않았다. 태자나 착한 왕자의 목소리는 아니었다.

　분명 내 이름을 불렀어. 그렇다면 나를 알고 있는 남자라는 건데, 혹시 그 남자가 나를 이탄국으로 데리고 온 걸까? 그럼 강물에 나를 빠뜨린 것도 그 사람?

　계속 꼬리를 무는 궁금함에 잠은 더욱 오지 않았다. 뜬눈으로 이리 뒤척, 저리 뒤척거리던 청비는 산책이라도 해야겠다 싶어 아예 침상에서 일어나 시녀들의 눈을 피해 건물 밖으로 나갔다.

　고즈넉한 밤, 달이 환히 비치고 있는 정원에서는 귀뚜라미와 여치가 울고 있었다. 깊은 달밤, 마치 세레나데를 부르는 듯, 정원에 운치를 더해주고 있었다. 한국이었다면 가로등이나 조명이 정원을 비추어줬겠지만, 이탄국인 이곳은 달빛이 길잡이 노릇을 하여 길을 헤매지 않게 해주었다.

달빛을 받은 정원은 수많은 빛깔의 색으로 물들어 있었다. 지난번에는 도망가기에 급급해 정원의 풍경이 눈에 들어오지 않았는데, 그때보다는 여유가 생긴 것일까. 청비의 눈앞에는 영화 '한여름 밤의 꿈'에 나올 법한 신비스럽고 몽환적인 분위기의 그림 같은 정경이 펼쳐져 있었다.

달빛처럼 창백한 청비는 무언가에 홀린 듯했다. 어느새 그녀는 근처에서 들려오는 물소리를 따르고 있었다. 청비는 연못가 앞에서 걸음을 멈췄다. 연못 위에는 별들이 쏟아져 내려 금빛 물이 일렁이고 있었다. 그 아름다움에 눈이 떼어지지 않았다.

"설마 또 물에 들어갈 생각은 아니겠지?"

갑작스레 어디선가 들려온 음성에 그녀가 화들짝 놀라 뒤를 돌아보니 태자가 팔짱을 낀 채 그녀를 보고 있었다. 태자는 하얀 달빛과는 대조되는 어두운 청색 장포를 입고 있었다. 연못의 잔잔한 수면처럼 태자의 얼굴은 무슨 생각을 하는지 가늠할 수가 없었다.

자신도 모르게 '만찢남이다!'라는 말이 튀어나올 것 같아 청비는 얼굴을 휙 돌리고 표정을 수습했다.

"물에 들어가긴 왜 들어가요. 얼어 죽을 일 있어요? 바람 좀 쐴 거니까 상관 마시고 갈 길 가세요."

청비의 퉁퉁거림에도 단휘는 저벅저벅 가까이 다가왔다.

"바람이…… 차."

상냥한 목소리였다. 가슴이 간지러울 만큼. 차가운 밤바람이 살랑살랑 부드럽다 느껴질 만큼.

뭐지? 원래 태자는 이런 분위기가 아니잖아.

또 기분 상할 말들을 듣겠거니 했는데, 그의 말에서 느껴지는 건 분명 걱정이었다.

청비는 뭐라 말을 해야 할지 몰라 입술만 달싹이며 눈치를 보았다. 나오지도 않는 기침을 해가며 목을 가다듬은 청비가 입을 열려는 순간, 두어 걸음 떨어져 있던 단휘가 바로 그녀의 코앞으로 다가왔다.

그가 손을 올리는 동작을 취하자 청비는 순식간의 일이라 뒷걸음질도 못치고 무슨 상황이 일어날지도 모르면서 눈을 질끈 감았다.

"그만 들어가."

따뜻한 목소리였다. 슬며시 눈을 뜨니 태자는 멀어져 가고 있었고, 그녀의 어깨에는 그의 푸른 장포가 둘러져 있었다.

뭐야, 이런 걸 왜 나한테 해주고 그래.

그녀는 아직 태자의 이름도 모른다. 태자가 몇 살인지, 어떤 사람인지 아무것도 모른다. 하지만 한 가지는 알 것 같기도 했다. 빈틈없이 딱딱할 것 같지만 어느 한구석 사람을 혼돈스럽게 만드는…… 무언가가 있다는 것.

저만치 멀어진 단휘가 뒤돌아서는 바람에 짧은 순간 두 사람의 시선이 마주쳤다.

"뭐 하느냐? 안 들어가고."

단휘의 입가에 미소가 그려지는가 싶더니 어느새 그는 뒤돌아갔고, 청비는 그의 뒷모습을 이해 못 하겠다는 얼굴로 응시했다.

정말 이상한 남자야.

아침부터 정원으로 나온 청비는 연못가 청포 밭 사이에 앉아 일광욕을 하며 생각에 잠겨 있었다.

분명 그때 강에서 내 이름을 불렀었는데. 남자였고, 처음 듣는 목소리였어. 대체 누구지?

청비는 그저께 주청강에 들어갔던 일을 떠올렸다. 자신의 이름을 부르며 강으로 들어가라는 걸 멈추라 했던 남자. 한국으로 돌아가는 방법을 찾진 못했지만 최소한 그녀를 아는 이가 이곳에 있는 듯하니 아무 수확이 없는 것은 아니었다.

계속 머릿속을 맴도는 목소리의 주인이 누구일지 생각하는데, 청비의 시선에 연못 너머 배롱나무 아래 탁자에 앉아서 그림을 그리고 있는 류하가 들어왔다. 집중한 채 무언가를 그리고 있는 류하 왕자의 얼굴을 한참 동안 말없이 보며 청비는 감탄했다.

왕자 자체가 그림이네, 그림.

무엇을 그리고 있는지는 모르겠지만 저 유려한 자태하며, 정적인 분위기, 붓을 잡은 손의 놀림은 한 폭의 그림이었다. 그림을 그리고 있는 류하의 표정이며 눈빛은 무척 진지했다.

청비의 시선을 느꼈는지 류하는 곧 그림 그리는 것을 멈추었고, 그의 얼굴에 부드러운 미소가 드리워졌다. 청비 역시 화답하듯 손을 흔들었다.

그때 연못가 수풀이 흔들거리고 부스럭부스럭하는 소리가 들리자 청비의 귀와 눈이 그쪽으로 집중되었다. 뭐지? 바가지를 엎어놓은 것 같기도 하고, 돌 같기도 하고. 어라? 움직인다!

청비는 흠칫 놀란 나머지 모든 동작을 멈추었다. 수풀에서 나온 것은 녹색과 황색이 섞여 반질반질 윤이 나는 등껍질을 가진 거북이었다.

뭐야? 여기 거북이도 살아? 이거 무슨 파충류 체험관도 아니고.

거북은 느릿느릿 기어와 청비의 발밑에서 알을 품는 자세를 취했다. 거북이 알을 낳는 것까지 보게 되다니. '동물의 왕국'에서나 볼 법한 생명의 탄생이 눈앞에서 일어나고 있었다.

신기하면서도 기대감에 차 있는 청비는 방해가 되지 않게 숨죽여 거북을 지켜봤다. 바닥에 합체한 것처럼 배를 땅바닥에 붙이고 있던 거북이 몸을 떼자 땅에는 엄지만 한 크기의 알 세 개가 놓여 있었다. 거북은 재빨리 못 속으로 들어갔다.

알들 중 한 개는 알이라고 하기엔 색이며 모양이 이상했다.

청비는 참지 못하고 호기심에 알을 검지로 꾹 찔러보았다. 손가락에 따뜻한 온기가 느껴졌다. 바로 푹 파이는 질감으로 보아, 이것은 알이 아니었다.

갑자기 덮치듯 확 풍기는 이 구린내. 굳이 무엇인지 알고 싶지 않아도 알 수밖에 없었다.

이것은…… 변! 삼각형 변의 길이를 구할 때의 변 말고, 소변 말고…… 말 그대로 변! 거북 놈의 '배설물'이었다!

자신의 검지에 변이 묻었다는 것에 청비는 비명을 지르며 여기저기 풀잎에 손가락을 문질렀고, 그것으로도 부족해 물속에까지 담가 휘휘 저었다. 다시 손가락을 코에 가져가 확인해보니 아직까지도 구린 여운은 가시지 않은 상태였다.

청비는 다시 비명을 내질렀고, 나무, 꽃, 수풀…… 보이는 족족 손가락을 문지르며 여기저기 뛰어다녔다.

어느새 청비는 류하가 그림을 그리고 있는 반대편에 와 있었다.

류하는 의자에서 일어나 청비에게 다가갔다.

"무슨 일입니까?"

"그게……."

차마 거북 놈의 변을 파봤다고 말할 수는 없지. 네버! 절대로!

"바, 반가워서요…… 왕자님이."

류하 왕자는 잠시 당황해하다 다시 평온한 얼굴로 청비를 대했다.

"그렇다고 이리 힘들게 뛰어온 겁니까?"

"그, 그래야 빨리 볼 수 있죠…… 왕자님을."

청비의 얼버무리듯 내뱉은 말에 류하는 물끄러미 청비를 보았다. 눈앞의 여인이 이탄국 여인과 다른 것은 말투, 외모, 처음 봤을 때의 옷차림만이 아니었다. 이렇게 자신의 감정을 거리낌 없이 솔직하게 말하는 여인이 또 있을까 싶었다. 자신이 반갑다니……. 해륜궁에서 자신을 반가워하는 이가 있다는 것이 생소하고 낯설었다.

세류성에서 태수의 관직을 맡고 있는 류하였다. 하지만 실상은 태자인 단휘와 정치적 대결 관계로 혹여나 차후에 대립할까, 일찍이 경계 대상이 되어 열여덟의 나이에 내처지듯 세류성으로 보내진 것이나 다름없었다.

단휘가 태자로 책봉된 그날, 류하는 궁에서 버림받은 것이나 마찬가지였다. 그래서 해륜궁에 올라오는 일은 절기가 바뀔 때마다 행해지는 담로 회의에 참석하는 경우 말고는 극히 드물었다. 머무르는 것도 길어야 이레 정도였고, 이마저도 마음이 편치 않았던 류하였다.

"왕자님 이름, 물어봐도 될까요?"

"류하입니다. 려류하."

"아, 려류하……."

류하 왕자라. 캬아, 이름도 멋지구만. 이름을 불러보는 것만으로도 힐링이 되는 남자가 아닌가.

외모와 어울리는 준수한 이름이었다.

"그럼 앞으로 류하 왕자님이라고 부를게요."

"저도 아가씨 이름이 궁금하군요. 하지만 아가씨께선 기억이 안 날 것이니……."

"청비예요. 원래는 자청비인데…… 부르기 쉽게 보통 청비라고 불러요."

청비는 자신의 이름을 말해주고 싶었다. 그의 입에서 자신의 이름이 듣고 싶어졌다. 이곳에서 한 명이라도 자신이 청비라는 걸 알아주는 사람이 있었으면 했다.

"기억이 돌아온 겁니까?"

"아, 아니요. 이름만…… 기억이 났어요."

이름만 기억이 났다니, 자신이 생각해도 말이 안 되는데 류하 왕자는 믿어준다.

"그렇군요. 앞으로 청비 아가씨라고 부르면 되겠군요."

"네? 청비…… 아가씨요?"

갑자기 온몸에 닭살이 돋는 것 같은 느낌에 청비는 바로 고개를 저었다.

"아니요. 아가씨는 빼고 그냥 청비라고 부르세요. 말도 편하게 하시고요."

류하 왕자와 같이 있으면 마음이 편하고 안정감이 느껴졌다. 보는 것만으로도 그는 봄 햇살처럼 따뜻하고 카푸치노의 우유 거품처럼 부드러웠다.

"알았죠? 말 편하게 하세요, 그냥. 나이도 저보다 많아 보이는데. 저는 스무 살이에요. 왕자님은 나이가 어떻게 되세요?"

"그럼 그냥 편히 이야기하겠소. 나는 스물넷이오. 청비 양은 이제 나이도 기억이 나는 것이오?"

헉! 나도 모르게 이름에 나이까지 말해버렸네. 이러다 의심받을라.

"네? 네. 어머나, 갑자기 기, 기억이 나네요. 하하, 하하하."

눈도 마주치지 못하고 대충 얼버무리던 청비는 곧바로 말을 돌렸다.

"궁금한 게 있어요! 태자님 나이는 어떻게 돼요?"

"청비 양과 같은 스무 살이오."

뭐라? 동갑?

청비는 태자와 동갑이었다는 사실에 머리를 세게 얻어맞은 것처럼 충격을 받았다.

헉! 나랑 동갑이었어? 아오, 한국에서 봤으면 말도 깔 수 있고, 바로 내 밥

이었을 텐데!

"청비 양, 혹시 하고 싶은 것이 있소?"

청비는 류하의 말투가 아직도 마음에 들지 않았다.

"그보다 놓겠소, 있소, 그것도 좀 그런데. 더군다나 왕자님이시면서."

짐짓 망설이다 류하는 다시 말을 고쳤다.

"그래. 알겠다. 말을 아예 놓도록 하지."

그제야 마음에 드는지 청비는 빙긋이 웃었다.

"하고 싶은 것이 있냐고 물어봤죠? 저 궁 좀 구경시켜주세요."

궁 안은 회색 돌을 다듬어 길을 놓아서인지 다니는 데 전혀 불편함이 없었다. 궁궐의 대부분을 정원으로 만들어놓은 듯 낮은 구릉에는 녹음수가 숲을 이루어 큰 그늘을 만들었고, 양귀비, 금계국, 능소화가 곳곳에 피어 있었다.

아름다운 배경과 어우러지는 전각들도 하나같이 고풍스럽고 단아한 멋이 있었다. 정원의 끝자락에는 연못이 있었는데 안에 두 개의 섬까지 만들어놓아 호수라고 해도 될 정도로 규모가 상당히 컸다.

연못을 가로지르는 홍색의 목교를 건너가자 연꽃무늬 조각의 황금 막새와 형형색색의 단청으로 장식된 여러 건물들이 보였다. 모두 화려한 위용을 자랑하고 있었다.

"여긴 폐하의 침전인 서궁전이고 비빈들의 침소도 이곳에 있다."

류하가 서궁전을 지나 풍정전이 있는 건물 안으로 들어가자 청비는 문 앞에서 머뭇거렸다. 이곳은 폐하를 뵈었던 곳이 아닌가. 그 고압적인 분위기를 또 느끼고 싶진 않은데.

그런 마음을 알아챈 건지 류하는 청비를 안심시켰다.

"걱정 말거라. 오늘은 조회도 없어서 폐하도 침전에 계시고, 이곳엔 아무도 없으니."

청비는 다행이라는 얼굴로 안으로 들어갔다. 류하의 배려에 지난번보다는 편히 내부를 둘러볼 수 있었다. 풍정전은 건물 정중앙에 위치하고 있었고, 그 주변 벽 쪽으로는 수십 개의 문이 있었다. 그 문마다 병사들이 지키고 서 있었다.

"2층에는 폐하의 집무실과 서고, 접견실 등이 있는데 가보겠느냐?"

서고? 도서관 같은 거? 청비의 눈이 반짝 빛났다.

"서고라면 책이 많은 그런 곳 말씀하시는 건가요?"

"그래."

"네, 들어가 보고 싶어요!"

류하가 서고 문 앞에 다다르자 병사는 그를 보고 바로 고개를 숙이며 문을 열어주었다. 청비는 후다닥 안으로 들어갔다. 들어서자마자 청비의 눈이 휘둥그레졌다.

천장까지 닿아 있는 높은 책장 수십 개가 방 안을 꽉 채우고 있었고, 책장에는 모두 빼곡하게 책이 꽂혀 있었다. 그리고 벽 쪽 낮은 책장 안에는 종이뭉치들과 두루마리처럼 돌돌 말린 얇은 나무판들이 수두룩하게 채워져 있었다.

혹시나 한자가 이들이 쓰는 언어라면 몇 자 정도는 알아볼 수 있지 않을까 하는 마음에 서책을 펴보았는데 글자들은 한자와 비슷했지만 청비가 알아볼 수 있는 것이 아니었다.

실망한 청비는 서고를 나왔다. 본전에서 밖으로 이어지는 회랑을 지나가는 동안에도 크고 작은 부속 건물들이 정말 많았다. 하루에 다 못 돌아볼 정도로 해륜궁은 정말 넓고 웅장했다.

뒤편 후원으로 류하를 따라가던 청비는 반원형의 돌 위에 세워진 누각과 그 앞으로 이어진 대리석 단폐의 무대를 지나가게 되었다. 그 자리에 멈춰 선 청비는 앞서 가고 있는 류하를 불렀다.

"류하 왕자님! 얼른 와보세요!"

청비는 누각과 무대를 왔다 갔다 하며 호기심을 참지 못하고 궁금한 것을 물었다.

"왕자님, 여긴 뭐 하는 곳이에요?"

"이곳은 경사가 있거나 외국 사신들을 접견할 때 연회를 여는 곳이다. 달빛이 가장 잘 비치는 곳이라 해서 월명루라 이름이 붙여졌지. 청비 네 앞에 있는 것은 연회와 궁중 예악을 볼 수 있는 무대이니라."

연회? 궁중 예악? 재밌겠다! 가뜩이나 심심했는데. 그런 거라도 볼 수 있다면 지루하던 차에 어느 정도의 오락거리가 제공되는 것이 아닌가.

"아, 빨리 보고 싶다. 그런 건 언제 하는데요?"

"폐하의 탄신일이 보름 남았으니 아마 그때 악공이며 예인들을 궁으로 불러들일 것이다."

"꼭 보고 싶어요. 예쁜 언니들이 춤도 추고 광대가 나와서 줄타기 같은 것도 하려나?"

청비는 들뜬 얼굴로 먼저 앞서 갔고, 그런 청비를 보는 류하의 얼굴엔 할 말이 있는 기색이 완연했다.

사실 류하는 이제 이틀 후면 궁을 떠나 세류성으로 내려가야 했다. 그러니 당연히 청비도 같이 데려간다 생각을 하고 있던 차였는데 그녀는 아직 모르는 것 같았다.

청비가 혹시나 내려가는 것을 싫어할 수도 있으려나?

폐하의 탄신일에 열리는 연회를 보고 싶어 하는 듯하니, 내려갔다 다시 청비를 데리고 올라오면 좋겠지만 세류성은 가장 남부 지방에 위치해 있어 해륜궁까지 쉽게 왔다 갔다 할 정도의 거리는 아니었다.

아직 해륜궁을 떠나기까지는 시간이 있었다. 류하는 어떻게 청비에게 말을 꺼낼지는 차차 생각해보기로 하고 궁을 마저 보여주기 위해 안내를 계속했다.

어느덧 해가 완전히 저물어 날이 어둑해졌다. 동궁전으로 들어서는 정문 앞에서 류하가 걸음을 멈추었다.

"이곳 동궁전이 마지막이다. 이 문 안으로 들어가면 궁을 볼 수 있다."

동궁전이라는 곳은 안을 볼 수 없게 높은 벽으로 둘러싸여 있는 데다 외부와 차단된 듯 문이 굳게 닫혀 있었다. 누구든 볼 수 있게 개방된 다른 건물들과는 달랐다.

"여긴 뭐 하는 곳인데요?"

청비의 말에 류하가 아닌 다른 사람의 목소리가 대신 답했다.

"내가 머무는 곳이다."

청비는 목소리가 들린 곳으로 몸을 돌렸고, 우뚝 서 있는 태자와 눈이 마주쳤다. 태자는 뻬딱하게 선 채로 청비를 응시하고 있었다. 뭐가 또 마음에 안 드는지 그는 불만스러운 표정을 하고 있었다.

"내 성역이지. 감히 아무나 들어올 수 없는."

청비는 코웃음을 쳤다.

"저도 별로 들어가고 싶지 않은데요."

기싸움이라도 하듯 단휘와 청비의 오가는 눈빛은 팽팽했다. 단휘가 한 걸음, 한 걸음 더 가까이 다가오자 청비는 순간 움찔했지만 절대 눈만큼은 피하지 않았다.

청비의 얼굴은 단휘가 다가올수록 점점 위로 향했고, 어느새 둘 사이는 바짝 붙어 있게 되었다. 류하가 앞으로 다가와 둘을 제지하듯 단휘에게 말을 건넸다.

"청비가 궁을 보고 싶다 해서 보여주고 있던 중이었다. 네가 원치 않으니 동궁전은 보여주지 않으마."

단휘의 눈썹이 치켜 올라갔다.

청비? 이 여인의 이름인가?

"아닙니다. 보여주는 게 무에 그리 어려운 거라고."

"누가 보고 싶대요?"

단휘는 청비의 말이 들리지 않는 듯했다.

"동궁전을 보여준 뒤 여인을 데려다줄 것이니 형님은 먼저 돌아가셔도 됩니다."

"아뇨. 됐어요."

단휘는 청비의 말도 듣지 않고 그대로 그녀의 손목을 잡아끌어 안으로 들어갔다.

"안 봐도 된다니까요!"

그렇게 말하면서도 청비는 주변을 두리번거렸다. 단휘의 손에 끌려 도착한 곳에는 고개를 한참이나 꺾어 올려다봐야 할 정도로 큰 건물이 있었다. 단휘는 고개를 까딱이며 가리켰다.

"여기가 동궁전."

동궁전이라는 곳은 다른 곳보다도 한층 더 높아 보였고, 화려하면서도 우아한 분위기가 흘렀다. 좀 더 보고 싶었지만 처음부터 별로 보고 싶지 않다는 티를 팍팍 내주었기에 이제 와서 구경하겠다고 말하기가 민망했다. 청비는 심드렁한 표정을 지어 보였다.

"봤으니까 이제 됐어요."

"따라오기나 해."

단휘는 청비를 데리고 동궁전 뒤편 꽃담이 이어지는 길로 들어섰다.

"어디 가는데요?"

단휘는 귀찮은 듯 짧게 대꾸했다.

"비밀 정원."

비밀 정원? 그런 곳이 있어?

그제야 조용해진 청비는 기대하는 얼굴로 단휘를 따라갔다. 드디어 도착한 건지 단휘는 청비의 손목을 놔주었고 눈앞에 펼쳐진 넓은 정원의 전경에 그녀는 할 말을 잃고 탄성을 질렀다.

그곳은 식물원인지 착각할 정도로 다양한 수목들과 화초들이 여기저기 널려 있었고 정원 중앙에 위치한 정자에서는 복사꽃이 봄바람에 날려 분홍빛 향연을 만들어내 꽃향기가 그윽하게 퍼져 나왔다.

왜 이런 아름다운 곳을 비밀 정원으로 만들어 혼자만 보아온 건지 이해가 안 갈 정도였다. 한국에서 보아온 인공적인 정원과는 또 다른 느낌이었다. 건물 주변과 정원 여기저기를 거닐며 감상하다 주위에 아무도 없다는 걸 알게 된 청비는 태자를 찾았다.

태자는 어디 간 거지?

물줄기 소리가 나는 산책로를 따라가다 보니 연못 위 석교에 서 있는 태자를 발견할 수 있었다. 석교 아래, 잔잔한 물결과 석양을 배경으로 단휘의 모습이 물그림자로 비쳐져 있었고, 그 위로 복사꽃이 하나둘 떨어지고 있었다.

그 모습이 외로워 보이는 건 왜일까. 청비는 사색에 잠겨 있는 단휘의 옆에 조용히 섰다.

"다 보았느냐?"

"네, 구경 잘 했어요. 정원이 꽤 볼 만한데요?"

그는 계속해서 정원에서 눈을 떼지 않고 있었다. 석교 위에서 정원을 내려다보는 눈빛이 무척 깊어 보였다.

비밀 정원이랬나? 말 그대로 정말 이곳엔 비밀이 있어 보였다.

"이 정원은 나에게 특별한 곳이다."

태자의 목소리에서 배어 나오는 음울함은 귀하게 자란 것처럼 보였던 그에게 남모를 사연이 있을 것만 같은 느낌이 들게 했다. 청비는 나란히 석교에 서서 가만히 그의 말을 들었다.

"어머니께서 나를 가지셨을 때 만드셨던 곳이지. 만삭이 되셨을 때도 꽃을 심고 나무도 직접 관리해 정원을 가꾸셨다 들었다."

"어머니한테 효도 많이 하셔야겠네요. 이렇게 아름다운 정원을 만들어주셨는데."

"효도라……. 나도 해보고 싶은데…… 할 수가 없구나. 돌아가셨거든. 내가 태어나고 바로."

청비 역시 어머니가 일찍 돌아가셨다. 태자와 같은 슬픔을 공유하고 있어서인지 태자를 바라보는 청비의 눈빛이 자연스레 촉촉해졌다.

정작 단휘는 아무렇지 않은 얼굴로 계속 말을 이어갔다.

"이곳의 모든 것에 어머니의 손길이 닿아 있기 때문에 다른 이가 만지는 게 싫었다. 그럼 꺾어질까, 망가질까, 그런 걱정은 하지 않아도 되니 말이다. 그래서 이곳은 아무도 들이지 않게 하고 있었다. 말 그대로 비밀 정원, 나의 비원이지."

"근데 나는 들어오게 해줬네요."

단휘의 시선이 청비에게로 향했다.

"그래. 여기 들어온 외부인은 청비, 네가 처음이다."

"어? 내 이름을 알아요?"

알려준 적이 없기에 청비는 당황한 얼굴을 했다.

"아까 형님이 널 그렇게 부르던데."

"……."

"기억을 잃었다면서 어떻게 이름은 기억난 것이냐?"

전부터 정곡을 찌르는 말은 참 잘해.

"조금씩 기억이 돌아오는지 제 이름은 기억이 나던데요."

"이름은 기억이 났다?"

다 알고 있다는 듯 넌지시 보이는 웃음에 민망해서 청비는 고개만 주억였다.

"그럼 나도 앞으로는 이름을 부르지."

"……네."

"청비야."

그렇다고 이렇게 바로 부를 줄이야. 태자가 이름을 불렀을 뿐인데, 그뿐인데, 좀 이상하다. 체했나?

"청비야."

태자가 중저음의 음성으로 자신의 이름을 부르니 따뜻한 봄바람이 가슴을 훑고 지나가는 느낌이었다. 바람은 시원하게 느껴지지 않았고, 오히려 속이 답답했다. 표 내지 않으려 청비는 가능한 한 무표정을 유지한 채 단휘의 시선을 맞았다.

"근데 비밀 정원이라면서 왜 저한테는 보여주는 거예요?"

그의 입이 슬쩍 위로 들리더니 입가에 희미한 웃음이 번졌다.

"나도 의문인데. 왜 너에게 여길 보여준 건지. 이제 곧 너는 해륜궁을 떠날 텐데 말이다."

그의 말에 청비의 눈이 동그래졌다.

이건 또 무슨 맑은 봄날 날벼락과도 같은 소리야?

"떠나다니, 누가요? 제가요?"

당황한 건 자신이건만 오히려 의아하게 쏠려오는 단휘의 시선에 청비는 다급히 되물었다.

"말해봐요. 제가 왜 해륜궁을 떠나는데요?"

단휘는 난색을 표했다.

"모르느냐? 형님께선 이틀 후면 해륜궁을 떠난다. 그러니 너도 형님과 같이 가는 것이 아니겠느냐?"

청비의 두 눈이 급격히 흔들렸다.

떠난다니……궁을 떠난다니! 류하 왕자도 이 궁에 살고 있는 거 아니었어?

"그럼 류하 왕자님이 사는 곳은 어딘데요? 여기서 멀어요?"

"기억을 잃었다 하니 세류성이 어딘지는 모를 테고. 그곳은 이틀 밤을 꼬박 새야 도착하는 곳이다."

뭐? 몇 밤? 이틀 밤을…… 꼬박 새야…… 도착하는 곳?

류하를 따르겠다며 그를 택했으니 당연히 자신도 궁을 떠나 그곳으로 가야 한다는 것인데. 청비의 안색이 갑자기 먹장처럼 어두워졌다. 그녀는 부정하듯 고개를 강하게 절레절레 흔들었다.

안 돼! 난 여기에 남아 있어야 해. 왜 이탄국에 오게 된 건지, 하필 왜 그 주청강에서 자신이 발견된 건지 아직 알아낸 것이 하나도 없는데.

강에 빠졌을 때 자신의 이름을 부르며 멈추라 말했던 그 남자를 찾아내야 했다. 만일 돌아갈 방법을 알아내기라도 한다면 지금 당장이라도 그 강으로 가야 하는 상황이었다. 분명 그 강에 한국으로 돌아갈 방법이 있을 것 같았다.

세류성인지 하는 그 먼 곳에 갈 순 없어! 아, 어떡하지. 어떡하냐고!

단휘가 청비를 데리고 가는 바람에 혼자 남겨진 류하는 먼저 자신의 별궁으로 돌아와 내일 아침에 열리는 담로 회의에 주청 올릴 안건을 정리하고 있었다. 하지만 청비와 단휘가 같이 있다는 생각이 드니 마음이 편치 않았다. 아마도 여인에게 전혀 관심을 두지 않던 단휘의 행동이 낯설게 느껴져서 그런 것이리라.

마음을 다잡고 시간을 보내던 중 류하는 낮에 그림을 그리던 것이 기억나 두고 온 그림을 가지러 배롱나무 아래로 갔다.

하지만 그림은 보이지 않았다. 탁자 위에는 먹과 연적, 붓 같은 도구만이 있을 뿐 연보랏빛 청포 꽃에 파묻혀 앉아 있는 청비를 그린 그림은 어디에도 없었다. 혹시 바람에 날아갔나 싶어 주변을 둘러봐도 보이지 않았다.

누가 치웠을지도 몰라 시녀들에게 물어보아도 돌아오는 말은 모두 한결같이 '모른다.'는 대답뿐이었다. 원래는 청포 꽃을 그리고 있다가 여물은 봄 햇살을 받은 청비가 아름다워 저도 모르게 그려 나간 그림이었다.

그림은 또 그리면 되는 것이니, 할 수 없군.

아쉬움을 뒤로하고 나가려는 그때, 청비가 오고 있는 것이 보였다.

"청비야."

청비를 불렀지만 그녀는 들리지 않는지 멍하니 터덜터덜 힘없이 걸어가고 있었다. 얼굴을 보니 낯빛이 좋지 않았다. 그녀는 깊은 생각에 빠진 얼굴로 정면만을 응시한 채 걷고 있었다.

류하는 청비가 오늘 여러 군데를 다녀 피곤한 것이라 여기고 조용히 뒤를 따랐다. 청비가 방으로 들어간 것까지 본 후에야 류하 역시 안심하고 자신의 처소로 향했다.

이틀 후 궁을 떠나야 한다는 얘기는 내일 해야겠군.

제4장
동심(動心) : 마음이 흔들림

청비를 보내고 온 단휘는 서재로 들어가 궤의 가장 안쪽 서랍에서 비단에 싸여 있는 두루마리를 꺼내 책상 위에 놓았다. 최고급으로 꼽히는 능라 비단에 보관해온 걸로 보아 그가 얼마나 소중히 여기는 그림인지 알 수 있었다.

비단을 풀자 펼쳐진 그림은 단휘의 생모이자 소헌황후의 초상화였다. 워낙 오래전에 돌아가셔서 얼굴을 기억할 순 없지만 어머니가 생각날 때마다 그는 이렇게 그림으로나마 위안을 삼고 있었다.

"저는 눈에 익어서 그런지 이제 아무런 느낌도 없는데, 그 여인은 어머니의 정원이 아름답다는군요."

단휘는 옷소매에서 종이 한 장을 꺼내어 펼쳤다. 펼쳐진 종이에는 청포꽃에 폭 둘러싸여 있는 청비가 그려져 있었다.

형님과 여인이 뭘 하고 있을지 궁금해 별궁에 들렀다가, 둘이 궁을 비웠다 하여 발길을 돌리는 차에 그의 발치에 날아온 그림이었다. 그냥 지나가려 하다 이상한 기운에 주워 보니 그 여인이 그려져 있었고, 다시 바닥에 버리려다 지도 모르게 가져온 것이었다. 그림에서도 여인의 신비스럽고 묘한 분위기가 아주 잘 드러나 있었다.

괜히 신경 쓰고 싶지 않아 그림을 둘둘 말아 서안 구석에 툭 던져놓는 사이, 조용한 인기척과 함께 문 너머로 호위 무사인 건희의 음성이 들려왔다.

"건희입니다. 문서는 준비되었습니다."

건희는 단휘가 밤중에 궁 밖으로 밀행을 나가 무엇을 하는지 알고 있는 유일한 인물이며 해륜궁 내에서 그가 가장 믿고 아끼는 심복이었다.

건희가 온 걸 보니 어느새 시간이 많이 흘렀나 보다. 창밖을 보니 벌써 달이 조각구름에 휘감겨 짙은 어둠이 깔린 밤하늘이 보였다.

어두워진 하늘을 보는 단휘의 무감한 눈빛에서는 냉기가 뚝뚝 흘렀다. 서재의 어둠을 빨아들일 것처럼 깊고도 서늘한 얼굴에는 세상을 가볍게 여기며 제 마음 가는 대로 행동하는 단휘는 없었다. 다른 이들이 모르는 단휘의 이면이었다.

단휘는 궤 옆에 자리한 머릿장의 여닫이문을 열고 백자를 꺼냈다. 백자 속에선 청단에 감싸여진 보따리가 나왔고, 단휘가 청단을 펼치자 그의 신분을 가려줄 칠흑같이 검은 평복과 복면이 드러났다.

밤이 더욱 깊어졌고, 단휘는 어느새 건희와 함께 조용히 궁을 빠져나가고 있었다. 만약 시녀나 병사들이 발견하더라도 그가 누구인지 알 길이 없었다.

단휘는 금실로 수놓은 비단옷 대신 검은 평복을 입고 있었고, 그의 날카롭게 서 있는 콧날과 고집스럽게 다물고 있는 붉은 입술은 복면으로 가려져 있었다.

주변에 아무도 없는 것을 확인하고 소리 없이 돌담에 올라선 사내 둘은 순식간에 가까이 있는 지붕으로 올랐다.

탁, 탁, 탁.

바람 소리가 아니었다. 중앙 사랑채 기왓장 위를 바람처럼 빠르게 지나가는 사내들의 발소리였다. 건물에서 건물로, 다시 또 다른 건물 위를 옮겨가는 것을 몇 번을 반복하고 나서야 안채로 보이는 전각의 팔작지붕 위에서 발소리가 멈췄다.

휘이이, 휘이.

휘파람 소리가 봉황 무늬의 기와와 둥근 기둥을 타고 안채에 가까워지고 있었다. 누군가의 불편한 등장을 일찍이 예감했던 건지 안채 주변에는 장대한 체격의 사병들이 지키고 있었다. 앞서 있던 푸른 복면의 사내는 검 집에서 검을 빼들었고, 뒤에서 휘파람 소리를 내던 사내는 잠시 멈칫했다.

"하나, 둘, 셋, 넷."

복면을 쓰고 있어 얼굴에서 유일하게 드러난 눈으로 사병들의 수를 헤아리고 있는 그는 단휘였다.

"합이 열. 내가 돕지 않아도 충분하리라 믿는다."

단휘의 말이 끝나자 푸른 복면을 한 건희는 일직선으로 검을 휘두르며 앞을 가로막고 있는 사병들을 양옆으로 쓸어내 단휘가 갈 수 있게 길을 내주었다. 단휘의 휘파람 소리와 함께 그의 뒤로 검이 부딪히는 둔탁한 소리들이 건물 안을 울렸다.

안채에서는 도성 근방 고을, 연암의 지주인 황 씨가 이불을 뒤집어쓰고 엎드린 채 사시나무 떨 듯 온몸을 떨고 있었다.

언젠가부터 도성의 탐관오리며, 재물깨나 모은 지주들 사이에서 소문으로만 들어왔던 그 '도휘'가 틀림없었다. '도휘'는 휘파람을 불면서 나타난다는 도둑을 일컫는 별칭이었다. 그 '도휘'가 자신한테도 올지 모르기에 혹시나 하는 마음에 사병을 더 심어놨는데 이마저도 소용이 없는 건지 장지문 너머로 휘파람 소리가 가까워지고 있었다.

다행히도 가진 재물은 모두 처리해 전답을 사놓은 터였다. 전답 문서를 가져간다 해도 토지 주인인 자신이 있어야 매매가 가능하기에 저들에겐 한낱 종잇장에 불과할 것이다. 탐욕에 젖어 번들거리는 눈동자의 황 씨는 안도하면서도 문갑 안에 넣어두었던 사람 머리통만 한 크기의 금 두꺼비를 급하게 꺼내어 자신의 가슴 춤을 벌려 속에 감추었다.

탕―.

장지가 부서질 듯 열리며 검은 복면의 사내가 등장했다. 황 씨는 자지러지듯 놀라며 금 두꺼비를 품에 꼭 안고 벌벌 떨면서도 귀족 체면은 있는지 목소리를 높였다.

"네, 네놈은 누구냐!"

"그건 알 거 없고."

단휘는 검을 빼어 바닥을 그으며 황 씨에게로 다가갔다.

"내가 당신하고 좀 볼일이 있어서."

열린 문으로 들어오는 달빛은 칼날에 반사되어 검광을 뿌렸다. 검을 보니 이 자리에서 당장 죽는 게 아닌가 싶어서 황 씨의 얼굴은 사색이 되었다. 그는 납작 엎드린 채 살려달라 빌기 시작했다.

"아이고, 나리. 제발 좀 살려주세요. 이렇게 제가 빕니다. 가진 것도 다 드릴 테니 제발…… 나리!"

"나리?"

단휘는 팔짱을 끼며 눈썹을 치켜 올렸다.

"어쩌나. 난 그보다 더 높은데."

"그, 그럼 폐, 폐하! 무엇이던 간에 제일 높으신 분입니다!"

"그렇다고 폐하 급은 아니고."

황 씨는 가슴에 금 두꺼비를 품었기에 어기적어기적 무릎으로 기어가 문

갑 속에서 노리개며 옥 반지, 은자들을 모두 꺼내기 시작했다.

"얼마 안 되지만 이거라도 원하신다면 가져가시고 제 목숨만은……."

"됐고."

단휘는 품속에서 종이 문서 뭉치들과 인주를 꺼내어 황 씨 앞에 던졌다.

"손도장이나 찍어."

"이것이 무엇인지 알아야……."

"보면 알아."

황 씨는 문서들을 가져와 살폈고, 곧바로 문서를 잡고 있는 손이며 눈자위가 초점을 잃은 듯 심하게 흔들렸다. 단휘가 건희를 시켜 연암 관서에 몰래 잠입해 가져오게 한 노비 문서였다.

이틀 전에도 단휘는 평소와 다를 바 없이 건희와 함께 궁 밖을 잠행했었다. 비록 나갔다 들어가는 길에 청비에게 들켰지만 말이다.

"재물을 불리는 방법이 좀 거슬리더라고. 팔아넘긴 노비만 수백. 여인에 어린아이까지 팔았던데."

그날 시장에 나갔다 노비를 사고파는 일이 급격히 늘었다는 말을 들은 단휘였다. 노비 시장에 가서 보니 그중 대부분이 황 씨 소유의 노비들이었다. 이상하게 생각되어 중개인에게 알아보니 연암의 가장 많은 땅을 소유하고 있는 황 씨가 백성들에게 식량을 꾸어주고 이자를 못 내면 자신의 노비로 만들고 있다는 것이었다.

조금만 시간이 지나도 이자율을 턱없이 높여 그들로선 도저히 갚을 수 있는 금액이 아니라는 것이었다. 그래서 대부분은 황 씨가 노비로 삼아 관서에까지 등록을 해놓아 도망을 갈 수도 없었고, 자신들이 높은 이자를 갚겠다고 약속해 식량을 꾸어간 터라 어디에 하소연할 수도 없는 처지였다.

이것을 알게 된 단휘가 직접 나서게 된 것이었다. 노비의 신분을 풀어주려면 관서에 등록된 노비 문서에 주인이 신분을 면천시켜준다는 손도장이 필요했다. 그래서 단휘는 건희를 시켜 황 씨가 들인 노비들의 문서를 몰래 빼 오게 한 것이었다.

"나리, 이 문서의 노비들은 전부 제 돈을 갚지 않아 자청하여 노비가 된 사람들입니다."

"네 뜻이 아니다? 그럼 잘됐네. 너도 원치 않는 노비들을 풀어주니 오히려 나한테 고마워해야겠구나."

"그것이 아니옵고 저는 그저……."

"됐고. 도장이나 찍어."

단휘는 바닥을 향해 있던 검을 들어 황 씨의 목에 겨누었다.

"안 그럼 네놈을 내 노비로 쓸 거니까."

"……."

"왜? 내 노비가 되고 싶은 것이냐?"

자신의 목 바로 아래에 차가운 칼날이 닿으니 공포심을 느낀 황 씨는 눈물 콧물 다 쏟으며 문서에 자신의 손도장을 하나하나 찍어 나갔다. 마지막 한 장까지 모두 황 씨의 손도장이 찍혀지자 단휘는 문서를 챙겼고, 금 두꺼비로 인해 툭 튀어나온 황 씨의 배를 보며 실소를 날렸다.

작작 좀 먹어대라고 한마디를 하려다 옷고름 사이로 보이는 금빛을 발견한 단휘는 황 씨가 비명을 지를 틈도 없이 검으로 황 씨의 상의를 베었다. 황 씨는 두툼한 뱃살을 보이며 벌러덩 뒤로 나자빠졌고, 금 두꺼비는 바닥에 나뒹굴었다. 그 모습을 보고 단휘의 한쪽 입가가 씩 올라갔다.

"고맙게 선물까지 준비하셨네? 이건 받아가도록 하지."

단휘가 안채에서 나오자 사병들은 모두 바닥에 쓰러져 신음하고 있었고, 식솔들과 하인들은 이게 무슨 일인가 싶어 모두 나와 겁에 질린 얼굴을 하고 있었다. 그들 사이에서 건희가 조용히 단휘를 기다리고 있었다.

"노비들은?"

"내일 노비 시장에 데려갈 생각이었던 것 같습니다. 모두 행랑채에 갇혀 있다 합니다."

"모두 풀어주고 노비 문서는 다시 관서에 갖다놓거라."

단휘는 금 두꺼비를 건희에게 건넸다.

"그리고 이건 팔아서 그들에게 나눠주고."

"예."

건희는 단휘를 불렀다.

"형……님."

항상 입에서 떨어지지 않는 호칭이었다. 하지만 밖에선 '전하'라는 말 대신 '형님'이라는 말로 태자를 불러야 했다. 단휘의 명이었다.

"그때 명을 내리신 건 어떻게 할까요? 입이 무거운 여인들로 물색해놓았습니다만."

"그 일은……."

단휘는 청비의 흔들렸던 눈빛을 떠올렸다.

혹시 궁을 나가는 것이 싫은 걸까?

그럼 굳이 생판 모르는 여인을 대역으로 쓸 필요는 없는 것이다. 단휘의 눈동자에 잠깐이지만 기대감이 스쳤다.

"기다리고 있을 겁니다."

"문향각이라 했느냐?"

청비는 류하에게 어떻게 말을 꺼내야 할지 내내 생각했다. 베개를 대역 삼아 류하에게 말하듯이 미리 연습까지 해보다 밤이 늦어 침상에 누웠지만 이런 상황에서 잠이 올 리가 없었다.

이대로 누워서 뜬눈으로 밤을 새는 것보다 밖에 나가 바람이나 쐬는 것이 나을 듯해 청비는 밖으로 향했다. 달밤에 체조를 한다던가, 바깥바람을 쐬며 좀 걸어줘야 잠이 올 듯했다.

이제는 병사들도 그녀를 알아서인지 이렇게 한밤중에 궁을 돌아다녀도 그냥 지나쳐 갔다. 몰래 궁을 나가려고 도망쳤던 그날과는 확실히 다른 기분이었다. 이렇게 점점 이탄국에 적응해가고 있는 것이 한편으론 슬프기도 하고, 이러다 영영 한국으로 돌아가지 못하는 것이 아닐까 하는 두려움도 일었다. 청비는 금방이라도 눈물이 뚝 떨어질 것 같아 혼자 있고 싶은 마음에 병사들이 다니지 않는 외진 곳을 찾았다.

높은 담벼락으로 막혀 있는 데다 백당나무가 여러 그루 있어 사람들의 눈에 띄지 않는 곳이었다. 매달아놓은 등불도 없으니 밤하늘은 더욱 까맣게 보였다. 한국에서 보아온 것과는 달랐다. 밤하늘의 수많은 별들은 금방이라도 떨어질 듯 아주 가깝게 느껴졌다.

나무에 기대어 별을 보던 청비는 한숨을 토해냈다. 혼자 있으니 또 생각이 난다.

너무도 보고 싶은 한 사람.

아빠가…… 보고 싶다. 하나뿐인 딸이 없어지고 얼마나 걱정이 많으실지.

생각만 해도 울음이 왈칵 목에서 올라왔다. 그동안 쌓였던 그리움과 외로움이 밀려 나오는지 참고 있던 눈물이 뚝뚝 떨어졌다.

그때였다. 바로 앞 담벼락에서 사람의 기척이 들려왔다. 너무 놀란 청비는 눈물을 멈추었다. 움직일 생각도 못하고 그녀의 몸은 그대로 굳어버렸다.

뭐지, 이 늦은 시간에? 설마 도, 도둑?

검은 옷의 형체가 담을 넘어 청비 앞으로 가뿐하게 착지했다. 구름이 걷히고 달이 모습을 드러내자 달빛은 눈이 아릴 만큼 밝았다. 남자는 하얀 달무리를 등지고 청비를 보고 있었다. 그의 등으로도 가려지지 않은 달빛은 은빛 실낱이 되어 청비 주위를 맴돌았다.

남자가 복면을 내리자 청비의 눈동자가 크게 동요했다. 태자 단휘였다. 하얀 달빛은 청비를 마주 보고 서 있는 단휘의 눈동자에, 콧날에 내려앉았다.

"뭐 하냐? 밤이슬 맞아가면서."

단휘는 모호한 미소와 함께 자연히 깊어진 눈매로 청비의 얼굴을 훑었다. 청비는 운 것을 들키고 싶지 않아 잠시 뒤돌아 얼굴에 얼룩덜룩 묻어 있는 눈물을 소매로 쓱쓱 닦았다. 하지만 단휘의 시선을 피하긴 역부족이었다.

"보면 눈물 참 많아. 청승맞게."

"상관 마요. 제가 좀 감상적인 면이 있어서 원래 달구경, 별 구경 하면 눈물도 좀 나오고 그러니까."

"그럼 그날은?"

단휘는 주청강에서 청비를 구하러 뛰어 들어갔던 그날 일에 대해 물었다.

"그날도 넌 울고 있었어."

"제가요? 제가 울었어요? 강바람에 눈이 시려서 그랬나? 잘 기억이 안 나는데."

청비는 괜히 멋쩍어 모른 척 둘러대고 다른 화제로 돌렸다.

"태자님이야말로 참 당황스럽네요. 이 야심한 밤에 궁궐 담이나 넘으시고. 누가 보면 어쩌려고."

말없이 자신을 내려다보기만 하는 태자의 얼굴은 무척 진지했다. 마주한 눈동자가 얽히자 청비는 괜히 어색함이 느껴져 아랫입술을 깨물었다. 단휘는 짧게 실소했다.

"궁은 재미가 없지 않으냐. 놀 것도 없으니 지루할 뿐이고."

투덜거리는 건지, 빈정거리는 건지 그는 평소 모습으로 돌아와 있었다.

그 특유의 짓궂은 소년의 웃음을 달고선.

딱딱하게 굳어 있던 청비의 얼굴도 이내 풀어졌다.

"윽! 이게 무슨 냄새야."

청비는 갑자기 코를 손으로 틀어막았다. 태자에게서는 술 냄새가 진하게 풍기고 있었다.

"나가서 술도 드시고 참 재미나게 놀고 오셨나 보네요. 아우, 술 냄새."

"술 냄새가 나느냐?"

단휘는 팔을 얼굴로 가져가 냄새를 맡았다. 자신의 연극에 동참해줄 여인을 구하러 문향각에 갔지만, 정작 여인들을 눈앞에 두고는 필요가 없을 듯하다며 발길을 돌리고 오던 참이었다.

술은 입에도 대지 않았는데…….

단휘는 문향각에서 나오는 길에 술병을 든 주정뱅이와 부딪히는 바람에 술이 그의 옷에 쏟아진 것을 기억해냈다. 이건 그런 게 아니라고 부정하려다 단휘는 이왕 술 먹은 사람으로 오해받았으니 이 기회에 하고 싶은 말이나 해볼까 술주정을 하는 양 속내를 드러냈다.

"그래, 맞다. 술 좀 마셨고, 지금 좀 취해 있지. 그럼 술기운이라 치고, 너한테 한 가지 물어도 되겠느냐?"

술을 먹은 것치고 태자의 목소리는 평소와 같았다. 하지만 분위기는 또 사뭇 달랐다.

무엇을 물어보려고 저렇게 분위기를 잡는 거지? 또 기억을 잃은 척 그만하라고, 연극하지 말라고 하는 거 아냐?

청비는 내심 긴장이 되었지만 할 말이 있으면 해보라는 듯 고개를 치켜들었다.

"형님을…… 따라갈 것이냐?"

"그, 그건…….'

청비의 음성이 혼란스러운 눈빛만큼이나 흔들렸다.

"대답을 못 한다는 건, 망설이고 있다는 것이다. 맞느냐?"

솔직히 말하자면 그녀는 궁에 남고 싶었다. 아니, 무조건 남아야 했다.

그녀의 머릿속은 온통 한국에 돌아가고 싶은 생각으로 가득했다. 그때까지 어떻게든 이곳에 있어야 했다. 청비는 단휘의 눈을 피하지 않았다. 그 역시 빈틈없이 그녀를 똑바로 보고 있었다.

"만약 궁에 남고 싶다면……"

단휘의 무표정한 눈매가 청비에게 고정되었고, 이윽고 낮은 음성이 흘렀다.

"내게 와."

해가 뜨고 날이 밝자 청비는 아침도 거른 채 류하가 거처하는 방으로 성큼성큼 걸어갔다. 마침 의대를 착용하고 나온 류하와 마주친 청비는 내일 궁을 나가는 것이 맞느냐고 물어보려 했지만, 그 패기는 어디로 갔는지 그녀는 아무 말도 못 하고 입술만 베어 물었다.

"무슨 할 말이 있느냐?"

"저, 저기……"

이렇게 계속 시간만 끌다가는 류하 왕자가 그냥 가버릴 듯해 청비는 질끈 눈을 감고 내질렀다.

"물어보고 싶은 게 있어요!"

"잘됐구나. 나도 할 말이 있었는데."

류하는 청비를 데리고 후원으로 나갔다. 밤새 어떻게 이야기를 꺼내야 하나 고민했던 류하였다. 청비와 같이 있으면 마음이 편했다. 자신을 대하는 청비의 태도에는 어떤 동정이나 거짓이 없어 그는 자신을 그대로 보여줄 수 있었다.

시녀 출신의 어머니를 두었기에 혹여나 사람들이 자신의 행동거지를 가지고 출신 성분을 들먹일까 모든 것이 조심스러웠던 류하였다.

태자인 단휘가 있었기에 더 앞서지도 않고 그 뒤에서 그림자처럼 없는 듯 살아왔던 지난날들이었다. 폐하 한 분만을 바라보며 충분히 힘들게 살아오셨던 어머니를 생각하면 가슴이 아프고 먹먹했다.

자신이 폐하의 눈 밖에 나기라도 하면 어머니의 슬픔은 이루 말할 수 없을 것이다. 눈에 띄지 않는 것이 최선이라 생각해 조용한 삶을 살아왔었다. 마음 가는 행동이며, 말 한마디 편히 하지 못한 류하였다.

항상 궁에 오면 자신은 처음부터 없었던 존재 같았다. 불편한 손님으로 느껴져 집안 행사에도 거의 참석하지 않는 편이었다. 최대한 속마음을 보이지 않으며 사람들과 사사로운 정에 연연하지 않으려 담을 쌓아왔던 삶이었다.

그런데 청비가 들어온 후부터 달라지고 있었다. 청비를 안 지 며칠 되지도 않았건만 같이 있으면 절로 미소가 지어졌고, 어느새 그녀와 이야기를 나누고 있었다. 이토록 짧은 시간에 말이다. 그러니 앞으로도 계속…… 같이 있고 싶은 마음이 들 수밖에.

청비가 자신을 따르겠다고 선택하긴 했으나 자신과 같이 세류성에 내려가야 하는 것은 모르고 있었다. 내일 세류성에 내려가게 될 때 류하는 청비에게 함께 가자고 말할 참이었다.

청비가 궁에 가고 싶다 하면 자주 올라올 것이고, 보고 싶다던 공연을 보러 해륜궁에 오지 못하게 되면 세류성에서 자신이 악공과 악생을 불러 보여주면 되는 것이니 어려울 것이 없을 것 같았다. 이제 남은 것은 청비의 대답이었다. 류하는 왠지 모르게 손에 땀이 쥐어졌다. 청비가 묻고 싶은 것이 있다 하니 그는 먼저 답해주며 긴장을 풀기로 했다.

"말해보거라. 묻고 싶은 게 무엇인지."

"저는 세류성이 어디 있는지는 잘 몰라요. 근데 그곳에 가신다 들었어요.

그것도 내일 바로. 맞나요?"

류하의 표정이 굳어졌다. 예상하지 못한 질문이었다. 어제 미리 말을 했어야 했나? 청비의 파르르 떨리는 속눈썹과 울상을 짓고 있는 얼굴을 보니 뒤늦게 후회가 되었다.

"그래, 내일 해륜궁을 떠날 것이다."

청비의 어깨에서 털썩 힘이 빠졌다.

"하아……."

청비의 한숨 소리를 듣고 류하는 알 수 있었다. 생각이 많은 그녀의 얼굴이 대신 말해주고 있었다. 이곳에 남고 싶다고. 자신을 따라 그곳으로 가고 싶지 않다고…….

"맞네…… 정말이었네."

한결 작아진 청비의 목소리가 류하의 귓전에 흘러들었다.

"꼭 떠나야 하나요? 그냥 이곳에 계시면 안 돼요?"

이 말들로 충분했다. 이미 어떤 대답을 듣게 될지 알고 있었지만, 그래도 묻고 싶었다. 자신과 같이 가지 않겠느냐고. 기억이 돌아올 때까지 자신이 보살펴주면 안 되겠느냐고. 청비 너와 있으면 내 외로움은 잠시나마 잊게 된다고. 너를 데리고 가고 싶다고……. 그 말들이 류하의 입 안까지 차올랐다. 하지만 정작 그에게서 나오는 말은…….

"해륜궁은 나에게 그리 즐거운 곳이 아니다. 있는 내내 내가 이곳에 있어도 되는지 싶은 그런 불편한 곳이지. 만일 네가 나와 같이 가는 것이 싫다면……."

자신이 하는 말이 아닌 것 같았다. 내가 이리도 속과 겉이 달랐나? 속말은 더 숨어들었고, 그는 담담히 말을 맺었다.

"나 혼자 떠나야겠지."

청비는 울상이 되어 축 처진 눈으로 류하 왕자를 바라보았다.

확고부동한 그의 모습을 보자 더 이상 붙잡지 못하겠는지 청비는 단념한 얼굴로 고개를 푹 숙였다. 말을 해야 하는데……. 번복해야 하는 것이…… 너무 미안했다. 입술이 천천히 떨어지면서 목소리가 어렵게 나왔다.

　"죄송해요. 저는 그곳에 갈 수 없을 것 같아요."

　청비의 마음속은 미안함으로 가득했다. 자신이 류하 왕자를 택해놓고 이제 와서 같이 갈 수 없다니. 아마 류하 왕자 입장에선 그녀가 변덕이 죽 끓 듯 하다고 생각할 것이다.

　화를 내야 할 상황인데도 류하 왕자는 그녀에게 괜찮다는듯 미소를 지어주었다. 만약 그가 아니었다면 자신은 이탄국에서 어떻게 되었을지 상상도 할 수 없었다. 이곳을 알지도 못하니 어디 지낼 곳도 없지 않은가. 굶어 죽어 나가도 모를 판에 류하 왕자가 자신을 궁으로 데리고 와주어 침상에서 잠을 자고, 맛있는 음식들을 먹고 편히 쉴 수도 있었다. 청비는 류하 왕자에게 진심으로 미안했다.

　"죄송해요."

　제가 어쩔 수 없는 사정이 있어요. 그냥 저를 변덕스럽고 못된 애라고 생각하세요.

　청비는 류하의 얼굴을 제대로 볼 수 없어 고개를 푹 숙였다.

　"아니다. 신경 쓰지 말거라."

　청비는 류하의 온화하며 부드러운 미소에 더욱 마음이 쓰였다. 그녀는 인사를 남긴 뒤 힘없이 터덜터덜 걸어 후원을 나갔다. 그리고 류하는 청비가 보이지 않을 때까지 그 모습을 가만히 바라보았다.

　"그것이 오늘이란 말이냐?"

"예. 아마 지금쯤 도착해 궁에 들어오고 있을 것입니다."

총사의 대답에 단휘의 얼굴에 당황스러운 표정이 스쳤다. 예상했던 날짜보다 후궁 간택이 더 빠르게 진행되고 있었다. 벌써 간택 명단에 오른 열 명의 여인들이 궁으로 들어왔다고 하니 오늘 그중 서너 명이 후궁 후보로 선발될 것이 분명했다.

"말만 선발이지 이미 후보들은 정해져 있는 것이 아니더냐?"

"현무국의 사혜 공주와 대부사자의 여식, 당원행성 장군의 여식이 후보에 오를 것으로 예상됩니다."

후궁 후보일 뿐이지만 동맹국과 명문세가 대장군의 여식들이 후보에 오른 것은 어쩌면 당연했다. 평범한 후궁 간택이 아니었다. 태자비도 뽑지 않은 상황에서 들이는 후궁이니, 태자비를 뽑는 것이나 다름없었다.

차후에는 황후 자리까지 오를 수도 있으니 가문의 명예일 뿐만 아니라 황실의 인척이 되어 권력의 핵심부를 장악할 수 있는 기회였다.

단휘의 얼굴에 냉소가 비쳤다. 단휘는 천무 황제처럼 정략혼을 통해 그 힘을 배경 삼아 왕권을 강화하고 싶은 생각이 없었다. 어차피 황제가 될 생각도 없는데 그들의 지지를 받아서 무엇하겠는가. 폐하의 뜻대로…… 그들의 뜻대로 되지는 않을 것이다.

"폐하께서 그들을 면대하는 날 역시 정해졌더냐?"

"예, 내일 사시로 알고 있습니다. 이제 곧 폐하께서 동궁전에도 전언을 넣을 것입니다."

"안 봐도 훤하구나. 늦지 않게 오라 당부하시는 명이겠지."

단휘는 생각할 것이 있다며 총사를 내보내고 창을 열어 혼자만의 시간을 가졌다.

어젯밤, 청비의 대답이 계속 그의 머릿속을 떠나지 않고 있었다.

'생각해볼게요.'

생각을 해보겠다는 것이지 궁에 남겠다는 확답을 들은 건 아니었다.

열려 있는 창으로 푸릇하고 향긋한 봄기운이 밀려 들어왔다. 쾌청한 날씨였다. 건희를 불러 쌍륙 치기나 하며 봄날의 여유를 즐기기에 그만인 날이건만 내일 당장 후궁 후보들의 면대식이 다가오니 마음이 급했다. 청비는 생각해본다 했지만 그는 기다려줄 여유가 없었다.

단휘는 시녀장을 불렀다.

"오늘 점심은 정원에서 준비하거라. 류하 형님 별궁에 새로 온 여인도 함께할 것이니 가서 전하고."

태자의 말을 듣고 있던 시녀장은 이게 뭔 일인가 싶었다. 빠른 시일 내 후궁을 들일 거라는 언질을 내전에서 미리 받은 터라 가장 좋은 방을 깨끗하게 치우고 정리해둔 상태였다.

후궁 간택이 코앞으로 다가온 만큼 조신하게 계시면 좋을 것을.

"내 말이 들리지 않느냐? 바로 가서 전하지 않고."

"예, 그리하겠습니다."

태자의 명에 시녀장은 대답을 마치고 서재를 나왔다. 자신이 알기론 지금까지 태자는 가까이하는 여인은커녕 친하게 지내는 동무도 없었다.

오로지 호위 무사만 끼고 밤마다 몰래 어디를 가시는 건지 새벽까지 동궁전을 비우시는 게 일상이지 않으셨던가. 이대로 혼자 있다 늙어 죽을 것 같이 굴던 태자 전하가 여인과 점심을 하겠다 하니 당황스럽기 그지없었다.

하지만 생각해보면 썩 그렇게 걱정할 일도 아니었다. 하필 상대가 류하 왕자가 데려왔다는, 기억을 잃은 여인인 것이 마음에 걸렸지만, 어쨌거나 이것도 여인에게 보이는 일종의 관심이 아닌가. 어쩌면…… 태자 전하께서…… 시녀장의 안색이 희미하게 밝아지던 것도 잠시, 다른 걱정으로 먹구름이 끼었다. 지금 상황은 좋지 않았다. 곧 맞이하게 될 후궁 마마가 계시지 않은가.

시녀장은 벌써부터 그 후궁 마마가 안됐다는 생각이 들었다. 태자 전하께서 그리도 들이기 싫어하셨던 후궁이니 아마도 마음을 쉽게 주지 않을 것이다.

이탄국 태자의 여자가 된들, 잘난 용안을 가진 부군을 모신들 무엇하나. 전하께서는 다정다감한 성정도 아니시고 항상 밖으로만 도는 분이 아니시던가. 어떤 후궁 마마가 들어오실지는 몰라도 마음고생깨나 하겠구나 싶어 시녀장은 고개를 절레절레 흔들었다.

그 시각, 청비는 탁자에 엎드린 자세로 손으로 탁자 위를 톡톡 두드리며 생각에 잠겨 있었다. 어젯밤 태자와 나눈 대화를 떠올리던 중이었다.

궁에 있을 수 있는 절호의 기회였는데, 내가 왜 생각을 해보겠다고 했나 몰라. 류하 왕자가 내일 당장 떠나는 마당에 생각은 무슨. 류하 왕자를 따라가지 않으니 이제는 있을 곳도 없게 됐는데. 지금이라도 태자한테 가서 말할까? 궁에 남고 싶다고.

청비는 그건 아니다 싶어 다시 고개를 저었다.

싫어! 절대 싫어! 생각해본다고 해놓고 아침이 되자마자 먼저 그 얘길 어떻게 꺼내? 없어 보이게.

청비는 아예 팔 사이로 얼굴을 파묻었다. 아무리 고민을 하고 생각을 해봐도 답은 어쨌거나 태자에게 가야 한다는 것.

어차피 류하 왕자님은 내일 떠난다 했으니 그때까진 시간이 있어. 그래, 최대한 시간을 끌다 내일 아침 일찍 가서 말하자. 하루 정도는 지나고 말하는 셈이니 나름 자존심은 지키면서 궁에 남을 수 있어.

청비의 얼굴에는 자신이 내린 결론을 그런대로 만족해하는 빛이 흐르고 있었다. 그러면서 한편으론 의문도 들었다.

그나저나 태자는 왜 내가 궁에 남길 바라는 거지? 성격이 착한 류하 왕자는 나를 궁으로 데려온 게 자신이니 끝까지 책임을 지고 싶어 그런 거라

처도, 대자는 왜지……? 내가 궁에 남으면 자기한테 뭐 떨어지는 거라도 있나? 아니지. 지금 상황에서 짐 덩어리나 마찬가지인 나를 데리고 있어봤자 뭐 좋은 게 있다고. 그럼 설마…… 설마 태자가…… 나를……? 혹시나 나를 꽁냥꽁냥하고…… 좋, 좋아하는 그런 건 아니겠지? 하지만 아무리 생각해봐도 그거 말곤 없잖아. 첫눈에 반했다거나 앞으로 날 계속 보고 싶어서가 아니면 왜 궁에 남으라는 둥, 자기한테 오라는 둥 그런 말을 한 거냐고.

도무지 다른 이유를 알지 못하겠어서 답답함에 머리를 마구 쥐어뜯는데 그 순간 문을 두드리는 기척이 들렸다.

"청비야. 점심을 같이할까 하는데. 정원으로 나오겠느냐?"

문 너머에서 들려온 음성은 류하 왕자였다. 안 그래도 다시 찾아가서 자신을 구해줘서 고맙다는 인사를 제대로 하고 싶었는데 잘됐다 싶었다.

"네! 얼른 준비하고 나갈게요."

"그럼 먼저 가 있을 것이니 천천히 나오거라."

청비가 헝클어진 머리를 대충 손으로 빗어 정리하고 나오는데 처음 보는 얼굴의 중년 아줌마가 문 앞에 서 있었다. 청비도 놀랐지만 갑자기 자신이 나온 것에 중년 아줌마 역시 당황한 얼굴이었다.

"누구신지……?"

"저는 태자 전하를 모시고 있는 시녀장이옵니다. 태자 전하의 명으로 아가씨를 모시러 왔습니다."

아니, 이놈의 태자가 그새를 못 참고 아주 안달이 나셨네. 진짜 나 좋아하나 봐.

"나를 데리고 오래요?"

"같이 점심을 하자고 하셨습니다."

"안 되는데."

시녀장은 자신이 잘못 들었나 싶었다.

"미안하지만 다른 사람이랑 먹으라고 해요."

잘못 들은 것이 아닌, 진짜 거절이었다. 바로 자신을 따라나설 줄 알았던 여인이 단번에 거절을 하자 시녀장은 예상 못한 일에 뭐라 말을 잇지 못했다.

"하, 하지만……."

"저는 다른 약속이 있어서 이만."

청비는 시녀장이 뭐라 말 붙일 새도 없이 빠른 걸음으로 그녀를 지나쳐 갔다. 어차피 이제 궁에 남게 되니 태자와는 나중에 같이 먹을 수 있을 것이다.

하지만 류하 왕자는 내일 바로 떠나게 되니 같이 있을 시간이 지금밖엔 없었다. 류하 왕자에게 따라나서지 않겠다 말하고 나서부터 돌덩이들이 내리눌러진 것처럼 마음이 내내 무거웠다.

이런 불편한 마음이 든 채로 계속 있을 순 없었다. 자신을 궁에 데리고 와준 것에 대해 고마움도 전해야 했고, 이제 못 보는 거나 마찬가지일 텐데 이야기도 나누고 잘 가시라 인사도 해주고 싶었다.

정원에 들어서자 한가운데 있는 둥근 탁자에 음식이 한껏 차려져 있었다. 청비는 뛰어가 류하 왕자 앞에 앉았다.

"죄송해요. 오래 기다리셨어요?"

"아니다. 나도 금방 왔다."

눈부신 햇살 아래에서 류하는 온화한 목소리에 어울리는 따뜻한 눈빛으로 청비를 바라보았다.

"나와 둘이 있을 때에는 그냥 왕자라고 부르는 것이 어떠냐. 이름을 불러도 좋고."

웃음을 머금은 부드럽고 정중한 말씨였다. 청비는 어색함에 선뜻 대답을 하지 못하고 망설였다.

"그래도 그건…… 좀."

"괜찮다. 너와 가까워지고 싶어서 그러는 것이다."

신분도 왕자인 데다 나이도 나보다 많은데 어떻게 대놓고 그런…….

"류하 왕자?"

생각과는 달리 입에 붙은 듯 자연스럽게 말이 나오자 청비는 어색한 듯 헛기침을 했다.

"왕자님이라고 부르는 것보다 훨씬 좋구나."

이름을 불러준 것뿐인데 대단한 선물이라도 받은 것처럼 환한 미소를 짓는 류하의 얼굴에 청비 역시 기분이 좋아졌다.

"왕자, 그럼 저 이제 먹어도 될까요? 배가 좀 고파서."

류하는 환한 웃음으로 고개를 주억였다.

단휘는 동궁전 정원 정자에 서서 이해 못 할 얼굴로 청비가 자신에게 했던 말을 다시 떠올렸다.

'생각해볼게요.'

골몰한 얼굴로 탁자에 음식을 차려내는 시녀들을 지켜보던 단휘가 시녀 한 명을 가리키며 불렀다.

"거기 너, 잠깐 이리로 와보거라."

시녀는 주위를 두리번거리다 자신을 지목한 것에 당황한 얼굴로 태자 앞에 섰다.

"부, 부르셨습니까, 저, 전하."

시녀는 눈치를 살피며 더듬더듬 입을 열었다.

"무슨 시, 시키실 일이라도……."

시녀는 자신이 무슨 실수라도 했나 싶어 잔뜩 긴장했다.

"내가 한 가지 좀 물어볼 건데, 거짓 없이 솔직하게 대답하거라. 알았느냐?"

"예, 전하."

"이건 만약이다, 만약."

단휘는 청비의 상황을 상기하며 천천히 설명을 늘어놓았다.

"너는 갑자기 기억을 잃어서 아무것도 기억이 안 나는 상황이다. 근데 넌 궁에서 나가야 해. 그때 마침 누가 널 데리고 가려는 거지."

여인이 류하 형님을 택했던 것이 떠오르자 단휘의 눈매가 슬며시 위로 솟아올랐고 말투에 날이 섰다.

"너도 따라가고 싶은 마음이 아주 조금, 아주 적게나마 있을 것 같기도 해. 아무튼 그래서 너는 궁을 나가려고 하는데."

시녀는 바닥으로 시선을 내린 채 고개만 작게 끄덕였다.

"내 눈 보고 얘기 들어."

시녀는 묵직한 태자의 명에 재빨리 얼굴을 들어 눈을 마주쳤다. 항상 고개를 숙이며 태자의 뒷모습이나 발꿈치만 보아온 터였다. 이렇게 눈을 보고 마주 선 적은 처음인지라 시녀는 어쩔 줄 몰라 했다.

명령인지라 할 수 없이 태자를 보고는 있지만 잘난 용안을 가까이서 보니 심장만큼이나 눈동자도 무척 떨렸다. 태자는 계속 말을 이었다.

"근데 내가 너를 붙잡았어. 궁에 있으라고. 나에게 오라고."

눈을 보며 태자가 진지하게 물어오자 시녀의 심장이 정신없이 두근거렸다.

"그럼 넌, 그 상황에서 어떻게 답할 것이냐. 누굴 택할 것이야?"

"그것이…… 그것이……."

시녀는 쭈뼛거리며 입술만 달싹였고, 단휘는 대답을 재촉했다.

"그것이 뭐? 그것이만 계속 하지 말고 네 생각을 그대로 얘기해보거라. 너라면 어떡할 것이냐고."

"다, 다, 당연히 궁에 남지요! 그렇고말고요. 더 생각할 필요도 없이 태자 전하께 갈 것입니다."

조금도 망설임 없이 나온 시녀의 대답에 만족한 듯 단휘의 한쪽 입꼬리가 말려 올라갔다.

그래! 이거지! 저게 보통 여인네들이 보이는 반응이고, 대부분 다 저럴 거란 말이지. 근데 뭐? 생각을 해?

그 여인이 생각을 해보겠다고 했지만 단휘는 기다려줄 시간이 없었다. 후궁 후보들의 대면식이 내일로 닥치니 현재로서는 청비가 꼭 필요한 존재였다. 자신이 원하는 대로만 해준다면 그 여인에게도 보상을 두둑하게 해줄 것이고, 그 여인도 혹할 만한 거래일 것이다.

"그래, 이제 그만 일 보거라."

시녀를 보내고 단휘는 식사 준비가 끝난 정자에 홀로 남아 청비가 오기를 기다렸다. 하지만 정작 모습을 보인 건 난감한 얼굴을 한 시녀장이었다.

"그 여인은? 왜 혼자 온 것이냐?"

"그것이 아가씨께서는……."

시녀장은 청비가 한 말을 그대로 전해야 할지 말아야 할지 망설이며 말하기를 주저했다.

"말하거라."

단휘의 목소리가 한층 가라앉았다.

"오기 싫다더냐?"

"그것이…… 다른…… 약속이 있다 하셨습니다."

"하! 다른 약속? 태자인 내가 오라 했거늘 다른 약속이 있다?"

허탈한 웃음도 잠시, 단휘에게선 냉랭한 오라가 풍겼다. 분위기가 급속도로 싸늘해지자 주변에서 시중을 드는 시녀들과 하인들은 어쩔 줄 몰라 했다. 그들은 혹여나 불똥이 자신들에게 튈까 두려워 고개를 푹 숙인 채 침만 꼴깍 삼켰다.

"모두 물러가라!"

시녀와 시종들은 모두 일사불란하게 태자 주변에서 흩어졌다. 아무도 없는 정자에서 꼼짝도 하지 않은 채로 앉아만 있던 단휘는 시녀장을 다시 불렀다.

식사를 마친 류하와 청비는 산책을 하고 있었다. 정원을 나와 다른 부속 건물로 향하는데 갑자기 코를 자극하는 강한 향기와 함께 여러 사람의 발자국 소리가 가까이서 들려왔다.

딱 봐도 열 명이 넘어 보이는 여인네들이 한껏 치장한 모습으로 걸어오고 있었다. 표정은 모두 하나같이 당당하고 도도했다. 휘황찬란한 옷들과 걸치고 있는 온갖 장신구들로 보아 부유한 집 여인들 같았다.

"주변국과 이탄국 귀족들의 여식이다."

류하가 청비의 궁금함을 풀어주었다.

"태자의 후궁 후보에 오르기 위해 궁으로 들어온 것이지. 저 중에서 서너 명 정도만 후보가 될 수 있는 것으로 안다."

확실히 후궁이 되는 것도 아니고 후보에 오르기 위해 저 많은 여인네들이 온 거란 말야? 저 좋다고 후궁 되겠다는 여자들이 저리도 많은데 태자가 나를 좋아한다 생각했다니, 김칫국을 아주 제대로 원샷했네. 그러면서 뭐? 내게 와? 오라고 하면 줄줄이 소시지처럼 따라붙을 저 여자들한테나 말할 것이지. 왜 그딴 말은 나한테 해가지고 사람 헷갈리게 해. 태자랍시고 여기저기 끼 부리고 있어.

청비는 괜히 창피하여 얼굴이 붉게 달아올랐다.

밥 먹자고 하는 것도 거절하길 잘했지. 저 여자들이랑 먹으면 되지. 왜 나한테 같이 먹자고 한 거래? 저 많은 여자들 한 명 한 명 상대하면 나랑 밥 먹을 시간도 없겠구만.

청비는 오히려 홀가분하다고 생각했다. 제멋대로라 비위 맞추기도 힘든 태자였던지라 류하가 떠나고 태자한테 가면 그 후에 자신은 어찌될지 걱정이 많았던 터였다. 하지만 저 여자들을 보니 태자가 자신에게 신경 쓸 틈이 없을 것 같았다. 청비는 저 여자들이 오히려 고맙기까지 했다.

후궁이든 뭐든 금방 뽑지 말고 최대한 천천히 뽑아라, 제발.

여인들이 멀어지고 다시 단둘이 있게 된 류하는 청비에게 물었다.

"궁에 남을 것이라 했는데, 어디서 지낼지는 생각해본 것이냐?"

청비는 선뜻 입이 떨어지지 않았다. 태자에게 갈 것이라는 말을 하기가 너무 미안했다.

"신아 공주와 단휘가 너를 옆에 두길 원했지. 말해보거라. 내가 미리 말을 해줄 것이니."

왕자의 다정한 어조와 끝까지 자신을 챙겨주려는 배려에 청비는 눈가가 뜨끈해질 정도로 고마웠다.

"그렇게까지 신경 써주시지 않아도 돼요. 더 이상 왕자한테 폐를 끼치고 싶지 않아요."

"폐라고 생각지 말거라. 나는 네가 하루빨리 기억을 되찾길 바랄 것이다."

이렇게 착한 왕자인데. 청비는 거짓말을 한 것이 내내 걸릴 것 같았다. 내일 왕자가 궁을 떠난다 생각하니 벌써부터 슬퍼졌다. 얼굴도 잘생겼어, 성격도 착해. 류하 왕자를 다시 못 본다는 건 정말 슬픈 일일 것이다.

"궁에는 언제 다시 오세요?"

"전보다는 많이 올 것이다. 네가 궁에 있으니 자주 찾게 될 것 같구나. 만약 기억을 찾게 되거든 꼭 단휘에게 부탁해 나한테 연통을 넣거라. 널 궁에 데리고 온 것은 나이니 너를 데려다주는 것도 내가 해주고 싶구나."

류하 왕자는 누구한테나 이렇게 다정할까? 성격도 책임감이 강한 것 같았다. 이탄국에 와서 류하를 만난 건 정말 운이 좋은 거였다. 나를 발견했다는 이유로 궁으로 데려와주고, 계속 걱정을 해주고…….

아마도 왕자가 옆에 있어 낯선 이탄국 생활을 그나마 그럭저럭 견딜 수 있었던 건지도.

"내일 언제 떠나세요? 배웅해드릴게요."

이대로 못 본다 생각하니 서운함이 밀려와 청비는 자신의 생명의 은인이기도 한 류하 왕자를 배웅이라도 해주고 싶었다.

"내일 점심 지나 이 시간쯤 궁을 나갈 것이다."

"그럼 내일 정원에서 이 시간에 만나요."

"고맙구나. 이제 널 데려다주어야겠다. 회의가 있어 가봐야 해."

류하는 담로 회의 시간이 다 되었다며 청비를 별궁 앞까지 데려다주었다. 그는 궁으로 들어서는 청비의 뒷모습에서 눈을 떼지 못했다. 내일 궁을 떠나는 것이 왜 이리 아쉬운지. 해륜궁에서 이런 마음이 든 적은 처음이었다. 그래도 떠나기 전 청비를 볼 수 있으니 그나마 다행이지 않은가. 류하는 아쉬움을 뒤로한 채 걸음을 돌렸다.

청비가 건물로 들어와 방 앞에 다다르자 오전에 봤던 시녀장이 문 앞에서 서성이고 있었다.

저 아줌마가 왜 또 온 거지?

"저기…… 또 무슨 일로."

"태자 전하께서 전하시라 하셨습니다. 태자 전하의 말씀을 그대로 전하자면…… 큼, 큼."

시녀장은 목을 가다듬고는 근엄한 표정으로 목소리를 깔았다.

"생각할 시간은 내일 아침까지만 주겠다. 내가 원하는 답을 줄 것이면 오전까지 꼭 동궁전으로 들라. 이렇게 말씀하셨습니다."

안 그래도 내일 아침쯤에 가려고 했는데. 류하 왕자는 점심때 배웅해주면 되니까 그 전에 태자한테 들러야지.

"알겠어요."

청비는 시녀장에게 대답한 뒤 방으로 들어왔다. 해가 뉘엿뉘엿 지는 나른한 오후, 청비는 미리 짐을 꾸리기 시작했다. 짐이라고 해봤자 자신이 한국에서 입고 왔던 병원복이 전부였다. 아마도 오늘이 이 방에서 보내는 마지막 날이겠지.

태자는 류하 왕자와 많이 다를 것이다. 지금처럼 여유로울 수 있을지, 태자에게 간다면 어떤 일들을 겪게 될지……. 왠지 모르게 평탄하지 않은 날들이 시작될 것 같은 예감이 들었다. 청비는 이리 뒤척, 저리 뒤척이며 쉽게 잠을 이루지 못했다.

제5장
기심(機心) : 기회를 보고 움직이는 마음

"전하, 이만 풍정전에 가서야 합니다. 지금쯤 후보들이 모두 도착했을 것입니다."

총사의 재촉에도 단휘는 아무 말이 없었다. 동궁전의 입구에만 온 신경이 가 있어 그의 말은 들리지 않았다. 초조해오는 마음에 가만히 있질 못하는 단휘는 원을 그리며 입구 근처에서 서성였다. 어느덧 약속한 시간이 지나가고 단휘의 속은 까맣게 타들어갔다.

"더는 시간을 지체하실 수 없습니다, 전하. 모두 기다리고 있을 것입니다."

"알겠다. 곧 뒤따라갈 것이니 너는 먼저 가 있거라."

혹여나 이 틈에 태자가 또 궁을 나가려 하는 건 아닌지 총사가 망설이자 단휘가 다그치듯 명했다.

"폐하께서 나를 찾을 때, 늦을 것이라 변명이라도 해주는 이가 있어야 할 것 아니냐. 그만 가보거라."

"알겠습니다. 그럼 제가 먼저 가 있겠습니다."

총사도 나가고 홀로 남게 되자 단휘는 조용히 눈을 감았다.

이번이 마지막이다. 마지막으로 열까지만 세는 것이다.

"하나, 둘."

단휘는 다시 눈을 떴을 때 그 여인을 볼 수 있기를 기대하며 계속 수를 세어나갔다.

"······여덟······ 아홉."

"태자님······! 태자님!"

단휘의 귓전에 멀리서 자신을 부르는 소리가 들려왔다. 어렴풋이 들려오던 소리는 더 가까워졌고, 이내 그 여인에게서만 나던 특유의 향기에 단휘는 눈을 뜨고 남은 수를 세었다.

"열."

단휘의 앞에는 청비가 급히 뛰어왔는지 숨을 쌕쌕거리며 서 있었다.

"미안해요. 어제 늦게 잤더니 늦잠을 좀 잤어요."

"왔으니까 됐다."

뭐라고 몰아붙일 것 같았는데 의외로 태자는 담담했고 말이 적었다. 화난 것 같기도 하고, 표정이 밝아진 듯하기도 해서 무슨 생각을 하는지 알 수 없었다.

"생각해봤는데요. 제 대답은······."

"굳이 대답이 필요 있나. 네가 지금 내 앞에 있지 않느냐."

태자의 얼굴에 옅은 미소가 어렸다. 여물은 봄빛이 그의 얼굴에 비치니 그 미소가 더욱 눈이 부셨다.

"너와 갈 곳이 있다."

태자는 청비의 손을 잡고는 그대로 빠르게 걸어갔다. 태자는 보폭을 좀 더 크게 해서 걷는 수준이었지만 청비에게는 빠르게 쉴 틈 없이 걸어야 하는 경보 같았다. 뛰어온 지 얼마 안 되어 숨을 제대로 고르지도 못한 터라 청비는 숨이 찼다.

"대체 어디 가는 건데요?"

"가면 알아."

태자가 가고 있는 방향은 그날 황제를 뵈었던 풍정전으로 가는 길이었다. 청비의 마음에 왠지 모를 불안감이 번지고 있었다.

풍정전 안은 긴장으로 팽팽한 분위기가 흐르고 있었다. 어좌에는 천무 황제, 그 옆에 황후가 앉아 있었고, 계단 아래에는 여러 신하들과 그들 중 유난히 얼굴이 어두운 총사도 섞여 있었다. 그들의 시선은 한껏 치장한 모습의 여자들에게 집중되어 있었는데 모두 어제 후궁 후보에 오르기 위해 궁으로 들어온 여인들이었다.

"현무국의 사혜 공주님이시옵니다."

"대부사자의 여식, 금란 아가씨이옵니다."

환관이 두루마리 종이를 펼쳐 한 명씩 호명하면 여인들은 앞으로 나와 고개를 숙여 인사를 올렸고, 황제와 황후는 심사를 하듯 여인들을 진중하게 살피고 있었다. 어느덧 마지막 후궁 후보의 이름이 불려졌다.

"당원행성 장군의 여식, 여홍 아가씨이옵니다."

후보로 오른 여인들이 모두 앞으로 나왔다. 그녀들은 벌써부터 보이지 않는 경쟁을 하며 기품과 도도함을 뽐내고 있었다.

"한데 태자는 왜 보이지 않는 것이냐?"

황제의 하문에 사람들의 이목이 태자를 보필하는 총사에게 집중되었다. 그는 옷소매로 식은땀을 훔쳐냈다.

"그것이……."

노심초사하는 얼굴로 총사가 한 발짝 황제 앞으로 나와 전하께서는 좀 늦어지실 것 같다고 입을 열려는 찰나였다. 절대적으로 반가운 얼굴이 드디어 풍정전에 들어서고 있었다.

"저기 오십니다!"

모든 이목이 청비와 단휘에게로 집중되었다. 청비는 단휘가 풍정전으로 자신을 데려오자 모든 것이 마음에 들지 않았다. 이곳에 또 있게 된 것도, 어제 보았던 여인들을 다시 보게 된 것도.

저 좋아하는 여자 많다고 자랑이라도 하고 싶었던 거야, 뭐야.

청비는 태자가 왜 자신을 이곳에 데리고 온 건지 이해가 되지 않았다. 사람들의 시선이 모두 제 쪽으로 쏟아지니 그 또한 부담스러워 청비는 이 자리를 빨리 뜨고 싶을 뿐이었다. 자신의 손을 잡고 있던 태자의 손이 느슨해진다 싶어 그녀가 바로 손을 빼려는 순간이었다.

"너는 기억을 잃은 그 아이로구나. 류하 왕자가 데리고 있어야 할 아이가 여긴 무슨 일이더냐?"

청비는 일제히 자신에게로 향해 있는 사람들의 호기심 어린 눈빛에 말문이 막혔다.

"대답하거라. 무슨 일로 이곳에 온 것이냐 물었다."

황제의 엄해진 눈빛과 호통에 청비가 반사적으로 뒷걸음질했지만 단휘가 한발 더 빨랐다. 청비의 손을 단휘가 더 꽉 잡아버려 그녀는 그 자리에 멈춰 설 수밖에 없었다. 단휘는 청비의 손목을 잡고 앞으로 나갔다.

"제가 데리고 왔습니다, 폐하."

태자에게 잡힌 손목에 워낙 힘이 들어가 있어 청비는 그가 이끄는 대로 따라갈 수밖에 없었다. 태자의 등장에 여인들은 기다렸다는 듯 모두 그를 흘끔거렸고, 수려한 단휘의 외모에 입을 다물지 못했다.

하나같이 눈웃음을 치며 어떻게든 태자에게 특별한 인상을 남기려 안달이 난 듯했지만, 단휘는 청비를 데리고 그녀들을 무심히 지나쳤다. 청비를 흘끔거리는 여인들의 눈초리는 모두 매섭고 날카로웠다.

단휘가 황제 앞에 서자 자연히 청비도 단휘 옆에 서 있을 수밖에 없었다.

"왜 이리 늦은 것이냐? 오늘이 무슨 날인 줄 모르는 것이냐?"

"모르긴요. 제 후궁 후보를 간택하는 날 아닙니까? 그러니 당사자인 제가 빠져서는 안 될 일이지요."

황제는 뜻밖이라는 얼굴이었다. 그럼 순순히 후궁을 들이겠다는 것인가? 그러다 단휘가 잡고 있는 청비의 손이 눈에 들어오자 황제의 미간이 일그러졌다. 청비는 황제의 날 선 눈빛에 움찔하여 단휘에게 잡힌 손목을 빼내려 했지만 단휘는 더 꽉 힘을 주고는 놔주지 않았다.

청비는 모든 사람들의 시선이 자신에게로 향하는 것이 부담스러워 시선은 바닥으로 내리깐 채 조용히 속삭였다.

"지금 이게 뭐 하는 짓이에요?"

자신뿐만 아니라 다른 사람들 또한 이게 어떻게 돌아가는 상황인지 이해하기 힘들다는 표정들을 짓고 있었다.

이봐요, 이해 안 되는 건 나도 마찬가지예요. 태자가 왜 이러는지 답답하다 못해 화가 날 지경이라고요.

장난을 치는 것 같지는 않았다. 태자에게서 풍기는 분위기가 심상치 않은 데다 표정도 평소와는 달리 너무나 진지했다. 다시 한 번 태자를 부르려는데 드디어 그가 말문을 열었다.

"제가 알기로는 후보를 간택하는 데에 있어서 당사자에게도 권한이 있는 걸로 압니다."

당사자의 권한? 저 말은 그럼……. 설마…… 아니지? 아닐 거야. 이렇게 갑자기…… 말도 안 돼. 더 이상 김칫국 원샷하지 말자, 청비야.

청비를 바라보는 단휘의 눈빛이 부드럽게 풀어졌고, 입이 위로 휘었다.

"저는 이 여인을 후보에 올릴 것입니다."

콰과광!

청비의 머릿속에 천둥 번개가 여러 차례 휘몰아쳤다. 청천벽력 같은 말에 너무 놀란 나머지 모든 생각과 동작이 정지된 듯했다. 청비는 곤혹스러운 얼굴로 말도 나오지 않는지 어버버할 뿐이었다.

내가 잘못 들은 거 아니지? 분명히 그랬어. 나를…… 차마 입 밖으로 나오지 않는 말. 나를 뭐에 올려? 후궁 후보에 올리겠다고? 이 작자가 약을 먹었나?

청비는 경악을 금치 못한 얼굴로 단휘를 쏘아보았다. 하지만 그의 표정은 참으로 여유로워 보였다.

여인들은 웅성대며 질투로 눈빛이 이글이글거렸으며 신료, 시녀 할 것 없이 풍정전에 있는 사람들은 모두 놀라 금세 분위기가 싸해졌다. 천무 황제는 자리에서 벌떡 일어나 목소리를 쩌렁쩌렁 높였다.

"태자, 지금 그 말이 무엇을 뜻하는지 아는가!"

"전부터 폐하께 말씀 올리지 않았습니까. 제 여인은 제가 직접 찾을 것이라고. 그래서 데리고 온 것입니다."

단휘가 청비의 얼굴에 부드럽게 시선을 맞추었다. 또 무슨 말을 하려고 저러지. 둘의 눈동자가 부딪치자 청비는 단휘를 조마조마하게 바라보았다.

"드디어 찾았습니다. 제 여인을."

황제는 노발대발하고 싶은 마음을 간신히 억누르고 있었다. 후궁을 들이기 싫어 둘러대는 거짓말로 보이지 않는 데다 태자에게선 평소의 가벼움과 장난기를 찾아볼 수 없었다. 그럼 만난 지 얼마 되지도 않았는데 마음이 갔단 말인가? 처음 단휘가 저 아이가 필요하다 했을 때부터 이상하다 생각되긴 했다.

"이유가 무어냐?"

"이유가 어디 있겠습니까? 자꾸 눈이 가다 보니 마음까지 가게 되어 제 옆에 두려 함입니다."

청비의 입이 쩍 벌어졌다. 이 작자가 뭐라고 하는 건지 놀라움과 당황의 연속이었다.

뭐? 자꾸 눈이 가다 보니 마음이 가? 헉! 이 남자, 진짜 나 좋아하는 거였어? 설마 설마하다 아니겠지 했는데, 아무리 그래도 그렇지 정작 본인인 나한테는 전혀 말 한마디 없이 이렇게 막무가내 식으로 후궁 후보라니. 태자비도 싫다 때려치울 판에 후궁 후보가 웬 말이냐고!

청비는 입을 최대한 움직이지 않고 단휘에게만 들릴 수 있게 소곤거렸다.

"이봐요. 당장 그 말 취소해요! 누구 맘대로 후궁 후보냐고요."

단휘는 청비의 말이 들리지 않는다는 듯 완전히 그녀를 배제한 채 계속해서 천무 황제와 대화를 이어갔다.

"저는 이 여인이 좋습니다."

"그 아이를 궁에 들인 지 얼마 되지도 않았다. 그 안에 후궁으로 들이고 싶을 정도로 마음이 갔다, 이 말을 하는 것이냐?"

"폐하, 그것을 묻는다면 당연히 소자가 폐하를 닮아서 그런 것이 아니겠습니까?"

황후에게로 옮겨 간 단휘의 눈동자에 웃음이 비쳤다.

"연리국에 가셨다 공주님이셨던 황후 전하께 반하시어 폐하께서는 이틀만에 그곳에서 혼인까지 올리시지 않으셨습니까?"

황제는 헛기침을 하는 것으로 대답을 대신했고, 신하들은 태자 역시 그럴 수 있지, 고개를 끄덕이며 수긍하는 얼굴들이었다.

"태자의 말이 맞습니다. 폐하와 저도 고작 이틀 만이었습니다. 남녀가 서로 정이 드는 데 그 기간이 뭐 그리 중요하겠습니까?"

황후도 옛 생각을 떠올리며 인자한 웃음으로 맞장구를 쳐주니 조용히 내려앉았던 홀 안의 분위기가 좀 더 누그러지는 듯했다.

반면 화가 난 청비만이 속에서 분통이 치밀어 얼굴이 벌게졌다. 서로라니? 서로 뭐가 들어? 정? 정? 아니! 너 혼자 날 짝사랑하는 거겠지, 이 자식아!

당황함과 불쾌감이 최고조로 치솟은 청비는 금방이라도 욕이 입 밖으로 튀어나올 것 같았다.

참자, 황제 앞이야. 황제 앞에서 그의 아들인 태자에게 막말을 할 순 없지.

청비는 어떻게든 감정을 추스르고자 심호흡을 거듭했다. 그러고는 한 손으로 입을 가려 나지막하지만 힘이 서린 목소리로 태자에게 말을 걸었다.

"약이라도 했어요? 아님 미친 거예요?"

갑자기 천무 황제가 큰 소리로 웃는 바람에 단휘를 몰아붙이던 청비의 목소리는 아예 묻혀버렸다.

"하하하!"

풍정전을 메우던 황제의 웃음이 끊기고 그는 청비와 단휘를 번갈아 보았다. 이 상황이 한편으론 그리 나쁘게 생각될 일은 아니기도 했다. 어차피 태자비가 아닌 후궁을 간택하는 것이었다.

미리 내정된 여인들이 후보에 오를 것이니 그중에서 한 명을 택하고 태자가 원하는 저 아이까지 후궁을 두 명 들인다 해도 문제 될 것은 없었다. 선왕들 중에서도 간택 후궁을 여러 명 들인 전례가 많으니 신료들도 가타부타 못 할 것이 아닌가.

"그리 여인들에게 무정하게 굴더니 뒤늦게 저 여인한테 빠진 것이냐? 태자 너도 별수 없구나."

이거 더 이상 지켜볼 수만은 없겠는데.

천무 황제의 반응이 호의적인 것으로 보아 가만히 있다가는 이대로 정말 후궁 후보 나부랭이가 될지도 모른다는 생각에 청비는 이제 자신이 나설 때라 생각했다. 더 이상 입을 다물고 있을 수는 없었다.

"폐하, 아닙니다! 저는 처음 듣는 말이에요. 저는 태자님의 후궁이 될 생각이 결코……."

말을 끝까지 이었어야 했는데 태자가 중간에 그녀의 말을 자르고 황제에게 올린 말은 아주 가관이었다.

"아무것도 필요 없고 저의 마음이면 된다 합니다. 후궁 따윈 바라지도 않는다니, 이렇게 마음이 여린 여인입니다. 그래서 더욱 저는 이 여인을 후보로 올려야겠습니다."

"아니, 지금 자꾸 무슨 말을……."

청비는 말을 끝맺지 못했다. 그게 무슨 얼토당토않은 소리냐고 반박을 해야 하는데 그 순간 태자의 손이 그녀의 얼굴로 옮겨졌다.

단휘의 손이 뺨에 닿는 감촉은 소름이 끼칠 정도로 아주 차가웠다. 그 냉기에 얼어붙은 청비는 더욱 입이 떨어지질 않았다. 태자의 얼굴이 가까워지고 곧 서릿발 같은 음성이 그녀의 귓가에 스쳤다.

"가만히 있어."

자신을 내려다보는 태자의 눈빛은 무척 고압적이었다. 곧 황제의 명이 내려졌다.

"태자가 처음으로 정을 준 여인인 셈인데 아비로서 그냥 지나칠 수야 있나. 짐 역시 저 아이를 후보에 올리는 것을 인정하는 바이다."

귀족들 역시 태자비도 아니고 그저 후궁 후보로 올린다는데 무슨 말을 하랴. 차기 황제의 눈 밖에 날까 입을 다무는 것으로 모두 묵인하였다. 아무도 청비의 속마음을 알 리 없었다.

"오늘 세 명을 후궁 후보로 올리려 했으나 태자의 권한 역시 무시할 수 없어 저 여인 또한 포함해 총 네 명이 선발될 것이다. 내일 정오에 공표를 하고 사가에 소식을 전할 것이다. 후보들은 이만 물러들 가보거라. 그리고 후보들을 택하는 태자의 의견 역시 중하니 태자는 남도록 하고."

"제가 있을 필요가 있습니까? 어차피 후보로 오를 여인들은 내정되어 있는 걸로 알고 있습니다만."

사실 단휘의 말대로 열 명을 선정해 면대식을 하는 것은 보이기용 허식일 뿐 이미 세 명의 여인이 후보로 정해져 있었다. 그래서 세 명의 눈빛은 처음부터 남달랐다.

본인들도 그 사실을 이미 알고 와서인지 그녀들은 더욱 당당해 보였다. 그리고 태자가 데리고 온 청비를 보며 질투심을 느끼는 여인도 있었고, 한편으론 청비를 부러워하는 듯한 후보도 있었으며, 그래 봤자 후보일 뿐, 후궁은 내가 될 것이 자명하다 자신만만해하는 후보도 있었다.

"제가 더는 관여할 일이 없을 듯하니 이만 가보겠습니다."

황제가 뭐라 말을 잇기도 전에 단휘는 청비를 데리고 풍정전을 나가고 있었다. 다시 털썩 어좌에 앉은 황제는 겉으론 화가 난 듯 보였지만, 속으로는 태자가 여인에게 아예 관심이 없는 건 아니었구나 싶어 안심하고 있었다.

청비는 단휘의 손에 이끌려 홀을 지나 동궁전 정원에 도착했다. 단휘는 자신들을 보는 눈들이 사라지자 그제야 바둥거리는 청비의 손목을 놔주었다. 콧김까지 뿜을 듯 씩씩거리며 흥분해 있는 청비와 달리 단휘는 무척 담담했다.

"나한테 할 말이 아주 많겠는데."

당연하지! 이 시간만을 기다렸다는 듯 청비는 냅다 소리를 질렀다.

"미쳤어요! 갑자기 뭐요? 후궁 후보? 대체 무슨 생각으로 그런 말을 한 거예요? 그게 태자님의 고백 방식이기라도 한가 보죠?"

단휘의 눈빛이 멈칫거렸다.

"고백?"

"그래요, 고백."

자신의 입으로 이런 말을 한다는 게 너무 오글거리고 민망해서 낯부끄러웠지만 그럴수록 더 당당하게 말해야 했다.

"그쪽, 아니 태자님 나 좋아하잖아요. 그래서 나한테 궁에 남으라고 한 거고, 후궁인지 뭔지 후보에 올리려는 거 아니에요? 아니, 나를 좋아하면 그냥 고백을 하면 되지 갑자기 후궁 후보에는 왜 올리겠다고 해서 일을 복잡하게……."

무심하게 자신을 보는 태자의 얼굴에 비웃음이 떠올랐다. 무시하기엔 좀 찜찜한 웃음이었다. 웃음 너머에는 분명 뭔가가 있었다.

"왜 웃어요?"

그의 입가에 피식하는 짧은 냉소가 스쳤다.

"난 널 좋아하지 않아. 전혀."

청비의 목소리가 급격히 작아졌다.

"진짜? 나…… 안 좋아한다고요?"

"착각이 과한데? 내가 널 좋아한다니. 그걸 말이라고 하는 것이냐?"

호선을 그리는 태자의 입가가 거슬렸다.

이 상황이 웃기냐? 아, 진짜 쥐구멍이라도 들어가고 싶네.

"그럼 아까 후궁 후보에 올리겠다는 거 장난친 거예요? 나 놀리려고 그런 거냐고요. 그럼 후궁 후보 그거 당장 취소하고 와요!"

"장난 아닌데, 그건."

시녀들이 들어서자 태자는 말을 멈추었다. 시녀들이 인사를 하고 가자 또 다른 시종들이 궁에서 나오고 있었다. 분위기가 어수선해지자 태자는 인상을 썼다.

"넌 어쨌거나 내 후궁 후보가 된 거라고."

저 태자, 지금 내 앞에서 황제 노릇을 해보겠다는 거야? 내 의사와는 상관없이 후궁 후보라니. 어떻게든 한국으로 돌아갈 방법을 찾아야 하는 판국에.

"죄송한데, 제가 선택을 잘못한 것 같아요."

선택은 무르면 되지. 나한테 오라고 했던 이가 당신만 있었던 게 아니거든.

"태자님 말고도 또 있거든요. 저를 필요하다고 했던 분이."

"뭐?"

단휘의 얼굴에서 순식간에 웃음이 사라졌다.

"공주님한테 가보려고요."

청비가 공주를 언급하자 단휘는 뭐가 안심인 건지 '쿡쿡' 낮은 웃음을 흘리고는 태연하게 말을 이었다.

"신아 공주는 오늘 궁에 없다. 낙성재에 계신 고모님을 만나러 궁을 나갔거든."

청비의 얼굴은 흙빛으로 변하였다.

그럼 이제 남은 건 류하 왕자밖에 없잖아! 그러고 보니 배웅해준다고 했던 것도 잊고 있었네. 점심때 왕자가 출발한다고 했으니까 아직 궁을 나가지는 않았을 거야.

배웅이 아니라 아예 류하를 따라가야 할 것 같았다. 이대로 있다가 정말 후궁 후보라도 된다면 끔찍 그 자체일 테니까. 주청강은 멀어지겠지만 우선은 이 상황을 피하고 봐야 했다.

"미안한데, 그럼 류하 왕자님께라도 다시 가야겠어요."

"나한테 와놓고서 다시 형님께 가겠다?"

"마음이 바뀌었거든요."

지금이라도 가면 류하 왕자님과 함께 궁을 나갈 수 있어.

청비가 발을 떼어 단휘에게서 한 걸음 떨어짐과 동시에 그녀의 몸이 붕 떠올랐다.

"끼얏! 뭐 하는 거예요!"

"못 가, 너."

단휘는 청비를 어깨에 둘러메고 동궁전 안으로 성큼성큼 발을 들였다.

"내려줘! 늦기 전에 가야 한다고!"

청비가 소리를 지르고 주변의 시녀들과 시종들이 흘긋거려도 전혀 신경 쓰지 않는 그였다. 제아무리 발버둥을 치고 반항을 해도 소용이 없었다. 청비는 꼼짝없이 둘러메어 있다 침실로 보이는 곳에 들어가게 되어서야 내려올 수 있었다.

"갑자기 여긴 왜 온 건데요!"

단휘는 청비의 말에도 아랑곳하지 않고, 밖에 대기하고 있는 시종들에게 아무도 들이지 말라며 엄포를 놓고는 문을 '쾅' 닫았다. 그의 표정으로 봐선 무슨 생각을 하는지 알 수가 없었다. 밀폐된 공간에서 문까지 닫히니 청비는 슬금슬금 겁이 났다.

"뭐, 뭐 하는 거예요?"

"은밀히 해야 하니까."

은밀히라. 단어 선택 참 야릇한데? 지금까지 콧대 높은 태자인 척 무감, 무심하게 굴더니 다 쇼였던 거야?

"뭐, 뭘 은밀히 해요."

청비는 침을 꼴깍 삼켰다. 아무렇지 않은 얼굴로 물으려 했지만 저도 모르게 긴장이 되어 말을 버벅거렸다. 청비는 단휘에게서 최대한 떨어진 구석으로 가 그와 일정 거리를 유지했다. 그런 청비의 행동에 단휘의 얼굴엔 짓궂은 웃음이 걸렸다.

"뭘 그렇게 긴장해? 그냥 할 얘기가 있어서 온 것뿐인데."

"긴장을 누가 했다고. 나 그런 거 안 하거든요."

청비는 최대한 자연스럽게 말을 뱉었지만 표정만큼은 숨길 수가 없었다. 파르르 떨리는 눈썹하며 자꾸만 달싹거리는 입술이 누가 봐도 긴장한 것이 역력해 보였다.

"그리고 할 얘기가 있으면 그냥 거기서 말하면 되지. 왜 날 짐짝처럼 이 방으로 데리고 온 건데요?"

"다른 사람들은 알면 안 되는 대화니까. 나와 거래를 하는 것이 어떠냐."

갑자기 거래라니? 도무지 영문을 모르겠어 청비는 한쪽 입을 실룩거렸다.

"난 후궁을 들이고 싶은 마음이 조금도 없거든. 그래서 네가 날 도와줬으면 한다."

"내가 뭘 어떻게 태자님을 도와요?"

"후보는 너를 포함한 네 명. 네가 연막을 치거라. 후궁을 뽑기 전에 저 여인들이 먼저 나가떨어지게 말이다. 모두 고위 귀족과 동맹국의 여식이니 싫다 하며 나가도 폐하는 어찌할 도리가 없을 것이다. 그렇게 되면 내가 손을 써서 너 역시 후보에서 빼줄 것이고, 그럼 네가 후궁이 되는 일은 절대 없을 거라는 말이지."

지금 여기서 나 하나 앞가림하는 것도 벅차 죽겠는데. 내가 이 상황에서 누굴 도와. 거기다 언제 한국으로 돌아갈지도 모르는데.

청비는 강한 부정의 뜻으로 고개를 저었다.

"싫어요. 내가 그런 걸 왜 해요."

단휘는 피식 미소를 흘렸다.

"나한테 왔으니까."

세상에 공짜는 없다더니, 이곳에 있게 해주는 대신에 후궁 후보를 해라?

"태자님이라고 해서 내가 그 명을 들을 거라 생각하나 본데."

"명이 아니라 거래라고 했어."

거래? 그럼 강제도 아니며 일방적인 명령도 아닌 거잖아. 거래라 하면 자신에게도 그에 대한 보상이 따른다는 것인데.

청비는 태자가 말한 것을 다시 곱씹어보았다.

진짜가 아닌 가짜였다. 후궁 후보가 되라는 말이 아니라 척만 하라는 것. 그렇게 되면 계속 궁에 머무를 수 있는 이유가 생기고, 후궁 후보이니 일도 안 시킬 것이고, 대접도 깍듯하겠지. 편히 먹고 지내다 주청강에 가고 싶으면 쉽게 갈 수 있지 않은가.

생각해보면 궁에서 편하게 지내다가 한국으로 돌아갈 수 있는 유일한 방법이었다. 남은 여인들을 후보에서 떨어뜨리는 게 좀 쉽진 않을 듯해도, 태자의 거래를 받아들인다면 자신이 궁에서 언제 쫓겨날지 모르는 불안함은 갖지 않아도 되었다. 지금보다 더 당당하게 궁에서 지낼 수 있으니 말이다. 거기다 거래에 대한 보상까지 따르니 이것이야말로 너 좋고 나 좋고 아닌가. 청비는 득의양양해졌다.

이제 상황 반전이야. 내가 갑, 너는 을.

"그 거래를 받아들이면 나한테 뭐가 오는데요?"

궁에서 먹여주고 재워주고, 그건 당연히 제공해주는 거고. 드라마에서나 봤던 여인들의 궁중 암투에 끼어들어야 하는데 맨입으로는 어림도 없지.

"거래란 양쪽 모두 얻어지는 것이 있어야 성사되는 법. 저한테도 뭐가 떨어지는 게 있어야 하는 거 아닌가요?"

"네가 원하는 것을 들어줄 것이다. 그게 무엇이든지."

원하는 건 뭐든 다? 그래. 한국에 언제 돌아가게 될지도 모르는데 무슨 일이 생길지 어떻게 알아. 보험 들어놨다 생각하고 나중에 제대로 뽕을 뽑는 거야.

"좋아요. 후궁 후보, 그거 제가 하죠."

진짜 후궁도 아니고 후보인데, 거기다 후보 여인네들을 다 떨궈 주면 자신 역시 후보에서 제해준다 했으니 뭐 달라질 것이 있나 싶었다. 자신에게 득이면 득이 되었지, 해가 될 것은 없을 거라 여겼다.

단휘의 표정도 한결 유연해졌다. 다행히도 청비가 수락함으로써 가장 큰 걱정거리를 덜어낸 셈이었다. 후궁 간택은 내내 그를 고민하게 만들었던 문제였다. 도무지 마음에도 없는 여인을 받아들일 수 없어 아무 여인이나 구해 후보에 올린 다음 최종 간택까지 되게끔 손을 쓸 생각이었다. 그리고 시간이 지나면 여인에게 병이 났다는 이유로 밖으로 내보낼 계획을 갖고 있었다. 하지만 얼굴도 모르는 여인을 궁으로 들여 후보에 올리는 것은 영 내키지 않았다.

하지만 청비를 본 순간, 왜일까?

이 여인이라면, 청비라면 괜찮을 것 같았다.

후궁 간택 시기가 생각보다 빨리 다가와 선택의 여지가 없어 그런 것일 수도 있겠지만, 왜인지…… 그 이유는 자신조차도 알 수가 없었다.

"하이파이브 한번 가죠."

청비는 하이파이브를 하려고 손을 올렸다.

"거래 성사도 잘되었겠다, 잘해보자는 의미에서."

단휘는 생소하여 청비가 내민 손을 멀뚱히 보기만 했다. 청비는 보다 못해 단휘의 손을 잡아 올린 다음 자신의 손을 갖다 대며 하이파이브를 했다.

"하이파이브!"

단휘는 이게 뭐 하는 건가 싶어 청비가 하는 행동을 보기만 했다. 청비는 손을 급히 내렸다.

맞다, 여긴 이런 거 모르겠구나.

"그냥, 악수나 할까요?"

청비는 태자의 손을 잡아 위아래로 흔드는 걸 반복했다.

"우리는 이제 동지네요. 잘해봐요."

청비는 민망한 듯 배시시 웃음을 보이다, 류하 왕자를 배웅해주기로 했던 것을 생각해냈다.

"아, 맞다!"

이런, 류하 왕자를 잊고 있었네.

지금이라도 가봐야겠다 싶어 단휘의 손을 내려놓았지만 이번엔 그가 그녀의 손목을 잡았다.

"어디 가?"

"류하 왕자님 배웅하러요. 태자님 때문에 늦었잖아요. 류하 왕자님 아직 안 가셨겠죠?"

"진즉 해륜궁을 나갔겠지. 지금쯤이면 이미 수도에서 한참 떨어진 곳에 있을 것이다."

담로 회의 마지막 날이었다.

"주청강은 다시 예전의 모습을 되찾았습니다. 직접 제 눈으로 보았습니다."

류하의 전언에 경청하고 있던 재상과 각 성의 성주들은 믿을 수가 없다며 웅성거렸다.

주청강은 오래전부터 지대가 습하고 항상 안개가 끼는 곳이라 물이 탁하였다. 비가 내려도 정화되지 않아, 점점 죽은 강이 되어 사람들에게 잊혀지고 있던 곳이었다.

"하루라도 빨리 하북성을 시작으로 그 변방까지 수로를 연결해 농가와 백성들에게 물을 공급해야 합니다."

주청강은 일찍이 메마른 지 오래라 사람들이 찾지 않았을 뿐, 수도 가장 가까이에 위치해 있어 수로 연결만 된다면 수도 전체에 물이 공급되는 건 빠른 시일 내로 이뤄질 수 있었다.

"지금껏 수로 공사는 귀족들이 맡아 한 바, 수로를 끌어 몰래 사적인 용도로 사용하고 있는 귀족들도 있는 줄로 알고 있사옵니다. 이번만큼은 제가 직접 맡아 주청강 물을 전역으로 공급할 것이며 수로를 공사하는 데 있어서 다른 곳으로의 유입은 철저히 사출할 것이옵니다."

원래 류하는 국경을 담당하는 세류성 군단의 요새를 비호하는 일을 맡고 있었지만 이번 주청강 수로 공사를 자신이 맡겠다는 의안을 올렸다.

군대는 민간인 용도로 성벽과 수로 건설에도 동원되고 있었기에 류하가 수로 공사를 맡는다 하더라도 어려울 것은 없었다. 재상 역시 같은 생각이었다.

"주청강에 관한 수로 공사는 모두 류하 왕자님께 전임할 것이오."

재상의 엄령에 성주들의 시선이 한데 모아졌다. 황제가 없는 회의에서는 재상이 황제 대신 결정권을 갖고 있었다.

재상이 한 번 내린 결정은 번복하지 않는 것이 관례이기에 그들은 받아들일 수밖에 없었다. 더군다나 수로 축조를 맡은 이는 왕자였고, 먼저 강을 발견한 자도 왕자였다. 불만이 가득했지만 모두 침묵으로 일관했다.

류하는 궁을 떠나기 전 마지막 회의에서 다시 하북성으로 돌아올 수 있는 명분을 갖게 되었다. 길어도 열흘 이내에는 해륜궁으로 돌아와야 했다. 류하는 회의가 끝나고 청비에게 곧 돌아오겠다는 소식을 알리고 싶은 마음에 정원으로 바로 뛰어갔다.

하지만 청비는 없었다. 늦는가 싶어 그녀가 오길 기다렸지만 약속 시간이 지나도 그녀의 모습은 보이지 않았다.

서한을 남겨볼까? 아니다. 기억을 잃은 여인이다. 글을 읽을 수 있는지 없는지도 모르니, 전할 길이 없었다. 최대한 빨리 다시 궁으로 돌아오는 수밖에⋯⋯.

류하는 아쉬움을 뒤로한 채 궁을 떠났다.

청비는 이미 류하 왕자가 해륜궁을 나갔을 거라는 태자의 말을 믿을 수가 없어 별궁으로 전력 질주해 뛰어갔지만 그의 말대로 류하 왕자는 없었다. 지나가는 시녀에게 물으니 떠나신 지 꽤 되었다는 말만 듣게 되었다. 다리에 힘이 모두 풀려버리는 느낌이었다. 인사도 못했기에 아쉬움이 더 클수밖에 없었다.

그래도 이 나라의 왕자인데 해륜궁에 또 올 일이 없겠어? 한 번은 다시볼 수 있겠지.

힘없이 터덜터덜 걷는데 시녀 하나가 짐 보따리를 들고 건물에서 나와 이쪽으로 오고 있었다.

어라? 저건 내 짐인데.

청비는 시녀에게 다가가 짐을 가리켰다.

"그걸 왜⋯⋯."

"태자 전하께서 아가씨의 짐을 모두 동궁전으로 옮기라 하셨습니다. 이것말고 더 있는지요."

"아니요. 그게 전부예요."

"아가씨도 바로 동궁전으로 뫼시라는 전하의 명이 있으셨습니다."

거래를 수락하자마자 바로 짐부터 옮기는 걸로 모자라 나까지 오게 하고, 성질 진짜 급하네.

청비는 자신이 가는 길에 가져가도 된다며 짐을 달라 했지만 시녀는 받은 명을 따를 뿐이라며 아랑곳하지 않고 저만치 먼저 걸어갔다. 며칠을 지냈을 뿐인데 정이 든 건지 청비는 류하 왕자의 정원에서 발이 떨어지지 않았다. 그녀는 아쉬운 얼굴로 무거운 발길을 옮기며 동궁전으로 향했다.

단휘는 청비가 궁 안으로 들어오자 바로 옆으로 다가오더니 탐색하는 눈길로 그녀를 살폈다. 청비가 무슨 생각을 하는지 알고 싶은 사람처럼.

"형님이 가서 슬픈 것이냐?"

단휘는 풀이 죽은 청비의 얼굴이 마음에 들지 않았다. 아까 그 기세등등한 모습과는 참으로 대조적이었다.

"그럼 슬프지 안 슬퍼요? 저한테 얼마나 잘해주셨는데."

청비는 류하를 배웅 못 한 것이 태자 때문이라 생각되어 그를 보는 눈길이 곱지 않았다. 말도 별로 하고 싶지 않았지만 자신이 지낼 방은 어딘지 알아야 했기에 어쩔 수 없이 말을 걸었다.

"제 침실은 어디예요? 창이 좁든 방이 작든 상관없는데요. 한 가지, 태자님이 지내는 방이랑은 거리가 아주아주 상당히 멀었으면 좋겠는데요."

잘난 얼굴을 보면서 눈요기하는 것도 나쁘진 않았지만, 태자에 관한 감정도 그리 좋지 않아 자주 부딪히면 좋을 것이 없었다. 오히려 더 불편하기만 하지. 청비는 맞은편 벽 쪽으로 나열되어 있는 문을 보며 이 많은 방들 중에서 자신이 머물 방은 어디일지 궁금해했다.

"태자님 방과 가장 먼 끝 방으로 주면 더 좋고요."

내가 한 말이 기분 나쁘게 들렸나?

태자의 안색이 좀 전과는 달라졌다.

"저기요, 무슨 말 좀 해봐요."

"……"

"태자님?"

"우선 내 침실부터 알려주지."

청비는 의아했다.

다짜고짜 왜 자기 방을 알려준다는 거야? 태자이니 분명 안 봐도 온 가구가 금칠 은칠에, 값나가는 물건들로 가득할 텐데. 그런 걸 자랑하고 싶어서 그러나? 아주 이탄국 허세 태자님 납셨구만.

태자는 몇 걸음 안 가 금박으로 장식된 아치형의 목조 문 앞에 섰다. 건물 안에서 가장 화려한 걸로 보아 굳이 안 물어봐도 태자의 방 같았다. 역시 예상이 맞았는지 그는 문을 열고 고갯짓을 까딱하며 안을 가리켰다.

"여기가 내 침전."

보여주니 구경이나 해보자는 생각에 청비는 문머리를 넘어 안으로 들어갔다. 역시나 안은 생각했던 것보다 훨씬 더 호화로웠다. 금과 보석들로 화려하게 자개되어 있는 목가구들과 금동관, 금향로, 도자기 등으로 여기저기 값비싼 물건들이 가득했다. 자신도 모르게 입이 쩍 벌어지고 계속 보고 있다가는 시간 가는 줄도 모를 듯해 청비는 그만 눈길을 돌렸다.

"그럼 이제 제가 지낼 곳을 가보는 건가요?"

"갈 필요 없어."

"네? 그게 무슨……."

단휘는 대답 대신 알 수 없는 미소를 흘렸다. 저 웃음에 뭔가 꿍꿍이가 있는 것같이 느껴지는 건 왜일까. 저 올라가는 한쪽 입꼬리가 사람을 불안하게 만든다.

"네가 지낼 곳도……."

"……."

"여기니까."

청비는 자신이 잘못 들었다고 생각했다.

뭐? 어디? 내가 지낼 곳이 어디라고?

청비가 어안이 벙벙한 채 눈썹만을 구기자 태자는 다시금 확인시켜주었다.

"못 들었느냐? 여기라고. 네 침실이."

처음엔 이해가 안 되어 천천히 머리를 좌우로 흔들다 그 다음엔 눈이 튀어나올 듯 커진 청비는 흥분해서 소리를 빽 질렀다.

"말이 되는 소릴 해요!"

단휘는 그런 청비의 반응이 재밌는지 픽 웃음을 터뜨렸다.

"그래, 당연히 말이 안 되지."

단휘는 당연히 청비와 방을 같이 쓸 생각이 없었다. 오히려 가까이 두는 것도 귀찮아 자신의 궁에서 가장 끝에 위치한 방을 내주려고 시녀들에게 미리 치워두라 귀띔까지 해놓은 상태였다. 한데 저 여인이 먼저 말을 꺼낸 것이다.

뭐? 내가 지내는 방이랑은 거리가 아주아주 상당히 멀었으면 좋겠어? 가장 끝 방을 달라고?

궁에서 자신을 좋아하는 이가 별로 없다는 걸 모르는 것은 아니었다. 항상 딱딱거리며 밖으로만 나도는 그의 뒷감당을 하는 것은 시녀와 시종들의 몫이었으니 어찌 좋아할 수 있으랴. 하지만 이렇게 그를 싫어하는 티를 팍팍 내는 이는 처음이었다.

형님은 그리 잘 따르고 유순하게 굴더니만 내게는 실체를 드러내는 것인가.

마치 자신을 무슨 돌림병 환자라도 되는 것처럼 대하는 청비의 행동에 단휘의 심기가 뒤틀렸던 것이다.

"너는 그 말을 곧이곧대로 믿은 것이냐?"

"그, 그럼 그냥 해본 말이라는 거예요?"

"그래. 농을 한 것이다."

태자의 무덤덤한 대답에 청비는 눈을 감았다. 아주 사람을 갖고 노는구만. 현실에선 시도도 할 수 없으니 청비는 마음속으로나마 단휘의 턱에 어퍼컷을 마구잡이로 날리고 있었다.

"아쉬운 것이냐? 설령 내 말에 떨렸다거나 그런 건 아니겠지?"

뭐가 어째? 아, 아쉬워? 떨려? 더는 못 참는다, 나도.

"그래요, 떨린 건 맞아요. 여기가 내 방이라는 말이 아주 소름이 끼치도록 싫었거든요. 생각만 해도, 소름 끼치게 떨리네. 어우, 완전 싫어. 여기 닭살까지 돋은 거 봐요."

청비는 진저리를 치듯 몸을 과장해서 떠는 시늉을 했다.

"태자님이 벼룩 똥만큼이라도 매력이 있든가 해야 내가 아쉬워하는 그런 시늉이라도 해주는데 이건 뭐."

청비는 허공에 시선을 두고 한숨을 내쉬었다. 단휘는 그런 청비의 행동에 어이가 없었다.

"내가 매력이 없다? 근데 왜 내 얼굴을 보지도 않고 말하는 것이냐? 거짓말이라도 하는 것처럼."

"눈 둘 곳이 없는데 어째요."

청비는 무척 건조한 말투로 말하며 이내 단휘의 얼굴을 쓱 훑어 내렸다.

"얼굴 아웃."

"……."

"몸은."

단휘가 훤칠하게 키가 커서 발부터 머리까지 훑는 데 시간이 걸렸지만 청비는 바로 무심한 표정을 짓고는 고개를 저었다.

"몸도 아웃. 당신은 모두 아웃이야."

청비는 지고 싶지 않았다. 앞으로의 관계에서 주도권을 누가 잡느냐가 달린 중요한 문제였다.

"아웃?"

맞다, 여기 이탄국이었지. 당연히 영어를 모르겠군.

"모두 별로라고요."

"별로? 내 몸을 본 적도 없으면서?"

"뭐, 봐야 아나요. 그리고 태자님이 제 앞에서 웃통을 홀딱 벗고 다닌다 해도 나는 눈 하나 깜짝 안 해요. 그 비실비실한 허우대 뭐 볼 게 있다고."

청비의 말이 끝나기 무섭게 단휘는 입고 있는 상의의 끈을 손으로 휙 잡아당겨 풀었고, 곧 상의가 벌어져 새하얀 비단 천이 드러났다.

뭐, 뭐야? 이 작자가 지금, 옷이라도 벗어서 몸을 보여주겠다는 거야?

그는 아예 걸치고 있던 상의를 벗어 던져, 이제 몸에는 딱 달라붙은 하얀 비단 상의만이 걸쳐져 있었다.

하얀 비단옷 차림이 왜 저렇게 섹시한 거야. 딱 좋게 달라붙은 저 매끈한 하얀 비단옷. 어떤 몸을 하고 있을지 대충 상상이……

청비는 숨을 훅 들이켰다.

단휘에게서 눈을 못 떼고 있던 청비의 얼굴은 그가 하얀 비단옷의 끈마저 풀려고 하자 사색이 되었다. 이내 곧 비단 상의가 열리고 군살 하나 없는 나신이 보이자 청비는 손바닥으로 얼굴을 가리고 단휘에게서 돌아섰다.

"지, 지금 뭐 하는 거예요!"

"네가 그러지 않았느냐. 내가 벗고 돌아다녀도 눈 하나 깜짝하지 않는다고. 그래서 확인해보려고."

"아니 그렇다고, 진짜 그, 그렇게……"

청비는 당황하여 버벅거렸다. 어디서 더운 바람이라도 불어오는지 얼굴이 화끈거렸다. 선풍기 앞에서 달아오른 얼굴을 식히고 싶은 마음이었다. 선풍기가 없으니 손으로 대신해 얼굴에 부채질을 해야 했다. 얼마나 빨리 부채질을 하는지 손이 보이지 않을 정도였다.

"거기서 뭐 하는데?"

"……."

"네가 정말 눈 하나 깜짝 안 하는지 확인을 해야겠는데, 왜 뒤돌아서 있냐고."

그가 가까이 다가오고 있었다. 뭐야, 뭐야! 왜 자꾸 오는 건데.

"알았어요, 알았어!"

청비는 단휘가 자신에게 오는 걸 만류하려 손으로 막고는 급히 말을 내뱉었다.

"저 눈 깜짝했어요. 이제 됐죠? 그러니까 그쪽 태자님 벗은 거 별로 보고 싶지 않거든요. 좀 가까이 오지 말죠!"

하지만 저벅저벅, 발소리는 멈추지 않았고, 단휘의 그림자는 청비를 덮치듯 가까워졌다.

"아, 오지 말라니까요!"

어렸을 때부터 태권도를 해온 터라 도장과 체육관에서 남녀 할 것 없이 같이 부대끼다 보니 남자애들이 상의 탈의한 것을 많이 보아왔던 청비였다. 남자들이 초여름만 되어도 연습이 끝나면 덥다고 도복을 벗어 던지고는 에어컨 앞으로 몰려가 땀을 말리던 걸 얼마나 많이 보아왔던가.

하지만 지금은 그때의 그런 아무렇지 않은 느낌이 아니었다. 청비는 이 상황이 굉장히 어색하고 불편했다.

"아, 진짜! 가까이 오지 말라고!"

손을 뒤로 휘저으며 족히 80데시벨은 넘을 정도로 소리를 지르자 단휘가 청비를 돌려세우더니 턱을 잡았다. 붕어 입이 된 청비는 더 이상 소리를 지를 수가 없었다.

"시끄러워."

턱이 잡힌 것이 기분이 나쁘다기보다는 그의 손이 자신의 얼굴에 닿았다는 것이 무척 당황스러워 청비는 더 이상 어떤 행동도 취할 수가 없었다.

"그러니까 왜 도발을 하시나."

그가 손을 떼자마자 청비는 다시 뒤로 돌아섰다. 그런 그녀의 등 뒤로 기척이 느껴졌다. 비단옷의 부들거림이 그녀의 팔을 스쳐 갔고, 이어서 청비의 발 옆에 떨어져 있는 도포를 가져가는 소리가 들렸다. 옷을 입는 것 같은 부스럭거리는 소리가 멈춘 뒤 그가 시녀를 불렀다.

"밖에 누구 없느냐!"

청비가 뒤돌아보니 그는 이미 옷을 말끔히 입은 상태였다. 태자의 부름에 시녀 한 명이 안으로 들어왔다.

"찾으셨사옵니까, 전하?"

"이 여인에게 동향에 있는 화훼화 방을 내주거라."

"예, 전하."

"네 거처를 알려줄 것이니 따라가거라."

청비는 도망가듯 방을 나왔고 시녀를 따라가면서도 계속 혼잣말로 중얼거렸다.

"뭔 말을 못 하겠네, 저 남자한테는. 변태시키가 따로 없어, 아주."

혼잣말을 가장한 태자의 욕이 대부분이었다. 그동안 벌써 문을 열 개는 넘게 지나친 것 같았다. 건물이 크다 싶었는데 이렇게나 방이 많을 줄이야.

"이곳입니다."

시녀가 문을 열어준 방에는 들어가는 입구에서부터 오색실로 모란 무늬가 수놓아진 붉은 융단이 깔려 있었다. 융단을 밟으며 방 안으로 들어서니 침상이 가장 먼저 눈에 띄었다. 침상 주위의 바닥은 마치 물이 흐르는 듯 자개로 모자이크 되어 있어 마치 침상이 물에 떠 있는 듯한 형상을 만들어 주었다.

청비는 침상에 걸터앉아 콩콩 움직여보며 이 방이 과연 태자가 자신에게 주는 방이 맞는지 생각했다. 가구는 온통 은빛으로 칠기가 되어 있어 광이 났고, 청동과 황금으로 만들어진 장식품들이 방 안을 가득 메우고 있었다.

태자가 양심은 있나 보네. 이런 호화로운 방을 내주고. 아니, 자기가 나를 필요로 해서 데려와놓고선 푸대접은 말도 안 되지.

"방은 마음에 드시는지요?"

청비는 고개를 여러 차례 끄덕이는 것으로 이 방이 마음에 든다는 것을 표현했다.

"따로 필요한 것이 있으시면 말씀하십시오."

"저기요, 아까 태자님이 그러던데, 화훼화 방이라고, 그게 무슨 뜻이에요?"

시녀는 창문을 가리켰다.

"창으로 보이는 풍경 때문이옵니다."

풍경? 청비는 시녀가 가리키는 창문으로 갔다.

"마치 창문 밖으로 보이는 정원의 풍경이 화훼화를 보는 것처럼 아름답다 하여 그렇게 불리고 있습니다."

시녀의 말대로 마치 정원의 모든 아름다움이 창문 하나에 다 담겨진 것처럼 한 폭의 그림 같은 풍경이 눈에 들어왔다.

"그림이 따로 없네, 정말."

시녀가 나간 뒤 청비는 창문에서의 감상도 금방 끝내고 벌러덩 침상에 대자로 뻗어 누웠다. 아침부터 많은 일들이 있었던 탓에 몸은 이미 녹초가 되어 있었다.

한국으로 돌아갈 때까지 여기서 지내면 되는 건가? 이곳에서 있는 듯 없는 듯 신세 좀 지려 했는데 일이 점점 커지는 듯했다. 후궁 후보라니. 허울 뿐이긴 해도 어쨌거나 여기 사람들은 자신을 그리 알고 대할 것이 아닌가.

벌써부터 이 방을 안내해준 시녀의 눈빛이 부담스럽게 느껴졌다. 완전 귀한 손님 모시듯 정중히 대하니 말이다.

그래도 후궁 후보가 되었기에 일을 해야 한다거나, 공짜로 먹고 자고 해서 받는 눈치는 보지 않아도 될 것이니 잘된 일이라, 청비는 나름 편하게 생각하기로 했다.

제6장
자선심(慈善心) : 남을 동정하여 도와주려는 마음

평소라면 늦잠을 잤겠지만 이곳에 적응하는 것이 우선이었다. 아침 일찍 일어나 식사를 대충 끝내고 여기저기 돌아다니며 해륜궁 내부를 구석구석 살펴보는데 어디선가 금속이 부딪히는 소리, 남자들의 기합 소리가 울렸다.

청비는 소리의 근원지를 찾아갔다. 인공으로 만들어놓은 호수 근처에 공터가 보였고, 상의를 탈의한 남자 열댓 명이 검을 손에 쥔 것처럼 허공에 대고 빈손을 내리치는 동작을 반복하며 검술 연습에 한창이었다.

"옴마야!"

청비는 두 손으로 눈을 가렸다가 슬며시 손가락을 벌렸다. 그 손가락 사이로 청비의 눈동자가 이리저리 움직였다.

"오호, 몸들 좀 보소."

몸을 풀며 검술 훈련을 하고 있는 근위병들이었다. 훈련하고 있는 근위병들과 조금 떨어진 곳에서는 검은 무복 차림의 단휘가 서 있었다.

단휘는 자신의 호위 무사인 건희와 이야기를 하고 있었다. 곧 그 둘은 목검을 들고 대련을 시작했다. 청비는 커다란 나무 뒤로 가 그 모습을 몰래 지켜보았다.

태자의 실력이 어떤지 좀 볼까?

태자는 상대의 움직임을 재빨리 읽어 빈틈을 공격했고, 상대 역시 검으로 맞받아쳐 둘의 검은 어느 한쪽으로 기울지 않고 팽팽했다. 검끼리 부딪치는 둔탁한 소리가 공터에 울리자 청비뿐만이 아니라 연습에 매진해 있던 병사들도 어느새 그들의 승부를 곁눈질하고 있었다.

탁, 탁, 탁.

단휘와 건희는 호적수처럼 보이는 듯했으나, 그것은 몇 초에 지나지 않았다.

"완전 못한다. 어쩜 저렇게 못할 수가 있어. 한 나라의 태자라는 사람이."

태자는 건희가 휘두르는 검기에 이리 피하고 저리 피하며 아슬아슬하게 도망 다니기만 했다. 저렇게 민첩한 움직임이라면 피하지 않고 맞붙어도 될 실력 같은데. 자신이 잘못 본 것일까?

태자는 승부를 겨뤄볼 생각은 않고 요리조리 휘둘러지는 검을 피하기에 바빴다. 사람들이 전부 지켜보고 있는 상황, 확연한 실력 차이로 밀리고 있으면서도 이상하게 태자의 얼굴은 참으로 느슨해 보였다. 그 순간, 태자가 검까지 놓치자 청비는 실로 경악했다.

저게 실제 상황이라면 검을 놓친다는 것은 목숨을 내놓는 것이나 마찬가지인데. 끝났네, 끝났어. 더 겨룰 것도 없겠어.

그렇게 단휘는 건희에게 밀리는 모습만 보이다 대련을 끝냈고 청비는 혀를 내둘렀다.

아, 정말이지, 보는 내가 다 창피하네. 태자라면서 실력은 완전 모성 본능 일으키는 약골이셨어.

피하기만 하다 결국 검을 떨어뜨리기까지 하는 형편없는 태자의 실력에 병사들은 겉으론 표를 안 내도 모두의 얼굴에는 비웃음이 서려 있었다. 또 저런 모습이 하루 이틀이 아니라는 듯 대수롭지 않게 여기는 이들도 있었다.

단휘는 다른 이들은 전혀 아랑곳하지 않고 인상을 쓰며 몸 여기저기를 살피기에만 급급했다.

"갈수록 네 검기가 일취월장이니, 상대하는 나만 죽어나가는구나."

단휘의 엄살을 보는 건희의 표정은 무겁기 그지없었다. 자신과 필적할 만한 검술을 가진 태자의 본 실력을 알고 있기에 건희는 매번 이렇게 대련할 때마다 일부러 지는 연기를 하는 그가 안타까웠다.

궁을 나가는 것도 민심을 살피는 일임에도 불구하고 그 진실을 감추고 있는 태자였다. 그는 그저 대소 신료에겐 풍류나 즐기기 위해 궁 밖 출입이 잦은 한량으로만 보여졌다. 지금도 이렇게 실제 모습은 감추고 있으니 그 내막을 모르는 이들은 분명 태자가 검술 훈련을 게을리하고 대련조차 가볍게 임하니 실력이 형편없을 수밖에 없다 치부할 것이다.

"언제까지 그러실 작정이십니까?"

"보는 눈들이 많으니 좋은 기회이지 않으냐. 태자의 검술이 별 볼일 없다 여길 것이니."

단휘가 떨어진 검을 주워 건희에게 던지자 건희는 자신의 검과 같이 나무에 세워놓고는 휴식을 취했다. 건희는 그늘 하나 없는 공터에서 햇빛을 온몸과 얼굴에 받은 탓에 땀으로 얼룩덜룩 젖은 무복 상의를 벗고는 수건으로 땀을 닦았다.

청비의 눈은 역시나 그에게로 향했다. 구릿빛 피부의 건장한 건희의 상체가 눈에 들어오자 청비의 눈이 번뜩였다.

잡지 화보 속에서나 보던 빨래판 근육 몸이 이렇게 눈앞에 있다니. 저 근육은 닭 가슴살만 먹고 단기간 속성으로 만든 인공 근육이 아니었다. 오랜 시간 검술로 단련된 자연산, 천연 근육질의 몸이리라.

청비의 입은 다물어지질 않았다. 청비 옆에서 같이 입을 벌린 채 눈을 떼지 못하고 있는 여인이 하나 더 있었으니, 그녀는 바로 신아 공주였다.

"고, 공주님 아니세요?"

자신을 필요하다 했던, 폭풍 애교를 보여준 그 공주 아냐?

청비의 놀라움이 섞인 시선에도 공주는 아무런 내꾸가 없었다.

대체 어딜 보나 했더니 옷을 탈의하고 있는 무사를 뚫어져라 유심히 지켜보고 있는 것이 아닌가. 그래도 체면이 있지, 공주 신분으로 이래도 되는 거야?

"저, 공주님……."

"조용히 하거라. 이 순간만큼은 방해받고 싶지 않으니까."

"아, 예."

"원래 이 나무 뒤는 내 전용 자리였느니라."

오늘만이 아니었나 보네. 공주의 전용 자리라는 말에 청비는 자신이 자리를 비켜줘야 하나 망설였지만 공주는 시선을 그대로 저들에게 향한 채 청비에게 말을 걸었다.

"오라버니랑 검술 대련을 한 병사는 전하의 호위 무사인 건희야. 딱 봐도 알겠지만 실력이 이탄국에서 제일가는 자이니라. 오늘도 우리 건희가 이겼구나. 호호호."

"아, 그래서 태자님이 공격 한 번 제대로 못 해보고 도망만 다녔군요."

"원래 단휘 오라버니도 어렸을 때는 검도 잘 다루고 궁시(활쏘기)도 잘해서 신동이라는 소리를 들었었는데."

어렸을 때 신동 소리 안 들어봤던 사람도 있나? 나도 어렸을 때는 걸음마도 빨리 떼고, 말도 빨리 트여서 김씨 집안에 의사 나오나 했었다고.

"근데 날이 갈수록 퇴화가 되어서 저렇단다. 암만 그래도 그렇지, 실력이 저렇게 역변할 수가 있나. 대련을 할 거면 좀 약한 상대로 골라서 수준을 맞추던가. 항상 왜 건희랑만 하냐고. 더 급 떨어져 보이게.”

“그러게요. 저 건희라는 남자 실력이 정말 대단한 것 같던데.”

이래 봐도 내가 무예인이라 말이지.

척보면 척이었다. 검을 휘두르는 몸놀림이며 움직이는 동선이 예사롭지 않았다. 고수의 고강한 기운을 느낄 수 있었다.

기회가 된다면 저 고수한테 검 쓰는 것 좀 한번 배워보고 싶네.

건희에게서 시선을 떼지 못하는 청비가 마음에 안 드는지 신아 공주는 대뜸 적개심을 드러냈다.

“설마…… 너도? 너 역시 건희에게 마음이 있는 건 아니겠지?”

너도……라니? 그럼 공주가 저 남자한테 마음이 있다는 거야?

“건희한테 눈독 들이지 말거라. 내가 먼저 봐둔 남자니까.”

건희라는 이름만 언급해도 부끄러운지 공주의 뺨은 붉게 물들어 있었다.

“처음 본 순간부터 홀딱 반해서 다른 남자는 눈에도 안 들어오는구나.”

공주의 신분으로 이런 말을 하는 것이 쉽지 않을 텐데. 공주는 건희라는 남자를 무척 좋아하고 있는 것 같았다.

공주와 무사라…… 아무래도 이곳에서는 신분 계급이 존재하니 아마도 쉬운 사랑은 아닐 듯했다. 공주가 고생 좀 하겠구나 싶었다.

왠지 아련해져 공주와 눈을 마주치는데 자신을 보는 간절한 눈빛에 청비는 슬그머니 불안함을 느꼈다.

“저기…… 있잖아.”

그런 눈빛으로 보지 마. 대체 뭔 말을 하려고.

“네가 날 도와주렴. 건희와 가까워지고 싶구나. 네가 필요하다 폐하께 청한 것도 다 이 때문이었느니라.”

“제가 무슨 힘이 있다고 공주님을 돕겠어요.”

내 코가 석 자야. 뚱쟁이 노릇까진 하고 싶지 않다고.

"시녀들한테 시켰다간 소문도 금방일 테고 창피한데, 너라면 괜찮을 것 같아. 너는 어차피 궁에 들어온 지도 얼마 안 되어 아는 사람도 없지 않느냐?"

두 손으로 청비의 손을 감싸며 발을 동동거리는 공주의 모습은 마냥 어린아이가 눈앞의 장난감을 갖지 못해 안달이 난 것처럼 보였다.

"앞으로 내 부탁들을 들어준다면 넌 이 궁에서 엄청난 조력자가 생기는 것이야. 너 좋고 나 좋고 아니니?"

조력자라는 말에 청비는 혹했다. 주청강을 가고 싶다 해도 혼자 찾아갈 순 없을 테니 분명 누군가의 도움이 필요할 것이다. 공주라면 가능할 것 같았다. 밑지지 않는 거래였다. 폐하의 사랑을 독차지하는 것으로 보아 이곳 해륜궁에서 공주의 영향력도 상당하리라.

"좋아요."

"생각 잘했다."

"앞으로 제가 뭘 하면 되는데요?"

"너는 앞으로 내가 주는 연서를 전해주거나 내가 건희와 같이 있을 수 있는 기회를 만들어주면 돼."

청비는 그 정도는 아무것도 아니라며 자신만 믿으라 했고, 공주는 구세주라도 만난 듯 얼굴에 기쁨이 번지고 있었다. 신아 공주는 그만 이 외로운 짝사랑에 종지부를 찍고 싶었다. 이렇게 계속 몰래 지켜보기만 하다가는 시간이 지나 분명 다른 언니들처럼 타국의 왕자나 귀족들과 혼인을 하게 될 것이 뻔했다.

공주는 간절했다. 항상 품고 다니면서도 주지 못했던 연서들이 쌓이기만 해서 애가 탄 공주였다. 누구 하나에게 시켜볼까 하다가도 공주라는 신분 때문에 마음을 다잡아야 했다.

그러다 청비라는 아이가 궁에 들어왔고, 기회다 싶었다.

아직 궁에서 어떤 이들의 눈도, 귀도 되지 않은 저 아이를 통해 내 마음을 건희에게 전달해야지.

공주의 머릿속이 온통 건희에 대한 생각으로 꽉 차 있었다면, 청비의 머릿속은 온통 주청강에 대한 생각으로 가득했다. 두 여인은 각자의 기대감에 부풀어 있었다.

"거기서 둘이 뭣들 하는 것이냐?"

갑작스러운 단휘의 등장에 공주와 청비는 동시에 화들짝 놀랐다. 설마 자신들이 하는 말을 들은 건 아닌지 두 사람은 단휘의 눈치를 살폈다.

"이야기를 하는 중이었습니다."

단휘는 의심의 눈초리를 멈추지 않았다.

"무슨 이야기이기에 그리 속닥거리는 건데?"

"속닥은 무슨, 전하도 참. 오라버니는 여인들의 일은 모른 척하시와요."

다행히도 자신들이 한 말을 듣지 못했다는 것을 눈치챈 공주는 청비를 향해 눈짓을 하고는 단휘 옆으로 다가가 더욱 높은 콧소리로 말을 붙였다.

"오라버니, 이 아이가 그러는데 자신은 호위병이 꼭 필요하다네요. 아직까지 호위병 하나 안 붙여주신 거예요?"

뜬금없이 왜 호위병 타령이야.

공주의 말에 청비는 의아했다.

"호위병이라니, 제가요?"

"큼큼."

청비가 눈을 동그랗게 뜨고 부정하려는데 공주가 헛기침을 크게 하며 계속 눈짓을 보냈다. 그제야 청비는 눈치를 채고 입을 다물었다. 공주는 검지로 작게 건희를 가리켰고, 청비는 마지못해 알았다며 고개를 끄덕였다.

"네, 태자님. 호위병이 필요한 것 같아요."

"네가 무슨 호위병이 필요해?"

부정적인 태자의 반응에 신아 공주는 자신의 일인 것처럼 청비 대신 나섰다.

"이 아이가 무서워서 잠을 못 잔다 합니다. 류하 오라버니께서 저 아이를 발견했을 때 강에서 쓰러져 있었다면서요? 누군가에게 습격을 받고 그런 것이 아닐는지요?"

공주의 순발력에 청비는 감탄했다. 애교뿐만 아니라 저 능력까지 배우고 싶었다. 공주의 거짓말은 계속됐다.

"꿈도 꾸었다 합니다. 밤에 자신의 방에 괴한이 침입하는 악몽을요. 괴한이라니, 저는 생각만 해도 무섭사옵니다."

청비는 계산이 빠른 편이었다. 잘 생각해보니 건희를 호위병으로 옆에 둔다고 해서 손해 볼 것이 없었다. 공주의 말로는 건희가 이탄국에서 가장 뛰어난 실력자라 했다.

자신의 눈으로도 잠깐이나마 직접 그 검술의 위력을 보았기에 청비는 더욱 건희라는 호위 무사에게 검술을 배우고 싶었다. 그런 능력자에게 검술을 배울 기회가 언제 또 있겠는가. 도움이 되면 되었지 손해 볼 것은 없었다. 지금까지 공주의 장단에 건성으로 맞장구를 쳐주던 청비는 이제는 적극적으로 밀고 나가기 시작했다.

"예, 공주님 말씀이 맞아요. 얼마나 무섭다고요. 기억도 잃어서 괴로운데 누군가가 저를 해하려 하지 않을까 공포심에 악몽까지 꾸었어요. 이곳에서 지내는 내내 편하지가 않고 계속 불안했습니다."

기억을 잃었어도 슬퍼하는 기색 없이 밝았었다. 자신이 태자임을 알면서도 겁을 상실한 것처럼 굴었던 그녀였는데, 그 모습은 온데간데없었다.

단휘는 그런 그녀가 조금은 측은하게 느껴졌다. 호위병쯤 하나 옆에 두어도 괜찮겠지 싶었다. 그 순간 갑자기 그에게 더 좋은 묘안이 떠올랐다.

가뜩이나 아바마마는 자신과 청비의 사이에 대한 의심을 거두지 않은 상태였다. 만일 자신이 직접 호위를 해준다는 명목 아래 여인의 옆에 있는다면 항상 같이 있게 될 테니, 아바마마를 비롯해 많은 이들의 의심을 일축시킬 수 있을 것이다.

"그럼 내가…… 호위를……."

태자의 이어지는 말을 듣지 못한 청비는 작정한 듯 신아 공주와의 약속과 자신의 앞날을 위해 청을 올렸다.

"제가 진즉 실해 보이는 호위병을 골라놓았습니다."

골라놓아? 태자의 눈매가 치켜 올라갔다.

"건희 님을 제 호위병으로 주세요."

신아 공주는 잘한다며 응원의 눈빛을 보냈고, 단휘는 청비의 입에서 생각지도 못한 이름이 나오자 표정이 굳어졌다.

"네가 건희를 어떻게 아는 것이냐?"

"그것이…… 드, 들었습니다. 시녀들이 하는 이야기를."

단휘의 달라진 얼굴색을 눈치채지 못한 청비는 신아 공주가 건희에 대해 얘기한 것을 떠올리며 그를 칭찬하는 말을 늘어놓기 시작했다.

"뭐라더라. 건희 님은 어떤 것에서든 가장 실력이 뛰어나고, 성품 또한 훌륭하시다 그러던데."

아무 말이 없는 태자를 보자 청비는 답답해졌다.

아, 왜 이렇게 굼떠, 이 양반. 막상 내주려니 아까워서 저러나?

태자는 별로 내켜 하지 않는 얼굴이었다. 마침 신아 공주의 시녀들이 공주를 발견하고는 바로 다가왔다.

"공주님, 한참을 찾았습니다. 궁에 도착하셨으면 황후마마께 먼저 인사를 드리셔야지요."

"가려 했다. 중한 볼일이 있었느니라."

공주는 단휘의 대답을 듣지 못해 안타까웠지만 청비에게 뒤를 부탁한다는 눈짓을 한 뒤 시녀들을 따라 자리를 떠났다. 남겨진 청비는 단휘를 재촉했다.

"건희 님을 호위병으로 달라는데 왜 아무 말씀도 없으세요?"

"……."

"싫으세요? 그럼 하루 세 시간만이라도 보내주세요. 호신술이라도 배우게."

"호신술?"

"네, 검술 같은 거요. 배워두면 어디 써먹을 데 없겠어요?"

"생각, 해보겠다."

청비는 입을 꾹 다물었다. 태자가 자신을 마땅치 않게 여기는 것은 잘 알고 있었다. 딱딱거리는 말투하며, 자신만 보면 인상 쓰는 것. 누가 봐도 태자는 자신을 별로 좋아하지 않는다. 거기다 후궁 후보이긴 해도 그건 어쨌거나 가짜 노릇을 하는 거고, 실상은 궁에 얹혀사는 거나 마찬가지이니 아마 염치없다 생각하겠지. 뜬금없이 호위병을 달라 하질 않나, 뻔뻔하다 여길지도. 그러니 지금처럼 태자가 칼바람을 휘날리는 것도 이해가 갔다.

하지만 그렇다고 여기에서 포기할 순 없었다. 제대로 된 검술을 배워보고 싶었고, 공주의 부탁도 들어줘야 했다. 하지만 태자가 허락하지 않으면 다 소용이 없는 일. 이왕 얼굴 두꺼워진 거, 아예 얼굴에 티타늄을 깔았다 생각하자고. 앞날만 생각하자.

"태자님은 건희 님이 옆에 없으면 겁나시나 보죠?"

"뭐? 겁나? 넌 지금 내가 내 몸 하나 건사 못 할 것 같아 그런 말을 하는 것이냐!"

"아까 지나가다 보니까 태자님 검술이요, 무슨 애들 전쟁놀이 하는 것도 아니고 약골에 하수인 게 딱 티가 나던데요, 뭐. 그거만 봐도 느낌 오죠. 실력이 완전 구멍이더만."

청비는 자신이 말해놓고도 너무 심했나 싶어 슬금슬금 단휘의 눈치를 살폈다. 여기서 한마디만 더 하면 불호령이 떨어지지 않을까 싶을 정도로 태자의 눈에 핏발이 서 있었다.

이제 고지가 코앞이구나.

청비는 목표를 위해 아예 쐐기를 박아야겠다 싶어 그를 더욱 자극했다.

"정말 자기 몸 하나 건사 못 하는 게 아니라면 호위병이 그렇게 많으시면서 왜 건희 님 한 명마저 옆에 두시려는 건데요? 제가 온종일 데리고 있겠다고 했습니까? 세 시간만 보내달라는 거잖아요. 혹시 건희 님 없는 그 잠깐 사이에 공격이라도 받을까 봐 그래요?"

단휘는 피가 머리 꼭대기로 몰리는 느낌이었다. 아까 건희와의 검술 대련을 보았다니 보고 얼마나 비웃었을지 안 봐도 훤했다. 그렇다고 지금 와서 그 대련은 일부러 못하는 척 연기한 거라고 말할 수도 없으니 속이 답답하고 열이 치밀었다.

단휘의 속도 모르고 청비는 마지막 수단을 써보기로 했다. 계속해서 태자가 허락을 해주지 않으니 밀져야 본전이라는 생각으로 청비는 천무 황제 앞에서 공주가 한 것처럼 최대한 비슷하게 혀 짧은 소리를 냈다.

"쩌나."

태자가 성질을 더 버럭 낸다 싶으면 바로 그만둘 생각이었는데 표정을 살피니 한 번 더 찔러봐도 괜찮을 것 같았다.

"때짜 쩌나."

자신에게 계속 바락바락 대드는 것이 건방져 호령을 내리려던 단휘였다. 그런데 갑자기 저 여인이 어울리지도 않게 수줍어하는 얼굴로 몸을 꼬아대기 시작했다. 술 취한 것처럼 혀 짧은 목소리까지 내니 뭐지 싶어 단휘는 미간을 찌푸렸다.

"뭐 하는데, 어울리지 않게."

"꺼느님 떼 띠간만 빌려달라니깐요. 넵? 넵? 넵?"

"뭐 잘 못 먹었어?"

"넵? 넵?"

"하지 말라고."

감정을 꾹꾹 누른 듯 압축된 그의 음성에 청비는 후, 짧게 숨을 내쉬었다.

그래, 이제 포기한다. 더는 못 해먹겠다.

"꼭 건희여야만 하느냐?"

청비가 번쩍 눈을 빛냈다. 오호, 걸려든 것인가. 걸려든 기회, 절대 놓치지 않아.

"네!"

호위병을 원한다 하니, 내주는 것은 어려운 일이 아니었다. 어차피 후궁 후보가 되었으니 호위병쯤은 옆에 붙여두는 것도 나쁘진 않았다. 하지만 건희는 맡고 있는 중한 임무가 많은 데다 자신이 궁 밖으로 밀행을 나가 시키는 일들 또한 많아서 청비의 호위를 맡을 여력이 없었다. 그래도 저렇게 건희가 필요하다 하니 그 이유를 한번 들어나 보자.

"이유는?"

"아까 건희 님이 태자님을 한 방에 위축시키고 압도하던 그 화려한 검술이 탐이 나요."

조금은 누그러져 있던 태자의 얼굴이 청비가 내뱉은 '위축'과 '압도'라는 두 단어에서 잿빛으로 변했다. 그것을 알아채지 못한 청비는 아까 보았던 대련에서 건희가 단휘에게 썼던 검법을 떠올리면서 태자의 얼굴과 가슴께에 손을 휘두르며 비스무리하게 시늉을 해 보였다.

"이렇게 돌진해서 태자님을 제압했고…… 음, 또 어떻게 했더라. 아, 따라

하기도 힘드네."

"제압까진 아니었어."

"아, 그래! 검을 똑바로 내려치는 기술로 태자님을 묵사발을 만들었었다!"

"묵사발은 무슨!"

단휘의 갑작스러운 호통에 움찔한 청비는 건희에게 빙의되어 선보이던 동작을 멈추었다. 건희라는 무사가 자신에게 이 정도로 절실하게 필요하다 어필하고 싶었는데 태자의 불쾌함이 가득한 얼굴로 봐서는 긍정적인 답을 들을 수 있을 것 같지 않았다.

"지금, 나를 조롱하는 것이냐?"

청비는 말끝을 흐렸다.

"조, 조롱은요. 서는 그저 그 정도로 실력이 있는 분한테 배워보고 싶다……. 뭐 그런 말인데."

"좋다. 건희를 호위병으로 붙여주지. 하지만 세 시간은 많다. 정오 지나서 두 시간만 허락하지."

청비는 기쁜 나머지 단휘의 손을 자신의 두 손으로 감싸 부여잡고 마구마구 흔들었다.

"감사해요, 태자님! 꺄, 완전 좋아!"

단휘는 헛기침을 하며 청비의 손을 뿌리쳤다.

"어디, 손을. 네가 또 망각하고 있나 본데, 나는 네가 손을 막 잡고 그럴 수 있는 신분이 아니다."

"네, 알았어요."

태자의 말이 끝나지도 않았는데 청비는 기쁜 얼굴로 콧노래까지 부르며 그에게서 멀어져갔다.

청비가 보이지 않게 되자 단휘는 손을 펴보다 다시 꼭 감싸 쥐었다. 잠깐

잡았을 뿐인데 느낌이 묘했다.

사실 그는 여인의 손을 잡은 적도 없거니와 유심히 본 적도 없었다. 자신의 손을 아무렇지 않게 잡은 것이 신기하고, 손이 닿았을 때는 한편으론 저릿하면서도 따뜻함을 너머 뜨겁기까지 했다. 청비가 두 손으로 그의 손 하나를 잡았을 뿐임에도 불구하고.

손이 참 작았다. 하얗고…… 부드러웠고 그리고 또…….

떠올려보던 단휘는 인상을 팍 썼다. 생각해보니 저거, 남자 손을 너무 쉽게 잡았다.

불현듯 단휘는 청비가 남자인 자신의 손을 아무 거리낌 없이 잡은 것에 대해 의구심이 들면서 불쾌감이 들었다.

이른 아침부터 동궁전으로 들이닥친 신아 공주는 숨이 넘어갈 듯한 얼굴로 청비를 찾았다.

"그 아이 방이 어디냐! 기억을 잃어 이곳으로 온 그 아이 말이다!"

시녀가 청비가 머물고 있는 방의 위치를 안내해주자 공주는 다급하게 뛰어가 문을 벌컥 열고 들어갔다. 청비가 곤히 자고 있어 멈칫한 공주는 그대로 침상으로 돌진해 청비의 어깨를 붙잡아 마구 흔들어 깨웠다.

"어서 일어나 보거라! 아침도 들지 않고 한걸음에 달려왔느니라."

"음…… 누구세……요?"

게슴츠레 뜬 청비의 눈앞에서는 신아 공주가 기대에 가득 찬 얼굴을 하고 있었다.

"공주님이 무슨 일로……."

뭐야, 공주가 할 일도 없나. 아침부터 왜 온 거야?

청비는 하품을 하며 반쯤 멍한 상태로 공주를 보았다.

"어제는 고모님 댁에 갔다 와서 바로 건희를 보러 가느라 몰랐는데, 오늘 아침에서야 소식을 듣게 되었느니라."

공주가 말을 이었다.

"네가 단휘 오라버니의 후궁이 되었다면서? 그것이 사실이냐?"

아, 그거. 청비는 이틀 전 일을 떠올렸다. 일종의 거래이긴 해도 자신은 현재 태자의 후궁 후보였다. 그 이후로 청비를 대하는 시녀들의 태도도 달라져 있었다. 아주 깍듯하고 친절했다.

"후궁은 아니고 후보요, 후보. 후보이니 떨어질 수도 있고."

후보도 허울뿐라는 말을 하고 싶어 입이 근질거렸다. 하지만 태자가 둘이서만 알고 있어야 하는 비밀이라며 엄포를 놓았기에 자칫 입을 잘못 놀렸다가는 거래도 틀어지고 어떤 화를 입을지도 몰라 청비는 입을 쏙 다물었다.

"네가 뭘 모르는구나. 열 여자 마다 않는다는 게 남자라지만, 단휘 오라버니는 모든 여자를 마다한 남자니라. 대체 어떻게 한 것이니? 그 비법 좀 알려다오. 나도 건희한테 좀 써먹어야겠어."

"비법이 어디 있어요. 그냥 뭐……."

청비는 괜히 목도 마르지 않으면서 공주의 질문을 피하고자 옆 탁자에 놓인 물 잔을 들어 한 모금 마시려 했다.

"오라비 앞에서 자빠지기라도 한 모양이지?"

"캑!"

신아 공주가 무심코 던져본 말에 청비는 얼굴이 시뻘게져서는 사레가 들려 캑캑거렸다. 간신히 가라앉힌 청비는 공주를 쏘아보았다.

"공주님! 자빠지다니요? 말을 어찌 그렇게 막 던지세요."

"아니, 난 그러니까 네가 그거 말고 우리 오라버니를 후릴 방법이 또 있나 싶어서."

후려? 공주님치고 단어 선택 정말 저급하시네.

"공주님께서 저를 아직 모르셔서 그렇지 저도 나름 치명적인 내력이 있거든요."

신아 공주는 얼른 웃음으로 무마하며 말을 돌렸다.

"그래, 그래. 알았어. 아침부터 뛰어왔더니 배가 고프구나. 우선 먹으면서 이야기하지 않을래?"

아침을 준비하라는 공주의 분부에 금세 식사가 차려졌다. 잘 챙겨 먹는 청비와는 다르게 공주는 먹는 둥 마는 둥 하며 청비가 다 먹어갈 때쯤이 되어서야 기다렸다는 듯이 수저를 내려놓고 본론으로 들어갔다.

"건희를 호위병으로 두는 건 어찌 되었느냐?"

공주의 두 눈이 초롱초롱 빛났다. 안달이 난 공주의 모습에 청비는 피식 웃음이 터졌다.

아, 귀여워. 짝사랑 구경하는 거, 참 오랜만이네.

"내 마음이 급해. 얼른 대답해보거라."

공주의 채근에 청비가 입을 열었다.

"허락받긴 했는데, 계속 옆에 두진 못하고 하루에 두 시간만입니다. 호신술을 배울 수 있는 시간으로요."

공주의 얼굴에 미소가 번졌다. 그러고는 기도를 하듯이 두 손을 마주 잡아 가슴으로 가져가더니 벅찬 표정까지 지어 보였다.

"두 시간이지만 공주님이 제가 있는 곳으로 오시면 마음 편하게 건희 님의 얼굴을 볼 수 있을 것입니다. 더 이상 그렇게 숨어서 지켜볼 필요도 없으니 공주님도 좋고……."

기쁨을 주체하지 못한 공주는 청비의 말이 끝나기도 전에 의자에 앉아 있는 청비에게 달려들어 목에 매달렸다. 그 바람에 둘은 중심을 잃어 뒤로 넘어가 바닥으로 나뒹굴었다.

"엄마야!"

"꺄아!"

청비와 공주가 비명을 내지르고 서로 자기가 더 아프다고 울상을 하며 일어나려는데, 그 순간 문이 벌컥 열렸다. 건희였다.

"무슨 일이십니까!"

신아 공주는 생각지도 못한 건희의 등장에 입을 벌린 채 동상이 되어 움직이지 못했다. 건희는 청비에게 오고 있던 중 비명을 듣고 바로 뛰어든 것이었다.

"별일 아니에요. 그냥 공주님하고 같이 좀 넘어졌어요."

방 안을 살피더니 다른 이상한 낌새가 없는 걸 확인한 건희는 바로 공주와 청비를 일으켜주었고, 밖에서 대기하고 있던 시녀들도 뒤따라 들어와 공주와 청비의 흐트러진 옷매무새를 정리해주었다.

"오늘부터 저한테 시간 내주시는 거죠? 잘 부탁드립니다."

특히 공주님을. 청비가 빙긋거리자 건희는 무표정하게 고개를 숙이며 답했다. 원래 지금쯤이면 훈련장에서 태자와 같이 있거나 그가 시킨 일을 수행하고 있어야 했다.

오랜 기간, 전쟁 없이 평화를 유지해온 나라였지만 앞날도 그럴 것이라 장담할 수는 없었다. 더군다나 변방에 위치한 사로국의 군단이 날로 번성하고 있었다. 지금은 발톱을 숨긴 채 아무 탈 없이 조용히 숨죽이고 있지만 언제 그 경계가 무너질지 모르는 상황. 건희의 머릿속은 오로지 군에 관한 일로만 가득 차 있었고, 다른 것은 생각할 틈이 없었다.

그런데 갑자기 청비라는 여인의 호위를 맡으라니. 그것도 하루 두 시간씩. 태자의 명이니 따르기는 하나 내키지는 않았다.

"오늘은 신아 공주님도 같이 계실 거예요."

"신아 공주님께 인사 올립니다."

"전하의 호위 무사라고? 전하와 같이 있는 걸 본 것도 같구나."

건희를 바라보는 공주의 눈빛이 저리도 새침할 수 있으랴. 나름 공주로서의 체면을 생각해 도도한 목소리로 말하고 있었지만 얼굴 표정만큼은 숨길 수가 없을 듯 보였다. 저리 얼굴이 붉어져서는, 티가 나도 너무 났다. 건희를 아예 뚫어질 듯 보는데 누가 모르겠느냐고. 청비는 보고 있는 자신이 더 애가 탔다.

둘이 이어지게끔 사랑의 교량 공사를 한번 해봐? 둘 사이에 튼튼한 교량, 절대 무너지지 않는 다리가 한번 되어볼까나?

한국이었으면 그냥 대뜸 가서 휴대폰을 달라고 한 다음에 번호를 찍거나 아니면 '여자 친구 있어요?', '커피 한잔 하실래요?' 하고 만남을 주선해보겠는데 여기선 어떻게 작업 걸어야 하지?

이탄국은 고리타분한 옛날 시대였다. 어떻게 저 남자를 공주랑 이어줄지 청비는 머리를 굴리기 시작했다.

그래, 꿩 대신 닭이다. 휴대폰이나 커피는 없지만 그렇다고 여기서도 뭐 다를 게 있겠어?

"건희 님."

"예, 말씀하십시오."

"혹시……."

청비는 새끼손가락을 펼쳐 흔들며 딸랑였다.

"이거, 있어요?"

"……."

왜 아무 말이 없지? 여기에선 새끼손가락이 애인을 뜻하는 게 아닌가? 서, 설마, 가운데는 아닐 테고. 그럼 대놓고 물어봐?

"애인 있냐고요. 뭐라더라…… 아, 연모? 은애? 그런 거 있잖아요. 혹시 그런 여자 있어요?"

"없습니다."

단번에 없다 대답하니 청비는 안도했고, 공주는 안 듣는 척 딴청을 부렸지만 새어 나오는 웃음을 간신히 참는 눈치였다.

그럼 이제 간단하네. 임자 없는 남자라잖아.

여긴 커피가 없으니 그럼……?

"시간 되시면 인삼차 한 잔……?"

그런데 눈 한 번 깜빡이기도 전에 들려온 대답은…….

"아닙니다. 저는 됐습니다."

청비와 마찬가지로 실망을 한 공주도 입술을 비죽거렸다.

"그럼 두 분이서 이야기를 나누십시오. 저는 나가 있겠습니다."

"아니요. 그럴 필요 없어요."

"전하의 명이 있었습니다. 저는 아가씨의 호위를……."

이 사람아, 밖에 나가 있으면 공주가 당신 얼굴을 구경할 수가 없다고.

"태자님의 허락도 받았는데 검술 좀 가르쳐주세요."

청비는 검술을 배우고 싶다며 밖으로 먼저 나섰다. 태자에게 미리 언질을 받은 것인지 건희는 군말 없이 따라나섰고, 청비에게 눈짓을 받은 공주 역시 함께 밖으로 나갔다.

아직은 공주의 짝사랑이긴 하나 함께하는 시간이 많아진다면 눈에도 들 것이고, 그러다 보면 정도 들 것이다. 또 청비 역시 고수에게 무술을 배울 수 있는 기회인 셈이었다.

하지만 건희는 애들 칼싸움 놀이 할 때나 가지고 노는 목검을 건네주고는 왕초보들이나 배우는, 검을 잡는 법부터 가르쳐주었다. 당연히 하품이 나오고 시시할 수밖에 없었다.

"먼저 검을 잡아보십시오. 검을 잡는 법부터 가르쳐드리겠습니다."

목검을 받자마자 몸 쓰는 건 딱 질색이라던 공주는 건희의 설명보다는

얼굴을 보는 데 더 집중했고, 청비는 검도를 배우기 시작한 초창기 때나 해
봤던 동작이기에 건성건성 따라했다.

"오른손은 그냥 방향만 지시해줍니다. 왼손을 도와주는 역할을 하고. 다
잡으셨으면 이제 아래로 검을 휘둘러보십시오. 손에서 힘을 빼고 있다가 상
대한테 휘두를 때에만 힘이 들어가야 합니다."

이런 건 검도에서 머리치기 배울 때 익혔던 건데. 파지법(잡는 법)은 됐고,
어제 태자랑 겨룰 때 쓰던 검법이나 좀 알려주지. 자신이 한국에서 배웠던
검도 기술과 건희가 썼던 검법 중 몇 개만이라도 배워서 접목을 시킨다면
완전히 새로운 검법을 만들어볼 수 있을 텐데.

청비는 건희를 따라하던 동작을 멈추었다.

"이런 거 말고 단번에 상대를 제압하는 기술이나, 알고 계시는 괜찮은 초
식 있으면 그런 걸로 가르쳐주시면 안 되나요?"

"아직 위험하십니다. 어느 정도 손에 검 잡는 법을 익히신 다음에……."

건희는 건조한 목소리로 청비의 요구를 일언지하에 거절하려 했다. 하지
만 그의 말은 중간에서 끊기고 말았다.

기억을 잃었다고는 하나 주변국의 여염집 규수이겠거니 생각했던 여인이
머리를 양옆으로 까딱거리며 몸을 풀기 시작했다. 그러고는 전후좌우, 허공
에 그림을 그리듯 목검을 유연하게 휘두르는 것이 아닌가!

여인의 검은 멈출 줄 몰랐다.

"아, 왜 요런 거 있잖아요. 휘둘러 베기! 밀면서 베기! 쓸면서 베기!"

청비는 양손으로 쥐어 잡은 목검에 더 힘을 실어 다양한 검기를 구사했
다.

"어머! 어머머! 완전 대단해!"

공주는 옆에서 소리를 지르며 환호했고, 청비는 대수롭지 않다는 얼굴로
건희에게 계속 말을 걸었다.

"어제 보니까 건희 님……."

청비는 어제 건희가 단휘와 대련했을 때 선보였던 검법을 비슷하게 흉내 내며 주절거렸다.

"이렇게 120도 방향으로 돌면서 오른발은 내리고 왼발을 앞으로 뻗으면서 찌르고 또 돌아서 내리치고 하던데. 대충 이렇게 한 거 맞죠? 좀 보여주시면 안 돼요?"

말없이 지켜보고 있던 건희는 이 상황을 어떻게 해석해야 할지 난감했다.

처음에 청비가 검술을 배우고 싶다고 해서 그저 재미로만 몇 번 배우다 힘들어서 포기하겠거니 싶었다. 당연히 검을 잡아본 일도 없을 것이라 생각했다.

그래서 병사들이 처음에 검을 배우기 시작할 때 연습용으로 쓰는 목검을 주었는데 이 여인은 마치 진검을 쓰듯 날카로운 검기를 보였다.

그리고 잠깐 사이에 보인 집중력, 검을 잡고 휘두르는 가벼운 손놀림 또한 분명 처음이 아닌 듯했다.

"건희 님, 혹시 목검 말고 쌍수도 같은 건 없어요? 쌍수도가 양손으로 잡을 때 그립감이며 나오는 스킬이 착착 감기는데요."

헉! 쌍, 쌍수도까지 알고 있는 여인이라니. 대체 이 여인의 정체는 뭐지?

"아, 이렇게 말하면 모르시나? 장도요, 장도. 단도 같은 건 과일 깎을 것도 아닌데 좀 시시해서 제 스타일이 아니……."

청비는 말하면서도 아차 싶었다. 이곳에서 자신은 기억을 잃은 여인이었다. 이번엔 너무 간 듯싶다. 청비는 말을 하다 말고 입술을 꾹 다물었다.

"혹시 어디서 배우신 적이 있으십니까?"

건희의 진지한 물음에 청비는 고개를 크게 저었다.

"아니요! 아니요!"

아니면 아닌 거지 너무 내질렀나? 청비는 이마에 손을 짚어 표정 관리에 들어갔다.

"전에 배운 적이 있었나? 잘 모르겠어요. 건희 님도 아시려나 모르겠는데 제가 기억을 통째로 잃었거든요."

"기억을 잃으셨다 하나, 검을 잡는 법이며 몸에 배인 감각은 그대로이신 듯합니다. 예사 실력은 아니십니다."

건희의 칭찬에 공주는 본인도 얼른 배워 따라잡아야겠다 생각하며 청비를 향해 부러운 눈길을 보냈다.

건희의 호위를 받은 첫째 날은 그렇게 흘러갔다. 둘째 날은 태자의 허락을 받아 건희의 호위 아래 주청강에 갈 수 있었다.

하루 종일 주청강에서 검술을 배우며 시간을 보냈지만 새로운 그 어떤 것도 찾을 수 없었다. 자신의 이름을 불렀던 목소리 역시 들을 수 없었다. 오히려 해가 저물 때까지 있었더니 찬 강바람을 오랫동안 맞은 탓에 감기 기운만 생겨 궁으로 돌아와야 했다.

셋째 날은 몸이 나른하고 무거웠다. 청비의 기분도 내내 절망적이었다. 이 대로 정말 한국으로 돌아가는 방법을 찾을 수 없는 건가 하는 생각에 아무 것도 하고 싶지 않았다.

다행히도 어제 건희가 오늘은 태자와 사냥을 나가야 한다며 호위를 다른 이에게 맡긴다는 말을 들었기에 검술 수업은 쉴 수 있었다.

"청비야!"

저렇게 밖에서부터 낭랑한 목소리로 그녀의 이름을 부르는 이는 공주밖에 없었다. 점심 식사도 그다지 넘어가지 않아 시녀장이 내어온 죽만 몇 숟갈 먹고 잠이 쏟아져 눈 좀 붙이려던 참이었다. 하나 복도에서부터 공주가 이름을 불러대니 청비는 귀찮음에 이불을 머리끝까지 덮었다.

오늘은 건희가 없으니 올 필요 없다고 어제 놀러 왔을 때 미리 말해줬건 만 왜 온 거지? 자는 척해야지.

문이 열리자 청비는 일부러 코 고는 소리까지 냈다. 하지만 공주는 들리지 않는지 청비가 누워 있는 침상 가까이 다가왔다.

"나와 궁 밖으로 외출하지 않으련?"

외출? 그것도 궁 안이 아닌 궁 밖? 이탄국에 와서 궁 밖은 주청강밖에 가 본 적이 없어서 실제로 이곳 사람들이 어디서 어떻게 살고 있는지 궁금했던 터였다.

청비는 이불을 걷어내는 동시에 몸을 일으켰다.

"외출할게요!"

"그럼 너도 어서 나갈 채비를 하거라. 나는 이미 끝냈고, 내가 네 옷까지 챙겨 왔느니라."

공주의 옷차림을 보니 어째 평소보다 소박하고, 주렁주렁 달고 다니던 장신구 하나 없는 것이 딱 봐도 평민 복장이었다. 공주는 갖고 온 보따리를 풀었고 옷을 건네받은 청비는 빨리 나가고 싶은 마음에 후다닥 갈아입었다.

궁중 예복은 저고리와 치마, 치마를 부풀리게 하는 속치마, 그리고 겉에는 두루마기를 입어서 치렁치렁했는데 평민 복장은 아주 간단했다. 가벼운 옷감의 저고리와 치마, 그리고 허리끈이 전부였다. 머리에도 장신구와 뒤꽂이를 하지 않아도 되니 화장대에 앉아 모두 빼내어 단정히 머리를 묶기만 하면 됐다.

청비 역시 나갈 준비를 마치고 공주와 동궁전을 나가 성문 앞에 대기시켜 놓은 마차에 올랐다.

드라마나 영화 속에서 보았던 걸 실제로 보게 되다니. 이런 재미라도 있어야 그나마 여기서 견디기라도 하지. 아, 기대된다.

제7장
장심(藏心) : 숨기려는 마음

　이탄국의 저잣거리는 활기가 넘쳤다. 도성 성문 안팎의 큰길을 중심으로 물건을 파는 수십 개의 초막들이 들어서 있었다. 초막이 아닌 길가 여기저기에서도 자리를 펴고 물건을 파는 상인들이 많았다. 거리는 상인들이 목청을 빽빽 높이며 손님을 끌어들이는 소리와 가격을 깎으려고 주인과 실랑이를 벌이는 사람들의 소리로 시끌벅적했다.

　이곳은 현대 시장처럼 물건을 떼다 팔기보다는 그 자리에서 만들어 파는 것들이 많아 보였다. 토기 기와, 막새 벽돌을 굽는 요업의 가마터가 많았고, 대장간도 보였다. 베틀 앞에서 직접 포와 마, 비단 등을 직조해 내다 파는 상인들도 있었다.

　현대의 시장과는 다른 색다른 분위기에 눈이 휘둥그레진 청비는 여기저기 구경하며 앞장서 가는 공주를 평복을 입은 두 명의 호위병들과 함께 열심히 쫓아다녔다.

　호위병들도 고생이 참 많네. 항상 이렇게 평민처럼 옷을 입고 이 복잡한 장터에서 공주를 보호했을 거 아냐.

공주는 한참을 뛰어가더니 장신구 가게 앞에서 걸음을 멈추었다. 공주를 따라 청비도 안으로 들어가자 안에는 금, 은, 백옥, 호박 등 다양한 종류의 보석과 목걸이, 귀걸이, 팔찌, 반지, 비녀, 뒤꽂이 등 없는 게 없었다.

"아이고, 아씨. 오랜만에 오셨습니다. 오늘 아주 좋은 물건이 들어왔는데 많이 좀 보고 가세요."

단골손님의 방문에 여주인의 얼굴에 화색이 돌았다. 공주는 가게 안을 둘러보다 마음에 드는지 은팔찌를 집어 자신의 팔에 끼웠다.

"역시 눈썰미가 아주 기가 막히셔. 그 곡옥이 박혀 있는 은팔찌는 기루에서 요즘 한창 유행하는 건데, 오늘 딱 한 개 들어온 거예요. 없어 못 파는 물건입죠."

"기루에서 유행한다고? 예쁘긴 한데 내 손목에는 너무 큰 듯싶어."

손목에서 너무나 쉽게 빠지는 팔찌를 보며 공주가 안타까운 표정을 짓자 주인은 은밀한 미소를 지으며 공주가 빼낸 은팔찌를 가져가더니 자신의 팔에 끼웠다.

"그게 다 이유가 있습니다. 보십시오."

주인은 삐져나온 옆머리를 귀 뒤로 넘기더니 눈을 과하게 깜빡이며 청비에게 다가와 일부러 부딪치는 척 연기했다. 팔찌는 당연히 바닥으로 떨어졌고, 여주인은 과장된 손짓으로 호들갑을 떨었다.

"어머, 이를 어째. 내 팔찌."

이 아줌씨, 혼자 상황극 잘하시네.

"팔찌가 큰 이유가 바로 이겁니다, 아씨. 마음에 든다 싶은 남자 앞에서 요렇게 일부러 팔찌를 떨어뜨릴 수 있지요. 그럼 남자가 가만 있을라고요? 당연히 주워줄 테고, 그럼 그때 그 손을 그냥 냅다 잡아버리는 겁니다. 그리고 눈이 마주치면 그 눈을 절대 놓쳐서는 안 돼요! 계속 보고 있다 수줍게 고개를 돌리면, 됐어. 끝났네. 끝났어. 눈 맞고 정분나는 건 일도 아니죠."

여주인의 말에 팔찌를 보는 공주의 눈이 번뜩였고, 눈 깜짝할 사이에 공주는 주머니에서 돈을 꺼냈다. 여주인은 은팔찌에 그치지 않고 공주에게 다른 장신구들을 꺼내 보이며 판매에 열을 올렸다.

공주는 한참을 장신구 가게에서 시간을 보내다 이번엔 다양한 무늬의 비단과 여러 소재의 옷감을 파는 주단 가게에 들렀다. 공주가 같이 구경하자고 하여 계속 따라다니기는 했지만 청비는 별 관심이 없었다.

벌써 날이 저물어가고 있었다.

난 구경한 것도 없는데. 이러다 해 지면 바로 궁에 들어가야 하는 거 아냐?

청비는 지루해 죽겠다는 얼굴로 뭐 재미난 게 없나 싶어 눈을 돌렸다. 마침 구경거리라도 생긴 건지 사람들이 한곳으로 뛰어가고 있었다. 청비의 관심은 그쪽으로 쏠렸다.

"공주님, 여기 계실 거죠? 저 구경 좀 하고 돌아올게요."

청비가 가게를 나가려 하자 호위병은 어떻게 해야 하나 난감한 빛이 역력했다.

"저 안 따라오서도 돼요. 공주님 호위병들이신데 여기 있으셔야죠. 공주님, 저 얼른 보고 돌아올게요."

공주는 주단 가게 주인의 장삿속에 빠져 청비가 나갔다 오겠다는 말도 듣는 둥 마는 둥 하며 고개만 끄덕였다.

청비는 오가는 사람들 속에 합류했고 장터 한복판에서는 다양한 탈을 쓴 사람들이 춤판을 벌이고 있었다. 밀집된 사람들은 그들을 보며 웃고 떠들었고 같이 끼어들어 춤을 추기까지 했다. 어찌나 신명이 나게 추는지 청비는 어느새 그들을 따라 머리를 흔들고 있었다.

아, 스트레스 풀려. 꿩 대신 닭이라고, 꼭 클럽에라도 온 것 같네.

신나게 춤을 추고 있는 청비 앞에 중금을 불며 젊은 사내가 다가왔다. 자신의 앞에서 연주를 해주니 청비는 더욱 흥이 나 아지매 전용 관광버스 춤을 추는 것으로 화답해주었다.

 하지만 이것도 아주 잠시, 하얀 탈을 쓴 자가 중금을 부는 사내를 가로막았다. 중금 사내가 다른 방향으로 오자 그곳을 또 떡하니 막아섰다. 중금 사내가 항의해도 자리를 비켜줄 생각이 없어 보였다. 결국 중금 사내는 가버리고 하얀 탈을 쓴 자가 청비의 앞에 우뚝 서서 그녀를 보고 있었다.

 다른 곳으로 시선을 돌리지도, 갈 생각도 하지 않자 청비는 이 남자가 왜 이러나 싶어 슬금슬금 뒷걸음질했다.

 남자는 청비가 뒤로 간 걸음만큼 앞으로 다가왔고, 청비는 자신을 지나쳐 뛰어가는 아이들에 의해 걸음이 휘청거렸다. 위태롭게 넘어질 것처럼 기울어진 청비를 갑작스럽게 강한 힘이 옥죄었다. 청비가 당황해 고개를 들자 탈을 쓴 자가 그녀의 어깨와 등을 받치고 있었다.

 "엄한 놈한테는 참 잘 웃어."

 "꺄!"

 청비는 비명을 지르는 바람에 남자의 목소리를 미처 듣지 못했다.

 "제, 제이슨이야!"

 마치 영화의 한 장면처럼 하얀 탈을 쓴 자가 '13일의 금요일'에 나오는 사이코 살인마 제이슨과 겹쳐 보인 것이다. 청비는 계속 '제이슨'을 연발하며 사력을 다해 도망쳤다.

 공포 영화를 너무 많이 본 탓인가. 남자가 더 이상 보이지 않게 되자, 청비는 달리는 것을 멈추고 힘겹게 주단 가게를 찾아갔다. 하지만 공주는 이미 자리를 떠난 후였다.

 청비는 아는 사람 하나 없는 시장에서 어떻게 해야 하나 막막해졌다. 무조건 공주를 찾고 봐야겠다 싶어 그녀는 상인들이 물건을 정리하느라 복잡해진 거리를 헤매고 다녔다.

여기저기 한참을 다녀도 공주는 보이지 않았다. 시간이 많이 지났는지 벌써 해가 지고 가게들은 등을 올려 어둑어둑해지는 거리를 밝히고 있었다.

설마 날 놔두고 간 건 아니겠지? 만약 그런 거라면 어떡하지? 궁까지 걸어서라도 가야 하나.

넋이 나간 얼굴로 정신없이 걷던 청비는 약초상 가게 앞바닥에 깔린 거적을 미처 발견하지 못하고 그대로 밟고 지나갔다. 그 바람에 거적 위에 말려 놓으려 둔 약초들이 짓이겨졌고, 그것을 본 약초상 주인은 움막에서 뛰쳐나와 청비를 불러 세웠다.

"이보쇼, 아가씨. 약초를 밟고 그냥 가버리면 어떡하나!"

청비는 아무것도 들리지 않았다. 오로지 자신이 타고 왔던 마차와 공주를 찾느라 혈안이 되어 있을 뿐이었다.

"아니! 저 아가씨가 곱게 말로 하니까 안 되겠……"

뒤에서 고래고래 소리를 지르는 것이 들리자, 청비는 그제야 정신이 돌아와 뒤를 돌아봤다. 하지만 뒤에는 지나가는 사람 하나 없었다.

"이상하다. 분명 무슨 소리가 들렸는데."

청비는 고개를 갸웃거리며 다시 뒤돌아 가던 길을 갔다. 혹시나 공주가 시장에 남아 있을지도 모른다는 희망을 갖고서 구석구석 찾아다니다 큰길가로 나가는데 마침 마차가 달려오고 있었다. 그것도 모르고 뛰어든 셈인 청비는 놀라서 몸이 얼어버렸다.

그 순간, 갑자기 천이 얼굴에 씌워지고 앞이 보이지 않았다. 몸이 붕 뜨는가 싶더니 바로 발이 땅에 닿았다. 얼굴을 가린 천을 내리자 청비는 자신이 길 한편으로 옮겨져 있다는 것을 알았다. 부딪힐 뻔한 마차는 이미 저만치 앞에 가고 있었다.

어떻게 된 거지? 분명히 누가 나를 들어서 옮겨놓았는데. 누구였지?

청비는 자신의 얼굴을 덮은 검은 천을 유심히 보다 주변을 둘러보았다. 주위에 보이는 사람들이라고는 노인, 아줌마, 아이들뿐이었다. 자신을 구해 줬을 법한 사람은 없었다.

그중 5살쯤 되어 보이는 남자아이가 그녀를 보고 있었다.

"꼬마야! 너는 봤지? 누나 구해준 사람."

아이는 수줍게 웃으며 고개를 끄덕였다.

"응."

"누군지 아니?"

"거지."

"거, 거지?"

하필 거지야? 그래, 꽃거지도 있으니까. 꽃거지가 나를 구해줬다 생각하자.

청비는 다시 터덜터덜 길을 걸었다.

아휴, 이게 웬 사서 고생이냐. 길도 잃은 데다 마차랑 부딪혀서 다칠 뻔하고. 공주님은 먼저 가버리신 것 같은데, 그렇다면 해륜궁까지는 또 어떻게 찾아가지? 아, 배도 고프네.

자신의 신세가 처량 맞아 청비는 한숨이 절로 나왔다.

"앗, 차가워!"

엎친 데 덮친 격으로 비까지 한두 방울씩 내리기 시작했다. 청비는 손으로 머리를 가린 자세로 급히 비를 피할 곳을 둘러보았다. 바로 근처에 짚단을 엮어 얼기설기 만들어놓은 초가 한 채가 눈에 들어왔다.

청비는 서둘러 처마 아래로 뛰어갔다. 비를 온전히 피할 수는 없었지만 다른 건물들은 너무 멀리 있어 가기도 힘들었고, 가릴 상황도 아니었다. 청비는 다리에 힘도 풀리고 점심부터 내내 쫄쫄 굶어 기력이 없어 풀썩 주저앉았다.

비가 그치면 사람들한테 물어봐야겠다. 해륜궁으로 가는 길이 어딘지.

하지만 비는 그칠 기미가 보이지 않았다. 처마도 워낙 좁아 비를 전부 피할 수는 없어 빗방울에 옷이 조금씩 젖어가고 한기가 밀려들었다.

아, 추워. 잠도 오네.

졸음이 쏟아지자 청비의 눈이 가물가물 감겨왔다. 청비는 빗소리를 자장가 삼아 그대로 무릎에 얼굴을 파묻었다.

단휘는 궁에는 사냥을 가는 것으로 보고를 올린 뒤, 평소와 다를 바 없이 건희와 함께 삿갓을 깊이 눌러쓰고 변복을 하여 도성 저잣거리로 미복잠행을 나와 있었다. 어수선한 거리 분위기에 평소 자주 가는 주막에 들른 단휘는 상인에게 무슨 일이 있느냐 물었고, 상황은 이러했다.

얼마 전부터 산적인지 모를 수상한 자들이 산길이나 길목에 잠복해 있다 지나가는 행인이 있으면 재물을 빼앗아 간다는 것이었다. 주요 대상은 좌판 행상으로 생계를 유지하는 상인이며, 떠돌아다니는 최하층 유민들까지도 가리지 않는다는 것이다. 그래서 거리 곳곳에서 가진 것을 뺏겨 통곡하는 사람을 여럿 볼 수 있다 했다.

다 먹고 일어나려는 즈음에도 행인들은 소문에 둘러싸인 산적 얘기에 한창이었다.

"소문으로 듣자하니 습진(군사 훈련)을 받은 자들이라 하던디."

"참네, 습진까지 받은 자들이 왜 없는 백성들을 괴롭히고 또 가진 게 얼마나 된다고 그것을 탐내겠는가. 도적도 아니고서."

"돈벌이가 된다믄 무엇을 못 하겠는가."

단휘는 가지고 있던 은자들을 건희에게 건네 가진 것을 빼앗긴 이들에게 나눠주라 하면서 대체 백성들의 재화를 뺏는 이들이 누구인지 알아 오라 시켰다.

"나는 조금 더 둘러본 뒤 들어가겠다. 건희 넌, 그자들에 대해 샅샅이 알아 오거라. 생계형 도적 떼로 여기기엔 석연찮은 점이 있으니."

"예."

"습진을 받았다는 말이 걸리는구나."

사립 속 단휘의 얼굴이 무척 어두워졌다.

단휘의 이런 이중생활을 모르니 사람들은 그저 태자가 자주 궁 밖을 나가는 것이 어린 호기에, 궁 안에만 있으려니 답답하여 그런 것이라 여겼다. 게다가 항상 적지 않은 돈까지 가져가니 신료들은 단휘가 궁 밖에서 투전판이나 기방에 다니는 것쯤으로 치부했다.

천무 황제 앞에서도 언제나 제멋대로인 모습으로 철없이 굴며 황제가 되기 싫다, 밖에 나가 유랑하며 살고 싶다고 습관처럼 말해온 단휘였기에 그의 본모습을 아비조차 모르는 것이 당연했다. 그래서 지금까지 황제나 다른 이들에게 태자는 그냥 방랑을 좋아하는 한량이었다.

지금도 저잣거리를 유유히 배회하는 단휘는 방랑객이나 다름없었다. 세상 어디라도 갈 수 있고 그 무엇에도 구속받지 않는 느낌에 답답했던 가슴이 탁 트이는 것 같았다. 이래서 잠행은 포기할 수가 없었다.

멀리서부터 들려온 흥겨운 소리가 점차 가까워졌다. 빈터에는 악기를 연주하고 탈춤을 추는 무리가 보였고, 많은 사람들이 한데 섞여 웅성거리고 있었다.

그들을 지나치던 중 단휘는 멈칫하고 눈썹을 치켜 올렸다.

한눈에 발견할 수 있었다. 그 여인, 청비가 이곳에 있었다.

어떻게 저 여인이 이곳에 있는 거지?

단휘는 춤을 추고 있는 청비를 흥미롭게 바라보았다. 여인은 소리 내어 웃고 있었다. 자신이 아는 그 청비가 맞는지 싶었다.

저렇게 환하게 웃는 여인이었던가?

화를 내는 모습만 주로 보다 저렇게 웃고 있는 얼굴을 보니 낯설기도 하고, 시선을 뗄 수가 없었다. 분명 궁 밖으로 나와 탁 트였던 가슴이었는데 청비를 보는 순간 다시 답답해지고 있었다. 의심이 든다. 저 여인 때문에 혹시 화병이 생긴 게 아닌가 하는.

가만히 지켜보는데 웬 핫바지 같은 놈이 청비에게 수작을 걸고 있었다. 다른 곳으로 가거나 남자를 모른 척하겠거니 했는데, 웬걸, 저 여자, 다 받아준다.

그래, 제가 좋다는데 내가 뭔 상관이야.

속으로 자신과는 상관없다 반복하면서도 한 발짝도 떼지 못하는 단휘였다. 그는 급한 대로 다른 이가 쓰고 있는 하얀 탈을 돈을 주고 사서 얼굴에 썼다. 그러고는 청비에게 저벅저벅 다가가 핫바지 놈과 갈라놓았다.

나한테 고마워해야 한다고. 집적대는 놈도 떼어주고 넘어지려는 것도 도와주었으니까.

하지만 그녀는 겁에 질린 얼굴을 하고선 저 멀리 도망을 갔다. 단휘는 탈을 벗어 도망가는 청비를 어이없게 보았다. 쫓아가 보니 앞도 안 보고 걷는 건지 청비는 말려놓은 약초들을 잡초 밟듯 지나갔고, 결국 흥분하여 열을 내는 주인을 단휘는 조용히 구석으로 데려가 은자를 내밀었다.

"이거면 되겠소?"

"그, 그 정도면 당연히 되지요."

약초상한테 값을 치르고 잠깐 사이에 청비가 보이지 않자 단휘는 다급히 그녀를 찾아다녔다. 바로 발견했길 망정이지, 여인은 달려오는 마차를 보고서도 발이 바닥에 붙은 건지 꼼짝도 하지 못하고 있었다.

"저게, 정신은 어따 놓고."

마차를 끄는 시종은 청비를 발견하고는 말고삐를 잡아당겼지만, 이미 속도를 줄이기에는 늦어 금방이라도 부딪힐 듯 상황이 급박했다. 지체할 시간이 없어 단휘는 바로 청비에게로 뛰어들었다.

궁에는 사냥을 가는 것으로 알리고 온 상태였다. 여인에게 자신의 얼굴을 보이면 안 되었기에 단휘는 두르고 있던 도포를 빼 청비의 얼굴에 덮어버리고 그대로 그녀를 들쳐 안아 큰길을 벗어났다. 마차가 지나가자 단휘는 안도의 숨을 내쉬었다.

이제는 정신 좀 차렸겠지 싶어 단휘는 청비를 땅에 내려놓고 길목으로 가서 청비를 지켜보았다. 청비는 또 어디론가 걷기 시작했고 단휘는 다시 뒤를 밟았다.

들킬까 봐 한층 더 떨어져서 청비를 따라가는데 갑자기 비가 내리기 시작했다. 단휘는 우산을 쓰고 지나가는 사람이 자신을 지나치자 그대로 우산을 낚아챘다.

"뭐 하는 거요. 남의 우산 가지고."

"얼마면 되겠소?"

청비는 비가 내리니 한국에서의 마지막 기억이 어렴풋이 떠올랐다. 그날도 이렇게 비가 내렸던 것 같다. 빗소리를 들었고…… 무척 어두웠던 밤이었다. 지금 내리는 비만큼이나 차가웠던 기억의 윤곽이 선명해지자 청비는 파르르 떨며 몸을 더욱 웅크렸다.

무인도에 떨어지기라도 했다면 뗏목이라도 만들어 바다로 나가거나 누군가 나를 구출해줄 거라는 기대라도 가져보겠지만 자신이 눈을 뜬 곳은 들어본 적도 없거니와, 정말 도무지 말도 안 되는 한참 전의 과거 시대였다.

이탄국이라는 이 생소한 나라에서 자신이 할 수 있는 것은 아무것도 없었다. 깜깜한 동굴에 혼자 뚝 떨어진 것처럼 막막하고 무섭고…… 진저리치게 외로웠다. 아빠가 너무 보고 싶다. 하나밖에 없는 딸을 얼마나 걱정하고 계실지, 이대로 정말 영영 다시 볼 수 없으면 어쩌나. 두려움과 좌절감이 몰려와 그녀의 몸과 마음을 고통스럽게 짓눌렀다.

청비는 눈을 감고 얼굴에 부딪히는 차가운 빗방울을 느꼈다. 눈물인지 빗방울인지 알 수 없었다. 그녀의 볼을 타고 계속 흘러내렸다. 그러다 아까보다는 비를 덜 맞고 있는 듯한 느낌이 들었다. 손목을 두드리던 차가운 비의 감촉도 더 이상 느껴지지 않았다.

몸이 차가워서 감각이 무뎌진 건가? 비는 더 세차게 내리는 것 같은데.

눈을 뜨고 고개를 천천히 들어보니 자신 앞에 검은 옷을 입고 있는 남자가 서 있었다. 손을 조금만 내밀면 닿을 정도로 가까이 붙어 있었다.

사람이 왔는지도 몰랐네. 나 내쫓으려고 집주인이 나온 건가.

청비는 힘없이 청했다.

"비 그칠 때까지만 있을게요."

하지만 남자에게선 아무런 대답도 들려오지 않았고, 자신 앞에서 꼼짝도 하지 않고 움직이지도 않았다. 천천히 올려다보니 남자는 현대의 우산으로 보이는 것과 비슷한 것을 들고 서 있었다. 소재만 천이나 비닐이 아닌 가죽이었지, 우산과 아주 흡사했다. 남자가 우산을 자신과 같이 쓰고 있는 덕분에 비를 맞지 않았다는 것을 알게 되니 고맙기도 하고 궁금해졌다.

누구지? 얼굴을 좀 보고 싶은데 밤이라 어둡고 우산에 의해 희미한 달빛마저도 가려져, 남자의 얼굴은 제대로 볼 수 없었다. 평소 무협 소설을 좋아해 한 자리에서도 무협 시리즈 열 몇 권은 기본으로 끝내는 청비는 눈앞의 남자를 보니 백팔번뇌 편에서 읽은 피리 공자가 떠올랐다. 얼굴이 보이지 않아 호기심이 더욱 일었다. 큰 키에 검은 옷을 입으니 비밀이 있을 것 같은 음울한 분위기였다. 여기에 검정 방갓을 쓰고 대나무 피리까지 들고 있으면 딱 피리 공자였다.

"저기……."

고맙다는 말을 하려고 겨우 일어나 남자 앞에 서는데 갑자기 현기증이 일었다. 다리가 풀리면서 균형을 잃은 몸이 비틀거려 그대로 쓰러지거나 바닥에 주저앉겠구나 했는데, 누군가의 손이 뻗어와 그녀의 허리를 받쳐 힘을 주었다. 그는 단휘였다. 하지만 청비는 전혀 눈치를 채지 못했다.

다른 한 손은 여전히 우산을 쓰고 있어 얼굴이 보이지 않았다. 그는 청비의 어깨를 잡은 손에 힘을 주어 청비가 쓰러지지 않게 지탱해주었다.

또 그 향기다. 완연한 봄기운을 알리며 향이 진동하던 벚꽃이며, 매화들도 소낙비에 묻혀 씻겨내려 가건만 여인의 물푸레 향은 여전했다. 더욱 짙은 푸릇한 단내에 단휘의 머릿속은 아득해졌다. 그의 몸은 석상처럼 굳어 움직이지 못하고 있었다.

"고마워요."

청비는 단휘에게 기대어 있는 몸을 떼어 두어 걸음 정도 떨어져 섰다.

빗줄기가 가늘어지더니 바로 그쳤다. 이제 비도 안 오니 어서 궁에 돌아가야만 했다. 마차를 타고 오는 시간이 그리 길지는 않았으니 멀지 않은 거리일 것이다.

"뭣 좀 물어볼게요. 혹시 해륜궁으로 가는 길이 어딘지 아세요?"

"……."

"저기요, 말 못해요?"

남자는 그녀가 묻는 말에 어떤 미동도, 대답도 없었다. 남자는 계속 우산을 쓰고 있어 얼굴이 전혀 보이지 않았다. 우산에서 흘러내린 빗방울이 청비의 뺨으로 똑똑 떨어지고 그 차가움에 그녀는 얼굴을 찡그리며 얼굴과 목덜미에 묻은 물기를 손등으로 대충 닦아냈다.

정면을 응시하고 있던 단휘의 무감한 눈동자가 청비에게로 향했다. 또 가슴이 답답해졌다. 점점 빨라지는 맥박 때문에 어지럽고 가슴은 울렁거리기까지 했다. 이제는 저 여인이 말을 걸지 않아도, 여인을 보기만 해도 가슴이 답답해졌다.

봄에 내리는 비가 이렇게 따뜻했던가. 아니, 따뜻하다 못해 뜨거웠다. 화병에라도 걸린 것 같았다.

한바탕 몰아친 소낙비는 언제 내렸느냐는 듯 자취를 감추었고, 처마에 매달려 있는 빗방울들이 땅으로 떨어지며 맑은 소리를 냈다. 비안개가 그들의 주변에 너울너울 물결쳤다. 물빛 정원이 따로 없었다.

"아가씨!"

뒤에서 부르는 소리가 들려 돌아보니 궁에서부터 같이 왔던 호위병들이 자신을 발견하고 뛰어오고 있었다. 청비의 얼굴은 반가움으로 화색이 돌았다.

"아직 궁에 가신 게 아니었네요. 진짜 다행입니다."

"공주님은요?"

"공주님께선 먼저 궁에 돌아가셨고 저희가 남아서 아가씨를 찾고 있던 중이었습니다."

청비는 이제 궁으로 돌아갈 수 있다는 생각에 눈물까지 나려 했다. 호위병은 마차가 있는 곳으로 모시겠다며 앞장섰다. 청비는 피리 공자한테 고맙다 말하려 했지만 그는 어느새 자리를 떠난 뒤였다.

"어라? 어디 갔지?"

혼자 있기 무서웠던 참에 같이 있어주고 우산도 씌워주고, 피리 공자한테 고맙단 말도 제대로 못 했는데.

청비는 아쉬운 눈빛을 거두고 호위병을 따라나섰다.

그 모습을 멀리서 단휘가 유유히 보고 있는 것도 모른 채.

청비는 아침부터 동궁전 후원에서 목검을 손에 잡고 세로 베기, 가로 베기 등을 연습하고 있었다.

"영 느낌이 안 나오는데."

청비는 목검보단 진검으로 배우고 싶었다. 목검은 찍어 치는 것이지만 진검은 베는 동작이었다. 목검을 아무리 빠르고 힘 있게 내리쳐도 날렵함과 순간적인 스피드는 진검에 비할 것이 못되었다.

청비는 반복하다 이게 아닌 듯 고개를 갸웃거리더니 미간을 찡그렸다.

"건희 님, 목검 말고 실제 검으로는 언제부터 연습해요?"

어제 못 온 것이 죄송하다며 일찍부터 와 자신의 검술을 봐주고 있는 건희에게 청비는 투정을 부렸다.

"목검으로 하니까 각이 안 나와서요."

"아직은 위험하십니다. 그리고 이곳은 시녀들과 하인이 많이 드나들고 있기에……"

걱정스러운 건희의 말에 신아 공주가 등장하며 끼어들었다.

"내가 위험하지 않은 곳을 알고 있느니라."

수줍게 웃으며 다가오는 신아 공주였다. 어제 청비가 궁으로 돌아오니 신아 공주가 안절부절못하며 그녀를 기다리고 있었다. 아무리 찾아도 보이지 않아 먼저 궁으로 왔다며 공주는 청비에게 사과를 했다. 그러고는 그녀가 배고플 걸 알았는지 진수성찬을 차려놓은 식탁으로 이끌며 옆에서 재잘재잘 수다를 떨어댔다. 공주의 수다에 호응해주다 보니 청비는 조금이나마 남아 있던 화가 금방 풀려버렸다.

"네가 검을 연습하기에 좋은 곳이 있다. 어마마마께서 전에 화원으로 쓰시던 곳인데 연못 물이 말라 지금은 아무도 발길을 안 하는 곳이니라."

어느새 청비 옆으로 다가온 공주는 신이 나 말하기 시작했다.

"거기선 목검이 아닌 실제 검을 사용할 수 있어."

고민하는 듯한 청비의 얼굴에 신아 공주는 더욱 열렬하게 설득하기 시작했다.

"여기 있는 나무는 모두 하인들이 손질하는 귀한 것들이지만 그곳엔 네가 마음껏 휘두를 수 있는 나무도 많다. 네가 베튼, 찌르든 맘대로 할 수 있다고. 그늘이 많아 연습을 하기에도 좋을 것이다."

자신을 위해 그곳에 데려가려는 것이라기보다는 건희라는 잿밥에 마음이 있음을 아는 청비는 그러자 하고 공주를 따라나섰다.

"건희 님, 검 좀 챙겨주세요."

공주와 청비가 가자 하는데 별수 있나. 얼굴에 근심이 서린 건희는 병사들을 시켜 검을 챙기도록 했다.

황후의 내궁 뒤에 있는 돌계단에 도착해 오르기 전, 공주는 시녀와 병사들에게 명했다.

"너희들이 따라오면 복잡해 황후 전하에게 들킬 것이 분명해. 건희가 있으니 너흰 걱정 말고 처소로 돌아가 있거라."

결국 건희, 공주, 청비 셋만이 돌계단을 오르게 되었다. 화원은 사람들의 발길이 뜸했는지 나무와 풀들이 우거져 수풀림이 아닌가 싶을 정도로 관리가 엉망이었다.

건희는 공주가 일러주는 방향대로 검으로 길을 만들며 앞장서 갔다. 그 뒤를 따라가며 주변을 둘러보는데 정말 을씨년스러운 곳이었다. 안개가 자욱해 시야에 가까이 들어오는 것 말고는 모두 희미했다. 한참을 가고 나서야 도착한 곳은 음지로 보이는 빈터였다.

"청비야, 이곳에서는 네가 원하는 대로 마음껏 연습해도 돼."

건희에게서 진검을 받은 청비는 신경 쓸 이도 없었기에 검으로 나무를 내리치는 것을 시작으로 검술 훈련을 시작했다. 아무것도 없는 공중에 휘두르는 것보다는 훨씬 나았다. 몇 번 반복하고 나니 이마저도 시시해졌다. 그래서 청비는 나무를 공격 대상으로 삼고는 나름 스스로 터득한 무술을 같이 접목해 현란한 검 놀림을 선보였다.

"아뵤! 공중제비 돌아, 손날 치고 검으로 뒤 후려차기!"

거기서 멈추지 않고 청비는 다시 한 번 돌진하며 검을 휘둘렀다.

"돌개차기로 제압한 뒤 점프해서 뒤 내려찍고 검으로 정면 베기! 예아압!"

청비는 이소룡과 달타냥에 빙의된 듯 몸을 날렸고, 그녀가 검을 휘두를 때마다 나뭇잎들이 요란한 소리를 내며 우수수 바닥으로 떨어졌다.

"정말 실력이 크게 느셨습니다. 기억이 안 나신다 하셨지만 제가 보기엔 아마도 전에 검을 잡아보셨거나 몸을 좀 써보신 듯합니다."

청비의 예사롭지 않은 실력에 건희가 입을 다물지 못하며 감탄했다.

공주는 건희의 관심을 어떻게 자신에게로 돌려볼까 궁리하며 주변을 살폈다. 형형색색 꽃들을 발견한 그녀는 눈을 반짝였다

"어머머, 이 꽃들 좀 봐. 이렇게 으스스한 곳에 피어 있다니, 참으로 외로워 보이는 것이 내 신세와 비슷하구나. 앞으로 너희들은 내 친구야."

건희는 공주의 아련한 눈빛과 말에도 별 반응 없이 주변을 경계할 뿐이었다.

"건희, 여긴 안전하니까 긴장 좀 풀지 그래요. 이곳에 올 수 있는 건 나와 황후마마뿐이니 그렇게 경계할 것 없어요."

"예, 공주님."

조금은 풀어진 표정의 건희를 보며 이번엔 도움을 요청하는 공주였다.

"어머, 꽃이 안 꺾이네. 좀 도와줘야 할 것 같은데?"

건희가 막상 다가오니 꽃을 잡고 있던 손에 힘 조절을 못해 공주는 아예

꽃을 통째로 뽑아버리고 말았다.

방금 전만 해도 꽃은 친구라더니 공주의 손에는 뿌리째로 뽑힌 꽃들이 들려 있었다. 공주는 꽃송이 부분만 다시 꺾은 다음 건희에게 내밀었다. 아무도 없는 이곳에서 누구의 시선도 신경 쓰지 않아도 되니 가까이 접근까지 시도해보는 것이었다.

"꽃 좀 내 머리에 꽂아주거라."

건희는 어떤 표정 변화도 없이 꽃을 잡더니 공주의 머리에 수직으로 꽂아버렸다. 마치 꽃이 공주의 머리에서 꽃을 피운 듯했다. 공주의 머리는 화분 그 자체였다.

"아니, 그렇게 말고! 됐다, 됐어."

공주는 꽃을 냅다 집어 던지며 씩씩거렸다.

"건희 너는 그만 내려가보거라! 난 청비와 할 말이 있느니라."

"그래도 어찌, 두 분을 이곳에……."

건희가 자신의 마음을 어쩜 이리도 몰라주는지. 근처를 아무리 맴돌고 눈치를 주어도 그는 눈 하나 깜짝 안 하고 조금의 동요도 없을 것 같았다.

자신이 이만큼 했으면 어느 정도 미동은 있어야지. 분위기라고는 눈곱만큼도 없어.

공주는 화가 난 건희를 먼저 보내고 청비와 이 일에 관해 상담을 요청하고 싶었다.

"내 말을 못 들은 게야? 그럼 얼른 가서 내 시종과 시녀들을 보내면 되지 않아!"

청비는 공주의 신경질에 뭔가 일이 틀어졌구나 싶어 건희에게 내려가달라 말하고는 공주를 달랬다.

"왜 그러세요, 공주님."

고개를 숙이며 인사를 하고 멀어지는 건희를 보며 공주는 '흥' 하고 돌아섰다.

"이 좋은 기회를 왜 이대로 날리십니까?"

"좋은 기회? 그럼 뭐해. 저놈이 눈치가 없어도 한참 없는걸. 내가 아무리 표현해도 모를 것이야."

금방이라도 눈물이 떨어질 것 같은 신아 공주였다. 사실 신아 공주는 어제 황후에게 불려가 청천벽력 같은 말을 듣고 온 터였다.

황후는 이제 그녀에게 좋은 혼인 상대를 찾아줄 것이라 했다. 자신의 혼인이 얼마 안 남았음을 알게 되니 그녀의 마음이 더 급해졌던 것이다. 제 마음을 조금도 몰라주는 건희를 보니 더 성이 나고 어찌해야 할지 몰라 애가 탔다.

공주는 한 걸음 한 걸음 정원 깊숙이 들어가며 한숨만 쉬어댔고, 청비 역시 공주의 뒤를 따라가며 대화를 계속했다.

"그럼 아예 직접 말하세요. 고백을 하시라고요."

보는 나도 답답하다. 그냥 가서 '나 너 좋아한다.' 한마디만 하면 되는 것을.

"못 한다, 나는! 얼굴 보고 그 말을 어찌한다니."

공주는 생각만 해도 부끄러운 듯 얼굴이 붉어져서 다른 방법이 없겠느냐며 청비를 채근했다.

옛날 시대에 좋아하는 상대에게 마음을 표현하는 것이 직접 말하는 거 말고 뭐가 있지? 아! 그게 있었네.

"그럼, 연서라도 보내보시던가요. 마음을 담아서요."

"마음을 담아?"

"공주님이 그러셨잖아요. 연서를 쓰면 저보고 전해달라고요. 아예 연서로 고백을 하시는 거예요."

"그래, 좋은 생각이다. 그럼 네가 잘 전해주어야 한다. 아무에게도 들키지 말고."

알았다, 고개를 끄덕이고 기대를 가득 품은 공주의 얼굴에 청비는 자신만 믿으라며 자신만만한 미소를 보냈다. 이제 이곳을 내려가자 말하려는데 공주의 발이 녹을 띤 검은 진흙에 파묻혀 있는 것을 본 청비는 소스라치게 놀라며 그녀를 불렀다.

"공주님!"

청비의 부름에 공주 역시 이상한 낌새를 느껴 아래를 내려다보았다. 자신이 늪에 서 있다는 걸 깨달은 공주는 즉시 발을 빼려 했다. 하지만 체중이 실린 발이 버둥대니 더 깊숙이 빠지고 이제는 발목 전체가 잠기고 있었다.

"청비야, 어떡해! 나, 발이 빠지질 않아!"

청비는 나가서 도움을 청할까 했지만 그러기엔 너무 늦을 것 같았다. 발을 동동거리며 주위를 둘러보다 돌 조각상을 발견하고는 바로 조각상에 몸을 기대었다.

한 발 한 발 힘을 주어 늪으로 조금씩 밀어, 아예 던지듯 늪으로 조각상을 빠뜨렸다. 숨이 차고 손에는 상처가 생겼지만 살필 틈이 없었다.

"공주님, 조금만 기다리세요!"

청비는 조금의 망설임도 없이 늪에 널브러진 조각상을 발판 삼아 공주에게 다가가 손을 내밀었다. 공주가 손을 잡는 순간 청비는 있는 힘껏 그녀를 잡아당겼다. 한 손으로는 힘들어 두 손으로 공주의 한 손을 꽉 잡고 당기니 서서히 공주의 발이 늪에서 빠지는 것이 느껴졌다. 조금만 더, 조금만 더를 외치며 힘을 주었다.

"꺅!"

비명과 함께 발이 빠지고 공주가 조각상 위로 올라오는 동시에 대신 이번엔 청비가 조각상에서 떨어져 늪에 엉덩방아를 찧으며 그녀의 하체가 조금씩 잠기고 있었다.

공주는 울면서 어쩔 줄 몰라 했고, 청비는 최대한 몸을 움직이지 않은 채 외쳤다.

"공주님, 오지 마세요. 얼른 내려가서 도움을 청하세요!"

"알았어! 바로 사람들을 데리고 올게. 조금만 버텨!"

공주가 안개 속으로 자취를 감추자 홀로 남은 청비는 몸에서 힘을 빼고 움직이지 않았다. 움직일수록 더 깊이 빠져들 것이 뻔했다.

하지만 늪은 야속하게도 멈추지 않고 계속해서 조금씩 조금씩 청비를 집어삼키고 있었다. 하체가 거의 잠기고 허리와 가슴 부근까지 늪에 푹푹 가라앉고 있었다.

이대로 곧 죽을 수도 있다 생각하니 의외로 마음이 담담해졌다. 어차피 한국에서 죽었던 몸이 아닌가. 아빠는 내가 실종된 줄 알고 찾아다니고 있겠지.

"아빠, 미안해. 나 한국으로 돌아갈 수 없을 것 같아."

늪으로 밀려들어가며 청비는 '이제 끝이다.'라는 생각으로 눈을 감았다. 하지만 곧 밑에서 무언가가 그녀를 받치고 있는 듯한 느낌이 들었다.

찰랑거리는 물소리에 청비는 눈을 떴다. 그리고 눈앞에서 일어나고 있는 놀라운 광경에 숨을 삼켰다. 늪은 마치 흙탕이 분리가 되듯 모래와 흙들이 바닥으로 가라앉고 있었고, 맑고 투명한 물만이 청비의 움직임에 따라 일렁이고 있었다.

늪지대가 순식간에 못으로 변해버린 것이다. 지나가는 이가 청비를 쉽게 볼 수 있게 시야를 가렸던 안개도 차츰 걷혔고, 흐트러져 있던 덩굴도 모습을 감추었다. 청비는 재빨리 자신이 늪으로 떨어뜨린 조각상을 잡아 풀숲으로 올라갔다.

이럴 수가, 늪이 물로 바뀌다니!

대체 이게 무슨 조화인가 싶었다.

"청비는 왜 보이지 않는 것이냐?"

단휘의 물음에 동궁전의 시녀들은 서로 눈치를 보며 아무 말도 하지 못했다.

도성에서 길을 잃고 헤맨 것이 어제 일이건만, 또 어딜 간 거야.

단휘가 시녀들과 병사들에게 당장 찾아보라고 호령하려는 찰나, 건희가 오고 있었다.

"대체 청비는 어찌하고 혼자 오는 것이냐?"

"그것이, 황후마마가 계시는 처소 뒤 화원에 공주마마와 같이 계시옵니다. 그곳으로 공주님의 시종과 시녀들을……."

"뭐라? 그럼 그곳에서 오는 길인 게냐?"

그곳은 위험했다! 오래전부터 안개가 한 번 끼면 사라질 줄 몰라 습해서인지 이끼와 골풀이 여기저기 자라 심미안을 가진 황후의 눈 밖에 나서 일찍이 닫아놓았던 곳이었다. 가끔씩 내리는 비로 인해 배수가 되지 않는 데다 그늘이 많고 사람들의 발길도 뜸하여 땅은 항상 젖어 있어, 소택지나 다름없기에 위험했다.

단휘는 인상을 팍 쓰며 쉼 없이 뛰었고, 후원이 가까워지자 눈물범벅이 된 얼굴로 뛰어오는 신아 공주를 발견했다. 공주의 옷에는 진흙이 여기저기 튀어 있었다.

"어찌 된 것이냐? 꼴은 또 왜 그렇고! 청비는 어찌하고 혼자 오는 것이야?"

"오라버니! 청비가…… 청비가!"

얼마나 급히 뛰어온 것인지, 숨이 찬 공주는 말을 잘 잇질 못했다. 단휘는 뒤따라오는 건희에게 신아를 맡기었다. 마음이 급했다. 분명 무슨 일이 생긴 것이다. 돌계단에 이르고 화원으로 올라가는 동안 단휘의 마음은 더욱 초조했다. 화원에 들어서자마자 청비의 이름을 부르며 애타게 찾는 단휘의 등줄기에는 식은땀이 흘러내리고 있었다.

검으로 그의 앞을 가리는 것들을 모두 베어버리며 다가가는데, 어디선가 물이 흐르는 소리가 들려왔다. 그 소리는 마치 그를 부르는 듯 느껴졌다. 누군가가 마치 그가 편히 갈 수 있게 만들어놓은 듯, 길에는 우거진 수풀도, 긴 갈대도, 그의 앞을 막는 것은 아무것도 없었다.

얼마 안 가 단휘는 한쪽 구석에 멍하니 서 있는 청비를 발견할 수 있었다.

"청비야!"

자신을 부르는 소리에 청비는 고개를 돌렸다. 단휘였다.

그를 보니 안도감이 느껴졌다. 눈으로 보았으면서도 믿겨지지 않았다. 잔뜩 경직되어 있던 몸이 단휘의 등장으로 긴장이 풀려서인지 청비는 바닥에 풀썩 주저앉아버렸다.

단휘는 청비를 부축해 일으켰고 어깨를 잡은 채 다친 데는 없는지 여기저기 살폈다.

청비는 떨고 있었다. 미세한 떨림이 그녀의 몸을 관통하고 있었다. 손끝에 느껴지는 그 떨림에 단휘는 마음이 아팠다. 청비의 어깨를 잡고 있는 단휘의 손에 힘이 들어갔다.

말 대신이었다. 이제 자신이 왔으니 괜찮다는.

"어디, 다치진 않았느냐?"

"……"

"다친 것이냐? 아픈 곳이 어디냐?"

재차 묻는 단휘의 말에도 청비는 멍하니 넋을 놓고 들릴 듯 말 듯 웅얼거렸다.

"방금…… 말이에요, 그게…… 어떻게 말을 해야 하지."

부르르 떨며 새파래진 청비의 얼굴에 손을 대어보니 열기라곤 없었다. 얼음장 같았다. 청비를 살펴보니 옷이며 몸 전체가 물에 흠뻑 젖은 상태였다. 비가 온 것도 아니고 이곳에는 청비가 빠질 만한 물이 있는 것도 아니었다.

이내 이상한 기운을 감지한 그는 주위를 살폈다. 늪으로 알고 있던 지대는 연못으로 변해 있었다. 물도 진흙물이 아니었다. 물이 있다 해도 토사물이 넘실거려야 할 텐데, 바닥이 전부 다 보일 정도로 맑았다. 제 눈으로 보면서도 혼란스러웠다. 그러다 불현듯 류하 형님이 했던 말이 떠올랐다.

─주청강은 달라져 있었어. 나도 내 눈으로 봤지만 믿을 수가 없구나.

그래, 직접 가서 주청강이 달라진 것을 확인하지 않았던가. 이 늪이 못으로 변한 것도 우연이 아니었다. 단휘는 천천히 못에서 청비에게로 시선을 옮겼고 마치 홀린 듯 눈을 떼지 못했다. 그러다 정신을 차린 그는 자신의 도포를 벗어 청비의 어깨에 덮어주었다.

"괜찮아요, 저는."

도포를 벗어 돌려주자 단휘는 정색하며 청비의 행동을 제지했다.

"말 좀 들어, 그냥."

그는 다시 청비에게 도포를 걸쳐주었고, 그 행동은 무척이나 진지하고 조심스러웠다. 가만히 그 모습을 보는데 도포를 여미는 단휘의 손등 위로 물방울이 하나둘씩 떨어졌다. 자신의 젖은 머리카락에 매달려 있던 물방울들이 톡톡 떨어지고 있었다.

차갑겠다. 청비는 아무 생각 없이 자신의 손으로 단휘의 손등에 묻은 물을 쓰윽 닦았다. 청비의 돌발 행동에 단휘는 당황한 듯 얼굴이 굳었다.

"하지 마."

단휘는 청비의 손을 흠칫 놀라며 쳐냈고 그 행동에 청비는 기분이 상했지만 내색하지 않고 변명을 했다.

"그러니까…… 그게…… 오, 오해하지 마요. 내가 왜 그랬냐면……."

지금 무슨 말을 하고 있는 건지, 횡설수설하던 청비가 이제는 아예 단휘의 손을 잡아 올리더니 남아 있는 물기를 자신의 옷소매로 닦기 시작했다. 방금 전 그 접촉에는 전혀 다른 의도가 담기지 않았음을 나름 보여주는 것이었다.

"닦아주는 거예요, 이렇게. 나한테서 떨어진 물이니까, 그래서 차가울까 봐…… 그냥……."

청비는 말을 끝맺을 수가 없었다. 가만히 청비를 응시하고 있던 단휘가 그대로 청비의 팔을 끌어당겨 자신의 가슴에 꼭 안은 것이다. 청비는 화들짝 놀라 숨을 들이켰다. 순식간에 일어난 일이었다.

"그래서 하지 말라고 했잖아."

둘 사이에는 조금의 틈도 없었고 단휘는 미동도 없는 반면, 청비의 눈동자는 매우 산만했다. 거기다 원치 않는 소리, 심장에서 '쿵' 소리까지 들리고 있었다.

심장에 뭔가가 있는 것이 분명하다. 북소리와도 같은 쿵쿵 두드리는 소리가 멈추지 않는 걸 보면. 뛰거나 한 것도 아닌데, 자신의 의지와는 무관하게 심장이 계속 곤두박질쳤다. 도저히 멈출 것 같지 않은 느낌이었다.

청비는 단휘를 밀쳤다.

"누구 숨 막혀 죽일 일 있어요!"

이 민망한 분위기를 빨리 벗어나려 튀어 나온 말이었다. 오늘 정말 여러 번 놀라네. 주변을 채운 어색함 속에서 차마 태자의 눈을 마주할 수 없는 청비는 시선을 떨군 채 투덜거렸다.

"뭐예요, 갑자기 사람은 끌어안고……."

단휘 역시 그 순간 자신의 행동을 돌이켜보니 이유는 딱히 없었다. 그렇다고 솔직하게 그냥 너를 안고 싶어서 안았다는 말을 할 수는 없는지라 속으로만 삼킨 채 그는 생각나는 대로 무뚝뚝하게 말을 꺼내었다.

"네가 귀신인지 아닌지 확인해본 것뿐이야."

너무도 어이없는 태자의 대답에 청비는 인상을 확 구겼다.

뭔, 닭이 방구 뀌는 소리 하고 있어.

날 선 청비의 눈빛을 직선으로 받으면서도 단휘는 말을 계속했다.

"행여나 착각이라던가, 아까 그 일에, 의미 부여는 사양하지."

착각? 의미 부여?

청비는 코웃음을 쳤다.

포옹이 뭐 별거라고. 외국에서는 인사로도 하는 건데.

더군다나 포옹을 안 해본 것도 아니었다. 같은 학과 동기인 남자들과 대련이 끝나고 나면 수고했다며 안은 적도 종종 있었고 명동에 나가 생판 처음 보는 사람들과 프리 허그를 한 적도 있었다.

방금도 딱 그 수준의 포옹이었을 뿐. 동요하지 말자, 청비야.

"저 역시 그런 건 절대 사절이에요."

"근데, 이곳에서 무슨 일이 있었던 것이냐?"

어느샌가 단휘는 속까지 꿰뚫어 볼 듯 날카로운 눈빛을 하고 있었다. 그 눈이 향해 있는 곳은 맑은 못이었다.

"이곳은 해가 들지 않는 습지다. 물이 있다 해도 자연정화가 안 되기에 저런 정수는 더욱 존재하기 힘든 곳이지."

태자의 그 말은 즉 왜 습지인 이곳에 갑자기 못이 생겨난 건지, 너는 그 이유를 알고 있지 않느냐 자신에게 묻고 있는 것 같았다.

그야말로 난감한 상황이 아닐 수 없었다.

사실대로 말하면 태자가 내 말을 믿어줄까? 그럴 수 있는 보장만 있다면 처음부터 일어났던 일들을 몽땅 말해줄 수 있을 텐데.

하지만 직접 면전에 대고 말하려니 어떻게 설명을 시작해야 좋을지 잠시 망설여졌다. 직접 눈으로 본 자신도 믿기 힘든 일이었다. 태자가 어떤 반응을 보일지…… 안 믿는 건 그렇다 쳐도 나를 정신 나간 여자로 취급하는 거 아냐?

걱정이 안 될 수가 없었다. 청비는 최대한 담담하게 말문을 열었다.

"지금은 연못이긴 한데, 아까 제가 빠졌을 때는 분명 늪이었거든요. 근데 믿으실지 모르시겠지만 정말 갑자기 물이 생겼어요. 비가 내린 것도 아니고, 어디선가 흘러온 것도 아닌데. 그냥 늪이…… 맑은 물로 변했다고 해야하나."

단휘의 얼굴에 잿빛처럼 어두운 그늘이 깔렸다.

"맞아. 주청강도 그랬대요. 죽은 강이었는데, 류하 왕자님이 쓰러져 있던 저를 발견하셨을 때 다시 강이며 그 주변이 다시 되살아난 것처럼 전부 변해 있었다고 했어요. 류하 왕자님이 분명……."

"그 이야기는 아무에게도 하지 말거라. 오늘 일도 너와 나만이 알고 있는 것이다."

"그럼 제 말을 믿어주시는 거예요?"

"아니."

기대도 하지 않았지만 저리 말을 단박에 자르고 무표정으로 일관하니 청비는 괜히 얘기했다 싶었다.

더군다나 태자의 반응은 자신이 생각했던 것과는 달랐다.

만약 자신의 말을 믿어준다면 놀란 얼굴로 더 자세히 얘기해 보라면서 사람을 들들 볶거나 믿지 않는다면 처음엔 어이없어 하다 그게 말이 되느냐며 자존심 상할 정도로 비웃을 거라 생각했다. 하지만 어느 쪽도 아니었다. 아마도 태자라면 후자 쪽 반응을 보이지 않을까 생각했던 자신의 예상이 빗나간 것이다.

"그만 내려가자."

헉, 그냥 내려가자고? 내가 그렇게 장황하게 설명을 했는데, 나오는 말이 저게 다야?

그래, 내가 한 말들이 믿기건, 안 믿기건 그냥 별 관심도 없고 대수롭지 않은 거지.

그 말들을 듣고도 내려가자 저 한마디라니. 도무지 종잡을 수가 없다, 이 남자.

하지만 태자의 얼굴은 생각이 많아 보였다. 심각한 분위기를 저렇게 내뿜고 있으니 괜히 말 걸었다가 불똥이 튈까 청비도 침묵으로 일관했다. 화원을 다 나올 때쯤, 앞서가던 단휘가 걸음을 멈추고 등을 진 채 툭 말을 던졌다.

"그래도 다행이다. 네가 무사해서."

청비는 순간 멈칫했다.

뭐지? 갑자기 저, 안 어울리는 살가운 걱정은. 대뜸 무사해서 다행이라니……. 이 남자, 내 걱정을 하긴 했던 거야?

청비는 태자를 흘끔거렸다. 사실 아까 태자가 자신을 찾으러 와주었을 때, 그 순간만큼은 고마움을 넘어 눈물이 핑 돌 정도로 감동까지 받았던 그녀였다. 그냥 넘어가긴 그랬고, 고맙다 말할 타이밍을 노리고 있었던 차에 청비는 지금이 그 타이밍이라 생각했다.

"저기 아까……."

"네가 없으면 안 돼."

단휘의 이어지는 말에 청비는 타이밍이고 뭐고, 해야 할 말을 모두 잃어버렸다. 이것은 전혀 중요한 게 아니다. 그녀는 몸이 아예 발라당 뒤로 넘어갈 뻔하는 걸 간신히 두 발에 힘을 주고 꼿꼿하게 서 단휘를 올려 보았다.

전부터 느낀 건데, 어느 순간 혹 치고 들어오는 태자의 저 기술은 돌직구를 넘어 철직구 쇠직구란 말이지. 하지만 마음이 간질간질해지는 것도 아주 잠시뿐.

"네가 없으면 내 계획에 차질이 생긴다고. 너 대신 다른 대타 구하는 게 쉬운 줄 알아?"

낯설고 간지러웠던 마음이 돌연 싹 사라졌다. 나 또 쓸데없이 앞서갔구나.

"나와 거래한 것을 잊지 마."

단휘는 청비를 데리고 계단을 내려갔고, 마침 올라오고 있던 병사들과 마주쳤다.

"아무도 이곳에 발을 들이게 하지 말거라. 오늘부터 이곳을 폐쇄시킬 것이다!"

동궁전으로 돌아오자마자 단휘는 궁의를 불러 청비를 살펴보게 했다. 궁의는 청비가 감기 기운이 있다며 약을 처방해주었고 청비는 시녀가 달여 온 약을 마신 후에야 혼자 있을 수 있게 되었다.

침상에 누운 청비는 오늘은 아무것도 생각하지 않고 휴식을 취하고 싶었다. 하지만 계속 그 늪에서 일어났던 일이 머릿속을 떠나질 않았다. 자신에게 엄청난 일이 벌어지고 있는 것 같아 불안함이 엄습해왔다.

이탄국에 온 것으로, 이런 말도 안 되는 일은 더 이상 없을 거라 생각했는데…… 끝이 아니었다.

대체 나한테 무슨 일들이 일어나고 있는 거지?

제8장
안심(安心) : 걱정 없이 마음을 편안히 가짐

청비의 앞에는 지평선을 삼킬 듯 광활한 강이 펼쳐져 있었다. 그 어떤 소리도 허락하지 않겠다는 듯, 유유히 흐르는 강물 소리를 빼고는 고요하고 적막감만이 흘렀다. 그때, 강물 소리에 묻힐 듯 낮게 흩뿌려지는 목소리가 조용한 공기를 갈랐다.

『너를 살리기 위해 이곳으로 데려온 것이다.』

그 목소리는 청비의 가슴을 쉴 새 없이 뛰게 했고, 메아리처럼 귓가를 계속 맴돌았다. 하지만 목소리의 주인은 보이지 않았다. 애가 타는 마음에 청비는 허공에 대고 소리쳤다.

"내 앞에 나타나! 당장 나타나라고!"

보이지 않는 목소리의 주인을 찾아야 했다. 청비는 강 주변을 달리며 발자취라도 찾아보려 했다. 하지만 마치 환영이었던 것처럼 목소리의 주인은 그 어떤 흔적도 남기지 않고 사라진 후였다.

무릎을 꿇은 채 주저앉은 청비의 눈에선 눈물이 주르르 떨어졌다. 지금껏 억눌러왔던 감정이 주체가 되지 않아 청비는 사라진 이를 애타게 불렀다.

"가……지 마. 가지…… 마."

가지 말라는 애원을 계속하며 청비는 번쩍 눈을 떴다. 익숙한 검붉은 천장이 눈에 들어오고 모든 것이 꿈이었다는 걸 깨달은 청비는 아쉬운 듯 중얼거렸다.

"꿈이었어."

무엇이 꿈이고 무엇이 현실인지 아직도 분간이 되지 않았다. 눈앞에 펼쳐져 있었던 강이…… 그 목소리가…… 꿈이라 여겨지니 허망하고, 혼돈스러웠다.

계속 뇌리에 박혀 떨칠 수 없을 만큼 청아한 남자의 목소리였다. 목소리를 상기시키며 얼어붙은 듯 멍하니 누워 있던 청비는 천천히 몸을 일으켰다.

꿈속에서 울었던 것이 현실에서도 눈물을 흘렸던 건지 눈가는 축축하게 젖어 있었다. 꿈속에서 누군가를 애타게 찾느라 거칠게 몰아쉬었던 숨도 차츰 안정을 찾아가고 있었다.

하지만 아직 잠이 덜 깨어서 그런지 기분이 몽롱했다. 완전히 잠에서 깨고자 창을 열어 싸한 새벽 기운을 안으로 들였다. 밖은 아직 해가 뜨지 않은 새벽이라 푸른 기운이 돌고 있었다.

청비는 어제부터 계속 화원에서의 일이 자신 때문에 일어난 것은 아닐까 하는 의아심을 떨칠 수가 없었다.

이탄국에 오게 된 것이 아직도 꿈 같고 믿을 수가 없는 불가사의인데 늪이 못으로 바뀌는 것까지 본 후로, 이 모든 걸 어떻게 받아들여야 할지 시간이 지날수록 혼란만 가중되어 가는 것 같았다.

전에도 류하 왕자가 나를 발견했을 때 주청강이 달라져 있었다고 했었어.

이제 그 늪도 그렇고, 내게 이상한 능력이라도 있는 건가?

그럴 리가. 청비는 고개를 절레절레 흔들었다. 지금까지 살아온 삶이 평범 그 자체인 것을.

오염된 강이 정화가 된다거나 늪을 못으로 바꾸는 능력이라니, 그런 건 말도 안 되고, 상상도 해본 적이 없었다. 그러니 지금까지 일어난 기이한 일들이 자신의 영향이라 쉽게 단정 지을 수도 없는 노릇이었다.

머릿속만 복잡해져 청비는 다시 잠을 이룰 수가 없었다. 그래도 끊임없이 생각한 끝에 결론을 내릴 수는 있었다. 그녀는 지금까지의 일에 대해 내내 이유를 찾고 있었다.

왜 이탄국에 온 건지, 왜 이런 일이 일어나게 된 건지 필시 이유가 있을 거라 생각했으니까.

하지만 아무리 발버둥 쳐봤자 눈을 뜨면 이탄국이었고, 알아낼 수 있는 건 아무것도 없었다. 그래서 내린 결론은 바로 우연이었다.

다시 한국으로 돌아갈 방법을 알게 될 때까지는 어쨌거나 이곳에서 지내야 하지 않겠는가. 모든 일이 우연이었다 치자. 우연에 이유가 있을까?

청비는 이탄국에 오게 된 것과 자신을 둘러싸고 일어난 일들이 그저 우연이라 일축했다.

어제 그런 일도 있었고, 잠도 못 잔 탓에 청비는 오늘 하루는 쉬고 싶다 하여 검술 훈련도 하지 않고 휴식을 취하고 있었다.

"아가씨. 잠시 들어가도 될런지요?"

식사 시간도 아닌데 무슨 일이지 싶어 청비가 문을 열자, 들어오는 건 비단 시녀만이 아니었다.

난처해하는 청비의 시중 시녀를 막무가내로 앞장세워 들어오는 여인네들은 궁 안을 구경했을 때 스치듯 보았던, 풍정전에서 뽑힌 최종 후궁 후보들이었다.

짙은 화장과 화려한 복식의 여인들은 청비에게는 눈길도 주지 않고 안을 둘러보며 자신들의 방보다 넓고 값비싼 장식들로 공이 많이 들어간 내부를 보고는 표정 관리를 하지 못했다.

"이번에 태자 전하의 후궁 후보로 뽑히신 분들이신데, 청비 아가씨께서 쉬시는 중이라 안 된다 했는데도 이리……."

시녀가 눈치를 보며 기어가는 목소리로 청비에게 말을 올리자, 듣고 있던 여인은 시녀의 뺨이라도 한 대 칠 것처럼 분위기를 험악하게 몰아갔다.

"이런 발칙한 것을 보았나! 우린 문병을 하기 위해 이곳을 찾은 것이니라!"

여인의 사나운 호통에 청비는 시녀에게 그만 나가봐도 된다며 밖으로 내보냈다. 분명 자신이 여인들을 곱게 대하지 않을 것이니, 혹여나 그 화가 아무 잘못 없는 시녀에게로 향하면 안 되니까.

"무슨 일로 온 거죠? 저희가 그렇게 또 왔다 갔다 하는 막역한 사이는 아닌 듯한데."

청비는 탐탁지 않은 얼굴로 후궁 후보들을 대했다. 후보 중 가장 호화로운 차림새를 한 여인이 청비보다 잔뜩 날이 선 얼굴로 답했다.

"주제를 알긴 하는구나. 급이 다르니 서로 어울릴 수 없는 것은 당연한 것이 아니냐."

그녀는 이어 뒤에 따라온 시녀가 탁자에 내려놓은 천으로 덮여 있는 바구니를 고갯짓으로 가리켰다.

"입맛이 없을 것 같아 내 특별히 포도를 가져왔느니라. 귀한 포도를 생전 구경이나 해봤겠느냐. 어서 열어보거라."

여기는 왜 처음 본 사람한테도 반말을 하는 거지? 처음 보는 이가 자신에게 하대까지 하니 영 신경이 거슬렸다.

"뭣 하고 섰느냐! 이 몸이 직접 행차하시어 가져왔는데 열어보지도 않고!"

바구니를 열어볼 것을 강요하는 것 보니, 이거 냄새가 나는구만.

바구니와 자신을 번갈아 보며 무언가를 기다리고 있는 듯한 여인들의 눈빛이 의심스러워 우선 천으로 손을 가져갔다. 그리고 검지 하나로 천을 살짝 들어보니 안에는 포도와 함께 우둘투둘 징그러운 몸체의 갈색 점박이 개구리가 보였다.

초등학생도 안 써먹는 유치한 짓거리에 청비는 딱히 화가 나는 것도 아니고 기분도 별로 나쁘지 않았다. 그냥 아무런 감흥이 없었다.

하지만 후보님들께서 저렇게 입꼬리를 올리며 기대하고 있는 눈빛들인데, 어쨌거나 부응을 해주긴 해야겠지.

청비는 도레미파솔라시도 음계 중 딱 '레' 정도의 톤으로 역대급 발 연기를 장전하고 있었다. 자, 발사!

"어머 내가 제일 싫어하는 개구리잖아. 아이 참, 너무 징그럽고 무서워라."

청비의 한 음절 한 음절 딱딱 끊어주기까지 하는 무미건조한 목소리와 아무 표정 없는 무덤덤한 반응에 여인들은 뭔가 생각한 대로 되지 않았는지 자기들끼리 눈치를 주고받느라 청비가 가까이 다가오는 것도 알아채지 못했다.

그때였다. 조용히 있던 청비가 개구리 뒷다리를 잡아채어 바구니를 선물해온 여인의 얼굴에 마치 입체 스티커를 붙이듯 착 붙여버린 것은. 정말 누가 말릴 틈도 없는 아주 찰나의 순간이었다.

"꺄악!"

미간 사이에 붙어 시야를 가린 탓에 눈도 제대로 뜨지 못하고 여인은 소리만 꽥꽥 질러댔다.

"감히 나한테 이게 무슨 짓이야!"

"무슨 짓이긴 피장파장이지."

개구리가 그 기다란 혀를 날름거리기까지 하니 여인의 입에선 비명이 멈추지 않았다. 여인은 움직이진 못하고 도움을 요청했다.

"꺄악! 누구든 얼른 와서 떼어보거라!"

여인의 애원에도 얼굴의 반을 덮고 있는 개구리의 남다른 몸뚱이 비율에 다른 여인들이며 시녀들은 차마 손을 대질 못하고 어쩔 줄 몰라 했다. 개구리는 꽤나 큰 파급력을 가지고 있었다.

청비는 자신이 저지른 짓이니 마무리를 해야겠다는 생각에 여인의 얼굴에서 개구리를 휙 떼어 창문 밖으로 보내주었다. 시녀들이 바로 달라붙어 여인의 얼굴을 닦아주었고, 여인은 콧김만 안 뿜었지 마치 황소에 빙의된 사람 같았다.

"감히 네, 네까짓 것이 나를 희롱해!"

"은인에게 희롱이라니요. 다들 만지지도 못하는 그 개구리 떼어준 게 누군데."

"하는 짓, 하는 말이 참 저급하구나. 내 너에 대해 다 알아봤느니라. 난 또 네가 어느 고관의 여식이나 되는 줄 알았지. 근데 기억을 잃었다는 핑계로 막무가내로 궁에 눌러앉아 있는다고? 그래서 착한 우리 태자 전하께서 쫓아내지도 못하고 어쩔 수 없이 너를 거두었다 들었다. 신분도 모르는 너 같은 것을 말이지."

좀 왜곡된 부분이 없지 않아 있었지만 완전히 틀린 말도 아니었기에 청비는 여인의 말을 묵묵히 들어주기로 했다.

"감히 너 같은 것이 우리와 같은 후보에 올랐다니 정말 수준 차이 나서

같이 서 있는 것도 우리에겐 수치니라! 우리에 대해 들어는 보았을 터, 여기 옆에 계신 분은 현무국의 사혜 공주님이시다. 저기 계신 여흥 아가씨의 부친은 이탄국 최대 지주 대부사자이시고, 또한 나 금란은 대대로 장군 집안 출신으로, 아버님 또한 당원 행성에 보직하고 계신 대장군이니라!"

네, 대단한 집안들이십니다 그려.

저 계란인지 금란인지 하는 여인한테 자신도 뭐라 말을 하고 싶었지만 딱히 받아칠 말이 생각나지 않았다. 보통 이런 상황이라면 태자의 사랑이라도 받아야 그거 하나 믿고 덤비기라도 해보겠는데 그건 절대 아니니, 그저 저런 말을 묵묵히 듣고 있는 것 말고는 할 수 있는 게 없었다.

"근데 감히 네까짓 게 후보라니? 말이 되느냐고! 우리가 이리 발걸음 한 것은 너에게 분수를 알려주려 함이니라. 훗, 너는 이 궁을 나가게 되면 여기 시녀들보다 못한 신분이다. 이렇게 호사를 누리며 지내는 것도 잠깐이야!"

모두 맞는 말이었다. 태자 옆에 있기에 궁에서 비단옷을 입고 비싼 장신구를 달고 다니며 시녀와 하인들의 시중을 받는 것이지 만약 태자나 류하 왕자가 아니었다면 자신이 이곳에서 어떻게 살아갈 수 있었을지…….

무엇 하나 반박할 수 없는 자신의 처지였다. 이렇게 듣기만 해야 한다는 게 화가 나 청비는 아랫입술을 깨무는 것으로 분을 삭였다.

금란은 도무지 이해할 수 없었다. 어떤 꽃물을 넣었는지 모르겠지만 생전처음 맡아보는 독특한 유향과 별난 생김새 말고는 눈앞의 여인은 보잘것없어 보였다. 그런데 어떻게 태자를 꼬여 선택을 받은 건지 도무지 이해할 수가 없었다.

절대로 인정하고 싶지 않은 건 격 떨어지는 저 여인과 자신이 같은 후궁 후보라는 것. 게다가 저 여인이 태자가 있는 동궁전에서 기거까지 한다는 사실에 금란은 배알이 꼬여 독이 오를 대로 올라 있었다.

"내가 후궁이 되면 너부터 당장 내칠 것이야! 네가 거리로 나앉게 되는 건 이제 얼마 남지 않았단 말이다!"

"그러지 말고, 그냥 지금 쫓아내지 그래요?"

"뭐, 뭐라고?"

"뭘 기다려요. 당장 쫓아내면 될 걸."

흥분하면 지는 거야. 청비는 침착, 침착을 속으로 되뇌었고 시선만큼은 똑바로 맞춘 채 말을 이어갔다.

"원하면, 나가는 드릴게."

감정을 드러내지 않는 말투와 눈빛만큼은 영화 '신세계'의 박성웅이 따로 없었다.

"저것이 나를 모함하려고 작정한 게야! 내가 저를 내쳤다고 태자 전하한테 가서 고하려는 걸 모를 줄 아느냐?"

"그래, 맞아요. 내가 가서 다 이를 거거든. 당신이 나 쫓아낸다 협박했다고. 뭐 아직까진 당신보단 내가 태자님하고 더 친하니까요. 왜요? 겁나요?"

금란은 부들부들 떨며 주먹을 비틀어 쥐었다. 자신을 죽일 듯 노려보는 눈빛에도 청비는 전혀 개의치 않았다.

"그러니까, 그 뒷감당 자신 없으면 나 건들지 말라고."

"네가 잠시나마 망각하고 있는 것 같으니 내가 몸소 보여주지."

그 순간 금란이 탁자에 있던 바구니를 들어 바닥으로 내던졌고 그 바람에 포도들이 떨어지며 여기저기 굴러갔다.

여기서 멈추지 않고 금란은 보란 듯이 제 앞에 떨어진 포도들을 발로 짓밟았다.

"네가 지금 태자 전하 옆에 있다는 이유로 나대는 모양인가 본데, 그게 언제까지 계속될 것 같으냐. 태자 전하 옆이라는 그 껍질만 벗겨지면……."

보라색 껍질에서 나온 연둣빛 포도 알들, 금란은 그것마저 발로 처참히 짓이겨 뭉개버렸다.

"이렇게 될 것이다."

청비가 아무 말도 하지 않고 가만히 있으니 말귀를 알아들었구나 싶어 금란은 기세등등했다.

이렇게까지 했는데도 불구하고 계속 태자 전하 옆에 붙어 있는다면 아버님께 부탁하여 따끔한 맛을 보여주리라.

당연히 후궁은 자신일 것이라 단언하셨던 아버님께서 저 아이로 인해 상황이 달라질 수도 있다 하셨다. 그러니 어떻게든 저것을 궁에서 쫓아내야만 했다. 수단과 방법을 가리지 않고서라도 태자 전하 옆에서 떨어내야 안심이 될 것 같았다. 금란은 묵묵히 침묵하는 청비가 가소롭다는 듯 입꼬리를 올렸다.

"알겠느냐? 이것은 내 경고이니라."

그때였다.

"실로 가관이구나."

나직한 음성이었지만 금란을 비롯한 다른 후보들과 시녀들의 히죽거림이 순간 멈추었다.

음성의 주인공인 태자가 나타나 냉랭히 쏘아보니 그녀들은 온몸에 솜털이 일어서는 듯했다.

"이 방은 내가 가장 아끼는 방이다. 그래서 내 아끼는 여인에게 내어준 것이고. 근데 감히 내가 아끼는 것에 너희들이 행한 짓거리가 참으로 가당치도 않구나. 이것은 중벌로 다스려야 마땅할 것이다!"

단휘의 불벼락에 여인들은 변명도 하지 못한 채 몸을 떨었고, 주위의 시녀들은 누구 하나 할 것 없이 모두 무릎을 꿇어 고개 숙여 사죄했다.

"줍거라."

바닥에 널브러져 있는 포도를 향해 차갑게 내뱉는 단휘의 명에 시녀들이 달려들어 바구니에 다시 포도를 주위 담았다. 짓이겨지고 터져 흐물거리는 포도들이 바구니에 모두 담기고 다시 탁자에 올려지자, 단휘는 금란을 보며 같잖다는 듯 조소를 내비쳤다.

"껍질이 벗겨진 포도는 밟히는 것이다?"

말이 끝나기가 무섭게 태자는 앞장서서 청비를 모욕했던 금란의 얼굴을 향해 조금의 망설임도 없이 포도 바구니를 퍼부었다. 갑자기 당한 봉변에 금란은 경악을 금치 못했다.

너무 놀라 어안이 벙벙하고 자존심이 있는 대로 상한 그녀의 눈에는 독기가 스며 있었다.

태자 앞에선 어떠한 반발도 할 수 없는지라, 그녀는 손톱이 살을 파고드는 고통도 느껴지지 않는지 주먹을 꽉 쥘 뿐이었다.

"그 짓밟은 포도에 묻혀버리는 게 바로 네 신세다. 그러니 네가 할 수 있는 것은 신세타령일 수밖에."

청비는 입을 다물고 최대한 감정을 억누른 채 보고 있으려 했지만 결국 그러지 못했다.

"픕."

이런. 최대한 소리 나지 않게 웃었는데 누가 들은 건 아니겠지? 시녀들 앞에서 포도 세례를 받은 금란이라는 여자가 한편으론 불쌍하기도 했지만 이제 다시는 자신에게 함부로 할 수 없을 것이라 생각하니 고소하면서도 안심이 되었다.

"이만 모두 나가거라."

단휘의 명에 쫓겨나듯 모두들 방을 나가고 청비는 태자와 단둘만 남게 되었다.

"왜 가만히 있었던 것이냐?"

짜증 섞인 말투였다. 따지듯 묻는 태자의 말에 청비 역시 나오는 말이 곱지 않았다.

"뭐가요?"

"나한테는 항상 말 한마디 안 지고 전투적이더니, 왜 아까는 그렇게 입이 붙은 것처럼 가만히 있었냐고."

화를 내야 할 사람은 자신이건만 왜 도리어 자기가 목소리를 높이고 그래. 다그치는 말에 청비는 무시하듯 아무런 대답도 하지 않았다. 감기 기운에 머리까지 지끈거리고 말할 기운도 없었다. 괜한 입씨름을 하고 싶지 않았다.

"거래를 잊었어? 내가 널 택한 가장 큰 이유는 네가 태자인 내 앞에서도 기죽지 않고 하고 싶은 말을 다 했기 때문이었다. 앞으로 저 여인들을 상대해야 하는데, 만약 오늘 같은 식으로 나오면 곤란해."

잠깐 그런 생각을 했었다. 태자가 신경 써주는 것이 조금은 자신을 걱정해서 그런 게 아닐까 하는. 그런데 그의 말에 그것이 아님을 확실히 알 수 있었다.

그는 나를 걱정하는 게 아니었다. 거래에 차질이 생길까 봐, 그렇게 싫어하는 후궁을 들이게 될까 봐 전전긍긍하고 있었던 것이다.

나를 신경 써준 것은 전시용이었을 뿐. 난 또 김칫국 한 사발을 원샷한 거였다.

"너를 괜히 이 자리에 올려놓은 게 아니다. 나를 실망시키지 말거라."

그래, 내가 이토록 편한 생활을 누리려면 그만한 대가를 치러야 하는 거였지. 어제 화원에서도 그렇고 지금 보여준 태자의 행동은 나를 위한 것이 아니다.

그가 바라는 것은 단 하나, 다른 후궁 후보가 빨리 나가떨어질 수 있게 그녀가 도와주는 것.

그렇게 되면 태자는 누구에게도 속박되지 않고 자유를 찾겠지. 그럼 궁

밖이나 나돌면서 술 먹고, 하고 싶은 대로 다 하게 될 테고.

더 이상 태자의 목소리도 듣고 싶지 않고, 얼굴도 마주하고 싶지 않아 청비는 뒤돌아 답했다.

"오늘은 내가 몸이 피곤해서 그런 거고, 다음에는 이런 일 없을 거예요. 그러니까 그만 나가줄래요? 좀 쉬고 싶거든요."

"일이 있어서 오늘 궁을 비울 것이다. 혹시 무슨 일이 있으면……."

"됐어요. 신경 안 써도 돼요."

"신경은 무슨. 난 그냥 골골대는 거 보기 싫어서 그런 것이다."

짐짓 정색한 얼굴로 단휘가 방을 나가고 청비는 왠지 모르게 서운함이 밀려드는 걸 느꼈다.

마음이 복잡할 땐 자는 게 약이다. 모자랐던 잠이나 더 자두어야지.

청비는 이불 속으로 들어가 베개에 얼굴을 폭 파묻고 잠을 청했다.

다음 날은 몸이 좀 가뿐했다. 하루를 푹 쉬어서인지 평소 컨디션을 찾은 듯했다. 창을 활짝 열어보니 날까지 화창해 얼른 나가고 싶었다.

방 안에만 있어서 몸이 근질거렸는데, 날씨도 좋으니 오늘은 좀 나가서 걸어볼까?

시녀들이 탁자에 갖다놓은 과일 접시를 싹싹 비우고 나갈 준비를 하는데, 갑자기 문을 두드리는 소리가 나고 공주가 안으로 들어왔다.

"공주님 오셨어요?"

공주는 하루 사이에 파리해진 얼굴이었다. 그녀는 기가 팍 죽은 얼굴로 청비에게 미안함을 토로했다.

"정말 미안하구나. 내가 두 번씩이나 널 위험에 처하게 했어. 하마터면 네가 목숨도 잃을 수도 있었는데 넌 나를 살렸어. 그 일은 내 절대 잊지 않을 것이다."

청비 자신도 그런 위험을 자처한 용기가 어떻게 나왔는지 알 수 없었다. 무엇 때문인지는 모르지만 그 순간만큼은 죽음이 두렵지 않았다고 해야 하나. 아마도 자신은 죽지 않고 어떻게든 살지 않을까 하는 막연한 믿음 같은 게 있었던 것 같다.

"공주님, 그렇게 미안하시면 저 기분 전환 좀 시켜주실래요? 안에만 있기 영 답답해서요."

"그래, 청비야. 안 그래도 폐하의 탄신 선물을 사러 궁 밖으로 나갈 참이었다. 같이 가자."

공주의 심부름으로 시녀들이 곧 평복을 가져오자 청비와 공주는 머리 모양이며 신발까지 모두 평민 복장으로 분해 나갈 준비를 마쳤다.

하지만 문 앞에는 건희가 대기하고 있었다. 평복을 한 공주와 청비를 본 건희의 얼굴에는 당황한 기색이 역력했다. 분명히 말리려고 할 것이 뻔했다. 건희가 입을 열기 전, 청비가 그의 말을 막았다.

"같이 가요, 건희 님."

오히려 잘됐어. 같이 나간 다음 공주 데이트나 시켜줘야지.

"저희 외출하려고 하는데, 같이 가요. 제 호위를 맡으셨으니 뭐 당연한 거겠지만요. 공주님, 건희 님 데리고 가도 되죠?"

청비가 눈짓을 하니 공주는 알았다는 듯 입꼬리를 올렸다.

"그래. 호위가 늘면 더 안전하고 좋을 것 같구나. 오늘 외출도 내 친히 어마마마께 허락을 받은 것이니 문제 될 것도 없고 말이다."

"두 시진 안으로 올 것입니다. 나갈 채비를 하고 성문 앞으로 나오십시오. 저는 마차를 준비하고 있겠습니다."

청비는 공주를 보며 한쪽 눈을 찡긋했다.

"가서 기회를 제대로 만들어드릴 것이니 잘해보서요."

공주의 올라간 입매는 좀처럼 내려올 생각을 안 했다. 마차 안에서 공주와 청비는 사이좋게 마주 보고 앉아 있었지만 그녀들의 시선은 각자 다른 곳에 있었다.

공주는 창밖, 마차 속도에 맞추어 말을 타고 있는 건희를 힐끗거렸고, 청비는 수도인 하북성을 눈으로 세세히 살피고 있었다.

전쟁이 없는 나라여서 그런지 사람들의 표정이 평온해 보이고 여유가 흘러 수도의 분위기는 평화로움 그 자체였다. 내내 건희만을 훔쳐보고 있던 공주가 청비에게 말을 걸었다.

"고맙구나, 청비야. 네가 아니었다면 이렇게 가까이서 건희를 보는 건 꿈도 못 꾸었을 것이다."

"아니에요. 제가 한 것이 뭐가 있다고."

공주의 시선은 다시 창밖 건희에게 머물렀다.

고작해야 얼굴만 훔쳐보는 건데도 저렇게 좋은가. 저러니 내가 꽉꽉 안 밀어줄 수가 없지.

"공주님."

신아 공주를 부르는 청비의 얼굴은 뭔가 대단한 결정이라도 내린 것처럼 결연한 의지를 담고 있었다.

"제가 마차에서 내리면 다리를 삐끗한 척하시고 저에게 심부름을 시키세요."

"심부름? 갑자기 무슨……."

"저는 시녀들이랑 호위병도 같이 갈 테니 걱정 마시고, 건희 님과 함께 좋은 시간 보내시라고요. 이런 기회가 또 언제 있겠어요?"

신아 공주의 뺨이 발그레 붉어졌다. 수수하게 옷을 입었음에도 공주는 참으로 어여뻤다. 저렇게 짝사랑을 하는데도 공주라는 신분 때문에 상대한테 마음을 보이지 못하다니. 청비는 공주가 안돼 보였다.

길 한복판에 마차가 서자, 청비가 먼저 내렸다. 뒤이어 공주도 마차에서 내리며 시녀의 도움을 받았다.

그때였다.

"아!"

마차에서 내리던 신아 공주가 짧은 신음을 내뱉었고, 그 소리에 미리 다녀볼 곳에 대해 동선을 짜고 있던 건희가 한걸음에 다가와 공주를 살폈다.

"무슨 일이십니까?"

"그것이…… 내리면서 발목을 삐끗한 것 같구나."

"다시 마차에 오르십시오. 궁에 도착하는 대로 바로 궁의를 부르겠습니다."

공주는 그럴 것 없다며 고개를 저었고, 건희의 부축을 받으며 청비에게 말했다.

"청비야, 네가 심부름을 다녀와야겠다. 내가 마차에서 부탁한 것 있지?"

완전 명연기였다. 방금 그건 나도 속을 뻔했어. 판을 깔아주니 이건 뭐 아주 기다렸다는 듯 본색이 나오시네.

오히려 청비 자신이 당황하여 말을 더듬거렸다.

"예? 예. 그, 그럼 저는 이만 다녀……오겠습니다."

"그럼 제가 같이……."

따라나서려 하는 건희를 공주가 바로 제지했다.

"건희 넌 나하고 같이 있어주어야겠다. 몸이 불편하니 너의 부축이 필요할 것 같구나."

건희는 태자의 명이 있었기에 청비를 혼자 보내는 것이 걱정되어 선뜻 신아 공주를 따르겠다는 답을 하지 못했다. 이제 내가 나설 때가 온 것인가?

"그러세요, 건희 님. 공주님 옆에 있어주세요. 저는 여기 있는 병사들과 함께 다녀오면 되니까요."

"하지만……."

"공주님이 발목을 다치셨으니 당연히 공주님을 호위하시는 것이 맞죠. 아마 태자님이 계셨어도 그리하라 하셨을걸요. 심부름만 하고 이곳으로 금방 올 테니 걱정 마세요. 그럼 전 얼른 다녀올게요."

청비는 두르고 있던 자색 표의를 더 깊숙이 눌러쓰고 병사, 시녀들과 함께 맞은편 길목으로 향했다.

살짝 뒤돌아보니 공주는 흡족한 얼굴을 하고 있었다.

내 역할은 이제 끝났군. 이렇게 나온 김에 그냥 돌아다니긴 아깝고, 뭘 한담?

그래, 무당 집이나 점집 같은 거나 있음 한번 가봐야겠다. 시장 구경은 지난번에 했으니 딱히 그건 내키지 않았고 이번엔 점집을 가보고 싶었다. 한국에서는 점이니 사주니 절대 믿지 않았지만 지금 자신이 못 믿을 것이 무엇이란 말인가.

청비는 한 가닥의 희망이라도 잡고 싶은 마음이 간절했다. 자신의 뒤로 평복 차림을 한 병사와 시녀들도 있으니 지난번처럼 길을 잃는다든가 하는 위험한 일은 없을 것이다.

이왕 가는 거, 아주 용한 곳을 찾아가봐야지.

얼마 동안을 걸은 건지 아까의 한산했던 거리와는 다르게 지금 서 있는 곳은 많은 인파들로 발 디딜 곳 없이 붐비고 있었다. 정신없이 사람들을 비집고 거의 빠져나왔을 무렵, 이번엔 커다란 봇짐을 든 장돌뱅이 무리들이 나타났다. 산 넘어 산이었다.

봇짐에 밀리고 행인들 사이로 얼기설기 얽히게 되자 뒤따르던 시녀와 병사들도 인파 속에 흩어져버리고 그녀를 찾는 소리만이 여기저기서 들려왔다.

"저, 여기 있어요!"

청비의 외침은 물건을 흥정하는 상인과 객들에 의해 묻혀버렸다. 결국 청비는 이리저리 밀려 다른 행인들 무리에 끼어들게 되었는데, 그 무리들이 입고 있는 옷은 이탄국 복식이 아니었다.

저런 옷차림은 처음 보는데. 외국인인가? 그중에서도 가장 튀는 진회색의 화려한 담비 털 망토를 뒤집어쓴 사내가 청비의 옆에 달라붙었다.

"여긴 고슴도치."

이 남자가 왜 이래. 청비는 인상을 쓰며 자신에게 말을 거는 사내를 무시했다.

난 갈 길이 바쁘다고. 괜히 이상한 일에 꼬이지 말자.

청비는 오로지 앞만 보며 걸어갔다.

"여긴 고슴도치. 까마귀 나오십시오."

"뭐라는 거야. 까마귀를 왜 여기서 찾아요? 저리 가요, 좀."

남자는 주위를 살피며 몰래 말을 걸었지만, 그의 행동과 달리 외적인 면이 너무나 튀었다. 살랑살랑 봄바람이 불어오는 따뜻한 날씨에 두꺼운 담비 털 망토라니. 거기다 고슴도치와 까마귀 타령을 하는 이 남자. 결코 평범해 보이진 않았다.

복장하며, 말투까지. 딱 감 오는데. 약장수네.

청비는 남자를 비롯한 정신없는 난장 무리에서 간신히 빠져나와 장신구를 팔고 있는 좌판으로 자리를 옮겼다.

이제 좀 조용해졌다 싶었는데 그것도 잠시…….

"여기는 고슴도치. 까마귀 나왔습니까?"

또 그 남자였다. 어느새 옆으로 온 건지 다시 그 남자가 자신에게 속사포로 말을 걸어왔다.

아, 진드기, 이거.

"까마귀 찾고 싶으면 하늘 봐요, 하늘. 어 저기 날아다니는 것 같네."

하늘을 올려다보던 청비가 남자를 향해 시선을 내리는데, 커다란 짐 보따리를 이고 있던 행인이 그녀에게 부딪히는 바람에 걸치고 있던 자색 표의가 바닥에 떨어졌다. 청비의 꽃내가 사내의 코끝에 스쳤다. 사내는 찬물이라도 끼얹은 듯 몸이 굳어서는 청비를 물끄러미 보았다.

이 여인은 자신이 기다린 이가 아니었다. 신기하게도 그녀의 눈동자는 그가 기다리는 상대의 암호인 까마귀처럼 까맸다.

잘 보니 굽이굽이 흘러내린 머리칼도 아주 검어 완전히 까마귀가 연상될 정도였다. 딱히 정확한 표현이 떠오르지 않았지만, 어찌 보면 칠흑같이 어두운 밤 같기도 했다. 볼수록 까마귀, 아니 까만 밤이 연상되는 여인이었다.

"제가 다른 이로 착각을 한 것 같습니다."

그 자리를 떠나질 않고 청비를 보는 남자의 눈은 여전히 굳어 있었다.

"이름이……?"

"제 이름은 알아서 뭐 하시려고요?"

남자의 눈빛이 장난스럽게 번뜩였다.

"이름으로 부를까 해서요."

이탄국에서도 이런 직구 화법을 쓰는 남자가 존재했네.

청비는 더 이상 시간을 지체할 수 없었다.

"이름을 아무한테나 알려줄 순 없죠."

자신을 무시하는 태도에도 불구하고 남자는 집요했다.

"안 알려주면 까마귀 소저라고 부르겠습니다."

이 남자 사교성 장난 아닌데. 처음 보는 사이에 '까마귀'라는 별명까지 지어주는 거야? 잠깐 사이에 남자와 자신이 꽤나 친숙한 사이처럼 느껴졌다. 하지만 청비는 그것이 싫었다. 자신이 만만해 보이는 건지 태자 역시 처음 봤을 때부터 그랬고, 이 남자도 말은 존대를 하고는 있지만 자신을 하대하는 것 같은 느낌이었다.

빈정거리는 말투에 여유 가득한 표정, 건들건들한 게 몽땅 다 마음에 안 들어.

더 상대하다간 끝도 없겠다 싶어 청비는 귀찮다는 듯 남자를 무시하고는 떨어뜨린 표의를 잡으려 했다. 그런데 남자의 손이 너 빨랐다. 남자가 먼저 표의를 잡아 청비에게 건넸다.

"황실의 여인입니까?"

허를 찌르는 물음에 청비는 놀라지 않을 수 없었다.

남자는 청비의 그 모습을 놓치지 않았고, 보일 듯 말 듯 비소를 보였다.

"제 말이 맞는 건 같습니다만."

이 남자가 어떻게 안 거지? 청비는 긴장을 해서인지 얼굴이 새하얘졌다. 그런 청비의 모습이 재미있는 듯 남자는 계속해서 유들유들하게 청비에게 말을 걸었다.

"아니 뭘 또 그렇게 동요하시고, 보는 사람 더 긴장 타게. 정말 맞나봅니다?"

"아닌데요. 저는 그냥 평민이에요. 입고 있는 옷 보면 몰라요?"

휩쓸리지 말자. 난 평복을 입고 있다고. 근처에 시녀나 병사가 있는 것도 아니니, 나에 대해 저 남자가 알아낼 수 있는 건 아무것도 없단 말이지.

"그냥 찔러보는 거라면 다른 데 가서……."

남자의 페이스에 휘말리지 말자 하면서도 눈이 마주치니 청비는 목에 무언가가 걸린 것처럼 말이 나오지 않았다. 그녀를 세세히 파악하려는 사람처럼 남자는 눈에서 청비를 놓지 않고 있었다.

"그 표의 말입니다. 그것을 보고 알았습니다."

청비는 손에 들고 있는 자신의 자색 표의를 보았다.

이게 왜? 추울 때 걸치려고 궁에서 가져온 건데.

"자색은 좋아한다 해도 아무나 가질 수 없는 색이지요. 자색 빛을 띠는 조개 이천 개를 채취해야 이슬방울만큼의 양이 나오니 아마 입고 있는 옷 한 벌이면 족히 이만 개는 잡았을 것입니다. 채취하는 방법도 쉽지 않아 워낙 고귀하게 여기는 데다 값이 고가이니 당연히 황실에서만 취급하는 것으로 알고 있습니다."

조개 이만 개라……. 이 옷 한 벌에 조개 무덤이 만들어지고 있었어.

"까마귀 소저의 신분이 그 표의로 드러난 겁니다."

걸치려고 가져온 표의 하나로 신분이 노출될 줄이야. 청비는 자신이 갖고 있는 옷들 대부분이 진한 자색이거나 지금처럼 연한 분홍빛이 나는 옷감들이었음을 떠올리며 태자가 그냥 평범한 옷을 준 게 아니구나 싶었다.

청비는 누가 또 알아볼까 싶어 표의를 둘둘 말아 품 안에 숨기듯 꽁꽁 감쌌다.

"당신, 정체가 뭐예요?"

"까마귀 소저, 돈 많나봅니다. 아니면 돈 많은 정인이 있으신지요?"

돌연 돌아오는 질문에 청비는 당황했다.

"차고 있는 청금석 팔찌 역시 서역의 물건으로 쉽게 구할 수 없는 귀한 보석입니다. 황족들 말고는 쉽게 구할 수 없는 것으로 압니다만."

아침에 시녀들이 몸단장해줄 때 채워준 팔찌였다. 옷은 평복으로 갈아입고 왔지만 팔찌는 깜빡하고 빼놓질 못했나보다. 청비는 재빨리 팔찌를 빼서 소매 속에 감추었다.

"대체 까마귀 소저의 정체가 무엇일지 실로 궁금해지는군요."

나야말로 네 정체가 궁금하다.

청금석인지 하는 팔찌가 그렇게 귀한 것이라면 일반 사람들은 실제로 본다 해도 잘 모를 터. 그런데 이 남자는 너무나도 상세히 알고 있었다. 청비는 수상쩍은 눈길로 남자를 머리끝부터 발끝까지 훑었다.

남자는 감색 가죽 장화를 신고 있었고, 금빛 술이 달린 청색 비단 상의에 담비 털 망토까지 입고 있었다. 차림새가 한눈에 봐도 예사롭지 않았다. 이 국적인 생김새며, 옷차림도 이탄국의 복식이 아닌 것으로 보아 타국의 사람인 듯했다. 걸치고 있는 보석도 청비보다 많았다.

남자의 손가락에는 무기로 써도 될 듯한 두꺼운 금반지가 끼워져 있었고, 이름도 알 수 없는 보석 목걸이에 황옥 귀걸이까지……. 결코 낮은 신분은 아닌 듯했다. 외적인 꾸밈이 과한 걸로 보아 상당히 부유한 귀족의 자제가 아닐까 싶었다.

"대체 뭐 하는 사람이에요?"

"저 말입니까?"

남자는 대답 대신 짓궂은 미소를 지었다.

그는 사로국의 왕위 계승 2위인 무율 왕자였다. 그는 전부터 은밀히 이탄 국의 고귀한 신분인 '그분'과 내통을 하고 있었다. 항상 그분의 심복이 대신 왔기에 자신도 첩자를 통해서만 소식을 주고받았는데, 오늘은 그분이 직접 자신을 보고자 행차하신다 하여 걸음을 한 것이었다.

그분을 기다리던 중 여인 하나가 자신의 무리 속에 뛰어들었고, 얼굴은 보이지 않은 채 자색 표의를 걸치고 있었기에 당연히 '그분'이라 생각했던 것 이다. 거기다 청금석 팔찌를 착용하고 있었으니 더욱더 의심의 여지가 없었 다.

어쨌든 이 여인은 자신과는 상관없는 여인이었다. 지금이라도 앞서간 자 신의 병사들이 있는 무리로 다시 돌아가야 하는데 처음 보는 여인의 이국 적인 생김새가 무율을 놔주지 않았다. 잠시 갈등하던 그는 결국 본능을 따 르기로 했다.

"황실의 여인이 이렇게 궁 밖 출입을 해도 되는 것입니까?"

"저, 황실 사람 아닌데요. 사람 잘못 보셨어요. 혼자서 그렇게 멋대로 판단하지 마시죠."

단 일 초의 망설임도 없는 대답이었다.

거짓말은 아니니까. 어쩔 수 없는 사정으로 잠깐 동안만 황궁에 사는 거지, 황실 여인은 아니잖아.

"그나저나 저를 다른 사람으로 착각했다고 하지 않았어요? 그럼 얼른 그 사람이나 찾아보시죠."

청비는 무율을 그대로 지나쳐 갔다. 다시 궁 밖으로 언제 나올지 모르기에, 여기서 더 이상 시간을 낭비할 수 없었다. 다행히 남자도 갈 길을 가는 건지 더 이상 따라오지 않았다.

아주 상 진드기를 만나는 바람에 아까운 시간을 길바닥에서 보냈네.

빨리 무당이나 법사 같은 무속인을 찾아가야 하는데.

자신이 이곳에 오게 된 것은 현실에서 있을 수 없는, 과학적으로 설명이 안 되는 일이니 분명 그런 것에 연관된 사람들이라면 뭔가 아는 것이 있지 않을까 싶었다.

청비는 사람들 사이를 뚫고 근처 유기점 쪽으로 다가갔다. 나이도 지긋해 보이는 유기점 주인을 보고 혹시 아는 것이 있지는 않을까 싶어 지푸라기라도 잡는 심정으로 말문을 뗐다.

"저기, 혹시 여기에 점 봐주는 그런 곳 있나요? 뭐 주술이라던가, 점치는 사람이요."

가게 주인이 청비를 힐끗 보더니 손가락으로 맞은편 골목길을 가리켰다.

"저 골목길로 쭉 들어가다 보면 붉은 초막집이 있을 것이오. 그 집으로 가보쇼. 그 여자가 이곳에선 제일 알아주지. 근데, 복채 낼 돈은 있소?"

"돈은 없고…… 아! 대신 값나가는 물건은 있어요."

청비는 소매 속에 넣어둔 팔찌를 꺼내 보였다.

청비의 눈에 가게 주인의 눈빛에 탐욕이 이는 것이 보일 리 만무했다. 들뜬 마음을 추스르고 가게 주인이 알려준 골목으로 향했다. 한국으로 돌아갈 수 있는 희망이 생긴 것 같아 가슴이 뛰었다.

어느새 시간은 흘러 해가 저물어 가고 골목 안, 청비의 그림자 뒤로 소리 없이 다른 그림자가 하나둘 포개져 드리워지고 있었다.

골목에는 허름한 옷차림에 술 냄새가 진동하는 남자들이 죽치고 앉아 있었다. 그 모습을 보는 순간 청비의 얼굴이 찌푸려졌다.

이탄국에도 이런 뒷골목이 있었네.

자신을 향해 히죽거리는 남자들의 눈길을 피해 손으로 코와 입을 가리며 골목길 끝 지점에 다다르니 유기점 주인의 말대로 붉은 초막집이 나왔다. 하지만 그뿐이었다. 집은 사람이 살지 않는 폐가나 마찬가지였고, 주변은 모두 공터였다.

그리고 청비의 뒤로 발자국 소리가 점점 커져오고 있었다. 그녀가 움직임을 멈추자 발자국 소리도 멈췄다.

조심스레 뒤를 돌아보니 아까 길을 일러준 유기점 주인과 한 덩치 하는 젊은 사내가 입가에 비릿한 미소를 지으며 청비에게 다가오고 있었다. 청비는 속았구나 싶어 아랫입술을 깨물었다.

이런, 인상 좋은 아저씨가 아닌 시정잡배였어.

"가진 거 몽땅 내놓는 게 좋을 거야."

이런 상황에서 아까울 게 뭐 있나. 청비는 값나간다는 자색 표의와 팔찌를 바닥에 내려놓았다.

"이게 제가 가진 전부예요. 이제 보내주세요."

"가진 게 물건만은 아니지. 그 몸뚱어리 역시 값 좀 나가겠는데?"

청비의 얼굴빛이 창백해지고 온몸에 소름이 쫙 돋았다.

나를 어디다 팔기라도 하겠다는 거야?

청비의 눈은 다급히 도망갈 곳을 찾아댔지만 나갈 수 있는 곳이라고는 자신이 들어왔던, 남자가 막아서고 있는 그 골목뿐이었다. 막다른 곳에 다다르고 도망갈 곳이 없으니 이제 정면으로 부딪치는 수밖에 없었다. 청비는 주먹을 꽉 움켜쥐고 저들을 어떻게 대적할지 미리 계산을 해보았다.

저 덩치는 도저히 상대하기엔 무리였다. 그러니 우선 만만해 보이는 저 유기점 주인부터 처리하자.

청비는 두 손을 싹싹 비는 동시에 흐느끼는 목소리로 애원했다.

"살려주세요. 제발 살려주세요."

"당연히 살려줘야지. 너를 팔아야 몸값이 나오는데."

남자가 히죽거리며 잡아먹을 듯 다가오자, 청비는 선제공격할 틈을 엿보았다. 남자가 어느 정도 가까워졌다 싶을 때쯤, 청비는 양 손날로 있는 힘껏 남자의 목통에 질렀다.

남자는 생각지 못했던 공격을 받자 한 손으로 목을 잡으며 컥컥거리며 고통을 호소했다. 기회는 이때다 싶어 청비는 그대로 남자의 손목을 잡아 꺾어 넘긴 후 발에 온 힘을 실어 남자의 급소를 힘껏 올려쳤다.

덩치가 바로 달려들자 청비는 놈의 명치를 주먹으로 내지르며 일단 거리를 유지했다. 뒤에 쓰러져 있던 유기점 주인도 비틀거리며 몸을 일으키고 있었다.

재빨리 골목으로 도망치려고 했지만 이미 그녀의 뒤에선 같은 패거리로 보이는 네 명의 남자들이 길을 가로막으며 가까이 다가오고 있었다.

"어딜 도망치려고? 오랜만에 제대로 대어를 낚았는데 쉽게 보내줄 수야 있나."

패거리 중 한 놈이 지분거리는 농을 하자 다른 이들은 크게 웃었고, 덩치가 괜찮은지 물으며 유기점 주인을 부축했다.

유기점 주인은 독이 올라 쌍욕을 하며 청비를 잡으려고 달려들었다. 청비는 재빠르게 몸을 피했다.

"뭐 해? 얼른 잡지 않고!"

이제 합이 모두 여섯. 장정들이 그녀를 잡으려 어슬렁어슬렁 다가오고 있었다. 청비는 선뜻 공격을 하지 못하고 뒷걸음질을 쳤다. 어느새 등이 벽에 닿아 더 이상 물러날 곳이 없었다.

그녀는 벽 한쪽에 쌓여 있는 장작더미에서 기다란 나무토막을 잡아 가까이 오지 말라며 엄포를 놓듯 패거리를 향해 마구잡이로 휘둘렀다.

하지만 그 모습이 같잖다는 듯 장정들은 더 웃음기가 실린 얼굴로 그녀에게 가까이 다가올 뿐이었다.

그중 덩치가 큰 남자가 침을 '퉤' 뱉은 손바닥을 비비며 그녀의 몸에 손을 대려 했다. 그러자 청비는 나무로 그의 다리를 힘껏 가격했다. 겁만 먹었지 설마 저한테 휘두를까 싶어 방심했던 덩치는 다리 한쪽을 얻어맞고 굉음을 내며 쓰러지더니 고통을 호소했다.

"이년이 누굴 다리 병신으로 만들려고 환장했나!"

"꺄악! 누구 없어요! 살려주세요! 살려주세요!"

이제 할 수 있는 거라곤 살려달라 외치는 것뿐이었다. 그녀는 실낱같은 희망으로 부디 누가 들어주기를 바라며 힘껏 소리를 질러보았다. 하지만 소용이 없었다. 덩치는 청비의 뒷덜미를 낚아채 그녀가 들고 있던 나무를 바닥으로 내던졌다. 더 이상 이들의 손아귀에서 빠져나갈 방법이 아무것도 없었다.

청비는 낙담했고, 덩치는 분을 못 참겠는지 청비의 얼굴로 손을 올렸다.

저 곰 발바닥 같은 손이 곧 내 뺨따귀를 후려치겠구나 싶어 눈을 질끈 감았지만 아픔이 느껴지지 않았다. 왜 아무 일이 일어나지 않는 거지?

살짝 눈을 떠보니 덩치는 시뻘게진 얼굴로 청비를 때리지도 않았고, 그렇다고 손을 치우지도 않았다. 그냥 그 자세 그대로 당황하고만 있었다.

뭐지? 왜 저래? 청비는 그 틈을 타 자신을 잡고 있는 덩치의 손을 힘껏 쳐

내 한쪽 옆으로 비켜섰다.

"너, 뭐 해? 저 계집, 안 잡아! 저대로 놔줄 거냐고!"

청비가 눈앞에서 도망을 가는데도 덩치는 이러지도 저러지도 못한 채 위로 올려붙인 손만 부르르 떨며 그대로 얼어붙은 것처럼 움직이지 않았다.

"손, 손이…… 손이 이상해! 안 움직여……진다고!"

덩치의 말처럼 정말 뭔가 이상했다.

패거리들 중 두 명은 청비를 잡으려 앞을 막아섰고, 나머지는 덩치에게 다가갔다.

청비가 남자 둘에게 붙잡히지 않으려고 사투를 벌이는 동안, 반대편 덩치 쪽에서 놈들의 비명이 들렸다. 덩치가 자신의 편인 남자 둘을 주먹으로 가격하여 바닥에 패대기를 치고 있었다. 정말이지, 이게 무슨 상황인가 싶을 정도로 해괴한 일이 벌어지고 있었다.

"저 새끼가 미쳤나!"

"야, 너 지금 누굴 공격하는 거야!"

덩치는 얼굴을 세차게 저으며 자신이 한 게 아니라고 고래고래 소리를 질렀다. 이야기를 더 들어보니 '몸이 이상해', '몸이 맘대로 안 움직여', '도와 줘'…… 이런 말들이었다.

덩치는 남은 패거리들 중 두 명과 유기점 주인에게도 달려들어 그들을 향해 몸을 날리고 있었다. 살이 부딪히는 소리가 둔탁하게 들려왔고, 순식간에 덩치를 뺀 나머지들이 바닥에 널브러져서 일어나지 못하고 신음을 토해 냈다.

덩치는 울 것 같은 얼굴로 계속 아니라는 말만 되풀이했다. 제정신이 아닌 듯 보였다.

지금이 기회였다. 청비는 바닥에 떨어져 있는 나무토막을 주워 덩치의 뒤로 가서 각도를 잡았다.

아까 내 뒷덜미를 잡은 복수다, 이놈아!

지금 놈에게 가장 큰 타격을 줄 수 있는 각도는 바로 그곳! 청비는 덩치의 X구멍을 향해 달려갔다.

"평생을 피똥 싸게 해주겠어!"

청비는 들고 있던 나무토막을 덩치의 X구멍 깊숙이 꽂아버렸다. 덩치는 두 다리를 힘껏 오므리더니 서 있을 힘도 없는지 바닥에 무릎을 꿇어 기이한 신음을 내며 고통을 호소했다.

"으! 으으흐."

"노노노노. 약해. 내가 여기서 끝내줄 것 같아?"

청비는 입술 한쪽을 씨익 올리며 덩치의 X구멍에 깊이 꽂혀 있는 나무토막을 발로 힘껏 차서 더 깊이 찔러버렸다. 덩치는 거대한 굉음을 내며 땅바닥에 절을 하는 자세로 고꾸라졌고 마지막 발악의 비명을 내질렀다.

"으아합!"

이제 청비는 이곳에서 도망쳐야 했다. 앞에 쓰러져 있는 남자들이 언제 또 일어나 자신을 해할지 몰랐다.

마음이 불안해져서 쓰러져 있는 남자들 사이를 요리조리 빠져나가는데 아직 정신을 잃지 않은 패거리 중 한 놈이 그녀의 발목을 붙잡았다.

"악!"

청비는 그대로 바닥에 철퍼덕 넘어지고 말았다.

"놔! 이거 안 놔!"

발버둥을 치며 손을 떼어내려고 했지만 남자는 오히려 발목을 잡은 손에 힘을 더 꽉 주어 그녀를 잡아당겼다. 그때였다.

"못 봐주겠네."

서늘한 음성과 함께 비검이 날아와 청비의 발을 잡고 있던 남자의 손을 스쳤고, 그는 비명과 함께 피가 흐르는 손을 부여잡으며 고통을 호소했다.

비검이 날아온 방향에서 발자국 소리가 들려왔다. 다리에 힘이 풀려 일어나지 못하고 주저앉아 있는 청비의 위로 그림자가 덮쳐졌고, 점점 가까워지던 그림자는 청비의 바로 코앞에서 멈추었다.

"여자 하나 가지고 뭣들 하는데?"

그였다.

"단휘?"

항상 '태자', '태자님'이라고 불렸던 청비의 입에서 '단휘'라는 그의 이름이 나지막이 흘러나왔다.

태자가 이렇게 반갑다니. 정말 밉고 싫어하는 남자인데, 여기서 보게 되니 당황은 둘째 치고 반가움을 금할 길이 없었다. 너무 좋아서 얼싸 안고 싶을 정도였다. 그의 등장으로 청비는 마음이 놓이고 안심이 되었다.

"괜찮아?"

"······네."

이런 상황에서 태자를 보게 되리라곤 전혀 생각 못했기에 감정이 복받쳐, 청비의 목소리는 울먹거림에 가까웠다.

"괜찮은 것 같아요."

단휘는 안심하던 것도 잠시, 금세 화가 난 듯 얼굴이 경직되었다.

가까이 다가가 살펴본 청비는 목소리만큼이나 몸을 덜덜 떨고 있었다. 모습도 엉망이었다. 머리는 풀어 헤쳐져 있었고 얼마나 깨문 것인지 입술은 붉게 부르터 있었다. 퉁퉁 부은 눈에는 눈물이 가득 고여 있었고, 평소의 망둥이처럼 날뛰던 기세등등한 모습은 어디 갔는지 아무 말도 하지 않고 있었다. 그녀는 금방이라도 터져 나오려는 눈물만 꾹 참고 있었다.

그런 청비의 모습에 단휘는 저도 모르게 주먹이 꽉 쥐어졌다. 뜨거운 감각과 함께 가슴속으로 무엇인가가 비집고 들어왔다. 그러면서 가슴이 따끔거리고 아렸다.

"대체 무슨 일이 있었던 거야?"

울컥 치민 감정을 억누르며 말했지만 그의 말투에서는 급속도로 서늘한 냉기가 흘러나왔다.

"그게…… 오늘 제가 좀 재수가 없었나봐요. 근데 이렇게 태자님을 보게 되었으니까, 뭐, 그렇게 재수가 없는 건……."

단휘는 청비의 말을 듣는 도중 언제 몸을 일으킨 건지 단검을 들고 소리 없이 다가오는 패거리 중 한 명을 향해 비수를 날렸다. 비수는 남자의 옆구리를 정통으로 맞았고, 곧 단말마의 짧은 신음과 함께 청비 앞으로 털썩 쓰러졌다.

청비는 자신의 발 옆으로 쓰러진 남자를 보며 찢어질 듯한 비명을 내지르고는 단휘의 가슴팍으로 뛰어들었다.

그 반동에 단휘의 눈동자가 그대로 멈췄다. 심장이 이보다 더는 빨리 뛸 수 없을 듯했다. 청비의 체온으로 인한 것인지 따끔거리던 심장은 불을 붙인 것처럼 뜨거워졌고 그 여파로 단휘의 온몸이 뜨겁게 달궈지고 있었다.

단휘는 당혹스러운 얼굴로 손을 어찌해야 할지 몰라 내렸다 올렸다를 반복하다, 닿을 듯 말 듯 청비의 어깨를 조심스럽게 감싸려 했다. 하지만 그 순간 청비가 툭 그의 품에서 빠져나왔다.

"근데 여긴 어떻게?"

단휘는 손을 재빨리 내리고 둘러댔다.

"궁에 들어가니, 네가 신아 공주랑 외출했다길래 또 무슨 사고를 치나 해서 나와본 것이다. 근데…… 너는 없어졌다 하고……."

청비의 옷에 묻어 있는 핏자국을 보고 단휘의 눈썹이 굳어졌다. 청비가 손으로 꼬옥 쥐고 있었던 옷깃이었다. 단휘는 청비의 손을 낚아채듯이 잡았다. 그녀의 손바닥은 군데군데 까져서 피가 나고 있었다. 단휘의 눈동자는 삽시간에 냉랭해지고, 목소리는 깊게 가라앉았다.

"다쳤어?"

"넘어졌어요."

"저놈들 때문에?"

부족함을 느꼈는지 단휘가 패거리들에게 가려고 발을 떼자 청비는 단휘의 옷깃을 붙잡았다. 태자가 옆에 있다는 것만으로도 왜 이렇게 안심이 되는 것인지, 청비는 잠깐 동안만이라도 그가 자신의 옆에 있었으면 했다.

"근데 그건 그렇고, 저놈들은 어떻게 된 거야? 설마……."

태자는 혹시나 청비가 저놈들을 상대했나, 설마 싶다가도 그럴 리가 있나 고개를 저었다. 청비는 뭐라고 말을 해줘야 할지 선뜻 입을 열지 못했다.

나도 내 눈앞에서 벌어진 일이 어떻게 된 건지 모르겠는데 어떻게 설명을 해줘야 하지?

나름 상황을 정리해보는 청비의 눈이 확 커졌다. 어둠이 내려앉은 골목 저편에서 그 남자가 자신을 보고 있었다. 항상 꿈속에 나왔던, 끝없이 펼쳐진 꽃밭에 서 있던 긴 머리의 남자가.

환영인가? 또 사고가 났을 때처럼 환영을 보는 거야?

이번엔 확인해야겠다 싶어 몇 발자국 다가가는데 이미 남자는 그녀의 시야에서 사라져버린 후였다. 어라? 어디 갔지? 주위를 두리번거렸지만 그 어디에서도 그의 자취를 찾을 수는 없었다. 청비가 실망한 얼굴로 고개를 푹 숙이며 돌아섰다.

"진짜 말 안 듣네."

흘끗 보니 단휘의 얼굴이 차갑게 굳어 있었다. 뭔가 화가 난 모양이었다.

"또 어디 가려고? 이런 일을 당하고도 아직도 정신 못 차린 거야? 여기가 어떤 곳인지? 만약 내가 널 찾지 못했다면 어떻게 됐을지 생각 못 하냐고."

"아는 사람을 본 것 같아서 그랬어요."

꿈속의 남자라고 하면 자신을 정신이 이상한 여자로 볼지 몰라 청비는 아는 사람이라고 둘러댔다.

"아는…… 사람? 그럼…… 기억이 난 것이냐?"

얘기가 그렇게 되나?

"아니, 그건 아니고……."

청비는 잘 모르겠다며 말끝을 흐렸다. 모호한 대답에 단휘는 순간 청비가 기억이 돌아온 건가 싶어, 한 차례 큰 파도가 밀려나간 뒤처럼 마음이 허하고 심란해졌다. 내내 갖고 있던 생각이었다.

저 여인은 기억을 되찾으면 일말의 망설임 없이 궁을 떠날 것이다. 그래서 한편으론 여인의 기억이 천천히 돌아오기를, 되도록이면 그 시간이 길었으면 하고 바라고 있었는지도 모른다.

청비가 공주와 같이 궁을 나가서 돌아오지 않고 있다는 말을 듣자마자 모든 걸 제치고 이곳으로 급히 말을 몰아 온 단휘였다. 막상 도착해 시녀와 병사들이 곳곳으로 흩어져서 청비를 찾고 있는 것을 보자 그는 분명 청비에게 무슨 일이 생겼구나, 직감했다.

청비가 행방불명이라는 말에, 그는 지금까지 아무도 청비를 찾지 못한 것으로 보아 분명 눈이 닿지 않는 곳에 있으리라 생각해 구석진 골목 같은 곳을 빼놓지 않고 찾던 중 청비를 발견한 것이었다.

그녀는 다행히 무사했고 단휘는 그제야 마음을 놓았다. 단휘는 그녀에 대한 자신의 마음이 무엇인지…… 알지 못했다. 단지 오늘 일의 여파가 아주 오랫동안 지속될 것 같았다.

분명 나를 '단휘'라고 불렀어.

항상 '전하', '태자 전하'라고 불려온 단휘였다. 폐하조차도 그를 '태자'라고만 불렀다. 누군가에게서 그의 이름을 들어본 것은 이번이 처음이었다. 그는 다시 한 번 듣고 싶어졌다.

이 여인이 불러주는 자신의 이름을…….

"다시 말해봐."

"뭘요?"

"아까 날 부른 것 말이다. 그대로 다시 해보라고."

청비는 뜨끔했다. '감히 태자인 내 이름을 그 같잖은 입에 올려?'라고 질책하는 것 같아서.

"……태자……님."

"그거 말고."

"그럼…… 전하……?"

"그것도 아니었어."

집요한 놈. 그냥 모른 척 좀 넘어가주지.

"아까 제가 뭐라고 했나요? 기억이 잘……."

청비는 기억이 안 난다는 핑계로 얼버무리려고 했지만 태자가 뚫어져라 자신을 바라보기만 하니, 그 눈빛에 누굴 속이나 싶어 실토했다.

"그래요, 죄송하네요. 아깐 저도 모르게 그만……. 못 들은 걸로 하고 그냥 좀 넘어가주죠?"

청비의 말에도 그는 대답 대신 또 무감하게 그녀를 계속 바라볼 뿐이었다.

저게 더 무서워.

청비는 하는 수 없이 자포자기하는 마음으로 단휘의 이름을 들릴 듯 말 듯 낮게 읊조렸다.

"단……."

그때였다.

"태자 전하와 청비 아가씨께서 여기 계십니다!"

골목으로 들어와 청비와 단휘를 발견한 병사가 소리치자 바로 공주와 건희도 모습을 드러냈다. 건희는 죄책감 가득한 얼굴로 태자와 청비 앞에서 고개를 숙였다.

"저를 벌해주십시오. 다 제 잘못입니다. 저의 불찰로 인해 아가씨의 안전을 지키지 못했습니다."

"아니에요. 건희 잘못이 아닌, 다 제 탓이에요."

공주는 금방이라도 눈물이 쏟아질 것 같은 얼굴로 건희 옆에 서서 그를 두둔했다.

"제가 청비를 궁 밖으로 또 데리고 나와서……."

"나중에 할 것이다. 지금은 우선 궁에 돌아갈 것이니 채비하라."

단휘의 명에 건희는 청비를 찾느라 시장에 뿔뿔이 흩어져 있던 병사들을 모두 불러 재정비시켜 곧바로 갈 준비를 끝냈다. 단휘는 먼저 마차에 공주와 청비를 태우고 건희를 불렀다.

"너는 남아서 해야 할 일이 있다."

무겁고 조용한 음성이었다.

"지난번 빈번하게 나타난다는 그 도적 떼에 대해 면밀히 알아 오거라."

다른 이들이 들을 수 없을 정도로 작고 은밀한 명에 건희는 바로 그러겠다며 서둘러 자리를 떠났고, 단휘 자신도 이내 마차에 올라 바로 출발시켰다. 마차와 태자마저 떠나고, 이 모든 것을 맞은편 초막집 지붕 위에 앉아 조용히 지켜보던 누군가가 담장을 넘어 바닥으로 내려왔다. 그는 무율이었다.

그의 입에선 피식 웃음이 새어 나오고 여러 가지 생각이 교차되면서 기다란 눈매가 가늘어졌다. 큰 연회나 각국의 왕자들이 모여 궁수로서의 역능을 발휘하는 수렵회에서나 보았던 태자를 이곳에서 보게 될 줄이야. 더군다나 여인의 정체는 정말 의외였다.

"이탄국 태자의 여인이라……."

태자와 연관이 있을 거라는 건 전혀 예상하지 못했었다. 처음엔 자색 표의며, 청금석 팔찌만 보고 황족이 아닐까 싶었지만 말투와 행실에서는 황실의 체통이며 기품은 전혀 찾아볼 수가 없었다.

저런 행동거지로 황족은 절대 아니겠거니 여기고 황족의 후궁쯤으로 짐작했었다. 그런데 여인은 황족 중에서도 가장 뜻밖인, 태자의 여인이었다. 지금껏 여인을 싫어해 태자비는 물론이고 후궁도 한 명 들이지 않고 홀로 지낸다 들었는데 이는 자신이 잘못 입수한 정보임에 틀림없었다.

태자의 여인이었다니…….

무율은 여인을 보는 유기점 주인의 눈빛이 심상치 않음을 느끼고 그냥 모른 척 지나칠까 하다가 저도 모르게 뒤를 따라, 골목 맞은편 초막의 지붕으로 올라가 이후의 상황을 지켜보고 있었다.

여인은 확실히 평범한 여인들과는 달랐다. 그런 상황에 처해진다면 보통 가진 것을 다 내놓으며 살려달라 빌 터인데 저 여인은 저 조그만 몸집으로 대항해보겠다고 저만 한 키의 목재를 휘둘렀다. 황궁의 여인이니 분명히 여려서 사시나무 떨 듯 겁을 먹을 것이라 여겼던 그의 예상이 보기 좋게 빗나간 것이다.

저 작은 몸에서 대체 저런 용기가 어디서 나오는 거야?

자신의 예상을 모두 빗나가니, 더 흥미진진해 상황이 어떻게 될지 좀 더 지켜보기로 했다. 그리고 여인의 살려달라는 외침에 이제 자신이 나설 때라 생각해 내려가려는 순간, 비검이 날아왔다. 언뜻 봐도 그 비검은 청동으로 만들어진 것이 아닌 철제였다.

이탄국에서 철제로 만든 비수를 가지고 있는 자가 얼마나 되겠는가.

역시나 비수의 주인은 태자였다. 그들 앞에 모습을 보일 순 없었다. 그들을 지켜볼 수 밖에 없는 무율의 낯빛은 골목을 드리우는 밤의 기운만큼이나 어두웠다.

무율에게 일생일대 가장 후회되는 순간이 있다면 바로 그날, 그 시간일 것이리라.

고귀한 그분께 가지 않고 이 여인을 보기 위해 남았던 것, 다시 기회가 온다 해도 그 선택에는 변함이 없을 것이다. 하지만 자신이 좀 더 행동을 빨리 취하지 못하고 그 여인을 구해주지 못한 것은, 아마 오랜 시간 동안 자책할 수밖에 없으리라.

하지만 이참에 태자의 여인을 알게 되었으니, 아예 수확이 없는 것은 아니었다. 그렇게 생각하며 무율은 아쉬움을 털어냈다.

그녀는 분명 태자의 여인이다. 현재 태자는 비도 없고 후궁도 없다 했거늘. 무율은 여인의 정체가 무엇인지 실로 알고 싶었다. 그는 자신을 뒤따르던 책사에게 물었다.

"단휘 태자가 후궁 후보를 뽑아놓았다 들었는데 맞느냐?"

"예, 왕자님. 그렇다 들었습니다."

고귀한 그분을 직접 뵙지 못했다. 책사가 대신 만났고, 해륜궁 내부에서 일어나고 있는 일들을 그로부터 전해 들은 무율은 현재 태자의 후궁 후보들이 선택되었다는 말을 듣는 순간, 확인하고 싶은 것이 생겼다. 그 여인이 그중에 있는지.

고작해야 말 몇 마디 나누고 얼굴만 익힌 여인이었지만 흥미가 생겼다. 무율은 고귀한 그분을 만나고 바로 본국으로 돌아갈 예정이었지만 마음이 바뀌었다.

"천무 황제의 탄신일에 태자 전하 대신 내가 참석할 것이라고 사로국에 서한을 보내라."

"예, 그리 하겠습니다."

"법사도 같이 대동할 것이다. 이탄국에서 이름난 법사를 수소문해 **빠른**

시간 내로 찾으라."

　무율은 그 여인을 다시 볼 수 있다는 기대감에 휩싸이면서도 태자 품에 안겨 있던 여인의 모습이 떠올라 묘연한 미소가 서렸다.

　이름이 청비라 했던가.

　청비, 넌 나를 다시 만나게 될 것이다.

제9장
혼심(混心) : 어지러운 마음

손바닥에 전해지는 아릿한 아픔에 청비는 정신이 들었다. 비몽사몽한 청비의 눈앞에 궁의와 태자가 있었다.

"이제 정신이 좀 든 것이냐?"

"네…… 아얏!"

대답을 하다 참을 수 없는 쓰라림에 청비는 눈을 질끈 감았다. 궁의가 청비의 손바닥에 약물을 발라주고 있었다. 청비가 아픈 듯 인상을 찡그리자 태자는 보지 못 하겠는지 직접 나서려 했다.

"내가 해보겠다."

궁의는 허리를 숙여 쩔쩔매며 약물과 흰 천을 단휘에게 건넸다. 단휘는 궁의를 밀어내고 의자에 앉아 청비의 손바닥에 천천히 약을 발라주었다. 그런 태자의 모습에 청비는 웃음이 나왔다.

"풉."

"왜 웃는데?"

"손바닥에 약 하나 바르는 것뿐인데 너무 진지해서요."

태자는 민망해하는 얼굴로 잠시 멈칫하는가 싶더니 이내 청비의 얼굴은 보지 않고 약을 바르는 것에만 신경을 썼다.

청비는 기분이 묘했다. 어색하면서 무슨 말을 해야 할지, 눈을 어디다 둬야 할지 몰라 마음이 불편했다. 그리고 내쉬는 숨도 더운 것이, 방 안의 공기가 답답하게 느껴졌다.

"왜 이렇게 오래 걸려요? 이제 그만 발라도 될 듯한데."

그 말에 태자가 손을 멈추었다.

"처음이니까, 누군가한테 약을 발라주는 건."

청비의 속눈썹이 떨렸다. 시간이 멈춘 듯 서로를 바라보는 단휘와 청비의 눈빛이 얼기설기 뒤엉켰다. 그들 사이에 감돌던 묘한 분위기는 잠시 밖으로 나가 약이 든 그릇을 가져온 궁의에 의해 깨졌다.

"그만 약 먹고 쉬거라."

단휘는 무거운 걸음을 옮겨 서재로 돌아갔다. 서재 안에서는 도성에서 돌아온 건희가 기다리고 있었다.

단휘가 그곳에 건희를 남게 한 이유가 있었다. 습진을 받은 자들이 도적질을 한다는 것이 미심쩍어 조용히 남아 그들을 더 조사해 오라는 임무를 준 것이다.

건희는 항상 그랬듯 다른 이들의 눈에 띄지 않게 은밀히 서재로 들어와 보고를 올렸다.

"전하의 말씀대로 그냥 무뢰배들은 아니었습니다. 검계로 일컫는 비밀 당이었습니다. 일찍이 멸절되었던 조직인데 지난해부터 다시 그 이름을 쓰며 지방에서 사람을 모아 당을 이룬 것으로 보입니다. 실제로 선대 황제 때의 검계가 존속되어 생긴 것인지는 더 알아봐야겠으나 얼마 전부터는 도성 근처에까지 신출귀몰하고 있다 합니다."

"검계는 나도 들어본 적이 있다."

검계는 기록에도 남겨진 조직이었다. 그들의 침탈 대상은 대부분 재상, 관료, 귀족 등 지배층이었다. 그들에게 뺏은 재물을 가난한 이들에게 나눠주어 백성들 사이에서는 의적으로 통하여 칭송받는 조직이었다.

"검계는 아닐 것이다. 소탕 대상이며 수법도 다르다."

건희가 알아 온 그들의 정체는 자신이 예상했던 대로 평범한 도적은 아니었다. 하지만 조직적인 데다 검계가 연관되어 있다니, 좀 더 자세히 알아볼 필요가 있었다.

"내일은 폐하께서 낮에 출타하시니 내가 직접 그들의 요충지와 조직의 규모까지 상세히 알아볼 것이다. 성문 앞에 은밀히 말을 준비시켜 놓거라."

"예, 전하."

건희가 나가고 단휘는 창문 앞에 선 채로 생각에 잠겼다. 입에서 나직이 한숨이 새어 나왔다. 내가 왜 이러지? 대체 그 여인이 뭐라고. 그 여인을 이용하고 있을 뿐이다. 언젠가는 궁에서 나갈 여인인 것을.

단휘는 서안에서 그림 하나를 꺼내 창가에 걸터앉았다. 류하 형님의 궁에서 가져왔던, 청비가 그려진 그림이었다. 그림 속 청비의 모습 위로 달빛이 모여드는 듯했다.

달빛은 마치 은가루처럼 빛을 발하며 그림을 맴돌았다. 단휘의 시선은 청비가 그려진 그림에서 고요히 멈추어 있었다.

모든 것이 바뀌었다. 그 여인이 들어온 이후로.

숨 막힐 듯 자신을 죄어오던 궁 안의 공기도 전과는 다르게 느껴졌다. 그렇게도 싫었던 궁이었는데, 요즘은 자꾸 궁에 있는 시간이 길어지고 있었다. 정말 짧은 시간인데, 청비가 궁에 들어온 것이 얼마 되지도 않았는데, 그 이전의 날들은 생각할 수 없을 정도였다.

그의 눈은 항상 자신도 모르게 청비를 찾고 있었다. 하지만 이것도 잠깐

이겠지.

만일 그 여인이 기억을 찾는다면······?

그 생각을 하자 누군가 쑤석거리는 것처럼 가슴이 저릿해졌다. 그림 속의 청비에게서 눈길을 거두지 못하고 있는데 창 밖에서 그림이 아닌, 실제 청비가 정원을 거닐고 있는 모습이 그의 눈에 들어왔다.

쉬라니까 밖에는 또 왜 나온 거지?

청비는 그가 지켜보고 있다는 걸 아직 눈치채지 못한 것 같았다. 무슨 고민이 있는 건지 그녀는 한숨만 연달아 쉬며 같은 곳을 왔다 갔다 하고 있었다. 단휘는 말없이 청비의 동선을 지켜보았다.

청비는 꿈을 꾸었다. 약 기운에 바로 잠이 들자 전처럼 또 강이 나오는 꿈을 꾼 것이다.

끝이 보이지 않을 정도로 넓어서 황량함마저 느껴지는 검푸른 강은 범람할 듯 물살이 강해 당장이라도 자신을 집어삼킬 것 같았다.

강 앞에 서 있는 것만으로도 거대한 기운에 짓눌려 점점 뒷걸음질 쳐 멀찍이서 시선을 떼지 못하고 있는데, 갑자기 시간이 멈춘 듯 거셌던 물살이 조용해졌다. 잔잔하다 못해 아예 물살이 멈춘 것이다.

이내 짙은 안개가 뿌옇게 끼더니 누군가가 강나루에서 자신을 보고 있는 것이 느껴졌다.

『자청비······.』

자신의 이름. 그리고 자신의 귓가에 맴도는 익숙한 목소리. 저 사람이 나를 부르는 건가?

안개에 가려져 있어 윤곽은 흐릿했지만 강나루에 서 있는 이는 분명히 자신을 보고 있었다.

『자청비…….』

거리감이 있는데도 불구하고 그 목소리는 바로 옆에서 들리는 것처럼 또렷해 소름이 확 끼치고 온몸을 전율케 했다.

그렇게 청비는 꿈에서 깨었고 다시 잠을 이룰 수 없어 밖으로 나온 것이었다. 꿈인데도 강이며 자신을 보고 서 있던 희미한 누군가의 모습이 눈앞인 것처럼 생생했다.

어디서 들어본 목소리였어.

그 목소리와 어딘가 모르게 겹쳐지는 남자가 있었다……. 아까 봉변을 당할 뻔했던 골목에서 자신을 보고 있었던, 얼굴은 미처 보지 못했지만 그 특유의 신비한 분위기의 남자도 은회색 도포에 긴 머리를 가진 남자를 떠오르게 했다.

꿈속에 항상 나타났었던, 이탄국에 오기 전 한국에서의 마지막 날 보았던 그 남자.

게다가 이탄국에 와서 강이 나오는 꿈을 두 번이나 꾸다니. 두 번의 꿈 모두 강에서 같은 목소리를 들은 것도 그렇고 참으로 기이했다.

혹시 이곳에 온 것이 그 남자와 무슨 연관이 있는 게 아닐까. 청비의 생각은 더욱 깊어졌다.

"잠이 안 오는 것이냐?"

갑자기 들려온 음성에 청비는 흠칫 놀라 고개를 들었다.

달빛을 받은 단휘의 얼굴이 청비의 눈동자에 가득 들어찼다. 단휘가 자신을 빤히 바라보고 있었다. 어떤 생각을 하고 있는지 전혀 읽을 수 없는 눈빛으로.

청비는 단휘의 시선을 피해 신고 있는 신발의 코를 바라봤다.

"산책이 하고 싶어서요."

"이 야밤에?"

청비는 침묵이 싫었다. 그리고 말 한마디 없이 서로를 바라보는 그 어색한 시간도 싫었다. 그래서 생각나는 대로 바로 대답했다.

"제가 좀 야행성이라."

"난 또, 하도 밤에만 돌아다니길래 밤 고양이나 되는 줄 알았다. 그만 들어가. 봄이라 해도 밤에는 바람이 차니까."

단휘의 말에 청비는 가슴이 간지러운 동시에 속에서 잡음이 들리는 것을 느꼈다.

쿠궁 쿠구구궁. 이건 내 심장에서 나는 소리가 아냐. 청비는 부정했다.

"태자님은 보면 병 주고 약 주고, 그런 거 참 잘해."

"내가 병을 주고 약을 준다?"

"네."

조금도 막힘없는 청비의 대답에 단휘는 나름 흡족한 얼굴이었다.

"그래도 약을 준다니 다행 아니냐. 내가 아는 누군, 병만 주고 약은 안 주는데."

"그게 누군데요?"

말하면…… 약이 아닌 병을 더 얻을 것 같다. 어떤 반응을 보일지 전혀 짐작이 되지 않는 여인. 어떤 생각을 하고 무엇을 보는지 전혀 알 수 없는 여인.

이내 단휘의 눈빛이 한결 깊어졌다.

어느새 달은 기울었고, 새벽 바람이 들꽃들을 지나쳐 갔다. 그 여파에 새벽을 알려오는 이슬들은 풀잎 아래 연못으로 하나둘 떨어졌다.

청비의 물음에 단휘는 진지하게, 곧게 청비만을 바라보는 것으로 답을 주었다.

단휘의 입가에 스치듯 짤막한 미소가 잡히고, 이슬이 못으로 떨어지며

만들어내는 파동처럼, 바람에 서걱서걱 흔들리는 옷자락처럼, 단휘를 보고
있던 청비의 눈망울이 흔들리는 순간이었다.

신아 공주는 아침 일찍 청비의 처소를 방문해 상태가 어떤지 살폈다.
"혹, 더 아픈 곳은 없느냐? 그런 일을 겪었으니 놀랐을 터인데."
"괜찮아요. 그보다 공주님, 저랑 약조하셨죠?"
청비는 공주의 눈을 바라보며 평소와는 다른 절절한 목소리로 부탁을 시
작했다.
"공주님께서 원하시는 기회를 몇 번이나 드렸으니 제 부탁도 들어주세
요."
그곳에 가봐야 했다. 강에 가면 머릿속에 가득 차 있는 혼란스러움을 잠
기게 할 방법이 있을 것 같았다. 다시 한 번 꿈속 목소리를 듣게 될지도. 왠
지 모르게 그런 확신이 들었다.
"저를 주청강에 갈 수 있게 해주세요."
"너의 부탁을 들어주고 싶은 마음은 크지만, 저번의 그런 사나운 일이 또
생기지 않으리라는 법도 없으니…… 어찌해야 할지. 단휘 오라버니와 건희
가 내일 돌아온다 했으니 그때까지 기다리면 안 되겠어? 내일 오라버니께
같이 가자고……."
"안 돼요. 급해요, 공주님. 그곳에 가면 기억이 날 것 같아서 그래요. 제
발 도와주세요."
"너의 기억이 돌아온다는데 내 어찌 허락을 안 할 수 있겠니. 하지만……."
청비가 기억을 되찾을 수 있을지도 모른다는 생각에 공주의 얼굴에 화색
이 돌았다. 하지만 쉽게 허락할 수도 없었다. 자신의 허락 없이는 청비를 밖

으로 외출시키지 말라 엄포를 놓았던 단휘 오라버니의 말이 마음에 걸렸기 때문이었다.

"단휘 오라버니가 돌아오는 대로 허락을 받으마. 그 즉시 널 그곳으로 보내줄 테니 그때까지만 기다려다오."

청비는 태자가 오기만을 기다리고 있을 수 없었다. 태자가 언제 올지도 모르는 네다 혹여나 돌아와서도 외출을 허락하지 않는다면 지금보다 나가는 것이 더 쉽지 않을 것이다. 풀어지지 않는 의문들 속에서 궁에서만 시간을 보낼 수는 없었다.

공주를 자극하는 방법이라도 써서 이곳을 나갈 수만 있다면야.

"죄송하지만 공주님의 말씀을 믿기가 힘듭니다. 나중에 모른 척하시면 그만 아닌가요? 약조하겠다는 뜻으로 공주님의 증표라도 내주신다면 마음이 놓여 기다릴 수 있겠지만요."

공주는 자신이 항상 목에 걸고 있던 목걸이를 빼어 청비의 손에 쥐어주었다.

"이거면 내 약조에 믿음이 가겠느냐? 선대 황제셨던 할아버님께서 주신 것 중 하나이니라."

"정말 감사합니다, 공주님."

"넌 내 생명의 은인이니라. 내 목숨을 구한 이한테 이 정도도 못 할까."

할아버지께 받은 귀한 것을 자신에게 선뜻 내어주는 공주를 보며 청비는 눈물을 글썽였다. 공주를 속여야만 하는 것에 마음 한 귀퉁이가 무거워 공주의 눈을 마주칠 수가 없었다.

하지만 어떻게든 주청강에 가봐야 했다. 공주가 돌아간 뒤 청비는 궁을 나가기 위한 계획을 짰다.

이 목걸이를 가지고 공주가 심부름을 시킨 척하고 주청강에 가는 거야.

계획을 실행하기가 쉽지는 않을 것이다. 낮에는 보는 이들이 많았고, 밤에는 경비가 삼엄했다. 그렇다면 새벽이 가장 알맞은 시간대라는 건데……
청비는 어서 새벽이 찾아오기를 기다렸다.

드디어 해가 지고 밤이 지나 새벽이 찾아왔다. 뜬눈으로 밤을 꼬박 샌 청
비가 창문을 열자 싸한 찬 기운이 안으로 들어왔다. 창밖은 새벽의 푸른빛
을 띠고 있었다.

공주에게 떳떳하게 허락을 받은 것이 아니기에 새벽을 맞이하는 청비의
얼굴은 어둡고 걱정이 많았지만 눈빛만은 확고했다.

"아침이 오기 전에 빠져나가야 해."

황제의 출타에 역시나 많은 병력들이 빠져나가 있었다. 경비가 평소보다
덜 삼엄한 것에 안도를 느끼며 청비는 공주의 별궁에 도착했다. 혹시나 거
짓이 들통날까 싶어 초조했지만 손에는 공주의 목걸이를 꼭 쥔 채, 최대한
평온한 얼굴로 보초를 서고 있는 병사들 중 그나마 눈에 익은 남자에게 다
가갔다.

"누구냐."

아직은 짙게 깔려 있는 어둠 속 등불에, 청비의 그림자가 아른거리자 호
위 병사가 검을 뽑아 들었다.

"저, 아시죠?"

당당하게 제 앞에 서는 여인을 보며 병사는 누구인지 떠올리다가 기억이
났는지 눈이 휘둥그레졌다.

신아 공주님이 자주 찾던 여인이자 태자 전하의 후궁 후보였다. 청비의
얼굴을 확인한 호위 병사는 해도 뜨지 않은 새벽부터 이 여인이 어인 행차
인가 싶었다.

"무슨 일로……."

"공주님의 심부름이 있어요. 저를 주청강에 데려가주세요."

청비는 조심스레 손에 꼭 쥐고 있던 공주의 목걸이를 내보였고, 혹시라도

의심할까 조금도 틈을 주지 않고 말했다.

"최대한 빨리 도착할 수 있게 서둘러주세요."

병사는 공주가 제 몸처럼 소중히 여기며 걸고 다니던 목걸이를 눈으로 확인하자, 조금의 의심도 하지 않은 채 마차가 있는 곳으로 청비를 안내했다.

청비가 마차에 오르자마자, 병사는 빠르게 말을 몰았다. 순식간에 순찰하고 있는 병사들을 지나 마지막 관문인 성문 문지기의 수검까지 거친 후 궁 밖을 나섰다.

그제야 마음이 놓인 청비는 어서 주청강에 이르기만을 바랐다.

"도착했습니다."

병사의 외침에 마차에서 내려, 다급하게 뛰다시피 걸어가던 청비의 발걸음이 탁 멈춰 섰다.

말도 안 돼.

청비는 넋이 나간 듯 눈앞의 강을 뚫어져라 보았다. 제 눈을 믿을 수가 없어 눈을 질끈 감고 고개를 설레설레 가로저었다. 그리고 다시 눈을 크게 부릅뜨고 보았다. 하지만 변한 건 없었다.

안개가 유난히 짙은 새벽임에도 알 수 있었다. 눈앞에 펼쳐져 있는 주청 강은 청비가 꿈속에서 본 그 강이었다. 청비는 마치 경련이 일어난 것처럼 흠칫 몸을 떨었다.

몸이 떨린 것은 새벽녘 서늘한 한기 때문이 아니었다. 마치 꿈속의 강을 보고 베껴놓은 듯 똑같은 풍경은 소름이 끼칠 정도였다.

이런 걸 데자뷔라고 하는 건가? 꿈에서 본 그 정경이 현실에도 똑같이 있었다니…….

꿈에서 본 강이 주청강이었어?

꿈속의 강을 실제로 마주하니 무엇이 꿈이고 현실인지 혼란스러웠다. 이 것은 있을 수 없는 일이라고 소리라도 지르고 싶었다. 마치 누군가가 자신을 가지고 장난이라도 치는 것 같았다.

자신은 이렇게 무섭고 혼돈스러운데, 강은 아무 일도 없다는 듯 너무나도 평화로워 보였다. 무력감마저 느껴져, 순간 저 아무 일도 없는 듯한 강의 잔잔함을 깨뜨리고 싶었다.

청비는 자신의 주변에 있던 돌을 하나둘 집어 강으로 던졌고, 그것으로도 성이 안 차는지 강으로 다가갔다.

물에 발을 담가 첨벙첨벙 휘저으며 강의 고요함을 깨뜨리고 싶었다. 한 발짝 한 발짝, 물에 가까워지는데 강 건너편 어두운 숲가에서 한 사람이 눈에 들어왔다. 멀리 있어 얼굴을 볼 순 없었지만, 분명히 그녀를 보고 있다는 것을 본능적으로 알 수 있었다.

뭐라 형언할 수 없는 두려움에 그녀는 한 발짝도 나아갈 수 없었다. 몸이 마비된 듯 움직일 수 없었다.

"청비야!"

그때 뒤에서 자신을 부르는 익숙한 목소리에 눈도 깜빡일 수 없을 정도로 온몸을 지배하던 긴장이 풀어지고 청비는 천천히 몸을 돌렸다.

"류……하 왕자……?"

정말 류하 왕자인가? 어째서 이곳에…….

청비는 믿기지 않는 얼굴로 자신을 향해 다가오는 류하 왕자를 바라봤다. 다시 한 번 부르려는데 목이 잠겨 있어 목소리가 잘 나오질 않았다. 청비는 숨을 한 번 내쉬고는 반가운 마음에 다시금 그를 크게 불렀다.

"류하 왕자!"

류하 역시 청비가 제 앞에 있는 것이 믿을 수가 없는지 너털웃음을 짓고 있었다.

"원래는 이곳에 오려던 것이 아니었는데, 참 신기하게도 이곳으로 발길이 향하는 것이 마치 누군가가 나를 이끄는 것 같았다."

제 눈앞에 류하가 있는데도 꿈이 아닌가 싶어 청비는 류하의 말에 집중했다.

"근데 청비 네가 있다니 참 신기한 일이지. 대체 이 날도 밝지 않은 시간에 주청강에는 어인 일이냐?"

"갑자기, 와보고 싶어서요. 제가 발견된 곳이기도 하고…… 저한테는 좀 특별한 곳이랄까? 겸사겸사 와봤어요."

"잘 지냈느냐?"

생각지도 못했던 재회에 청비는 반가움과 놀라움이 교차했다.

"네. 저는 뭐 그럭저럭 잘 지냈는데. 류하 왕자, 지금 이곳에 있는 거 보니까…… 아예 돌아온 건가요? 앞으로 계속 볼 수 있는 거예요?"

"그래, 널 보러 왔다."

지난번에 인사도 못 하고 보내서 미안했는데 이렇게 다시 볼 수 있게 되다니, 이 기쁨을 어찌 표현해야 할지. 청비는 얼굴에 웃음을 가득 품었다.

"다시 봐서 정말 좋은 거 알아요, 류하 왕자?"

"그리 반겨주니 고맙구나."

"아, 맞다. 잠깐만요."

건너편 숲가에 서 있던 사람이 생각나 청비는 다시 숲 쪽을 보았지만 그곳엔 아무도 없었다. 온데간데없이 사라진 후였다.

"어라? 분명 저기 있었는데."

헛것을 봤나? 분명 꿈속의 그 남자일 거라 생각했는데.

"왜 그러는 것이냐?"

청비는 아쉬운 듯 다시 류하 쪽으로 돌아섰다.

"뭘 본 것 같아서요. 항상 꿈속에 나오던 남자가 있었는데 신기하게도 그 남자를 저기서 본 것 같았거든요."

"나는 나오지 않았고?"

"네?"

"네 꿈속에 말이다."

청비는 말문이 막혔다. 류하 왕자가 저런 말을 할 줄이야. 류하는 자신이 말하고도 멋쩍었는지 실소를 터뜨렸고, 이내 청비도 '풋' 하고 웃음을 터뜨렸다.

그래, 저 미소야. 천연 암반수 같은 류하 왕자의 미소를 다시 볼 수 있게 되다니. 왕자의 미소는 변함이 없었다. 여전히 환하고, 맑고, 따뜻했다.

"농담도 하시고. 못 본 사이에 많이 달라지셨어요."

"청비 너도 분위기가 많이 바뀌었구나."

"하하, 그런가요?"

향까지 나는 연지분에 비단, 패물들로 치장하는데 돈 값어치 하겠지. 임시이긴 하나 어쨌든 자신은 궁에서는 후궁 후보였다.

아침마다 시녀들의 단장을 받았고, 그들이 입혀주는 옷이며 꾸며주는 장신구, 패물 모두 휘황찬란한 값비싼 것들이었다.

처음에는 싫다 거부했으나 시녀들은 포기란 것을 몰랐다. 가는 곳마다 청비를 쫓아다녔고, 아무리 도망을 다녀도 어떻게 알았는지 그들은 청비 앞에 나타났다.

결국 청비가 먼저 손을 들고 그녀들의 인형 놀이에 동참해주었다. 그래서인지 처음 봤을 때보다 더 고와지고 분위기가 달라졌다는 말을 신아 공주와 시녀들에게서 계속 들어온 터였다.

오랜만에 만난 류하 왕자의 눈에도 당연히 그렇게 보이는 건가?

"제가 원래 안 꾸며서 그렇지, 뭐, 또 그것이 청순하긴 하지만 이리 좀만 꾸며주면 극강 미모 저리 가라죠."

청비의 농에 류하는 미소로 화답했고, 서서히 고개를 든 아침 노을이 그들을 발갛게 비추었다.

"지금, 무슨 소리 못 들었어요?"

뒤에서 사람의 인기척인 듯한 소리가 점점 크게 들려왔다. 뭐지? 누구지? 흘끔 돌아본 순간 청비는 놀라지 않을 수 없었다. 아침 노을을 마주하는 또 한 명의 사내, 단휘가 그들을 보고 있었다.

홀로 있을 청비가 걱정되던 차에 공주의 급한 전갈이라며 서한을 전해 받은 단휘였다.

내용은 청비가 기억을 찾은 것 같다며, 주청강에 가는 걸 허락해달라는 것. 분명 청비가 공주에게 강에 데려가달라는 청을 올린 것이라 짐작됐다.

서한을 받은 이후로 단휘는 불안함에 일이 제대로 손에 잡히지 않았다. 도저히 다음 날까지 기다릴 수 없어 검계에 대해 알아보는 일은 건희에게 맡기고 새벽부터 출발하여 날이 밝기 전 해륜궁 근처까지 도착한 것이었다. 그러다 급하게 달려가고 있는 황실 마차를 보게 되었고, 불길한 예감이 들어 따라와본 것인데 그 예감이 이리 딱 맞아떨어질 줄이야.

자신의 눈앞에는 청비가 있었다. 그것도 류하 형님과 함께. 그들의 모습을 보는 단휘는 가슴이 욱신거려 이성을 찾을 수가 없었다.

주청강에 오고 싶어 했던 이유가 결국 형님 때문이었던 것인가. 류하 형님을 보러 온 거였어?

청비가 기억이 돌아오는 것 같다고, 주청강에 가고 싶어 한다는 공주의 서한을 접했을 때에는 그녀가 기억을 찾아 이제 자신을 필요로 하지 않겠구나 생각했다. 원래 있었던 자리로 돌아가 청비가 자신의 옆을 떠날 것을 생각하니 허전함과 상실감이 들어 견딜 수가 없었다.

아예 인사도 없이 가버린 건 아닌지, 주청강으로 오는 내내 얼마나 초조하고 불안했던가.

하지만 청비가 류하 형님과 함께 있는 모습을 본 순간, 그의 머릿속을 지배했던 그런 감정들은 일순간 사라져버렸다. 단휘의 눈동자에 날카로운 섬

광이 스쳤고, 그의 입가에는 비틀린 미소가 어렸다.

그와 눈이 마주친 청비는 가슴이 뜨끔하고, 마치 자신이 나쁜 짓을 하다 들킨 느낌이었다.

뭐야, 여긴 어떻게 온 거야? 언제부터 와 있었던 거지?

태자가 서슬 퍼런 기운을 발산하며 자신을 보고 있었다. 성큼성큼 다가와 그녀의 앞에 선 단휘는 날카로운 눈으로 청비를 놓지 않았다. 그가 쏘아대는 맹렬한 눈빛에 돌덩이가 된 듯 청비는 몸이며 얼굴이 굳어버렸다.

오늘 왕자들 곗날이야? 대체 태자까지 여긴 웬일이냐고.

"태자님……."

무작정 태자를 부른 청비는 어색하게 웃었다.

"하하하."

어떤 말도 없이 자신을 날카로이 보기만 하니 가시방석이 따로 없었다.

"와, 여기서 보니까 정말 반갑네요."

거짓은 아니었다. 그의 출현은 정말 생각지도 못했기에 당혹스럽기도 하고 반가운 마음도 들었다. 하지만 태자는 자신의 말에 웃지도, 그렇다고 인상을 쓰지도 않았다. 무슨 생각을 하는지 알 수 없는 얼굴로 그는 계속 아무 말이 없었다. 그런 태자를 보는 류하 왕자의 얼굴 역시 좋지 않았다.

둘 다 왜 이래? 형제가 오랜만에 만났는데 반갑지도 않나? 분위기가 왜 이렇지.

"와, 이렇게 모두 모이니 정말 좋다. 하하, 하하하."

분위기 반전에 나서보겠다고 억지로 웃는 노력이 가상하지도 않은지, 태자의 이어지는 말에 청비는 발끈할 수밖에 없었다.

"그렇게 웃지 마. 모자라 보이니까."

"뭐요?"

입 밖으로 '이 시끼가, 진짜.'라는 말이 튀어나오려는 걸 간신히 참았다. 태자가 너무도 막 대하니 자신도 모르게 태자를 태권도 동기들과 같이 취급할 뻔한 것이다.

저 남자는 태자야, 태자라고. 잊지 말자. 이곳은 신분 사회라는 걸.

"단휘 널 이곳에서 볼 줄은 몰랐는데."

역시나 착한 류하 왕자가 먼저 태자한테 말을 걸었다. 하지만 다음에 나오는 류하 왕자의 말에 청비는 뜨악했다.

"여전하구나. 궁에 붙어 있지 않고 나돌아다니는 건."

류하 왕자가 저런 말을 하다니. 태자의 얼굴이 완전히 차갑게 식었다.

"형님이야말로 그대롭니다. 친구 하나 없이 시도 때도 없이 주청강에 붙어만 사는 거."

그래도 둘이 말을 하니 다행은 다행인데 대화 내용이 썩 우애스럽진 않았다. 오랜만에 만나는 형제가 서로의 신경을 건드리는 모습에 고래 싸움에 새우 등 터진다는 말을 오늘 겪는 게 아닌지, 청비는 난감한 얼굴로 둘을 바라보았다. 나는 여기서 그만 빠져주고 싶은데.

"청비야, 주청강에 겸사겸사 왔다는 말. 그 말에 태자도 포함이었던 것이냐?"

"……."

"혹 여기서 태자를 만나기로 했던 것이야?"

"그건 아니고……."

류하의 물음에 뭐라 대답을 해야 할지 청비가 고민하는 사이, 단휘는 이게 무슨 말인가 싶었다.

형님은 분명 청비에게 자신을 만나러 온 것인지 물었다. 그렇다면 형님도 청비가 이곳에 왜 왔는지 모른다는 말인데…….

딱딱하게 굳어 있던 단휘의 얼굴이 조금씩 풀어지기 시작했다. 자신이 오해한 것인가? 그러면서 동시에 의문도 들었다. 가만히 상황을 주시하고 있던 단휘가 청비에게 물었다.

"너 이곳에는 왜 온 건데?"

청비는 난처한 얼굴로 단휘와 류하의 눈치를 보았다.

어떡하지? 그냥 솔직하게 말해? 공주의 목걸이로 병사를 속여서 몰래 궁에서 빠져나온 거라고? 안 돼. 안 돼. 나야 상관없지만 죄 없는 공주와 자신을 데리고 온 병사까지 크게 혼이 날지도 모른다. 그들이 뭔 죄야.

청비는 시선은 아래로 둔 채 들릴 듯 말 듯 중얼거렸다.

"그게, 강에 와보고 싶었는데 태자님은 안 계시다 그러고…… 태자님의 허락은 필요하고…… 그래서……."

"몰래 온 거다?"

"몰래라는 말은 어감이 좀…… 그냥 혼자 온 거죠, 혼자."

저걸 변명이라고 하는 건지.

단휘는 어이가 없어 눈을 날래게 뜨며 '하!' 하는 탄성을 흘렸다.

요즘 위험한 일을 그렇게 겪었으면서도 멋대로 또 궁 밖을 나오다니. 항상 예측 밖의 행동으로 자신을 놀라게 하는 여인이었다.

화가 났지만, 어쨌든 류하 형님과 청비가 만난 것이 우연이라 생각되니 조금은 안심이 되었다. 화도 나지만 안심이 되는 이 마음은 뭔지…… 참 복잡 미묘했다. 그것을 알 리 없는 청비는 류하의 팔짱을 덥석 끼고 지금 자신이 매우 기분 좋은 상태임을, 방글거리는 웃음으로 표현했다.

"그래도 이렇게 류하 왕자도 만나고. 태자님 만나는 것도 생각지 못해서 그런가, 더 반갑고 기쁜데요?"

단휘의 눈길은 청비가 류하에게 끼고 있는 팔에 꽂혔다.

또 시작이네, 저거.

"근데 태자님은 이곳에 어떻게……."

청비는 말을 하다 말고 입을 쏙 다물었다. 태자가 전기를 찌릿찌릿 내뿜을 듯한 눈빛으로 자신을 보고 있었기 때문이었다.

또 왜 그런 눈으로 날 보는 건데? 눈빛만 보면 아주 전기뱀장어가 절친 먹자고 달려들겠어.

"보면 몰라? 너 데리러 왔지."

단휘는 그대로 청비의 손목을 부여잡고 반대편으로 향했다. 하지만 갑자기 이유도 모른 채 끌려갈 청비가 아니었다.

"아, 아파요! 이거 놓고 가요!"

단휘는 들리지 않는지 계속 앞만 보며 갈 뿐이었다. 청비는 있는 힘껏 단휘의 손을 뿌리치려 했지만 그는 완강했다. 하지만 그것도 잠시……

"잠깐."

이내 뒤에서 들려온 류하의 나지막한 음성에 단휘가 걸음을 멈추었고, 그 사이에 청비는 바로 자신의 손목을 빼냈다.

"청비가 싫다 하지 않느냐."

손 안의 허전함을 느끼며 단휘는 자신 앞으로 걸어온 류하와 다시 마주 섰다.

"오늘 하북성에 도착하셨으니 형님이 모르시는 게 당연합니다. 그러니 지금 알려드리죠."

류하는 자신이 없는 사이에 무슨 일이 있었는지 알 길이 없었기에 단휘의 설핏 어린 미소가 불안하였다.

"청비는 곧 제 후궁으로 들이게 될 여인입니다."

"아니, 태자님 그건…… 그게 아니…… 읍!"

청비가 사정이 있었다는 말을 하려고 끼어들었지만 단휘는 청비의 입을 막았다.

"내가 대신 이야기할 것이다. 넌 가만히 있거라."

태자는 청비에게 미소를 보냈다. 나름 상냥한 미소라 생각해서 지은 거겠지만 청비에겐 아니었다.

저런 얼굴을 할 때는 분명 무슨 꿍꿍이가 있었어. 또 뭘 꿍꿍이인 거지?

"지금은 후보이지만 형님도 아실 겁니다. 폐하께선 항상 제 말을 들어주셨으니 이번에도 분명 제가 원하는 대로 이 여인을 후궁으로 간택하실 거라는 걸. 이건 청비 본인의 뜻이기도 합니다."

"아…… 으읍, 으으읍……."

단휘의 손이 입을 막고 있는 탓에 아무 말도 할 수 없는 청비는 그런 게 아니라며 손사래를 쳤지만 곧 그 손마저도 단휘의 손에 가두어졌다.

"내가 말해준다지 않느냐. 가만히 있거라."

가만히 있긴. 태자 당신이 지금 멋대로 혼자 소설 쓰고 있는데 그걸 보고만 있으라고?

청비는 참다못해 입을 막고 있는 단휘의 손을 꽉 깨물었다.

"악! 뭐 하는 거야."

단휘에게서 벗어난 청비가 더 이상은 못 참겠다는 얼굴로 으르렁거렸다.

"너야말로……!"

"뭐? 너?"

"아, 아니, 태자님이야말로 지금 무슨 말을 하는 거냐고요!"

단휘는 흥분하는 청비의 팔을 잡아 돌려세운 뒤 속삭거렸다.

"사실이지 않느냐? 네가 앞으로 다른 후보들을 다 떨어뜨려줄 것이니 최종적으론 네가 후궁이 되는 게 당연한 건데, 뭐 잘못됐느냐? 그것이 너와 나의 거래 아니었나?"

"그건 그렇지만."

"아무에게도 발설하지 않는다는 약속, 잊지 않았겠지?"

단휘는 가느스름해진 눈매로 유들유들하게 말했다. 그가 짓는 미소는 승자의 미소와도 같았다.

그래, 안 잊었다. 하지만 왜 이렇게 찜찜하지?

"청비야, 저 말이 모두 사실인 것이냐?"

착 가라앉은 목소리로 류하가 묻자 청비는 숨을 길게 내쉬었다. 청비는 이 상황이 못마땅했지만 자신을 내려다보는 단휘의 시선을 흘끔거리며 어쩔 수 없다고 생각했다.

그래, 지금은 태자의 말에 동조해주자.

"네, 사실…… 맞아요."

류하는 묵묵히 별다른 말을 하지 않았지만 충격을 받았는지 얼굴은 흙빛으로 변했고, 몸은 절벽에 서 있는 사람처럼 위태로워 보였다.

청비를 데리고 왔을 때부터 단휘의 눈빛이 신경 쓰였지만 후궁으로 삼을 생각까지 했을 줄이야. 자신이 없던 그 짧은 시간에 청비를 후궁 후보로 앉혀놓다니. 한발 늦은 것인가? 아니다. 그래봐야 아직은 후보일 뿐, 확정된 것은 없다.

청비는 이곳에 더 있어봤자 류하와 단휘 사이에 끼어서 이러지도 저러지도 못할 것 같아 그만 궁으로 돌아가고 싶었다.

"저는 이제 그만 궁으로 돌아갈게요. 따로 타고 온 것이 있으니 그걸 타고……."

"아니, 넌 나와 같이 간다."

청비가 뭐라 대꾸할 새도 없이 단휘는 자신의 준마를 불렀고, 청비를 먼저 태운 뒤 자신은 뒤에 올라탔다.

"형님, 저흰 이만 가보겠습니다. 궁에서 뵙도록 하죠."

단휘가 고삐를 힘껏 잡아당기자 그의 준마는 류하를 지나 청비가 타고 온 마차 앞에 섰다.

"너도 이제 궁으로 가거라. 청비는 내가 데리고 갈 테니."

단휘는 말을 몰아 속도를 냈고, 점점 류하 왕자와 주청강은 멀어지게 되었다.

"누가 같이 타고 간다 했어요? 왜 항상 자기 마음대로 행동해요?"

"어쨌거나 표면적으론 넌 내 후궁 후보이니 내 마음대로 행동하는 게 당연한 거 아니냐."

뭐가 당연해? 청비는 인상을 찡그렸다. 차라리 안 듣는 게 나을 것 같다는 생각이 드는 건 왜일까.

"나는 태자니까. 그러니 못 할 것이 없지."

아주 말이나 못하면! 입술을 삐죽이는데 갑자기 단휘가 말의 방향을 틀었다. 청비는 떨어질까 기겁하며 안장 부분을 잡고 있던 손을 단휘의 허리께로 가져갔다.

청비의 행동을 예상치 못했는지 고삐를 잡으며 내달리던 태자는 자신의 허리를 꽉 잡는 청비의 행동에 당황한 얼굴로 숨을 들이켰다.

"괜히 오해할 것 같아서 말해두는데, 떨어질까 봐 살려고 어쩔 수 없이 잡는 거예요."

청비의 말에도 단휘의 경직된 몸은 좀처럼 풀어지질 않았다. 얼마 지나지 않아 말이 장애물을 넘느라 순간 몸이 흔들렸고, 청비는 단휘의 몸에 더욱 밀착했다. 그녀의 상체가 단휘의 가슴에 폭 묻힌 자세였다.

헉, 이 남자 봐. 가, 가슴이 암벽처럼 딱딱해. 검술 실력도 별로고 싸움도 못하기에 약골로 봤더니, 생각보다 몸은 좋았네. 오마나, 가슴 단단하고 넓은 거 봐라. 좋네, 좋아.

감탄을 넘어 웃음까지 새어 나왔다. 더 붙어 있으면 콧김까지 뿜어 나올 것 같았다.

단휘의 팔을 붙잡고 있는 손에 땀까지 배자 청비는 마음속으로 '이제 그만.'을 외치며 아주 천천히 단휘의 가슴에서 몸을 떼어 일정 거리를 유지했다.

단휘 역시 청비의 작고 어린 몸이 제게 닿아 있으니 그 느낌이 참으로 이상했다.

또 시작됐다. 숨이 제대로 쉬어지지가 않는다. 긴장이 되고 제 심장 소리가 귀에까지 전이되고 있었다. 청비의 작은 어깨에, 휘날리는 머리칼에 자꾸 눈이 갔다.

눈길을 돌리면 제게 닿아 있는 온기와 신비스러운 향기가 그를 놔주질 않았다. 속이 체한 것처럼 답답하고 울렁거리는데도 그것이 싫지가 않았다.

왜지? 앞으로 이 여인과 수시로 말을 같이 타봐야겠다. 그럼 왜 이러는지 알게 되겠지.

제10장
곡해심(曲解心) : 사실을 옳지 아니하게 해석하는 마음

동궁전에 도착하자 단휘가 말을 세웠다. 그의 도움을 받아 말에서 내려온 청비는 건성으로 고맙다는 말 한마디만을 던지고 도망치듯 빠르게 뛰었다. 그를 보지 않아 그가 어떤 얼굴을 하고 있는지는 알 수 없었지만 청비는 자신의 얼굴을 그에게 보여주고 싶지 않았다.

눈도 제대로 마주치지 못하고 말도 더듬겠지. 딱 봐도 자신이 창피해하고 민망해하고 있다는 것을 태자가 알아채는 것이 싫었다.

이제 더 이상 태자와 말을 타고 있지도 않고 그가 뒤에 없는데도 그 느낌은 여전히 생생했다. 남자와 같이 말을 타본 적이 있었어야지. 그래, 처음이라 그런 거야.

해는 이제 완전히 중천에 떠 있었다.

터덜터덜 힘없이 걸어가는데 어디선가 희희낙락, 깔깔거리는 여인들의 웃음소리가 들려왔다. 자신의 방까지 찾아와 난리를 피웠던 그 여인들이었다.

하필 지금 마주칠 게 뭐람. 제발 좀 그냥 지나가줘라. 이 언니 피곤하다.

청비는 밤을 꼴딱 새서 피곤한 데다 지금은 저들을 상대할 기분이 아니었다. 소매 자락으로 얼굴을 가리고 조용히 지나치려 했는데, 역시나 여인들 중 한 명이 청비를 발견하고는 바로 불러 세웠다.

"거기 너, 잠깐 게 서거라."

결국 걸렸군.

청비는 옷자락을 내리고 불만을 가득 품은 얼굴로 여인들을 쓱 보았다.

"왜? 나한테 뭐 볼일 있어?"

청비의 말이 떨어지기 무섭게 사람들을 대동하고 온 금란인지 하는 여인은 인상을 팍 썼다.

내가 반말해서 당황 좀 했나 보네. 너는 하는데 나라고 못 하냐.

"지, 지금 그 말투는 내게 평대를 한 것이냐? 감히 네깟 것이. 부친의 직급으로만 따져도 대장군의 여식인 내가, 기억을 잃었다는 핑계로 궁에 눌어붙어 있는 너보다야……."

"내 말이."

청비는 금란의 말을 잘랐다.

"네 말대로 나는 기억을 잃었잖아. 근데 이럼 안 되지. 내가 뭔 줄 알고? 내가 대장군보다 더 높은 관직 가문의 딸일지, 아니면 저기 계신 아무개 공주처럼 다른 나라의 공주일지 어찌 아냐고."

"그, 그럴 리 없어! 네 품행만 딱 봐도 알 수 있다. 넌 천하고, 못 배운데다 가진 거 하나 없는 계집일 뿐이야."

"그러는 대장군님 댁 여식인 너는 품행이 그리 고고해서 병문안 왔다고 구라 까고 나한테 포도를 퍼부었냐? 거기다 개구리랑 같이 원맨쇼까지 하고 말야. 참으로 있는 집 여식답네."

청비의 말을 듣다 분을 참지 못하겠는지 금란은 청비의 뺨에 손을 올려붙였다. 하지만 청비는 바로 그녀의 손을 잡아챘다.

"구두 주걱같이 말라비틀어진 게 감히 나를 칠라고?"

"이거 안 놔! 감히 네깟 것이 내 몸에 손을 대는 것이냐!"

"내가 계속 가만히 있어주니까 이게 나를 가마솥으로 아나. 지난번에도 충분히 봐준 거라고."

"안 봐주면 어떡할 건데? 실상은 아무것도 아닌 계집 주제에!"

"내 신세가 껍질이 벗겨진 포도라 했지? 그럼 나도 알려주지. 앞으로의 네 신세를."

청비는 주변을 휙휙 둘러보다 여인들의 시중을 드는 시녀가 들고 있는 원목 차반을 보고 눈을 번뜩였다. 저거 좋다.

"이 아가씨랑 나무 쟁반 좀 잠시 빌릴게요."

청비는 차반에 놓여 있는 찻주전자를 다른 시녀의 손에 들려주고 차반을 들고 있던 시녀를 다른 여인들에게서 떨어뜨려 놓았다. 자신을 깔보는 저 여인들을 제압하기 위해선 저들에게 위협적인 것을 선보여야 할 것 같았다.

"이봐요, 아가씨. 딱히 어려운 거 없고 아주 잠깐 동안만 그대로 서 있으면 돼요. 이제 손 좀 높이 들어봐요."

청비는 차반을 들고 있는 시녀의 손을 최대한 높이 들었다.

"잠깐이면 되니까 움직이면 안 돼요."

시녀는 어리둥절했지만 청비가 시키는 대로 차반을 높이 세워 들고 가만히 서 있었다. 청비는 시녀에게서 몇 걸음 떨어졌고, 금란과 더불어 다른 후보인 여인들을 비웃듯 한 번씩 쓸어보며 그들의 시선을 자신에게로 집중시켰다.

"잘들 봐. 눈 한 번 깜빡이지 말고."

청비는 바로 자세를 취한 뒤 기합을 넣었다.

"야압!"

마치 기합으로 차반을 부숴버릴 듯한 기세였다.

"이얏! 뛰어 돌개차기!"

곧바로 청비는 공중으로 360도 회전해 발로 차반을 빠르고 정확하게 타격했고, 차반은 가차 없이 두 동강이 나 바닥으로 널브러졌다.

먹감나무로 만든, 번개를 맞아도 끄떡없을 차반이 청비의 가벼운 발차기 한 번에 두 동강이 나버리자 금란을 비롯한 다른 여인들의 얼굴이 새하얗게 질렸다. 그녀들은 누구 하나 먼저 말을 꺼내지 못하고 청비와 차반을 번갈아보았다.

저 겁보들. 나를 다시 봤겠지? 이래봬도 내가 격파왕 대회에서 기술 격파 부문 예선까지 출전했던 몸이시라고. 이렇게 나가떨어지고 싶지 않음 이제 입 좀 다물고 있겠지.

"표정이 왜들 그래요. 긴장 좀 풀지? 뭐 이 정도 갖고."

여인들의 커진 눈과 쩍 벌어진 입을 보며 청비는 두 동강 나 흩어진 차반을 발로 쓸어 모았다.

"근데 여기서 끝이라 생각하나 봐요? 아닌데."

청비의 삐뚜름한 얼굴이 금란에게 고정되었다.

"벌써 끝이면 재미없지. 안 그래, 금란 씨?"

자신을 호명하니 금란은 겁이 나면서도 자존심은 있는지 눈에는 굽힘이 없었다. 청비는 두 동강이 난 차반을 한데 모으고 조금의 망설임도 없이 발을 높이 들어 마구잡이로 차반을 짓밟았다. 양발을 사용해 힘껏 짓이겨 밟아대니 차반은 금이 가고 부서지고 완전히 조각조각 으깨져버렸다.

쿵! 콰지직! 쿵! 빠직!

세차게 차반을 밟는 소리, 차반이 산산조각 부서지는 소리에 여인들은 몸을 움찔움찔했다.

"아직 멀었어! 몽땅 부숴버릴 거야! 아예 가루로 만들어버리겠어!"

차반은 아예 형체가 없어져 청비의 발아래에서 으득거렸다.

"앞으로 한 번만 더 나를 자극하면 이렇게 되는 거야. 알았어?"

워낙 넓고 큰 궁이라 돌고 돌아 간신히 공주의 침전을 찾은 청비는 잃어버릴까 품에 넣어놨던 목걸이를 꺼냈다. 공주는 시녀들의 치장을 받고 있었다. 청비는 공주를 속인 것이 미안해 고개를 푹 수그린 채 기어들어가는 목소리로 말을 꺼냈다.

"공주님, 이거 돌려드리려고요."

들고 있던 목걸이를 조용히 경대 위에 내려놓자 흘긋 보는 공주의 시선이 느껴졌다.

"병사들에게 들었다. 내 목걸이를 보여주고 호위병과 함께 주청강에 갔었다면서."

"죄송해요, 공주님."

"아니다. 마음이 얼마나 급했으면 그리했겠어. 그래, 득은 있었느냐?"

주청강에 가긴 했지만 한국으로 돌아갈 수 있는 실마리는 아무것도 건지지 못하고 돌아왔기에 청비는 아쉬운 얼굴로 고개를 저었다. 다만 멀리서 자신을 보고 있던 사람의 모습이 자꾸 머릿속을 맴돌았다.

"한꺼번에 잃은 기억이 그리 쉽게 돌아올 수 있겠느냐. 궁에서 시간을 보내다 보면 차츰차츰 기억을 되찾을 수 있을 것이니 조급해 말거라."

공주는 청비가 기억을 찾기 위해 강에 갔다 온 줄 알고 여유를 가지라며 청비를 위로했다. 그리고 힘없이 어깨를 축 늘어뜨리며 거울 속 자신의 모습을 바라보았다.

힘이 풀려 내려앉은 눈두덩이하며 핏기 하나 없이 창백한 것이 마치 다 죽어가는 얼굴을 하고 있었다. 아침 일찍 황후의 방문을 받은 공주는 마른

하늘의 날벼락과도 같은 이야기를 들어 아직까지도 마음이 가라앉질 않고 있었다.

—너의 국혼 상대가 정해졌느니라. 폐하의 생신 때 얼굴을 보게 될 것이니 그리 알고 그 전까지 조신하게 있거라. 외출도 삼가야 한다.

자신의 동의나 허락은 필요치 않는 일방적인 통보였다. 평소의 인자함은 찾을 수 없는 냉엄한 황후의 얼굴에 공주는 차마 그럴 마음이 없다, 이 혼인을 물려달라는 말을 내뱉을 수 없었다.

황후가 자리를 떠나고 할 수 있는 거라곤 지금처럼 한숨을 내쉬는 것과 곧 다가올 자신의 국혼에 대한 두려움으로 몸서리를 치는 것뿐이었다.

이렇게 빨리 정해질 줄이야.

다른 황족이나 타국으로 시집간 이복 언니들을 보아오며 자신도 언젠가 정략결혼을 하게 될 것이라는 건 예상하고 있었다. 하지만 이렇게 빨리 그날이 올 줄은 몰랐기에 공주의 마음은 좀처럼 진정되지 않았다. 차라리 저도 청비처럼 기억을 잃어서라도 정혼을 면하고 싶은 마음마저 들었다.

"공주님, 드릴 말씀이 있어요."

청비는 근처에 서 있는 시녀들을 경계의 눈빛으로 보며 공주에게 눈치를 주었다. 공주는 바로 알아차리고 시녀들을 밖으로 모두 내보내어 방 안에는 둘만 남게 되었다.

"건희 님한테 드릴 연서는 다 쓰셨어요?"

공주는 두 뺨에 수줍게 홍조를 물들이며 작게 고개를 끄덕였다. 연서를 꺼내는 것조차 긴장이 되는지 공주는 침상의 베개 아래에서 둘둘 말려 있는 두루마리 서한을 꺼내 청비에게 조심히 내밀었다. 하루라도 빨리 제 마음을 전하고 싶어 조바심이 나 얼른 쓰긴 했지만 막상 건희에게 전해진다 생각하니 망설여졌다.

"청비야, 네 말대로 글을 쓰긴 했는데, 그가 본다 생각하니…… 좀 부끄럽구나."

청비는 자신만 믿고 걱정하지 말라, 이것마저도 하지 않으면 건희같이 둔한 남자는 영원히 공주의 마음을 알지 못할 것이니 어떻게든 다른 이들 몰래 전해주겠노라 하며 공주를 안심시켰다. 연서를 주고받는 공주와 청비 사이에는 무언의 눈빛이 오갔고, 동시에 속으로 기도를 하였다. 서로 짜기라도 한 것처럼 부디 일이 잘되기를…… 같은 마음이었다.

싸움 구경 다음으로 볼 만한 것이 연애 구경이라. 구경도 하고 전령사도 되니 참으로 짜릿하고 스릴 있네. 내가 몸소 나서는데 당연히 잘될 것이다.

"저를 믿으세요, 공주님. 연서를 아무도 모르게 잘 전달할 것이니."

청비는 연서를 최대한 작게 말아 품에 넣고 공주의 침전을 나와 건희가 있을 만한 곳을 여기저기 찾아다녔다. 당연히 태자와 같이 있을 거라 생각해 둘을 무슨 수로 떼어놓나 걱정했는데 다행히도 태자는 제왕 수업을 받는 중이라 하고 건희는 성문에 있다 하니 이는 분명 하늘이 준 기회나 다름없었다.

건희가 있다는 성문은 자신이 드나들었던 성문이 아니었다. 저 멀리 있는데도 올려다봐야 눈에 담을 수 있을 만큼 웅장한 크기였다.

문 높이만 3층 건물이요, 석조 기둥과 함께 입구 좌우에는 용의 모습을 한 석상이 세워져 있어 마치 해륜궁을 지키는 것처럼 위풍당당해 보였다. 성문 안으로는 공물을 가득 채운 수레들이 계속 들어오고 있었는데, 해가 져도 끝나지 않을 듯 보였다.

성문 앞은 명단을 확인하기 위해 자신의 신분을 밝히며 들어오는 사람들로 인산인해를 이루고 있었다. 사람들이 서 있는 줄은 성문에서부터 이어져 끝도 보이지 않는 데다 도무지 줄어들 기미도 보이지 않았다. 청비는 이탄국의 위세와 위상을 다시 한 번 체감했다.

황제한테 선물을 바치겠다고 저렇게 많은 사람들이 안달이 났단 말이지? 참으로 큰 나라란 말이야.

청비는 여기저기를 헤매고 나서야 성문에 서서 병사들을 지휘하고 있는 건희의 모습을 찾을 수 있었다. 가까이 가려 했지만 워낙 많은 사람들이 가로 막고 있어 청비는 건희의 이름을 크게 부르는 것으로 대신했다.

"건희 님! 건희 님!"

계속 이름을 불러대는 통에 건희가 청비를 발견하고 바로 와주었다. 청비는 자신이 앞장서서 주위를 살피며 건희에게 따라오라 말한 뒤 구석진 건물 틈 사이로 향했다.

연서를 전해주는 것은 쉬운 듯해도 아무도 모르게 전해주어야 하니 부담스럽고 어려운 일이기도 했다. 궁 안에 보는 눈과 듣는 귀가 좀 많은가. 절대적으로 보안 유지가 필요했다.

청비는 사람들의 발길이 미치지 않는 벽과 건물 사이의 골목으로 들어가 건희에게 오라며 손짓했고 그가 영문을 모르겠다는 얼굴로 따라 들어오자 다시 한 번 주위에 아무도 없는 걸 확인했다.

"무슨 일이십니까? 태자 전하를 찾는 것이라면 지금 옆 건물에서 수업을 받고 계십니다. 수업이 끝나실 때 제가……."

"태자님이 아니라, 건희 님한테 볼일이 있어서 온 거예요."

"제게 말입니까?"

청비는 품 안에 소중히 품고 있던 연서를 내밀었다.

"받으세요."

"이게 무엇……입니까?"

주변에는 아무도 없었지만 청비는 긴장을 풀지 않은 채 낮은 톤의 목소리로 속삭였다.

"신아 공주님께서 전해달라 하셨어요."

"공주님께서…… 왜 제게?"

선뜻 받지 않고 머뭇거리는 그의 행동이 답답해 청비는 연서를 아예 건희의 손에 꼭 쥐어주었다. 그래도 마음이 놓이지가 않는지, 마치 자신이 고백이라도 하는 것처럼 절절한 얼굴로 연서를 받은 건희의 손을 부여잡았다.

"건희 님을 믿긴 하지만 그래도 절대, 절대, 절대로! 아무에게도 보여서도! 말해서도 안 돼요! 이건 우리끼리만 알고 있어야 해요. 이해하시죠?"

건희는 그러겠다며 말없이 고개를 끄덕였고, 그 모습에 청비는 조금 안심이 되었다.

"그럼 저는 이만 가볼게요."

임무를 나름 잘 수행한 것 같아 뿌듯한 얼굴로 발길을 돌리던 청비가 뭔가 아쉬운지 건희를 향해 다시 돌아섰다.

"원래 이런 건 답장이 빠를수록 좋은 거예요!"

건희의 답을 애타게 기다리는 공주를 떠올리며 간절하게 답장 부탁까지 하는 걸로 마무리를 짓는 청비였다.

부디 건희가 공주님의 마음을 잘 알아주길……. 그리고 그 마음을 받아주길…….

혼자 남겨진 건희는 공주가 제게 무엇을 보냈나 싶어 말려 있는 두루마리 서한을 펼쳤고, 읽어 내려가는 그의 표정에선 당황스러움이 내비쳤다. 알 수 없는 표정으로 들고 있던 서한을 읽는 건희의 얼굴에는 붉어짐과 동시에 어둠이 깔렸다.

이 모습을 우연히 맞은편 정전 위에서 내려다보던 이가 있었으니 바로 단휘였다. 단휘의 낯빛 역시 칠흑같이 어두웠다.

청비가 골목으로 들어온 순간부터 그는 아래를 보고 있었다. 자신의 시선에 청비가 들어오고 순간 얼굴이 환해진 단휘는 듣고 있던 수업을 멈추라 했다. 바로 창으로 고개를 내밀어 아는 척을 하려 했지만 뒤이어 오는 건희를 보게 되자, 반가운 마음이 싹 가셨다.

저놈은 자신의 호위병 건희가 아니던가! 저것들이 저 좁은 곳에서 뭣들 하는 거지?

청비가 구구절절 말을 하는데 들리지가 않아 답답했다. 단휘는 오로지 제 눈에 보이는 저들의 행동과 표정만으로 무슨 대화를 하는 건지 상황 파악을 해야 했다. 저한테는 한 번도 보여주지 않는 청비의 분홍빛 얼굴이 애절해 보이기까지 하는 것이, 평범한 이야기를 하고 있는 것 같진 않아 보였다.

얘기가 곧 끝나겠지 하며 기다리는데 청비가 갑자기 건희의 손까지 잡아가며 무얼 안겼다. 열이 뻗쳐 단휘는 수업 중이라 들고 있었던 붓을 바닥에 내던졌다. 욕지기가 치밀고 도저히 가만히 볼 수가 없었다. 단휘는 자리를 박차고 골목으로 향했다.

청비, 저것은 분명 병이 있는 것이다. 그렇다면 아주 조금은, 정말 조금은 이해가 될 것 같기도 하다.

보통의 평범한 이탄국 여인이라면 생각지도 못할 행동들이 아닌가. 남자들에게 저리 쉽게 다가가는 것도 병이고, 웃음을 흘리는 것도, 내 손뿐만이 아닌 이놈 저놈 손을 잡아대는 것도 다 병이다. 저런 것이 다 중증에 걸려 나오는 행동이 아니라면 대체 어떻게 이해를 해야 하지?

류하 형님 한 명으로도 모자라 이제는 건희까지. 처음부터 호위병으로 건희를 지목했을 때부터 수상쩍다 했는데. 내가 저것을 가만둘 터냐!

골목 안으로 들어서자 멍하니 서 있던 건희가 단휘의 등장에 화들짝 놀랐고, 그를 보는 단휘의 얼굴은 더 파랗게 날이 섰다. 치미는 분을 애써 절제해가며 단휘는 거칠게 변한 호흡을 다스리고 건희의 손에 들려 있는 두루마리에 시선을 툭 던졌다.

"내놓거라."

내놓을 수도 없고, 또 안 내놓을 수도 없는 입장이라 공주의 연서를 잡고 있는 건희의 손에 더 힘이 들어갔다. 그는 어찌할 도리가 없어 난처한 표정으로 어떤 행동도 취하질 못했다.

　"내놓으라는 말, 못 들은 것이냐?"

　"그것이……."

　"청비가 서한 나부랭이를 준다고 그걸 덥석 받아? 청비가 누군지 잊은 것이냐? 내 후궁이 될 여인이다. 그럼 처신을 똑바로 했어야지!"

　뭔가 이상했다. 말하는 걸 들어보니 태자님은 이 연서를 공주님이 아닌 청비 아가씨가 자신에게 준 걸로 오해하고 있는 듯했다. 청비 아가씨는 그냥 전해주기만 한 것뿐인데. 사실대로 말씀을 드려야 하나? 하지만 아가씨가 신신당부하지 않았던가. 아무에게도, 절대로 이야기하지 말라고.

　그 역시 공주님을 거론하고 싶지 않은 마음이 커 건희는 입을 꾹 다물 수밖에 없었다.

　단휘는 실로 충격이었다. 일평생 충성을 바칠 것이라 맹세하며 제 옆에서 보필을 해오던 건희가 아니던가. 대체 어떤 내용이 쓰여 있기에 저리 주지 않고 버티는 것인지. 그는 서한에 쓰여 있는 내용이 더욱 궁금해졌다.

　"전하, 용서하십시오."

　용서를 해달라? 뭔가 있구나.

　더 확신이 든 단휘는 직접 확인하기 위해 건희에게서 가로채듯 서한을 빼앗았다. 있는 힘을 다해 빼앗아가는 태자에게 차마 대적할 수 없어 결국 연서를 빼앗긴 건희는 입 안이 마르고 초조해졌다.

　단휘는 빠르게 서한을 펼쳤다. 내용을 읽어 내려가는 그의 얼굴은 있는 대로 험악해졌다.

　　　　눈에 넣어도 아프지 않은 건희에게.

하! 첫 시작부터 가관이라. 눈에 넣어도 아프질 않아? 이것이 분명 정신이 나간 것이지! 제가 넣어봤어?

오래전부터 그대를 연모하고 있습니다. 그대는 눈이 부셔서 바로 볼 수가 없으니 해요, 그대는 깜깜한 밤에도 환히 빛나니 달이요. 당신이 좋았습니다. 좋습니다. 앞으로도 계속…… 연모할 것입니다.

연모? 며칠 봤다고 벌써 그딴 말을 운운해! 해니 달이니 주절주절할 정도로 마음이 갔단 말인가?
단휘의 손은 부들부들 떨렸고, 표정만으로도 여러 사람을 잡을 듯했다. 계속해서 서한에 꽂혀 있는 그의 눈빛이 시퍼렇게 번뜩였다.

무슨 일이 있든 내 마음은 변치 않아요. 그것만 알아줘요. 아, 그 이름만 들어도 가슴이 울려요. 나의 사내, 나의 건희. 안녕.

뭐? 나의 사내? 나, 의, 건, 희? 내가 잘못 봤나? 다시 봐도 '나의 건희'였다.
단휘는 마지막 부분에 가서 '나의 건희'라는 부분을 보고 몇 번이고 속으로 되뇌었다.
'나의 건희'란다. 분명 기억을 잃어 글도 쓰지 못할 것이라 여겼는데 이렇게 연서까지 쓸 정도인 걸 보면 기억을 잃기 전에도 저 여인은 요런 끼가 다분했을 것이다. 그 생각을 하니 단휘는 다시 열불이 뻗쳤다.
류하 형님께 마음이 있는 줄 알았더니 이제는 새로이 건희까지?
보통내기가 아니라는 건 진작 알았지만 아주 이 남자 저 남자 찔러보는 게 가시덤불이 따로 없었다.
"건희, 너와는 다음에 이야기하겠다."

단휘는 두루마리를 와그작 구겨 손에 든 채 동궁전으로 향했다. 마침 청비는 정원의 정자에서 시녀의 시중을 받으며 차를 마시고 있었다.

"음, 향 좋다. 이 차 이름이 뭐예요?"

"민들레 차입니다."

단휘가 성큼성큼 다가오는 것도 모른 채 청비는 한가로이 차를 마시며 여유를 즐기고 있었다.

"아, 어쩐지 향기가 많이 익숙하더라니. 민들레 꽃은 내가 제일 좋아하는 꽃이거든요. 일편단심 민들레."

"일편단심 같은 소리 하고 있네."

흠칫 놀란 청비의 어깨가 움찔했다.

아, 차 맛 버리게. 또 왜 저러니.

청비는 잔을 내려놓고 단휘를 보았다. 건희에게 공주의 연서를 아무 탈 없이 전해주었으니 제대로 한 건 했다는 생각에 콧노래까지 절로 나오는 판인데. 단휘의 시비에 청비의 표정이 바뀌었다.

오늘은 제발 마주치지 않았으면 했는데, 기분 좋았던 거 다 날아가려고 하잖아.

아침에 같이 말을 타고 온 것이 생각난 청비는 태자의 얼굴을 보는 것이 왠지 불편했다. 그래서 최대한 표 내지 않으려고 심드렁하니 그를 대했다.

"뭐예요, 또?"

"넌 보면 참 일관성이란 것이 없구나. 류하 형님에 이어 이제는 건희한테까지 요사를 부리면서, 뭐? 일편단심 민들레를 좋아한다?"

단휘는 단단히 벼른 듯 말을 쏟아냈다.

"아주 문인이 따로 없던데? 해가 어쩌고 달이 어째? 낮에는 자고 밤 고양이처럼 밤에만 돌아댕기면서 해를 보긴 본 것이냐? 초저녁도 안 되어 잠드는 것이 달이 뭐 어떻다고? 말만 아주 뻔지르르한 것이 이놈 저놈 꼬여보겠다고 아주 작정이라도 한 것이냐?"

"지금 대체 무슨 말을 하는 거예요? 하나도 못 알아듣겠거든요."

정말 아무것도 모르겠다는 얼굴로 시치미를 떼는 것이 참으로 웃기지도 않았다. 사실 연서를 자신의 눈으로 직접 읽어보았음에도 믿기지가 않는 단휘였다. 청비는 태자가 또 왜 저러나 싶어 미간을 좁히다 눈을 파르라니 확 떴다.

"서, 설마……!"

태자가 연서를 읽은 건 아니겠지? 청비는 자리에서 발딱 일어났다.

"혹시 봤어요, 그거? 그거 봤냐고요!"

"그래, 다 보았다."

"아, 진짜, 그걸 보면 어떡해요!"

우리 공주님 어떡해. 아무도 모르게 전해줬다고 생각했는데. 이런! 하필 태자한테 들키다니!

"태자님, 그게 있죠, 그러니까……."

청비가 뭐라 둘러대야 할지 안절부절못하고 있는데, 태자가 시녀들에게 모두 물러가라 명했다. 덕분에 그녀의 주변은 아주 조용해졌다.

청비는 태자에게 볼멘소리로 투덜거리기 시작했다.

"왜 남의 연서를 보고 그래요? 주인 허락도 없이."

"나는 알 권리가 있으니까."

"그래요. 그럼 이왕 보셨다니, 툭 까놓고 제 생각을 말할게요. 그냥 좀 지켜봐주시죠."

저, 저것이 지금 뭐라 한 거야? 단휘의 얼굴은 경악실색에 가까웠다.

"기억을 잃으면서 뻔뻔함도 실종된 것이냐? 얼굴에 대체 무엇을 깔면 너처럼 그리 당당하게 그런 말을 지껄일 수 있는 것이냐!"

청비는 태자가 너무 과하게 반응한다는 생각에 의아했다.

아니, 자기 여동생이 좋다는데 그냥 곱게 생각해주면 될 것을.

길길이 날뛰는 태자의 행동이 상당히 오버스럽게 느껴졌다.

단휘 역시도 저런 청비의 당당함과 행동은 도저히 이해 못 할 일이었다. 허울뿐이지만 어쨌든 지금은 자신의 후궁 후보가 아니던가. 저 머릿속에 무엇이 들어 있어 지켜봐달라는 말을 대놓고 할 수 있는지. 어이없고 기가 막힐 노릇이었다.

"하, 기가 차 말도 안 나오는구나. 그래, 네가 건희를 마음에 담든 말든 내가 상관할 바는 아니지. 하나! 네 처지를 잊지 마. 지금 넌 내 후궁 후보야. 그러니 다른 이들의 눈과 귀를 좀 생각하란 말이다."

저 말, 뭔가 이상한데?

—네가 건희를 마음에 담든 말든.

뭐, 뭐야, 혹시 태자는 내가 건희를 좋아한다고 생각하는 거야? 청비는 단휘가 처음부터 제게 했던 말을 떠올리고는 웃음을 터뜨렸다.

"품! 하하하. 아, 이제 알겠다. 크큭."

이제 보니 태자가 오해를 단단히 하셨네. 그 연서를 보낸 것이 나라고 생각하고 있어. 내가 건희를 좋아하고 있다 여기고 있다고.

그렇다고 그 연서는 자신이 아닌 공주가 보낸 것이니 오해 말라 사실대로 말할 수도 없는 노릇이었다. 이 상황이 황당하면서도 재밌어서 청비는 웃음을 멈출 수 없었다.

"풋! 크큭."

"웃지 마. 이 상황에서 웃음이 나오는 것이냐?"

청비는 단휘의 말이 들리질 않았다. 단휘가 오해한 것이 잘된 일일지 곰곰이 생각하는 중이었다.

그래, 차라리 잘된 걸지도 몰라. 건희도 입을 다문 모양인데, 그래, 이 몸 한 번 희생해주자. 이제 좀 평온해지나 싶었는데 다시 살얼음판을 걷게 되는 것인가?

생각을 정리한 청비는 턱을 치켜 올려 단휘의 눈을 마주 응시했다.

"그래요. 나 건희를 완전! 열렬히! 좋아해요. 그래서 뭐, 그게 왜요? 어차피 난 가짜 후궁 후보일 뿐인데."

청비의 입으로 직접 들으니 더 타격이 큰 모양이었다. 단휘의 얼굴에는 이내 조소가 비쳤다.

"그래, 이제야 본심을 보이는구나. 건희를 좋아한다? 하, 참으로 두껍단 말이지."

"뭐, 뭐가요?"

"네 일굴 말이다. 참으로 뻔뻔하단 말이지. 도저히 넘어갈 수 없어 내 한 가지 묻겠는데 대체 왜……."

말이 쉽게 나오지 않았지만 이미 말을 꺼낸 상황이었다. 속에서 열이 차오른 단휘였지만, 표정만은 최대한 평상심을 유지했다.

"왜 좋다는 것이냐? 건희 그놈이, 어디가 좋다는 건데?"

청비는 당황했다. 이건 전혀 예상 못한 질문이었다. 청비가 대답이 없자, 단휘가 스스로 답했다.

"그것 보거라. 너는 건희를 좋아하지 않아. 대답도 제때 못 하면서 좋다 말한 것이냐?"

자청비 생각해내, 어서! 지금 대답만 잘하면 태자가 완전히 믿을 태세라고. 청비는 입술을 몇 번 달싹이다 대충 생각나는 대로 떠들어댔다.

"완전 좋아하거든요! 뭐니 해도 건희 님은 얼굴이 제일 아니겠어요? 이목구비가 반반한 게, 그만하면 눈 호강에, 빨래판이나 다름없는 몸에, 점잖지, 검술 뛰어나지, 뭐 하나 빠지는 게 없잖아요. 더군다나 만날 태자님이랑 붙어 계시니 더 비교가 되어 눈에 들어왔고…….”

단휘의 자존심이 가뭄 난 땅처럼 쩌억 갈라지는 순간이었다. 비교가 된다고?

“무엄하다!”

단휘의 호령에 청비는 순간적으로 어깨를 움찔 떨었다.

아, 깜짝이야. 왜 갑자기 큰소리를 내고 난리야. 내가 너무 대놓고 말했나? 요놈의 입이 또 나오는 대로 주절거렸나 보네. 여기서 더 입을 열면 아예 뼈도 못 추릴 듯해 청비는 합죽이가 되어 저기압인 단휘의 눈치를 살폈다.

“에이, 왜 그러세요? 제 말에 화나신 거예요?”

“화라니? 나를 호위병 따위와 비교하는 것이 어이가 없어서 그런다!”

단휘는 사실 머리 꼭대기까지 화가 들끓었다. 건희를 좋아한다니. 청비가 하는 모든 말들이 마음에 들지 않고 분이 났다.

저 여인은 자신을 화나게 하는 데 특별한 재주가 있었다. 머리끝까지 열이 뻗쳐 얼굴이 붉으락푸르락 달아올랐다. 무엇보다 참기 힘든 것은 왜 화가 나는지 그 이유를 알 수 없다는 것이다. 네까짓 것이 하는 말, 대수롭지 않게 여기고 그냥 한 귀로 흘려보내면 될 것이다 여겼는데 마음은 그렇지 않은가 보다. 이렇게 감정이 상한 걸 보면.

단휘의 눈빛이 엄하게 청비를 향했다. 굳게 다문 입술이 비틀렸다.

“앞으로 그 누구와도 나를 비교하지 마.”

언제나 강하던 눈, 겨울처럼 차던 눈에 서운함이 밀려들었다. 그 눈이 청비를 무감하게 바라보았다.

“네가 나에 대해 알고 있는 것은 대부분 잘못된 것이다.”

“그게 무슨…….”

“난 네가 아는 것과는 다르다고.”

내가 태자에 대해 아는 것이 잘못된 거라니, 뭔 소리야? 또 무슨 말이 날 아오기 전에 먼저 선수 쳐야지.

"알았어요. 전 태자님에 대해 모르니까 앞으로 비교 같은 거 절대 안 할 게요. 됐죠?"

"네가 누구를 마음에 담든 상관없는데, 다른 이들이 알면 우리 거래에는 타격이 커. 그 정도는 알고 있겠지?"

하여간 그놈의 거래는 입버릇이 되었나. 툭하면 저한테 피해 입힐까 엄청 전전긍긍하네.

"알았어요. 건희 님 좋아하는 거 절대 티 안 낼게요. 걱정 마세요."

청비는 반복적으로 고개를 끄덕이며 평소와는 달리 고분고분한 태도를 보였다. 단휘는 그게 더 마음에 들지 않았다.

"자꾸 걱정 말라고 하는 게 더 무섭거든?"

"아, 그럼 어떡하라고……."

대화를 이어나가던 청비의 시선이 한곳으로 향했다.

"류하 왕자님……."

단휘의 얼굴도 자연스레 청비와 같은 곳을 응시하게 되었다. 류하가 두 사람이 있는 쪽으로 걸어오고 있었다. 청비의 앞에 선 류하의 얼굴은 평소의 상냥한 미소 대신 딱딱하게 굳어 있었다.

"청비야, 단둘이 이야기를 하고 싶구나."

"단둘이는 곤란합니다, 형님."

정말 낄 데 안 낄 데 모르네. 류하 왕자가 자기에게 물어본 건데 왜 제가 나서서 대답해? 청비는 입술을 씰룩거리며 단휘의 앞을 가로막았다.

"네. 그럼 잠시 걸을까요?"

류하는 먼저 나가서 기다리고 있겠다며 동궁전을 나갔다.

"류하 왕자님하고 이야기 좀 나누고 올게요. 따라오지 마세요."

빈정이 상한 단휘는 얼굴에 가소를 띠었다.

"따라가긴, 누가."

곧 청비도 정원을 나가고, 혼자 남은 단휘의 불안한 눈빛이 이리저리 흔들렸다. 특히 형님의 눈빛이 걸렸다. 뭔가 결정을 내린 듯 초연했던 눈빛이.

저들이 무슨 이야기를 나눌지 궁금해 잠시라도 가만히 있지 못하고, 그는 계속 같은 곳을 왔다 갔다 했다.

홀로 강에 남겨졌던 류하는 생각이 많아짐과 동시에 마음이 급했다. 자신이 다스리는 소국에 가서도 내내 청비의 향기와 맑은 웃음이 그리웠었다.

하루라도 빨리 돌아가고자 수로 공사 설계에 박차를 가한 덕분에 생각했던 시간보다 일을 빨리 끝낼 수 있었다. 곧 청비의 얼굴을 볼 수 있으리라 기대하며 해륜궁으로 향했고, 가는 도중 습관처럼 주청강에 들렀던 그였다.

우연일까? 그곳엔 청비가 있었다. 처음으로 만났던 그곳에 애달픈 모습으로 청비가 서 있었다. 생각지도 못했기에 반가움과 기쁨은 말도 못할 정도였다.

바로 다가가 재회를 했지만 단휘의 등장과 함께 청비가 태자의 후궁 후보가 되었다는 말을 들은 류하는 그 사실에 충격을 받았다.

단휘가 청비를 데리고 먼저 가, 홀로 남겨진 류하는 믿겨지지가 않았다.

살아온 생에서 처음으로 마음을 내준 여인이었다. 태자라는 보위와 아버지의, 사람들의 관심까지 모든 것을 아우가 다 가져갔건만, 자신에게는 여인 하나 허락되지 않는 것인가.

과한 욕심이라 해도 놓치지 않을 것이다. 지금까지 그림자처럼 살아온 자신이었다. 드러낸다 하더라도 당당하지 못했던 자신이 청비를 원하는 것은 어쩌면 처음으로 내본 욕심이라면 욕심이다.

하지만 이조차도 과하더란 말인가? 그가 먼저 발견한 청비를 이대로 단휘의 여인이 되게끔 두고 보지만은 않을 것이다.

류하는 마음이 조급해졌다. 당장 청비를 보아야 했다. 해륜궁으로 오는 동안 고삐를 쥐는 듯 마는 듯 잡은 손은 땀으로 범벅이 되었고 궁으로 오는 거리가 길지 않음에도 천릿길처럼 느껴졌다. 류하는 해륜궁에 도착하자마자 청비를 찾았다. 드디어 눈앞에 있는 청비는 무구한 얼굴로 자신을 보고 있었다.

"청비야."

청비를 부르는 류하의 목소리가 비장했다. 류하의 눈빛은 조금의 흐트러짐도, 동요도 없었다. 매처럼 날카롭기까지 한 눈은 청비를 보고 또 보았다.

"네가 후궁이 되기 전, 나는 널 데리고 궁을 빠져나갈 것이다."

굉장히 위험한 말이었다. 청비의 눈동자가 요란하게 떨렸다. 빈말이 아니었다. 장난으로 이런 말을 할 남자가 아니며, 또한 잘못 들은 것도 아니었다.

자신을 데리고 궁을 나가겠다니. 같이 도망치자는 거잖아. 그런 거 이 시대에서 큰 죄나 다름없지 않나? 아무럼 가짜이긴 해도 어쨌든 자신은 표면상으로는 태자의 후궁 후보였다.

"나와 같이 떠나줄 수 있겠느냐?"

농담하지 말라며 가벼이 넘기고 싶었지만 류하의 진중한 목소리에 차마 그 말이 입 밖으로 나오지 않았다. 자신을 보는 그의 눈빛이 너무나 확고했다.

"무슨 그런 말씀을, 누가 들으면 어쩌시려고……."

"나와 함께 떠나줄 수 있냐 물었다."

조금 더 높아진 억양. 순간적으로 청비는 누가 듣고 있는 게 아닐지 주위를 살피느라 류하의 얼굴이 눈에 들어오지 않았다.

"아시잖아요. 저는 지금 후궁 후보인 거. 근데, 어찌……."

"너의 뜻이 아니란 걸 안다. 만일 그 자리를 원한 게 너의 뜻이었다면 지금처럼 청비 네 눈이 흔들리지 않았겠지."

이건 그런 뜻에서 흔들리는 게 아닌데. 류하 왕자, 당신같이 멋진 남자가 같이 떠나자는데 누가 안 떨리겠냐고요.

궁을 떠났던 류하 왕자가 갑자기 등장한 것도 놀랄 일이건만, 같이 떠나자니……. 위험이 따른다는 걸 분명히 알 것인데. 알면서도 왜 류하 왕자는 내게 이런 말을 하는 거지?

청비는 적잖이 당황스러웠다.

"왜 제게 그런 말을 하는 거예요?"

"널 내가 발견해 궁에 데리고 왔고…… 그리고 난……."

청비는 류하의 이어지는 말을 채 듣지 못하고 그의 말을 잘라버렸다.

"류하 왕자는 정말 책임감이 넘치시네요."

태자의 후궁 후보인 자신에게 같이 궁을 떠나자고 말하다니. 더 이상 듣고 있다간 정말 큰일 날 것 같았다. 류하 왕자를 말려야 했다.

"저를 발견했다는 이유로 궁에 데리고 와 보살펴준 것만으로도 감사한데, 또 그렇게까지……."

청비의 고마워하는 얼굴에 류하의 입에서 들릴 듯 말 듯한 혼잣말이 나왔다.

"책임감?"

류하는 허탈한 듯 자조의 쓴웃음을 지었다.

"그래, 우선은 책임감이라 해두지. 한 가지만 묻겠다. 후궁 후보가 된 것이 정말 너의 의지였던 것이냐? 대체 그 자리가 어떤 자리인지 알고 있는 것이야? 청비 네가 기억을 되찾는다 해도 후궁이 되면 고향은커녕 궁 밖 출입도 삼가야 해. 평생 궁에 묶여 있어야 한다고. 그래도 상관없느냐?"

사실을 말해줄 수도 없고 이거 참 난처하네. 대화가 길어지다가는 류하의 입에서 더 위험한 발언이 나올 듯 싶어 청비는 그를 말리려 했다.

"나중에 다 설명을 드릴 테니 그 얘긴 이제 그만……."

"내가 조치는 다 취해놓을 것이다. 넌 걱정할 것이 아무것도 없어. 내가 궁을 떠날 때, 나를 따라오겠느냐?"

류하의 말을 계속 듣다보니 머릿속에 생각이 많아졌다.

저 말은 좀 생각해볼 만한데.

가만히 생각해보면 '따라간다', '같이 간다'라는 말 대신 '내 갈 길을 간다'로 바꾸어서 생각하면 될 일이기도 했다. 어차피 후궁 후보로서의 역할을 다 하고 나면 궁에 남는 것이 더 이상은 어려워질 것이고, 그러면 결국 궁을 나가게 될 것이 분명한데.

궁을 나간다니. 내가 궁을 나가서 혼자 어떻게 살아?

그 안에 한국으로 돌아갈 수 있다면 정말 다행이겠지만, 만약…… 만일에라도…….

생각도 하기 싫었다. 그런 일이 있어서는 안 되겠지만, 이러다 한국으로 영영 돌아가지 못한다면…… 난 어떻게 되는 거지? 뭘 해서 어떻게 먹고살아야 할지 갑자기 눈앞이 까마득해졌다. 있는 거라곤 튼실한 몸뚱이 하나뿐. 사방이 온통 벽으로 막혀 있는 것 같다.

그래, 상황이 이러한 만큼 차후에 류하 왕자를 따라가는 것도 괜찮은 방법이긴 했다.

따라간다면야 당연히 살 곳 보장에, 입는 거, 먹는 거 걱정은 없겠고, 류하도 왕자의 신분이니 나 하나 데리고 있는다 해서 살림이 줄지는 않겠지.

한국에 언제 돌아갈지 기약도 없으니, 어떻게든 이곳에서 하루하루 버티면서 살아갈 수밖에 없다. 그렇다면 이것은 거부하기 힘든 보험. 류하 왕자의 제안은 더 고민을 해봐야 할 것 같다.

"생각 좀…… 해볼게요."

승낙도 아니고, 거절도 아니다. 일언지하에 거절하지 않을까 내심 걱정했는데 생각을 해보겠다니 거절보다는 희망이라……. 청비의 대답에 류하는 그렇게 자신을 위로하였다.

동궁전까지 데려다준 류하를 떠나보내고 나서 청비는 고민을 계속했다.

류하 왕자를 따라간다……? 어차피 태자의 후궁 후보들을 다 내치고 나면 그때 가서는 나도 더 이상 궁에 있을 이유가 없으니 하루빨리 궁을 나가야 할 것이다.

태자도 어떤 이유를 대서라도 자신을 궁 밖으로 내보내준다 했으니, 태자로선 어쩌면 더 좋아할지 모르지. 그가 내쫓기 전에 내 발로 궁을 나가주니 말이다.

어차피 후궁 후보가 되어 다른 후보들을 제 풀에 나가떨어지게 해주는 조건으로 태자에게 한몫 제대로 챙겨달라 하거나 이 나라에서 절대 아무도 자신을 해하지 못하게 사면금패 같은 것이라도 내려달라 할 생각이었던 청비였다.

그래, 하루라도 빨리 후궁 후보들을 내쫓고 금패 하나 받아 류하를 따라 이곳을 나가는 거야. 그럼 금패도 챙겨 궁을 나오는 것이니 이 삭막하고 위험한 이탄국에서 혈연단신 혼자라 해도 목숨이 위태로울 일도 없을 것이다. 또 류하를 따라가면 혼자 어찌 살아가야 하나 막연해하지 않아도 되니 일석이조이리라.

근데 참 이상하게도 마음 한 자락이 시큰거린다.

뭐지, 이 기분은……. 금세 해륜궁에 정이라도 들어버린 건가?

막상 궁을 나간다 생각하니 찬바람이 가슴을 드나드는지 허하고 쓸쓸해졌다.

"무슨 이야기를 그리 길게 한 것이냐."

정원 풀밭에 앉아 있던 단휘는 기다리기라도 한 것처럼 청비를 보자마자 바로 성큼성큼 다가왔다.

"또 가서 헤죽거리며 무슨 말을 했냐고."

그는 다그치듯 재차 물었다. 청비는 대답 대신 오히려 대뜸 단휘에게 반문했다.

"아니, 아직까지 여기 계시고. 설마 저 기다리신 거예요?"

"기다리긴. 내 비원을 감상하는 중이었지."

"네, 그럼 계속 구경하세요. 저는 피곤해서 이만 들어가 쉬려고요."

어제 잠도 못 잔데다 오늘 너무 많은 일이 있어서인지 청비는 빨리 눕고 싶은 생각밖에 없었다. 처소로 돌아가기 위해 단휘에게서 걸음을 떼는데 그가 청비의 팔을 잡았다.

"어딜 들어가."

둘의 눈빛이 짧게 부딪치고, 곧 단휘는 청비를 놔주었다.

"내 말 다 안 끝났어."

"무슨 말이요? 제가 건희 님 좋아하는 거요? 그건 조심하겠다고 했잖아요. 또 뭐 류하 왕자님이랑 무슨 말 했냐고요? 미안하지만 사적인 거라서 말씀드리기 어렵네요. 태자님한테 제 사생활을 그렇게 낱낱이 고하고 싶지도 않고요."

청비는 새침하게 대꾸했고 또 길길이 날뛰려나 했는데 단휘는 별 반응을 보이지 않았다.

"차라리 잘된 거라고, 그 말 하려고 했는데."

청비는 멈칫했다.

"잘된 거라니요?"

"그렇지 않느냐. 네가 마음에 둔 이가 따로 있다 했으니 내겐 잘된 일이지."

청비가 눈을 동그랗게 뜨고 자신을 보자 단휘는 아무렇지 않은 듯 태연하게 말을 하는 것이 쉽지 않았다. 애써 가장한 무덤덤함이라. 단휘의 입에서 낮은 음성이 흘렀다.

"나중에 뒤탈은 없을 것이니, 나로선 좋은 일이다."

"뒤탈이라면……."

"혹여나 네가 아예 후궁이 되겠다고 눌러앉겠다는, 그런 생각은 하지 않을 것 아니냐."

하, 이 작자가 진짜. 그딴 후궁 자리, 아무리 들이밀고 사정해도 걷어차고 도망칠 판에, 미쳤다고 눌러앉아? 이런 말까지 듣고 가만히 있으면 자청비가 아니지.

"제게 좋아하는 사람이 생긴 것이 태자님한테 그리 경사인 줄은 몰랐네요. 이럴 줄 알았으면 진작 말씀드릴걸. 앞으로는 매사 바뀔 때마다 꼭 보고 드려야겠어요."

청비의 비꼬는 어조에 태자의 눈썹이 치켜 올라갔다.

"매사 바뀐다니? 뭐가?"

어차피 그깟 후궁, 할 마음은 티끌만큼도 없었고 별로 좋지도 않았다. 거의 첩이나 다름없는 그 신세가 뭐 그리 좋다고 욕심을 내겠는가. 자신을 그리 생각했다니 기분이 나쁘고 불쾌했다. 그리고 왜인지는 모르겠지만 내심 서운함이 들었다.

자기가 뭐라고 나를 그런 식으로 몰아.

청비는 꼿꼿하게 태자의 눈을 마주했다.

"이 창창한 나이에 오매불망 건희 님만 바라볼 수 있나요, 하루가 다르게 입맛도 바뀌는데 남자라고 안 바뀔까. 궁에 난 인물들이 한둘이 아니라 제 마음이 바뀌어 다른 남자를 좋아하게 되면 그때그때 말씀드린다고요. 그래도 제가 명색이 후궁 후보인데 태자님도 알고는 계셔야 하지 않겠어요? 제가 누굴 마음에 들어 하는지."

"대단하구나. 벌써부터 문어발 식으로 여러 놈들에게 요사를 부릴 거라 내게 통보를 하고."

"통보가 아니라 귀띔입니다. 사전에 넌지시 알려드리는 거죠."

한마디도 지지 않는 것이, 여인이면서 저리 능청스러운 건 태어나서부터 인지 아니면 만들어진 건지 참으로 새삼 별난 여인이었다. 상대가 할 말이 없게 만드는 저 재주 또한 타고난 것이리라.

이탄국의 여인이라면 자고로 사내와 눈만 마주쳐도 얼굴을 붉히거나 연모하는 감정 또한 드러낼 수도 없으며, 앞에서 얼굴 또한 들지 못하건만 건희한테 하는 언행이며, 앞으로 좋아할 사내가 한둘이 아닐 거라 예고까지 하다니. 아주 쇠가죽보다 두꺼운 낯짝이 따로 없었다.

그래, 다 말하거라. 내가 보고만 있나.

"기대하지, 그 귀띔."

단휘의 말끝이 날카로웠다.

"그 전에 네 역할을 다해야 할 것이다. 내일 너와 같은 후보들끼리 점심 식사를 하는 자리가 있으니 그때 너의 실력을 한번 보여보거라. 그 또한 기대하지."

말을 마치고 정원을 나가는 단휘의 뒷모습을 보는 청비의 눈에 힘이 들어갔다.

그동안 걱정이 꽤나 컸겠어. 내가 돌연 후궁 하겠다고 생각 바꿀까 봐 지금까지 속으로 얼마나 노심초사했겠느냐고.

이제 다 알 것 같다. 물에서도, 늪에서도 매번 자신을 구해준 이유가 그냥 오로지 자신이 필요해서였음을.

무뢰배들 사이에서 나를 구해준 것도 내가 잘못되면 거래가 잘못될까 봐, 그래서…… 그렇게 와준 거였고.

생각해보니 완전 저밖에 모르는 놈이다.

—혹여나 네가 아예 후궁이 되겠다고 눌러앉겠다는, 그런 생각은 하지 않
  을 것 아니냐.

단휘가 했던 말이 머리에서 떠나질 않자 청비는 발에 닿는 것은 풀이고
돌멩이고 마구 차대며 분풀이를 했다. 태자에게서 저런 말을 들으니 배알이
꼬였다.
　떡 줄 사람은 생각지도 않는데 저 혼자 설레발이야!

제11장
감위심(敢爲心) : 어떤 일을 과감하게 해내려는 마음

　다음 날, 후궁 후보들끼리 같이 만나 식사를 하는 시간이 다가오자 청비는 드디어 때가 왔다며 속으로 칼을 갈았다.

　내가 이날만을 기다려왔다. 아주 확실하게 보내주겠어.

　"저기요. 푸른색이 나는 염료나 가루 있으면 좀 갖다주세요."

　곧 시녀가 보랏빛이 감도는 푸른 염료를 가져오자 청비는 색이 아주 맘에 쏙 들어 일이 잘돼가는 거라 여기며 쾌재를 불렀다. 시녀들의 몸치장이 끝나고 청비는 그녀들에게 잠깐 나가달라 청한 뒤 재빠르게 어깨와 팔, 다리, 쇄골에까지 푸른 염료를 슥슥 묻혔다.

　번지거나 지워지면 안 되기에 하얀 분가루로 살포시 덮어 마무리까지 하고 나니 청비는 자신이 원하는 특수 분장이 만들어진 것에 만족스러워했다.

　"이 정도면 완전 진짜 같고도 남네."

　시간이 되어 후보들이 기거하고 있는 별궁 정원에 청비까지 합석하고 후궁 후보들이 모두 모이는 자리가 되었다. 지난번 그 일로 앙금이 남았는지 청비를 보는 금란의 눈길은 한층 더 표독스러웠다.

그리고 사혜 공주라 했던가? 공주라 그런지 숟가락 하나 드는 것에서부터 품의와 격식이 몸에 배어 있었다. 다른 한 명인 여홍은 벌써부터 입에 한가득 음식을 먹고 있어 남다른 식탐을 보이고 있었다. 여홍이 먹는 것을 멈추고 청비에게 접근했다.

"나는 여홍이에요. 태자님이 당신을 많이 찾는다고 들었는데, 태자님은 어떤 분이신가요?"

음식을 간신히 삼킨 여홍이 청비에게 질문을 던지자 그릇에 수저 부딪히는 소리만 간간이 나던 어색하고 가라앉은 분위기에 더욱 정적이 흘렀다. 자신에게 집중되어 있는 여인들에게 청비는 생각해볼 것도 없다는 듯 바로 단휘에 관한 자신의 생각을 토해냈다.

"어떤 분이냐고요? 그냥 무난해요. 다혈질에 툭하면 버럭버럭 소리나 지르고, 쪼잔하고 제멋대로에, 저밖에 몰라요. 그리고……."

당연히 칭찬 일색이겠거니 생각하며 청비에게 집중해 있던 세 여인들은 충격을 적잖게 받은 얼굴들이었다.

"얼굴값을 아주 덤터기에 바가지까지 씌워서 제대로 하더라고요."

여인들의 표정은 하나같이 경악에 가까웠다. 감히 태자를 저렇게 말하다니. 듣는 것조차 겁이 나는지 다들 못 들은 척하며 청비의 시선을 피했다. 후식이 나오니 금란과 공주는 청비를 가리켜 더 이상 수준 낮은 계집과 함께하지 못하겠다며 자리를 박차고 일어나 자신들의 처소로 돌아갔다.

한 명이라도 남은 게 어딘가. 청비는 이탄국 최대 지주의 고명딸인 여홍이라는 여인을 위아래로 훑었다. 쉴 틈 없이 계속 먹어대는 먹성에 제법 통통해 보이는 몸매로 보아, 성격 하나는 둥글둥글하고 참 좋을 듯했다.

남은 후식까지 남김없이 먹고 있는 여홍을 보는 청비의 눈빛은 마치 먹잇감을 노리는 맹수와도 같았다.

이제 본격적으로 나의 연기력을 선보일 때가 되었구나.

청비는 일명 후궁 후보 떨쳐내기 작업에 착수했다.

"아얏!"

청비가 과한 오버액션으로 어깨를 부여잡으며 울상을 짓자 여홍이 화들짝 놀라 그녀를 쳐다봤다. 눈이 마주치자 청비는 기다렸다는 듯 윗옷을 내려 어깨를 드러내 보였다.

"아, 너무 쓰리네. 약을 발랐는데도 통증이 가시질 않잖아."

혼잣말처럼 중얼댔지만 여홍에게도 들릴 정도의 음성이었다.

"어깨가 왜 그래요? 어머, 정말 아프겠다. 주먹만 한 멍이 들었어요."

푸른 것을 넘어 보랏빛이 도는 커다란 멍 자국에 여홍은 보는 자신이 다 아프다는 듯 얼굴을 찌푸렸다.

"어디 부딪혔나 봐요."

"부딪힌 건 아니고…… 아무한테도 말하면 안 돼요. 아가씨만 알고 계세요."

여홍은 고개를 세차게 끄덕였다.

"귀하디귀한 집안의 아가씨께서 들어는 보셨는지…… 손찌검이라고."

여홍의 벌어진 눈에 공포가 스쳤다.

"어, 어찌 궁에서 손찌검을…… 누, 누가 그런단 말입니까? 그것도 감히 후궁 후보에게!"

뒤에서 시중을 드는 시녀들에게 들릴세라 청비는 여홍에게 가까이 다가가 귓속말을 청했다.

"누구긴요, 아시면서."

"정말 모르겠어서 그러는데, 말해주세요. 누가 그런 건지."

조금의 여지없이 청비는 바로 툭 내뱉었다.

"태자님이요."

"태, 태자 전하요? 서, 설마, 그, 그럴 리가요!"

창백하게 질린 얼굴로 그럴 리가 없다며 여홍은 말까지 더듬으며 부정했고, 청비는 암묵적으로 이해한다는 얼굴로 그녀를 대했다.

"그래요. 그렇게 생각하고 싶겠죠. 하지만 들어보셨을 거예요. 태자님이 보기에도 괴팍스럽고, 성정이 불같다는 거."

그 말은 사실 시녀들이 자기들끼리 수군대는 것을 청비가 지나가다 귀동냥으로 들었던 말이었다.

그때는 듣고 속으로 엄청나게 웃기만 했는데 이런 때에 이렇게 또 써먹게 되네.

"들었던 것 같기도 하고……."

"들었던 것의 딱 스무 배 이상 수준이라 생각하시면 돼요. 실제로 곁에 있으면 정말이지 그 더러운 성질 받아주느라 몸 성할 곳이 없다니까요."

청비는 소매를 걷어 팔의 멍 자국을 보여주었다.

"이건 자기 마음에 안 든다고……."

이번엔 목을 길게 빼며 쇄골의 멍 자국을 내보였다.

"이건 눈에 거슬린다고……!"

치마를 잡고 살짝 올리다 청비가 멈칫했다.

"이건 보여주면 좀 놀라실 텐데. 어차피 그쪽도 후궁이 될 수 있는 거니까 보여줄게요."

치마를 올리고 청비는 여홍의 얼굴 쪽으로 자신의 발을 들어 보였다. 발목 전체에 나 있는 시퍼런 멍 자국에 여홍은 눈살을 찌푸렸다.

"그건 왜 또……."

"많이 먹는다고요."

많이 먹어서 저렇게 만들어놨다고?

여홍의 얼굴은 충격으로 창백하게 질렸고, 너무나 놀라 벌어진 입은 다물어지지 않았다.

그럼 대식가인 나는 어떻게 되는 거야. 만약 내가 후궁이 되기라도 해 태자 전하께서 식사할 때 5인분도 거뜬하게 먹어 치우는 나를 본다면…… 그때는 나도…….

여홍은 뱃속에서부터 공포심이 치밀었다. 손발이 떨리고 비명이라도 지르고 싶은 걸 필사적으로 억누르고 있었다.

청비는 여홍의 표정에서 그녀가 얼마나 겁을 먹었는지 단박에 알 수 있었다.

여파가 생각보다 큰 듯한데. 일이 쉽게 풀리겠어.

여홍은 이만 급한 일이 있어 가봐야겠다며 자리에서 일어났다. 그녀의 걸음은 완전 줄행랑에 가까웠다.

"후궁 후보, 생각 잘 해봐요!"

청비는 뒤도 안 보고 도망가는 여홍을 바라보며 씨익 웃고는 손가락에 침을 묻혀 쇄골 부분에 자신이 만든 멍 자국을 쓱쓱 지워갔다.

태자야, 널 파렴치한으로 몰아서 미안하다. 그래도 이해해라. 이게 여자들을 도망가게 할 수 있는 가장 효과적인 한 방이란다. 어느 여인이 손찌검하는 남자를 서방으로 삼고 싶겠느냐고.

나한테 오히려 고마워해야 해. 원하는 대로 혼자 늙어갈 수 있게 내가 적지 않게 일조를 해줬으니 말야.

밤이 되고 자신의 작전이 과연 먹혔을지 궁금했는데 신아 공주의 방문으로 청비는 여홍의 이후 소식을 들을 수 있었다.

"너의 경쟁자 한 명이 줄었던데, 들었느냐? 참으로 이상한 일이 아닐 수 없구나."

"무엇이 말입니까?"

"여홍 아가씨가 자기 아비를 급히 불러 대뜸 후궁 안 한다고 울며불며 매달려 후궁 후보 자리를 포기하고 바로 궁을 나갔다더구나."

청비는 입꼬리를 올리며 사악한 미소를 흘렸다. 예상보다 빠른 여홍의 행동에 그녀는 이제 두 번째 표적으로 사혜 공주와 금란 중 누구를 먼저 택할까 궁리했다.

"청비야…… 그나저나 어제 일은 어찌 되었니……?"

공주의 떨리는 음성에 청비는 어제 일어났던 일의 자초지종을 설명했다. 처음에 태자에게 연서를 들켰다 했을 때에는 놀라서 굳은 얼굴로 의자에 털썩 주저앉은 공주는 단휘가 편지를 쓴 이를 청비인 줄로 오해한다 하니 안도의 숨을 내쉬었다.

"고생 많았다, 청비야. 그나저나 오라버니가 단단히 화가 났겠어."

"제가 후궁 후보인데 호위 병사랑 눈이 맞았다고 사람들에게 알려질까 봐 아주, 이만저만 걱정이 아니더라고요. 그래도 뭐 별수 있나요. 그 순간에 떠오르는 게 그 방법밖엔 없는데."

청비는 공주님의 손을 꼭 잡으며 결연한 표정을 보였다.

"제 걱정은 마세요. 아까 시녀에게 들었어요. 내일 저녁, 폐하의 탄신을 축하하는 큰 연회가 열린다고. 이탄국의 귀족이며 각국의 왕족까지 초대한다던데, 내일 공주님께서 건희 님을 만날 수 있게 제가 어떻게든 자리를 만들어볼게요."

"그리해줄 수 있겠느냐?"

"네, 걱정 붙들어 매세요."

자신의 마음을 고백하는 연서를 전하고 난 이후 처음으로 건희를 만나는 것이라서 그런지 공주는 그를 만나는 상상만 하여도 심장이 터질 듯 요동쳤다.

청비는 그런 공주를 보고는 연회에서 공주와 건희를 어떻게 만나게 해줘야 할지 묘안을 생각해내느라 여념이 없었다. 둘을 만나게 하는 것은 사람이 드나들지 않는 장소만 찾으면 되는 것이니 그리 어려운 것은 아닌데, 그가 문제였다.

현재는 태자가 가장 큰 걸림돌이야. 대체 어떻게 알고 나타나는 건지. 하여튼 이런 건 아주 기가 막히게 냄새를 잘 맡는단 말이지. 이번에는 절대로 걸리지 말아야 할 텐데.

"이건 최상품 비단이 아니더냐?"

"예, 태자 전하. 은은한 분위기로 준비하라 하시어, 촉에서 나는 최상품 비단 촉금을 먹물로 염색해 지은 단령을 준비했사옵니다. 갈색빛이 감돌면서 금실로 소매 부분에 수를 두어 품격이 높아 보이게 하였습니다."

"내 말을 이해 못 한 것이냐?"

무표정한 얼굴로 가만히 듣고 있던 단휘가 자신 앞에 여러 벌의 옷을 들고 있는 시녀들과 시중을 드는 하인들에게 불만이 가득한 얼굴로 목소리를 높였다.

"자고로 은은하다는 것은 과하지 않은, 튀지 않는 그 평범함에서 나오는 것. 그런 걸 가져오라 했거늘!"

"그럼 오배자로 염색한 검푸른 양단은 어떻사옵니까?"

색도 튀거니와 옷감의 팔 부분 아래 솔기에 달린 옥구슬들이 더 마음에 안 들어 단휘는 던지듯 내버리고 다른 하인이 가져와 펼치는 옷에 눈길을 주었다.

"전하, 자고로 황색이야말로 은은함이 풍겨지고 고상함이 돋보이는 법이지요. 이건 어떠하십니까? 치자나무 열매로 염색한 단령이옵니다."

"이것이 황색이라니, 네놈 눈이 어떻게 된 것이냐? 이건 황색이 아니라 금빛이니라! 햇빛에 반사만 돼도 저 멀리서 내가 금덩이인 줄 알고 서로 줍겠다, 달려들 판이겠구나!"

가져온 옷들이 하나같이 고급 비단에, 화려한 색들뿐이니, 단휘는 어떤 것 하나 마음에 들지 않아 모두 거부했다. 이탄국에서는 염료 공급이 힘들어 여러 가지 고운 색으로 물을 들인 채색 옷은 일반인들이 입을 기회가 거의 없었고, 황족이나 귀족들만 입을 수 있었다.

색이 없고 평범한 옷감을 생각했던 단휘는 제 말뜻을 이해 못 한 하인들에게 다시 명을 내렸다.

"다시 말하지. 내가 원하는 것은 뭔가 없어 보이면서도 품위는 지켜주는, 나름 소박하지만 얼굴을 빛내주는 그런 옷감이다. 당장 가서 가져오라! 이를테면, 호위병인 건희가 입고 다니는 그런 허연 옷 말이다!"

아예 대놓고 건희의 옷이랑 비슷한 걸 찾으시니, 하인들은 또 불호령이 떨어질까 싶어 얼른 목면 천의 단령과 비슷한 유백색을 띤 장의를 찾아왔다.

"그래, 이것이 좀 비슷해 보이는구나."

그제야 단휘의 입가에 만족스러운 미소가 흘렀다. 준비를 마친 단휘가 침소를 나오니 대기하고 있던 건희가 다가와 고개를 숙였다. 건희는 평소와는 다르게 검정과 붉은색이 대조를 이루는 스타일로, 꽤나 단장을 한 모습이었다.

"옷차림이 평소와는 다른 듯해."

"그것이, 오늘 폐하의 탄신 연회가 있어서……."

"누가 보면 네가 태자인 줄 알겠구나."

마치 옷을 바꿔 입은 것처럼 보여 태자는 심기가 불편하였다. 같은 옷을 입고 있어야 비교가 될 것인데. 저리 멋을 내고 오다니. 저것이 설마 청비한테 잘 보이려 저 꼴을 하고 온 건 아니겠지?

"청비의 호위는 오늘은 됐다. 다른 볼일을 보거라."

"예, 전하."

건희가 물러가고 단휘는 정원에서 청비가 나오기를 기다렸다. 얼마 안 있어 뒤에서 반가움이 물씬 묻어나는 목소리가 들려왔다.

"건희 님!"

단휘가 돌아보기도 전에 그의 옷깃이 잡아당겨졌다. 청비가 뒷모습만 보고 건희인 줄 착각해 태자의 옷을 잡아당긴 것이었다.

"뭐? 건희 님?"

이것이 나를 건희로 착각한 거야? 역시나 그 반가움은 자신을 향한 것이 아니었다. 단휘의 얼굴에 기분 나쁜 빛이 여실히 드러났다.

"이런, 사람을 잘못 봤네."

당연히 건희라 생각하고 앞을 가로막은 것인데, 그녀의 앞에는 불쾌한 표정의 태자가 서 있었다. 청비는 당황하여 곧바로 잡고 있던 단휘의 옷에서 손을 떼었다.

"건희를 좋아하는 것이 정녕 맞긴 한 것이냐? 좋아한다면서 뒷모습을 헷갈리다니."

비죽대는 말이 들리지 않는지 청비는 단휘를 빤히 보았다. 아니, 정확히는 단휘가 아닌 그가 입고 있는 옷을 보고 있었다.

"이상해요, 뭔가."

청비는 단휘를 위아래로 훑어보는 것으로도 부족한지 그를 두고 한 바퀴를 돌아 그의 옷차림새를 살폈다. 이리 보고 저리 봐도 이건 평소 태자의 복장이 아니었다. 더군다나 연회가 열리는 오늘은 다른 때보다 더 화려하게 꾸밀 법한데 말이다.

대체 뭐야, 건희 님 짝퉁이야? 저 어울리지도 않는 어색한 차림은 뭐지?

평소 눈이 부실 정도의 화려한 금박 비단옷에, 금실로 수놓은 가죽신만 신고 다니던 태자가 아니던가. 눈앞의 그는 허연 무명천에 가죽 허리띠 하나만 착용하고 있었다. 태자의 모습이라고 하기엔 너무 무난하고 소박해 청비에게는 무척 생소할 수밖에 없었다.

갑자기 취향이 확 바뀌기라도 했나?

"뭘 그리 빤히 보는데."

단휘의 입에서 나오는 말은 무덤덤했지만 그의 얼굴엔 꽤나 흡족한 듯 미소가 퍼져 있었다.

저거, 저 눈빛 봐라. 자신에게 눈을 못 떼는 것이…… 아, 태자 전하는 소박한 옷도 어울리는구나 싶겠지.

하지만 이어진 청비의 반문에 단휘는 정색할 수밖에 없었다.

"건희 님한테 옷이라도 얻어 입었어요? 완전 판박인데요."

"얻어 입어? 내가? 태자인 내가?"

"아니세요, 그럼?"

이런, 잘못 건드렸다. 태자의 얼굴이 말이 아니었다.

"저는 그냥 건희 님 평소 복장이랑 아주 흡사해 보여서……."

단휘는 지금 당장 다시 침소로 가, 옷을 내던져 제 눈에 안 보이는 곳에 처박아두고 싶었다. 하지만 그리한다면 자기 때문에 옷을 바꿔 입는 줄 알겠지.

단휘는 최대한 화를 억누르고 눈썹을 치켜 올렸다.

"얻어 입다니, 누가 말이냐? 갖고 있는 의복만 종류별로 수백이거늘. 이건 나를 위해 제작된 내 옷이다. 가끔 이렇게 소박한 맛으로 한 번씩 입어주고 있는데 건희 옷이라니, 이 나라 태자인 내가 왜 그 숱하게 많은 옷을 놔두고 남의 것을 입겠느냐!"

그냥 한번 물어본 건데 괜히 성질이야.

"예, 예, 그러시겠죠. 그럼요."

청비는 건성으로 태자의 말에 고개를 끄덕이며 동조해주었다. 그러면서 단휘를 벗어난 눈이 여기저기 주변을 훑으며 분주했다.

"시간이 지났는데 왜 안 오시지."

건희가 자신을 호위하러 오는 시간인 정오가 지나고 있는데도 그의 모습이 보이지 않자 청비는 발까지 동동 굴렀다. 저녁에 연회가 열리니 그 전에 꼭 전해야 할 말이 있었다. 좀 늦어지는 건가 싶어 청비는 계속 주변을 두리번거렸다.

"안 올 것이다."

청비의 시선이 대번 단휘에게로 옮겨졌다.

"건희는 안 올 거라고."

"그걸 어떻게 알아요? 건희 님은 올 거예요. 나하고 약속했거든요. 만날 검술 가르쳐주기로."

"내가 가르쳐주면 될 것 아니냐. 그깟 게 무에 어려운 일이라고."

"내가? 내가라면…… 설마 태자님이요?"

단휘가 어떤 부정도 하지 않으니 정적이 흐르는 것도 아주 잠시, 청비의 입에서 웃음이 터져 나왔다.

"픕! 푸하하."

"웃었어? 방금 그거, 비웃음으로 해석되는데, 그런 것이냐?"

"비웃음이라뇨. 저는 그냥……."

사실 맞는데. 하지만 비웃었다고 하면 또 버럭 성질낼 게 뻔하다. 나를 아주 찍어 내리겠지.

청비는 손사래를 쳤다.

"병이에요, 병. 때와 장소 안 가리고 웃음이 나오는 병."

청비는 그냥 머릿속에 떠오르는 대로 말을 뱉으며 상황을 모면하려 했다. 하지만 태자는 역시나 그냥 넘어가주지 않는다.

"웃음에도 여러 가지가 있다. 실소, 대소, 교소…… 그런데 방금 그것은 분명 조소였다."

빡빡한 시끼. 그냥 넘어가는 걸 못 봐.

"그래요. 조소 맞네요. 근데 태자님 때문에 웃은 게 아니라……."

뭐 없나? 여기 뭐 웃을 거 없어? 청비는 눈동자를 바쁘게 굴렸다.

"어, 저거, 저거! 나무가 너무 웃기게 생겼어. 푸하하. 그래서 웃은 거예요. 푸하하."

멀쩡한 나무를 보고 웃어야 하는데 나오지 않는 웃음. 억지로 웃는 게 이렇게 힘들 줄이야. 청비는 어색한 표정으로 웃음 소리를 내는 것을 멈추지 않았다.

"하하, 하하하."

"웃겨?"

웃다 눈물 나온 사람처럼 청비는 메마른 눈가에 손등을 올리고 눈물을 닦는 시늉까지 하는, 섬세한 연기를 선보였다.

"그럼 안 웃겨요? 나무가 웃기잖아요. 푸하하."

표정 없이 자신을 보는 태자가 신경 쓰인 청비는 분위기를 바꿔보고자 말을 돌렸다.

"근데 저 나무는 이름이 뭐예요?"

그는 귀찮은 듯이 말을 툭 던졌다.

"아, 왜."

"왜라니, 궁금하니까 그러죠. 나무 이름이 뭔데요."

"아, 왜."

계속 '아, 왜라니. 내가 못 알아듣는 것도 아니고. 보아하니 저도 모르는구만. 그렇게 소중한 비원이라면서 나무 이름 하나도 모르나?

"아니, 모르면 모른다고 하면 되지, 누가 뭐라 하는 것도 아니고."

"이 답답이. 아왜라고. 저 나무 이름이 '아왜나무'라고."

그럼 처음부터 '아왜나무'라고 하던가. '아왜'를 떼어서 말하니까 오해했지. 청비는 머쓱한 나머지 뒷목을 쓸며 헛기침을 했다.

"흠흠, 아왜나무였구나."

"네 검술 실력이 봐줄 만하다고 건희한테 들었다."

봐줄 만해? 자기 실력으로 나한테 그게 할 말이야? 청비는 지난번 건희와 단휘의 검술 대련을 보면서 태자의 실력이 어느 정도인지 가늠해봤기에 어이가 없었다. 자기가 나한테 그런 말할 군번은 아니지.

"표정을 보니 지난번 건희랑 대련한 걸 보고 내 실력을 판단하나 본데, 나는 본디 이론 쪽이 강한 편이다."

"이론?"

청비가 미간을 찡그렸다. 뭔 소리야. 검술에 이론이 왜 필요해? 운전면허처럼 검술도 면허 따나?

"말로 설명하는 것만으로도 나는 너의 검력을 고강하게 만들어줄 수 있단 말이다."

청비는 감흥이 없는 얼굴로 듣는 둥 마는 둥 했다.

말로 검력을 어떻게 고강시켜. 무슨 무협지도 아니고.

"내가 건희보다 검에 관해선 아는 것이 많지. 익힌 초식만 20여 가지고. 아는 검법만 해도 130여 가지. 또한 검술은……."

당당하게 주절거리는 제 자랑에 청비는 또 시작이라는 눈빛으로 단휘를 보았다. 그런 청비의 속마음을 알아챈 것인지 단휘는 말을 멈추었다.

"왜요. 계속 하던 거 마저 하시지 않고."

"내가 허언을 하는 거라 여기는 것이냐?"

"아, 아닌데요."

아니라 했지만 청비의 미심쩍은 눈길에 단휘는 청비의 손목을 끌어당겼다.

"이리 와봐."

단휘는 나무에 걸쳐 있던 검을 잡은 후 청비를 동궁전 뒤 후원으로 데리고 갔다.

지나다니는 시녀와 하인도 없어 후원은 무척 스산하고 고요했다. 바람 소리조차도 조용해, 들리는 소리라고는 단휘와 청비의 발소리뿐이었다.

"앉거라."

석조 교의에 청비를 앉히고 열 걸음 정도 더 걸어 멀어진 단휘는 들고 있던 검을 올렸다. 청비는 대체 태자가 뭘 하려고 저러나 싶어 그의 행동 하나하나를 빤히 보았다. 단휘의 눈가에 연한 웃음이 스쳤다.

헛! 뭐야.

태자가 자신을 놀라게 한 것도 아닌데 청비는 흠칫 놀라 그에게 시선을 고정시켰다.

뭐야, 왜 갑자기 웃어. 놀라게.

눈동자도 흔들리고, 자꾸 입 안이 마르고, 저 웃음 하나에 지극히 평온했던 모든 것이 동요되는 느낌이었다.

가장 놀란 건 가슴이었나 보다. 떨린다. 가슴이……. 속에 진동 벨이라도 있는 건지 자신의 의지와는 다르게 떨림이 멈추지 않았다. 아예 더 커져서 쿵쾅쿵쾅대는 소리가 들릴 것만 같았다.

태자는 검을 가볍게 허공에 내리그었고, 다시 검을 들어 하늘을, 그리고 바람을 갈랐다. 검은 멈추지 않고 휙휙 바람을 가르는, 듣기 좋은 선율을 만들어냈다. 보통 초수들이 선보이는 현란하거나 과한 동작은 없었다.

흔들리는 옷자락. 나직한 발소리. 절제된 동작. 유연한 몸놀림.

뭐지? 실력 형편없는 거 아니었어?

지금 태자가 보여주는 것은 검술보다는 검무에 가까웠지만 눈으로 보고 따라한다고 나오는 그런 검기가 아니었다. 한 폭의 깨끗하고 수려한 그림과도 같았다. 하지만 이것도 아무리 집중해봐야 몇 분이지, 시간이 계속 흘러 가는데도 단휘가 검을 휘두르는 것을 멈추지 않자 청비는 금세 지루해졌다.

정신은 저 멀리 떠나가고 머리가 교의 뒤로 갔다가 앞으로 왔다 하며 청 비는 어느새 졸고 있었다. 단휘는 검을 내리며 검술을 선보이는 것을 끝맺 었고 간만에 실력을 보인 듯해 어깨에 힘이 들어갔다.

쉽게 볼 수 없는 검법들까지 선보여 주었으니 아마 입이 쩍 벌어져서는 감탄했겠지.

헝클어진 머리를 뒤로 넘기며 청비 쪽을 쓰윽 보는데. 정말 청비가 입을 벌리긴 했다. 감탄과는 다른 의도였지만.

입을 벌리고 꾸벅꾸벅 졸고 있는 청비의 모습에 단휘는 허탈감과 함께 쓴 웃음이 나왔다.

역시나 저것은 기대를 저버리지 않아.

단휘는 청비가 앉아 있는 교의로 한 걸음 한 걸음 천천히 다가갔다. 잠에 푹 빠져든 청비는 제 앞에 단휘가 다가온 줄도 모르고 계속 머리를 이리저 리 흔들며 졸고 있었다. 깨어날 기미가 전혀 없어 보였다.

그 모습을 보고 단휘는 걱정이 담긴 얼굴로, 저러다 목 꺾이는 게 아닌가 싶어 교의 뒤에 서서 청비의 머리가 흔들리지 않게 제 몸으로 받쳐주었다.

든든한 지지대에 제 머리가 기대어지니 청비는 안정을 찾은 듯, 얼굴은 봄볕처럼 평온해 보이기까지 했다. 그 모습을 바라보는 단휘는 시간이 멈춘 듯 어떤 움직임도 없었다.

바람이 불어 청비의 긴 머리카락이 흩날릴 뿐, 그 어떤 소리도 들리지 않 던 침묵을 단휘의 가라앉은 음성이 갈랐다.

"네 잘못이다. 이리 무방비하게 잠들었으니."

단휘는 고개를 숙여 청비의 얼굴 가까이 다가갔다. 청비의 새근거리는 얼 굴이 단휘의 눈동자에 가득 들어찼다. 단휘의 짙은 갈색 머리칼이 청비의 볼을 간질이자 그녀의 긴 속눈썹이 파르르 떨렸고, 단휘의 그림자가 곧 청비의 얼굴에 스미어 포개졌다.

단휘의 입술이 투명하게 비치는 햇살과 함께 청비의 입술에 닿았다.

단잠을 자고 나니 개운했는지 청비가 손을 뻗으며 기지개를 펴다 제 옆에 앉아 있는 단휘를 보고 흠칫 놀라 의자에서 벌떡 일어났다.

"내가 왜 여기서 자고 있어요?"

"내가 하고 싶은 말이다. 어떻게 여인이 장소를 가리지 않고 이리 아무 데서나 잠이 든단 말이냐."

"내가 많이 잤어요?"

단휘가 고갯짓을 하는 곳을 보니 어느새 해는 뉘엿뉘엿 지고 있었다.

자는 사이 시간이 많이 흘렀네.

그럼 깨우지 그랬느냐고 태자에게 한마디 하려는데, 태자의 시종들이 다가와 말을 올렸다.

"전하, 이제 더 이상 지체할 시간이 없으시옵니다. 폐하께서 여러 번 찾으시는 걸 조금 있으면 오실 것이라 간신히 미루고만 있었사옵니다. 어서 가 보셔야 할 듯합니다."

"알았다. 이제 가볼 것이니 너희가 먼저 내 침소로 돌아가 채비를 하고 있거라."

시종들이 고개를 숙이며 그리하겠다는 말을 남기고 멀어지자 청비는 단휘를 넌지시 보았다.

"폐하께서 부르시는데도 내 옆에 있었어요?"

"그래."

"……왜요?"

"눈이 감겨 있으니, 네 얼굴이 곱다 생각해 누가 채가기라도 할까 봐서."

저거 걱정이야, 나를 놀리는 거야? 청비는 단휘를 흘겼다.

"조금 이따 연회에서 보겠구나. 옷은 내 친히 준비해두었다. 너한테 어울릴 만한 것으로 보냈으니 가서 보거라."

단휘가 시녀들을 불러 청비를 데려다주라 명하고 자리를 먼저 떠나자, 청비도 일어나 시녀들을 뒤따랐다.

그나저나 공주님 일은 어떡한담.

건희를 못 만난 탓에 청비는 연회에 가서 어떻게든 건희와 공주가 단둘이 만날 수 있는 방법을 강구해야 했다. 청비의 머릿속은 온통 그 생각뿐. 자신의 침소에 들어서도 시녀들이 무얼 입혀주는지, 어떤 장신구로 꾸미는지 눈에 들어오질 않았다.

"정말 아름다우십니다."

"역시 태자 전하의 안목이십니다."

시녀들의 감탄에 그제야 청비는 자신이 입고 있는 옷을 보았다.

태자가 보냈다는 것이 이 옷이구나.

연한 반물빛 치마에 자색의 허리를 덮는 단의가 입혀져 있고 청라 비단으로 만든 반비가 둘러져 있었다. 가슴 바로 아래에는 금박의 붉은 비단으로 리본이 묶여 있었다. 이리도 꽉 동여매니 숨이 막힐 수밖에.

머리 모양은 올림머리에 투명한 물빛 곡옥이 박혀 있는 뒤꽂이로 장식을 하니 청순해 보이기까지 했다. 청비가 움직일 때마다 호박색 귀걸이와 유리 구슬로 만들어진 팔찌가 찰랑거려 걸음걸이와 자태, 모든 것이 여신의 모습으로 변모해 있었다.

아직 끝나지 않았는지 시녀들은 일사천리로 청비의 얼굴에 화장까지 해주었다. 워낙 투명한 흰 피부라 살포시 진주 가루로만 얼굴빛을 환하게 만들어주고 붉은 연지를 입술에 대어주니 청비는 청초하면서 고혹적인 여인의 얼굴로 재탄생했다.

대학교에 입학하기 전까지는 얼굴에 바르는 것은 오로지 로션 하나였다. 스무 살이 되었다 해도 평소 해본 적이 없으니 아무리 공들이게 한 화장도 어설펐다. 항상 도장에서 연습을 하니 사실 화장할 일도 거의 없었다. 맨얼굴이 익숙했기에 곱게 단장된 자신의 얼굴이 무척 어색했다.

과연 이게 자신이 맞는지 백동 거울에 빠져드는 것도 잠시, 시녀들이 늦었다 재촉해 청비는 시녀들에게 이끌려 연회장으로 향했다.

제12장
적대심(敵對心) : 적으로 대하는 마음

해가 졌지만 천무 황제의 탄신 축하연이 열리는 풍정전과 그 주변으로는 천여 개가 넘는 횃불이 켜져 낮처럼 환하였다. 그 빛이 창문으로 새어 나가 밖에서도 건물 전체가 조명이라도 받는 것처럼 아름다워 빛의 향연과도 같았다.

특히 꽃 모양으로 조각된 초들이 들어가 있는 파란 유리잔이 마치 길을 안내하듯 길 가장자리에 놓여 풍정전까지 쭉 이어져 있었다.

유리잔 밖으로 화려한 빛들이 비치어 연회장에 들어서는 이들을 비추고 있었다.

청비가 홀로 연회장으로 들어서자 벌써 많은 인파들이 모여 흥에 겨워 술을 마시며 이야기를 나누고 있는 중이었다. 자리에 있는 모든 이들이 고급 비단이나 다양한 색깔의 염료들로 물들인 옷을 입고 있는 것으로 보아 높은 신분들임에 틀림없었다.

여자들도 대부분이 형형색색 보석들과 비단옷으로 치장하여 한껏 멋을 부린 모습들이었다.

이 중에서도 단연 태자의 후궁 후보 금란과 사혜 공주가 튀었다. 금란은 벌써 후궁이라도 된 듯 거만한 표정으로 사람들을 대하고 있었고, 사혜 공주는 사람들이 다가와 인사하는 것을 조용히 받아주고 있었다.

두 사람 주변에 잔뜩 몰려 있는 자들은 차기 권력자에게 아첨과 아부를 건네며 하나같이 굽실거리는 모양새였다.

들어가면 저들과 비슷한 신세가 되어야 할 것 같은데, 그냥 몰래 빠져나 갈까?

자신의 생각을 읽었는지 시녀가 옆에서 들어가기를 종용했다.

"들어가셔야 합니다, 아가씨."

보는 것만으로도 생소하고 어색한데 저기 들어가서 뭘 어쩌라고. 청비는 계속 입구에서 주춤거리며 망설였다.

"나를 기다리는 것이냐?"

준비가 끝난 것인지 단휘가 어느새 청비의 뒤로 다가와 있었다. 단휘는 자신이 준비한 옷을 입은 청비를 감상하듯 바라보았다. 만개한 꽃이 따로 없었다. 향기까지 더해지니 실로 눈으로 보기만 해도 아까운 꽃.

고운 자태로 어울리지 않게 저를 보는 얼굴은 새침한 표정을 짓고 있었지만 단휘는 달라진 청비의 모습에 미소를 감추기 힘들었다.

어떻게 말을 꺼내야 할지. 지금 자신의 입에서 어떤 말이 나오든 자연스럽지 않을 것 같았다.

궁에서도, 밖에서도 외모가 뛰어난 여인은 숱하게 보아왔었다. 그래 봤자 한낱 여인이라는 생각에 어떤 절색의 미인도 눈에 들지 않았건만 지금 눈앞의 여인의 미색에는 눈을 뗄 수가 없었다.

뭔 짓을 한 거야. 비단옷과 몸치장하는 데 쓰라고 장신구 몇 개 보낸 것이 다인데.

담담한 눈으로 청비를 바라보고 있건만, 숨을 쉴 수가 없을 정도로 그의 속은 답답해져 왔다. 처음에는 그저 이탄국 여인들과 생김새며 행동거지가 많이 달라 신기하게 여겼고, 호기심이라 일축했었다.

하지만 아니었다. 그런 마음이라면 잠깐 들다 말아야 할 텐데, 처음 봤던 날부터 지금까지, 이토록 그 마음이 길어질 리 없었다.

자꾸 눈길이 가고 생각이 나는 여인이었다.

"왔어요?"

태자는 대답 없이 잠자코 자신을 보기만 했다. 차라리 놀리거나 비아냥거리기라도 한다면 나을 터인데, 계속 말도 없고 별 반응이 없으니 불편하기 짝이 없었다.

"뭐라고 말 좀 하세요."

"썩……"

"썩 뭐요? 썩었다고요?"

"썩 봐줄 만하다고."

분명히 또 태자는 자신의 심기를 건드리는 말을 할 줄 알았는데, 오히려 기대도 하지 않은 칭찬 비슷한 말에 이번엔 청비가 아무 말이 없었다. 꼿꼿이 단휘를 향해 있던 청비의 눈동자가 요란하게 들썩거릴 뿐.

남자한테 이런 말을 할 줄 몰랐는데, 태자를 보면 팔색조가 떠올랐다.

건희와 검술 대련을 했을 땐 어수룩한 것이 모성 본능을 일으켰고, 또 자신을 구하러 와주었을 때는 그렇게 믿음직해 보일 수 없었다. 백색의 평범한 옷을 입으면 소년 같기도 했으며, 또 이렇게 차려입은 모습을 보니 범접할 수 없는 귀티가 흘렀다. 정말 다채로운 남자임에 틀림없다.

"이제 가자."

단휘는 청비의 손을 잡고 안으로 이끌었다.

"저들한테 보여줘야지. 다정한 모습을."

사람들의 시선이 일제히 청비와 단휘에게로 향했다. 지금 단휘의 모습은 낮에 무명옷을 입고 있어 풍겼던 청량함과 자유스러움이 아닌, 보기만 해도 주눅이 들게 만드는 잘나고 오만한 태자 그 자체였다.

다른 이에게 시선 한 번 주지 아니하는 단휘의 도도한 모습에 청비는 이런 남자가 자신의 옆에 있다는 것에 조금은 우쭐해지기까지 했다.

외면만 팔색조는 아니지. 속을 알 수 없는, 무슨 생각을 하는지 도무지 알 수 없는 남자가 바로 태자였다.

지킬 박사와 하이드를 보는 것처럼 이중인격을 가진 게 아닌가 의심이 들 때가 한두 번이 아니었다. 친절한 것 같다가도 퉁명스럽고, 따뜻했다가도 바로 싸늘해지는 것이, 이중인격자 중의 오야붕이 따로 없었다.

오야붕이란 호칭이 왕자보다 훨씬 잘 어울리는데, 키킥.

숨죽여 키킥거리는 청비의 눈에 바로 뒤에서 묵묵히 자리를 지키고 있는 건희의 모습이 들어왔다.

굳이 찾지 않아도 바로 뒤에 있었네. 잘됐다 싶어 청비가 고개를 뒤로 돌리려는데 단휘가 잡고 있던 손을 앞으로 휙 잡아당기는 바람에 무게 중심이 앞으로 쏠려 넘어질 듯 몸이 기울어졌다.

가까스로 두 발로 버티어 선 덕분에 이 많은 사람들 앞에서 꼴사납게 넘어지는 걸 막을 수 있었다.

"갑자기 그럼 어떡해요? 넘어질 뻔했잖아요!"

역시나 조금도 틈을 주면 안 되는 여인이었다. 연회장 안으로 청비를 데리고 가기 위해 손을 잡았는데, 생각보다 손이 정말 작았다. 조금만 세게 잡으면 아플까 봐 염려되어 그는 힘을 뺐다.

한데 그새 청비는 뒤에 있는 건희를 발견하고 눈길을 주려 하니, 그가 청비의 손을 꽉 잡아당긴 것이었다.

"한눈팔지 마. 많은 이들이 널 보고 있으니까."

그제야 뚫어질 듯 바라보는 사람들의 시선과 수군거림이 보였다. 따가운 시선을 어디에 둬야 할지 몰라 괜히 어색해진 청비는 연회장으로 눈길을 돌렸다.

　연회는 비파와 가야금, 대금의 아름다운 연주로 더욱 분위기가 고조되어 있었다. 그 분위기에 많은 사람들이 이미 취해 있는 듯했다.

　단휘와 청비는 그들을 지나 옥좌에 앉아 있는 천무 황제 앞에 다다랐다. 황제는 각국의 사절들과 황족들로부터 축하를 받고 있었다. 하지만 태자의 등장에 모두들 고개를 숙이며 길을 내어주었다.

　태자는 청비를 잡은 손을 더 꽉 잡아 제 옆에 세웠고 가짜 연기인 걸 알면서도 그녀는 잡고 있는 손이 화끈거리고 신경이 몰려 손에서 심장이 뛰는 것 같았다.

　싫다며 뿌리치고 싶었지만 자신은 태자가 친히 후궁 후보에 올린 여인이었다. 싫으나 좋으나 그 역할을 제대로 수행해야 했다. 특히 이렇게 사람들이 많을수록 더.

　"폐하, 탄신을 경축드리옵니다."

　단휘가 옆에서 고개를 숙이며 인사하자 옆에 선 청비도 어설프지만 바로 고개를 숙이며 인사했다.

　"축하드려요."

　"그래, 모두 고맙다. 청비 너는 그사이 무척 달라진 듯하구나. 여인의 태가 나는 것이, 더 고와진 듯해."

　황제의 칭찬으로 청비는 내심 긴장했던 것이 풀리고 있었다.

　칭찬도 해주시는데, 나도 한번 날려봐? 뭐 공주한테만 애교가 허용되나? 내게도 있다 이거지.

　"아니옵니당. 과찬이시옵니당. 오히려 폐하께선 낯빛이 이리 눈이 부시니 감히 바라볼 수도 없따옵니당. 날이 갈수록 그리 젊어지시니 누가 옆에 있는 태자 전하의 아버지라 생각하겠습니까. 형님이라면 모를까. 호호호."

"형님이라? 하하하. 내가 단휘의 형으로 보인다는 말이냐? 참으로 듣기 좋은 말이구나. 하하하."

청비의 애교 섞인 아부에 황제는 기분이 좋은지 소리 내어 웃었고, 태자는 옆에서 듣자니 참 봐줄 수 없는 아첨이라 입을 다물지 못한 채 이제 그만하라며 청비에게 눈짓을 하였다.

전부터 어디 내놔도 살아남을 아이인 줄은 알았지만 입에 발린 말을 조금도 주저 없이 내뱉는 모습에 단휘는 참으로 기가 찼다.

아버님이 자신의 형님으로 보인다니.

저런 말을 아무렇지 않게 내뱉다니. 여인으로서의 부끄러움도 모르고 뻔뻔함이 차고도 넘친다.

기억이 돌아온다면 앞으로 더할 것이라는 생각에 그는 갑자기 없던 두통이 생긴 듯 머리가 아프고 뒷골까지 땡겼다.

황제와의 대화가 끝이 나고 단휘는 청비를 구석으로 데려갔다. 황제의 눈길이 닿지 않는 곳이었다.

여색을 좋아하시는 폐하이시다. 청비가 자신의 후궁 후보이니 이 여인이 마음에 든다 해도 어쩌실 수는 없을 것이나, 청비가 폐하께 눈웃음을 요요하게 살살 짓는 것은 싫었다.

"거짓말을 하려면 좀 그럴듯하게 하던가. 뭐? 폐하께서 내 형님으로 보인다고?"

구석으로 몰린데다 할 말이 없어진 청비는 입술을 삐죽였다. 그런 청비의 입술을 보니 낮에 입을 맞추었던 일이 생각나 단휘는 불에 덴 듯 얼굴이 화끈거려 헛기침을 하였다.

"흠흠, 어쨌든 오늘 곱다는 소리도 듣고 다 내 덕인 줄 알거라."

"그게 왜 태자님 덕이에요?"

"내 안목이 널 그리 만들었으니까. 옷이며 장신구 하나하나, 모두 내가 직접 고른 것이니까."

제 돈 들여 보낸 옷이라고 저렇게도 생색내고 싶을까.

"예, 예, 전부 태자님 덕분이죠. 근데요, 저한테도 고마워해야 할 거 있지 않나요?"

청비가 턱을 빼며 기세등등하게 물었다.

"그래, 들었다. 후보 중 한 명이 자진하여 물러났다고."

"네, 제가 정말이지 밤새도록 머리를 쥐어짜고 온 힘을 다해……."

"수고했다."

에잉? 수고……했다……? 이게 다야? 뭐 크게 기대한 건 아니었지만 '정말 고맙다'라든가, '아주 잘했다', '역시 대단하다' 그런 말을 들을 줄 알았는데. 그냥 '수고했다' 한마디야?

벼룩 비듬만큼이나 진심이 담겨 있지 않은, 딱히 할 말이 없어 그냥 툭 던지는 듯한 말이 썩 마음에 들지 않았다.

저 고매하신 태자께 내가 뭘 바라겠어.

"근데 이제 좀 떨어지지 그래요? 이제 그만 저한테는 신경 꺼주시고 서로 할 일 하기로 하죠?"

청비는 말을 끝내자마자 단휘를 홀로 남겨두고 자리를 옮겼다. 시간이 얼마 없었다.

연회장 안을 샅샅이 뒤지는데 건희가 좀처럼 보이지가 않았다.

아까 저기 있었는데 또 어디 갔지?

한참을 헤매고 나서야 다른 병사들과 대화하는 건희를 발견할 수 있었다.

아, 드디어 찾았네.

"건……! 으압!"

갑자기 청비의 입이 막혔다. 정확히 말하면 누군가가 뒤에서 그녀의 입을 손으로 막는 바람에 건희의 이름이 삼켜진 것이다.

"누구 이름 부르려고?"

고개를 돌려 누군지 확인하지 않아도 알 수 있었다. 태자의 손이고, 태자의 목소리였다.

"건…… 뭐라고 했잖아. 설마, 내가 알고 너도 아는 이는 아니겠지?"

자신의 이름을 부른 건 단 한 번뿐이면서, 틈만 나면 건희를 찾고 건희의 이름을 부르는 것은 불쾌감이 확 들었다.

표면상 어쨌든 청비는 그의 후궁 후보였다. 다른 이들에게 청비가 다른 남자에게 빠져 있는 모습을 보여서는 안 되기에 그런 것이라 생각하려 했다. 하지만 사실 다른 이들의 이목은 중요치 않았다. 누가 보는지, 듣는 이가 있는지 신경이 쓰이는 것은 우선 사항이 아니었다. 순간순간 저도 모르게 드는 생소한 감정이 문제였다.

이 여인이 다른 남자를 보기라도 하면 그의 눈에는 날이 서고, 다른 남자에게 말이라도 걸면 속에선 불쑥불쑥 열불이 솟았다. 여인은 가짜일 뿐인데. 자신이 상관할 바가 아니었다.

우린 거래를 한 것뿐이니까. 여인은 자신의 후궁 후보가 되어주고, 자신은 그 대가를 주기로 한 관계일 뿐이다. 하지만 나오는 행동은 마음과는 달랐다.

"놔요, 좀!"

청비는 두 손으로 자신의 입을 막은 단휘의 손을 잡아 휙 떼어냈다. 분명히 태자가 또 자신을 못 가게 잡을 것이니 뭔가 대책이 필요했다.

태자가 방해하지 못하게 해야 해.

많은 여인들이 태자에게 추파의 눈길을 던지는 것이 보이자, 청비는 눈을 반짝였다. 그러고는 던지듯 떼어버렸던 단휘의 손목을 잡아 번쩍 올렸다.

"여기 좀 보세요! 태자 전하께서 춤을 추고 싶답니다. 지금 당장이요! 어서들 오세요!"

말이 끝나기 무섭게 여인들이 무서운 속도로 달려들었다. 곧 태자의 주위는 아수라장이 되어버렸고, 그 틈에 청비는 빠져나올 수 있었다. 여인들에게 둘러싸여 옴짝달싹 못하게 된 단휘는 여인들의 손길이 조금만 몸에 닿아도 질색하며 자신의 근처에서 물러날 것을 명했다. 그러고는 눈으로 청비를 찾기 바빴다.

미안해요, 태자. 여인들에게 둘러싸여 있는 모습이 참 행복해 보이는구려. 이제야 편히 건희에게 갈 수 있겠군.

하지만 그런 생각을 하기가 무섭게 기다렸다는 듯 금세 그녀의 주변으로 많은 사람들이 모여들어 인사를 하고 말을 걸었다. 그 바람에 청비 역시 사람들 사이에 갇혀버렸다.

결국 그녀는 억지 미소를 지으며 인사를 받아주는 처지가 될 수밖에 없었다.

태자가 바람막이처럼 자신 옆에 있었던 게 이것 때문이었나? 잠깐 떨어졌다고 이런 일이 바로 생겨버리다니, 낭패가 따로 없었다.

청비가 몸을 숙여 간신히 사람들 사이를 비집고 나가 건희가 서 있었던 곳에 가보니 이미 그는 다른 곳으로 가버렸는지 빈 탁자만이 자리를 차지하고 있었다. 실망하고 발을 떼려는데 탁자 위에 작게 둘둘 말려 있는 두루마리 서신이 눈에 띄었다.

청비는 주위를 둘러보았다. 건희가 입구 쪽 병사들 사이에서 자신을 보고 있었다.

아, 건희 님이 일부러 놓고 간 거구나.

청비는 두루마리를 손에 꼭 쥐고 혹시 본 사람이 없나 살핀 다음, 탁자에 깔린 명주 천을 올려 그 아래로 들어가 몸을 숨겼다. 조심히 상의 안쪽과

속옷 사이에 서신을 넣고 혹시라도 떨어뜨릴까 염려되어 옷을 잘 여미는데 바깥쪽에서 누군가의 기척이 들렸다.

그 소리에 자동적으로 청비의 행동이 멈추었다. 누구지?

"다 봤으니 나오시죠, 까마귀 소저."

까마귀 소저? 분명 들어봤던 말이다.

"거기 있는 거 다 압니다."

밖에서 분명 그녀를 부르고 있었다. 나가야 하나 말아야 하나 망설이는데, 명주 천이 위로 휙 걷히고 동시에 낯이 익은 남자가 그녀를 내려다보고 있었다.

"오랜만입니다, 까마귀 소저."

자신을 보며 무척이나 반가운 얼굴을 하는 남자를 보며 청비는 기억을 더듬어보았다. 이상하다? 어디서 봤더라? 아, 그 남자다!

청비는 얼마 전 궁 밖을 나가서 만났던, 자신을 보고 까마귀 타령을 해대던 남자를 떠올렸다.

"그쪽, 기억나요. 봄 날씨에 보는 사람 답답하게 두꺼운 담비 털 망토를 뒤집어쓰고 있었던 남자 맞죠?"

"그쪽이라니, 호칭 참 삭막한데요. 본디 아무한테나 이름을 알려주는 편은 아니지만…… 소저는 예외로 하죠."

남자는 청비를 지그시 바라보더니 인심 쓰듯 손을 내밀었다.

"내 이름은 무율이라 합니다."

청비는 무율의 손을 잡고 테이블 아래에서 나와 일어서고는 의심스러운 눈초리로 남자의 발부터 머리끝까지 살피기 시작했다. 그날은 빨리 점쟁이나 법사를 찾아가야 해서 정신이 없어서 몰랐는데, 지금 보니 꽃돌이가 아닌가.

확 내려간 눈꼬리는 모성 본능을 일으켰고, 허연 얼굴은 티 없이 순수해

보이는 데다 씨익 올라간 입매는 애교스럽기까지 했다.

온몸에서 자신만만함이 풍겼고, 호화스러운 옷차림에 때깔마저도 고와 온몸에서 부티가 좔좔 흐르는 것이 귀하게 자란 도련님 포스 그 자체였다.

한 번 스치듯 본 사이이면서도 저 남자는 이렇게 또 스스럼없이 말을 걸고 헤실헤실댔다.

확실히 기억난다. 꽃도령의 얼굴을 하고선 어울리지 않게 넉살이 참 좋은 남자였어.

오늘은 털 망토를 입었을 때의 요란한 모습은 없었고, 절제된 분위기와 함께 위엄이 있어 보였다.

"여기서 보게 되니 반갑습니다, 까마귀 소저."

뭘 얼마나 친하다고 반가워하는 거람. 그날도 자신을 그리 귀찮게 하더니 이 남자가 이곳엔 어쩐 일이지? 오늘은 분명 타국의 왕족이나 이탄국의 귀족만이 참석한다고 들었는데.

"청비야, 아는 자더냐?"

류하 왕자였다. 그는 풍정전에 들어서자마자 다른 이들이 건네는 인사도 대충 받고 청비를 찾던 중이었다. 그는 처음 보는 남자와 대화를 나누고 있는 청비를 발견하고는 바로 다가와 무율에게 경계의 눈빛을 보냈다.

"류하 왕자님 오셨네요. 아는 자라고 하긴 좀…… 애매한 사이라……. 그게, 얼굴만 한 번 본 정도?"

"저는 이름도 알고 있습니다. 얼굴만 한 번 본 사이라고 일축하기엔 좀…….'"

청비는 자신의 이름을 안다는 말에 고개를 휙 돌려 무율의 의미 모를 묘한 눈빛을 받았다.

내 이름을 안다고? 내가 그때 이름을 알려줬었나? 아닌데. 그런 기억은 없는데.

"청비······. 이름까지 신비하군요."

"내 이름, 어떻게 알았어요?"

"그건 중요한 게 아닙니다. 듣기로는 태자의 애첩이라는데, 맞습니까?"

청비와 꽤나 사이가 가까운 듯 말을 주고받는 남자의 말에 류하는 심기가 불편했다. 류하는 빨리 청비를 데려가고 싶어 단휘의 애첩이라는 말에 애써 치미는 화를 누르며 대신 답하였다.

"애첩이라니, 잘못 알고 있으시군요. 이 여인은 아직 후보일 뿐입니다."

무율은 류하의 말을 비웃는 듯 마는 듯한 미소로 넘기고 청비를 보았다. 하지만 곧 큰 무게감으로 청비 옆에 서는 단휘의 등장에 류하는 제삼자가 된 듯 그들을 지켜봐야 했다.

"맞습니다. 아직은 후보. 하지만 언제까지고 계속 후보는 아니지요. 이제 곧입니다, 형님. 폐하의 탄신 축전이 끝나면 바로 간택이 될 것이니, 길어봤자 열흘입니다."

형제 사이에, 그것도 왕자들끼리 여자 하나를 놓고 으르렁거리는 모습을 본 무율은 더욱 여인에게 호기심이 일었다.

푸른빛이 도는 검은 머리의 여인은 이탄국의 여인들과는 외모에서부터 확연히 달랐다. 그래서인지 더욱 청비의 태생이 궁금했다. 청비라는 여인에겐 분명히 뭔가가 있다. 무율은 자신의 직감을 믿고 있었다.

"내 여인과 같이 있는 것이 이리 힘들어서야 원. 가자, 청비야."

단휘가 지그시 미소를 지으며 청비에게 손을 내밀었다.

제대로 연극을 할 셈인가 보네.

많은 이들이 지켜보고 있었다. 청비는 저를 향해 손을 내미는 태자의 손을 천천히 잡았다. 태자는 청비를 데리고 무율과 류하를 지나쳐 황제 바로 아래에 위치한 자신의 자리에 앉았다.

멀리서 지켜보는 후궁 후보 두 명은 태자 옆에 앉아 있는 청비를 보며 부러움과 시기 어린 눈빛을 거둘 줄 몰랐고 연회장 안, 다른 모두의 시선 역시 청비와 단휘에게 집중되었다.

곧이어 연주가 흘러나오고 모두들 연회장 가운데에 마련된 단상을 주목했다. 그 위에선 악기의 장단에 맞춰 예인들이 검무를 시작했다. 곱게 차려입은 세 명의 예인들은 두 자루의 비도를 던졌다가 잡아채며 날렵하면서도 유연하게 모두 한 몸인 것 같은 동작을 취하였다.

누구 하나 한 치의 다름도 없이 같은 춤사위를 보였고, 절도 있는 분위기가 흘렀다.

흥이 오르고 분위기는 절정에 이르렀다. 눈을 뗄 수 없는 검무였지만 금란과 사혜 공주가 자신의 옆에 바짝 달라붙어 일부러 들으라는 듯 자신의 험담을 해 청비의 흥은 금세 깨졌다.

"아무리 좋은 것을 걸쳐도 역시 천한 것이라 옷 태가 나질 않네. 주제에 어울리지 않게 청라 비단이라니."

금란이 입을 비죽거리며 비꼬았고, 사혜 공주가 금란의 말을 받았다.

"어디 옷뿐만이겠습니까? 아예 이 자리 자체에 어울리지가 않지요."

"호호, 맞는 말입니다, 공주님. 근데 이 자리뿐만이 아니라 저 계집한테 어울리는 곳이 어디 있겠습니까? 갈 곳 하나 없는 고아나 마찬가지인데."

다른 말은 뭐라 지껄여도 참을 수 있었는데 '고아'라는 말까지 들으니 참을 수가 없어 청비는 그녀들을 죽일 듯 노려보았다.

청비의 따가운 시선에도 여전히 그녀들은 수군거림을 멈추지 않았다.

"대체 저 계집은 태자님을 뭘로 낚은 거야?"

"그러게 말입니다. 얼굴이며 몸이며 뭐 하나 특색이 있는 것도 아니고 잘하는 것도 없어 보이는데."

그래, 그저 그런 얼굴이었다. 워낙 흔하게 생긴 얼굴이라는 말도 많이 들었고, 몸도 뭐 엄청난 글래머나 모델처럼 늘씬한 게 아니니 자랑할 바는 못

되지. 근데 내가 잘하는 게 없어? 나에 대해서 뭘 안다고, 저것들이.

마침 예인들의 검무가 끝이 나고 황제는 아쉬운 듯 수염을 쓸었다.

"항상 보던 것이라 더 보기엔 무료할 듯하구나. 새로운 것을 보고 싶은데, 다른 것은 없느냐? 나를 흡족시키면 이것을 상으로 내줄 것이다."

황제는 옥좌 뒤, 장식용으로 걸려 있는 용무늬가 세공된 황금 보검을 꺼냈다.

저, 저것은! 두둥! 청비의 눈이 황금 검에 박히니 눈동자 역시 황금빛으로 변하였다.

청비의 눈에는 수학여행 때 견학을 간 박물관에서 보았던 보물 몇 호 어쩌고 하는 보검과 겹쳐져 보였다. 고분에서 발견되어 값을 매길 수 없다는 그 황금 검과 아주 흡사했다.

그 황금 검이 보물 몇 호였더라?

이미 예인들은 자신들이 보일 수 있는 모든 태평무와 검무를 보였기에 난처한 얼굴로 서로를 바라보다 "황공하옵니다."라고 말하고는 고개를 푹 숙였다.

이제 내가 나설 때인가?

보검도 탐나긴 했지만 무엇보다 자신을 무시하는 저 여인들에게 보여주고 싶었다.

물론 내가 금을 탈 줄 아는 것도 아니고, 시를 짓거나 붓글씨 같은 건 어떻게 해볼 수도 없지만, 그거라면…….

청비는 자리에서 조용히 일어나 단상으로 한 발 한 발 다가갔다. 뒤에서 태자가 앉으라고 말했지만 청비의 귀에는 어떤 말도 들리지 않았다.

"폐하의 탄신을 축하하는 마음에서 제가 잘하는 춤을 보여드리고 싶습니다."

"네가 말이냐? 나야 흔쾌히 보겠다만, 기억도 잃었다는 네가 뭐 할 줄 아는 것이 있겠느냐?"

"본디 춤이란 건, 분위기를 타고 절로 몸에서 나오는 것이지 머릿속에서 나오는 것이 아닙니다."

"맞는 말이다. 흥이 나면 절로 어깨가 들썩이는 것이지. 그래, 해보거라."

사실 분위기를 타고 자연스럽게 나오는 것은 막춤이겠지만 이곳에서 막춤을 춘다면 바로 끌려 나갈 것이 뻔했다.

오랜만에 실력 발휘 좀 해보는 거야.

예인들은 바로 비켜주었고, 청비는 단상에 오르기 전 몇 가지 준비를 하였다.

"악공님들, 하시던 거 그대로 하시면 돼요. 최대한 빠르게만 부탁드릴게요. 그리고 태사님, 이것 좀 받아줘요."

청비는 반비를 벗어 태자에게 집어 던졌고, 그는 얼떨결에 자신의 얼굴로 떨어진 옷을 받아 들었다. 단휘는 노골적으로 불쾌한 얼굴을 하고 있었다.

"거추장스러운 건 좀 정리하고 시작할게요."

청비는 넓은 소매를 몇 번 접어 홀렁 걷어버렸다.

이제 워밍업은 끝났으니 본 댄스 타임으로 들어가 볼까? 청비는 눈을 질끈 감았다.

"마법! 그것은 성스러운 힘! 마법! 그것은 미지로의 모험! 마법! 그리고 그것은 용기의 증표! 파워레인저 매직포스!"

청비는 절도 있는 동작과 함께 표정 변화 없이 노래를 불렀다. 마음만큼은 쥐구멍에라도 숨고 싶었지만 이미 벌려놓은 일. 춤 중에서도 자신이 유일하게 잘한다 할 수 있는 태권도 춤이었다. 고등학교 때 태권도 동아리에서 행사 때 보여주기 위해 배웠던 '파워레인저' 노래 가사에 태권도 동작을 가미한 태권도 쇼나 다름없었다.

최대한 자신이 지을 수 있는 도도한 표정을 지어 끓어오르는 민망함을 감추었다. 대체 저게 뭐하는 건가 어리둥절해하는 사람들을 향해 청비는 태권도의 품새와 고공 격파 기술을 선보이며 기합을 넣듯 노래를 불렀다.

"파워, 파워 파워레인저! 미래를 믿는 거야! 용기를 나의 손에! 함께 가자! 세상 향해 가자! 마음껏 달려!"

자신감에 가득 찬 얼굴로 청비는 주먹 지르기와 함께 셔플 댄스를 동시에 추었다.

어색해 죽을 것 같았지만 표정만큼은 아주 진지했다.

나는 이 순간 현아보다 더 잘 추는 거야. 나나, 가희, 저리 가라야. 내가 제일 잘나가!

스스로를 세뇌시킨 청비가 두 손을 위로 치켜들자 비단옷 소매가 촤르륵 어깨까지 내려갔다. 이어 청비는 심호흡을 짧게 한 뒤 '이얍!' 기합과 함께 앞 뻗어 올리기 동작을 완전히 성공시켰다. 그 바람에 치맛단이 위로 들려 속고의가 보였지만 전혀 개의치 않았다.

국악 장단에 맞춘 청비의 막무가내 태권도 쇼나 다름없었다. 배웠던 동작이며 파워레인저 가사가 그대로 모두 생각나서 그나마 다행이었다. 청비의 춤사위는 절정에 다다르고 있었다.

그냥 무조건 지르고 보자. 어려울 거 없어. 틀려도 자신감 있게 흔들면 장땡인 거야. 저 사람들이 뭘 알겠어?

사람들은 청비가 선보이는 춤을 처음 봐서인지 생소해하면서도 감탄사를 날리며 눈길을 떼지 못했다. 하지만 태자만은 표정에 변화가 없었다. 태자와 눈이 마주치자 청비는 마치 자신이 무슨 잘못을 저지른 것처럼 흠칫했다.

또 뭐가 마음에 안 들어서 저래?

시선을 피하고 싶은데 태자의 마른 눈빛은 그녀를 놓아주지 않았다. 그 끈질긴 시선에 청비는 몸이 꼿꼿해지는 것 같았다.

저런 얼굴로 볼 거면 보지를 말던가. 괜히 사람 신경 쓰이게.

청비는 애써 얼굴을 돌리고 다시 춤에 몰입했다. 빠른 장단에 연속 돌려 차기를 선보이니 그 흔들림에 풍성한 상의가 너울거렸고, 빙그르 한 바퀴 돌아가니 치맛자락이 허공에 퍼졌다. 검은 머리채는 몸을 스치면서 원을 그렸다.

떨리고 어색했지만 보는 이들에게 청비의 춤사위는 가히 충격적이었다. 여인네가 무술을 선보이는 동시에 처음 접해보는 노래 가락도 같이 동화시켜 보여주니 신기하기도 해서 모두들 눈을 떼지 못했다.

양볼이 붉어져 있고 숨도 차올랐지만, 청비는 마지막에 다다르자 발차기와 함께 주먹을 지르며 기합을 넣는 것으로 대미를 장식하는 것을 잊지 않았다. 두두둥, 북소리가 멈추고 음악이 잦아들면서 청비의 춤도 끝이 났다. 창 너머로 넘실대는 달빛이 고요히 밀려들어와 청비의 얼굴 위로 쏟아졌다.

"대단하구나."

천무 황제는 박수를 치고 홍소를 날리며 청비에게 칭찬을 아끼지 않았다.

"그런 춤은 어디서도 본 적이 없어. 잠시도 눈을 뗄 수가 없더구나."

황제를 따라 다른 이들도 모두 하나같이 박수를 쳐주었다. 청비는 나름 성공한 듯싶었다.

"너뿐 아니라 보는 이들을 모두 즐겁게 하였으니 네가 상을 받거라."

청비는 황제가 건네는 황금 검을 받아 들었고, 세상을 다 가진 것 같은 만족스러운 얼굴로 자신을 깔봤던 여인들을 향해 가소롭다는 듯 미소를 날렸다.

까불고 있어. 가만히 앉아서 알랑방귀나 뛰어대는 네까짓 것들은 나한테 안 된다고.

사혜 공주와 금란은 청비가 자신들을 향해 얄밉게 싱글거리니 약이 오를 대로 올라 도끼눈이 되었다. 연회 분위기가 청비에 대한 찬사로 시끌벅적해지자 두 사람은 할 말도 하지 못한 채 입술만 비죽거렸다.

청비는 자신을 보고 있는 단휘를 발견하고는 곧장 뛰어가 자랑을 시작했다.

"이거 봐요! 나 완전 비싼 거 받았어요. 칭찬도 받고. 잘했죠?"

단휘의 낯빛이 어두워진 것도 모른 채 청비는 눈치 없이 신이 나 있었다.

"아, 힘들다. 진짜 오랜만에 몸 좀 풀었네."

"……."

"이런 춤을 어디서 보겠어요. 저만이 출 수 있는 춤이라고요. 좋았죠?"

"좋아? 뭐가?"

'뭐가라니. 왜 또 이렇게 딱딱하게 나오실까.

"그런 걸 춤이라고. 대체 그런 요망스러운 건 어디서 배운 것이냐?"

그는 부정적인 말로 그녀를 비난하고 있었다. 정말이지 이해 못 할 남자였다. 자신이 욕먹을 짓을 한 것도 아니고 그냥 잘하는 춤 한 번 선보인 것 가지고 저렇게 쌩하니 찬바람을 일으킬 일은 무언가.

저한테 피해가 가게 한 것도 없건만 괜히 남 잘되는 건 못 보는 심보가 틀림없다.

"요망스럽든 말든 무슨 상관? 우린 어차피 거래일 뿐인데, 뭘 하든 제 마음이죠."

그래, 그 말을 할 줄 알았다. 상관없다는, 상관하지 말라는. 언제나 자신과의 관계를 단순한 거래로 정의를 내리는 여인이니까.

"누가 너를 태자 후궁으로 보겠냔 말이다. 완전 무희가 따로 없던데."

"무희?"

"그래, 무희."

들어본 적이 있는데. 춤추고 돈 받는 일을 하는 그런 여자를 가리키는 말이잖아.

"야!"

"뭐? 지금 뭐라고 했어? 야?"

여긴 한국이 아니다. 저 남자는 그저 나랑 동갑인 스무 살이 아니다. '태자 전하'라고까진 못 불러도 '태자님'이라고는 부르자고 몇십 번을 되뇌었는데도 결국 터져 나온 것이다.

청비는 태자의 되묻는 말에 움찔했다. 설마 벌 같은 걸 내리는 건 아니겠지 싶어 그의 눈치를 보았다.

"그, 그게……."

정색한 얼굴을 보니, 태자는 진짜 화가 난 것 같았다.

"'야'가 아니라…… 이야! 이야……라고 했는데요."

태자의 화를 가라앉히고자 청비는 계속해서 말을 주절거렸다.

"나가서 어떻게 먹고살지 걱정했는데, 무희도 괜찮겠네요. 이런 춤은 나밖에 못 할 테니 경쟁력도 있을 테고."

쉴 새 없는 청비의 종알거림에도 단휘의 얼굴은 더욱 싸늘하게 굳었다.

자기가 무희 같다고 해서 거기에 응수를 해줬더니만 왜 또 저러는 거야. 이 분위기 어쩔 거냐고.

청비를 내려다보는 단휘의 눈과 그를 올려다보는 청비의 눈이 딱 마주쳤다. 순간 단휘의 눈빛이 더욱 암연해졌다.

벌써부터 궁 밖에 나가면 어떻게 먹고살지를 생각하고 있었던 것인가. 궁에 남고 싶은 생각이 조금이라도 있지 않을까 했는데, 그건 그의 착각이었다. 후궁 후보 중 한 명이 궁을 나갔다 했을 때부터 생각보다 더 빨리 일을 진행시키는구나 싶었는데, 궁을 빨리 나가고 싶어 그런 것이었다니. 청비를 보낼 수 있을지 실로 마음이 복잡했는데 저 말 한마디로 그의 속에는 불길이 회오리쳤다. 단휘는 인상을 꽉 썼다.

게다가 무희라니. 사람들 앞에서 저런 해괴망측한 춤을 추고 웃으면서 돈을 벌겠다고?

입에 담기도 싫고 가당치도 않은 말이다. 저러니 안 된다. 말려야지.

"내 앞에서 다신 무희라는 말 꺼내지 말거라."

진지한 단휘의 모습에 청비의 장난기가 발동되었다.

"무!"

"하지 말랬……."

"……르팍이 쑤시네. 아이구, 내 무르팍이야. 비가 오려나."

청비는 주먹으로 무릎을 콩콩 두드리며 천연덕스럽게 아픈 시늉을 했다.

놀려먹는 거, 생각보다 더 재밌는데?

청비는 예서 멈추지 않고 '무'로 시작하는 말을 생각했다. 또 뭐가 있더라?

"무!"

"하지 말라……!"

"무조건! 무조건이야. 태평양을 건너 대서양을 건너 인도양을 건너서라도……!"

청비는 헤엄치는 시늉을 하며 노래를 불렀다. 마침 류하 왕자가 곁에 오자 청비는 아예 주먹을 마이크 삼아 능글맞은 얼굴로 류하 주위를 한 바퀴 돌며 노래를 이어 불렀다.

이 상황, 이 분위기는 반전이 필요하다고.

"당신이 부르면 달려갈 거야. 무조건 달려갈 거야. 짜짜라짜라짜라짠."

"처음 듣는 곡조구나."

노래가 끝나자 류하가 청비에게 말했다.

"어, 류하 왕자, 제 노래 어땠어요? 듣는 데 그렇게 나쁘진 않았죠?"

류하는 유한 얼굴로 고개를 끄덕이며 미소를 보였다.

"나쁘긴, 계속 귀에 맴돌 정도로 좋았다."

"원래 이 노래가 중독성이 좀 있거든요."

류하와 청비의 대화를 삐뚜름한 얼굴로 지켜보던 단휘가 끼어들었다.

"노래가 그리 저속해서야."

저, 저속? 울컥했지만 청비는 단휘한테는 눈길도 주지 않은 채 계속해서 류하에게 물었다.

"류하 왕자도 그랬어요?"

"청비 네가 부르는 노래라면 난 다 좋구나."

"형님!"

단휘가 다시 그들 사이에 말을 섞어도 류하와 청비는 둘만 있는 것처럼, 태자가 없는 듯 대화를 계속했다.

"앞으로 제가 자주 불러드릴게요, 류하 왕자."

청비가 제 말에는 한마디 대꾸도 하지 않고 류하 형님하고만 말을 주고받자 단휘는 얼굴이 달아올랐다. 거기다 류하 왕자? 잘못 들은 것이 아니다. 분명히 그랬다.

"형님도 들었습니까? 류하 왕자랍니다. 너무 편히 대해주시니까……."

"내가 편하게 부르라고 했다. 나를 좀 더 편하게 생각하라는 뜻에서."

단휘는 할 말을 잃은 얼굴로 류하를 보았다.

누구에게든, 동생인 자신에게조차도 항상 거리를 두었던 형님이 저런 말을 하다니.

"거 봐요. 류하 왕자가 어디 태자님하고 똑같은 줄 알아요? 얼마나 배려심이 많으신데, 따뜻하고, 착하시고……."

자신과 형님을 비교하는 것도 마음에 안 드는데 청비의 입에선 형님의 칭찬이 멈추지 않았다.

"아, 그래도 편히 부르는 건 둘만 있을 때 그리하라 하셨는데 제가 깜빡했네요."

청비가 아무렇지 않게 내뱉은 '둘만 있을 때'가 단휘는 고깝게 들렸다. 그런 꼴은 못 본다.

"무슨 얘기들을 그리 재미나게 하십니까?"

청비와 단휘의 대화에 조용한 미성이 끼어들었다. 미성의 주인은 무율이었다.

"실례인 걸 알면서도, 이 여인을 잠시만 빌리도록 하지요."

무율은 청비의 어깨를 잡고 어디론가 이끌었다. 어깨에 실린 힘에 의해 몇 걸음 옮겨지자 청비는 싫다 하며 몸을 돌리려 했다. 그런데 바로 그때 자신의 귀에 무율의 나직한 음성이 속삭이듯 들려왔다.

"법사를 찾고 있지 않았습니까? 내가 만나게 해줄 수 있는데."

청비는 법사라는 말에 멈칫해서 무율을 보았다. 웃음기가 실린 얼굴이었지만 그냥 하는 말 같진 않았다. 하지만 곧바로 무율의 손이 누군가에 의해 내처졌다.

"뭐 하는 것이냐. 감히 내 앞에서."

도움이 안 되네, 정말. 이제 중요한 얘기를 시작해야 하는데.

청비는 무율에게 꼭 들어야 할 말이 있기에 단휘를 방해꾼 취급했다.

"방해하지 마시죠. 나 이 남자랑 볼일이 좀 있거든요. 정 심심하면 류하 왕자님이랑 형제애 좀 나누시던가요."

모른 척 등지고, 마치 이 상황을 즐기기라도 하듯 입가에 미소를 띤 무율을 이번엔 청비가 건물 밖으로 다급히 데리고 갔다.

단휘는 눈앞에서 일어난 일에 어이가 없어 말이 나오지 않아 제게서 멀어지는 청비의 뒷모습을 잠시 바라보기만 하다 이내 단단히 벼르며 쫓아가려 했다. 하지만 류하가 하는 말에 우뚝 멈춰 섰다.

"청비와 같이 나간 남자는 사로국의 무율 왕자다. 너도 들어는 보았을 것이다. 현재 사로국의 왕위 계승 1위는 지병이 깊은 탓에 실질적으로 왕위를 물려받게 되는 건 무율 왕자라는 것을. 지금은 왕이 워낙 현실에 안주하는 탓에 우릴 견제하고 있을 뿐이지만, 무율이라는 자가 사로국의 주인이 된다면 분명 숨기고 있던 발톱을 드러낼 것이다. 청비에게 접근하는 것도 분명 다른 이유가 있음이야."

무율이라. 먹잇감을 발견한 듯 청비를 보던 사내의 눈빛이 영 신경에 거슬렸다. 적개심이 들끓었다. 눈에서 불이 일고 온몸의 세포가 곤두서는 것 같았다.

제13장
복수심(復讐心) : 복수하려고 먹은 마음

사람들이 없는 후원으로 나온 청비는 무율의 손을 놓고 재차 확인했다.

"정말이에요? 법사를 만나게 해줄 수 있어요?"

"예, 그리 말했습니다."

"꽁으로 그러는 건 아닐 테고, 원하는 게 뭔데요?"

청비는 단연코 무율이 물질적인 것을 원할 것으로 생각했다.

"저는 가진 게 워낙 많아서인지, 소저가 갖고 있는 것 중에서는 탐이 나는 게 별로 없을 듯합니다."

"그럼……"

"그렇다고 득이 없는 거래를 하진 않지요. 하지만 이번만은 그냥 돕고 싶은 마음이랄까."

그냥 나를 돕겠다고? 청비의 얼굴이 환해졌다.

목소리만 들렸던 남자를 더 이상 만날 수도 없어서 집으로 돌아갈 방법이 없다는 생각에 낙담하고 있던 차였다. 그런데 법사를 만날 수 있다니, 청비는 실낱같은 희망이라도 생기자 기쁨을 주체할 수 없었다.

한국에서 아줌마들이 이도 저도 안 될 때 왜 점쟁이를 찾아가는지 그 절박한 마음을 알 것 같았다.

"내일 저녁, 외궁 입구로 저를 보러 오십시오. 기다리고 있겠습니다."

무율은 청비에게 가까이 오더니 당부하듯 속삭였다.

"꼭 혼자 와야 합니다. 특히 지금 소저 뒤에 오고 있는 남자에겐 비밀로 하십시오."

뒤에 있는 남자란 말에 돌아보기도 전에 청비의 몸이 무율에게서 멀어졌다.

"네 본분을 망각한 것이냐!"

태자가 그녀의 팔을 잡아당기자 청비는 그의 옆으로 바짝 붙어 있게 되었다. 그녀는 자신을 잡고 있는 태자의 팔을 뿌리쳤다.

"아파요!"

청비와 태자가 티격태격하는 사이 무율은 시종이 다가와 귀엣말을 하자 조용히 대화를 나누고는 이어 단휘의 눈빛을 무덤덤히 받아들였다.

"청비는 잘못이 없습니다. 나무라지 마십시오."

청비? 이름까지 알고 있어? 단휘의 노기가 악화되었다.

"찾는 분이 계시어 이만 가봐야겠습니다, 태자 전하. 청비 소저도 다시 만나 반가웠습니다. 또 뵙기를 기대하지요."

"그럴 일은 없을 것이다."

무율의 시야에 들지 않게 청비를 제 몸으로 가린 단휘는 매서운 어조로 그녀 대신 답하였지만 무율은 사람 좋은 얼굴로 의미심장한 미소를 남기고 자리를 떠났다. 둘 사이를 왔다 갔다 했던 팽팽했던 긴장감이 사라지자 청비는 이 자리에 있어봤자 자신에게 불똥만 될 듯해 고양이 걸음으로 후원을 빠져나가려 했다.

"가긴 어딜 가."

단휘의 착 가라앉은 목소리에 청비는 괜스레 찔려 돌아보지 않은 채 걸음만 멈추었다.

"둘이 어떻게 아는 건지 설명을 해야 하지 않겠어?"

이를 꽉 다문 사이로 낮게 흘러나오는 단휘의 음성에 청비는 억울한 표정으로 돌아섰다.

"딱히 아는 건 아니고……."

"이름도 여기저기 남발하고 다닌 것이냐? 넌 이름부터 바꾸거라. 여기저기 날뛰고 다니니 망아지도 좋겠고, 단순한 걸로 치면 붕어 같은 걸로 말이다. 그럼 어디 창피해서 이름을 말하고 다닐 수는 없겠지."

뭐? 망아지? 붕어? 나라고 가만있을 수 있나.

"그럼 나만 바꿀 수 있나요? 전하도 이름을 바꾸셔야죠. 까칠한 궁의 남자. 까궁남 어떠세요? 아님 거만하고 지밖에 모르는 왕자니 줄여서…… 거지…… 왕? 와…… 어감 쩐다. 거지왕 갑. 거지왕 짱짱맨."

엄지까지 세워 보이는 청비의 행동에 단휘의 눈썹이 날카롭게 휘었다.

"거지왕?"

무감한 얼굴로 미동조차 않으니 청비는 차마 눈을 마주치기 어려워 눈동자를 요리조리 굴려댔다. 장난도 못 치나?

청비는 소리는 내지 않고 입 모양으로만 투덜거리다 이 틈이다 싶어 도망치듯 다시 궁 안으로 들어가버렸다. 돌아보면 태자가 쫓아오고 있을까 봐 앞만 보며 마치 약수터에서 경보하는 아줌마처럼 빠르게 걷는데, 갑자기 강한 힘이 그녀의 손을 팍 끌어당겼다.

갑자기 휘장 속으로 들어가게 된 그녀 앞에는 단휘가 서 있었다.

휘장 속에서 태자와 몸이 밀착되어 있다보니 조금만 고개를 들거나 움직이면 자신의 얼굴이 그의 가슴에 닿을 듯했다. 아주, 지나치게 가까운 거리였다. 조금만 움직여도 태자에게 자신의 몸이 닿을까 싶어 청비의 몸이 바짝 굳어버렸다. 그녀의 눈동자에는 태자만이 꽉 차 있어 그에게 집중할 수밖에 없었다.

그는 달빛을 등지고 서 있었다. 어둠이 덮인 얼굴은 무슨 표정을 짓고 있는지 알 수 없었다.

도대체 뭔 생각으로 이러는 거야?

태자에게서 풍기는 사내다운 위압감에 청비는 정신이 휩쓸리는 것 같았다. 눈앞의 태자는 말만 번지르르하게 하는 엄살쟁이처럼 보이지 않았다. 매사 장난스럽던 눈빛도, 건성건성 가벼운 구석도 찾아볼 수가 없었다. 차라리 평소처럼 그 심술궂은 말투로 말이라도 하든가. 그는 오로지 온전한 사내의 눈으로 올곧게 그녀를 내려다볼 뿐이었다.

"나갈래요."

태자가 잡은 손을 뿌리치려고 했지만 그는 놔줄 기미가 없었다. 더 꽉 잡아 청비를 잡아두었다. 이 분위기가 숨이 막힐 듯했는지 청비의 가슴이 오르락내리락하고 숨결을 따라 어깨가 위아래로 씰룩였다.

숨결에서 퍼지는 열기로 휘장 안은 무척 더웠다. 얼굴이 달아오르고 심장은 제 의지를 벗어나 쿵쿵댔지만 청비는 최대한 평온한 척 무감하게 굴었다.

"진짜 왜 이러는……."

"청비야."

드디어 그가 입을 열었다. 딱 떨어진 한마디는 그녀의 이름. 그것이 전부였다.

청비는 천천히 단휘에게로 시선을 올렸다. 달빛이 비쳐 그를 볼 수 있었다. 둘의 시선이 서로를 향하자 단휘의 눈동자가 심히 흔들렸다.

청비 역시 좀처럼 마음이 진정되지 않고 혼란스러웠다. 그의 눈길이 자신의 눈에서 입술로 옮겨지자 청비는 내쉬던 가느다란 숨도 훅 들이켰다. 눈길이 입술에 멈춘 것뿐인데 이미 심장은 제 것이 아닌 듯 괴롭게 요동을 쳤다. 그의 손이 자신의 뺨에 닿자 덜커덩, 심장이 쿵 떨어지는 소리가 들려왔다.

이건 아니지. 다음에 뭘 할지 뻔하잖아. 위험해. 위험하다고! 안전거리 유지! 안전거리 확보가 시급해!

청비가 밖으로 나가려 틈을 찾자 단휘는 잡고 있던 청비의 손을 제 쪽으로 확 잡아당기더니 몸을 돌려 창문 쪽으로 밀어붙였다. 단휘의 팔 안에 청비가 가두어졌다.

"밖에 사람들도 많은데 왜 이래요? 이러다 누가 보면 어떡하려고. 장난치는 거면 이제 그만해요."

어떻게든 휘장 밖으로 나가려 말을 돌렸지만 그는 아랑곳하지 않았다.

"그러니까 나를 자극하지 말았어야지."

말이 끝나기 무섭게 단휘는 청비의 얼굴을 잡아 제 쪽으로 고정시키고는 청비의 입술을 덮었다.

입술이 아프게 짓눌리는 것이 느껴지는, 강하게 밀어붙이는 그의 입맞춤에 청비는 얼음이 되어 몸이 뻣뻣해졌다. 자신의 얼굴을 붙잡은 그의 손도, 촉촉한 입김도, 불같이 달아오른 입술도, 그의 모든 것이 불에 덴 것처럼 뜨거웠다.

서 있는 것도 힘들 정도로 다리가 후들거렸지만 청비는 정신을 차리고 바로 단휘를 밀어냈다. 그러고는 뒷걸음질을 하며 씩씩거리면서 앙칼진 얼굴로 단휘를 노려보았다.

청비가 손을 올려 입을 가렸지만 그는 청비의 손을 휙 잡아 내리는 것으로 그녀의 거부를 무시해버렸다.

"이리 와."

그가 끌어당기니 다시 청비는 그의 앞이었다. 태자의 손에 허리가 잡히고 고개를 돌릴 조금의 틈도 없이 단휘의 입술이 다시 청비의 입술을 덮쳤다. 청비는 입을 꾹 다물고 숨이 막히는 채로 단휘의 입술을 받아들였다.

꽉 잡고 있는 그의 손아귀에서 벗어나려 안간힘을 쓰다 숨이 찬 청비는 입술을 벌렸고, 단휘는 그 순간을 놓치지 않고 청비의 아랫입술과 윗입술을 번갈아 빨아들이며 더 밀어붙였다. 배려 없이 거칠다가도, 천천히 부드러워졌다. 자신의 입술을 가지고 노는 태자의 행동은 마치 그녀를 괴롭히는 것 같았다.

더 이상은 참지 못해 분을 주체 못 한 청비는 발로 단휘의 무릎을 힘껏 가격했다. 그제야 단휘가 한쪽 얼굴을 구기며 손을 무릎으로 가져갔고, 그제야 청비는 자유로워질 수 있었다.

"이런 밝힘승 색골을 봤나! 그, 그런! 누구 허락으로 그런 짓을 해요!"

"한 번도 폐하가 아닌 다른 누구에게 허락 같은 거 구해본 적 없어."

아오! 저 성추행범, 입만 살아서는. 우리나라였으면 넌 바로 전자 발찌 감이다! 낯이 두껍다는 건 진작 알고 있었지만 내 첫 키스를 이딴 식으로 뺏어놓고서 아주 당당함을 넘어 참 뻔뻔스럽네.

마음 같아서는 '내 첫 키스 돌려줘, 이 자식아!' 이 말과 함께 쌍 싸다구를 날리고 싶은데, 이탄국의 태자한테 뭘 어쩌겠는가. 눈물이 앞을 가리고 첫 키스의 로망을 깨뜨린 태자를 저주하고 싶었지만 시간을 되돌릴 수 있는 것도 아니고, 이미 일어나버린 일. 열이 받은 청비는 흥분을 가라앉히기가 쉽지 않았다.

"얼굴이 왜 그렇게 벌게?"

거울로 자기 얼굴이나 한번 보고 말하시지? 귀까지 빨갛게 달아오른 게 누군데.

단휘 역시 심장이 걷잡을 수 없이 거세게 뛰고 있었다. 머릿속은 전쟁이라도 난 것 같았다. 제 입으로 무슨 말을 하는 건지도 모를 정도로 정신을 못 차리고 오로지 청비의 입술만이 눈에 보였다.

단휘는 애써 헛기침을 하며 날뛰는 가슴을 진정시키고 태연하게 청비에게 말을 건넸다.

"놀랐느냐?"

뭐? 놀랐느냐고? 저 무말랭이 같은 건조한 어투는 뭐래. 연극하는 거야? 아니면 정말 아무렇지 않은 거야?

태자는 마치 연극을 보고 나서 소감을 묻듯 남의 이야기를 하는 것 같았다.

오호라, 그런 식으로 나오겠다는 거지? 방금 일을 아무렇지 않은 일로 여기겠다 뭐 그런 거야? 그래, 나 역시 바라는 바. 기꺼이 받아주지. 절대 초짜 티 내지 말자, 청비야.

"놀라긴요. 뭐, 겨우 그런 거 갖고."

단휘의 눈썹이 굳어졌다. 청비의 반응은 그가 기대하거나 예상한 것이 아니었다. 분명 놀랐을 거라 여겼는데, 저런 시답잖은 표정이라니.

단휘의 침묵에 청비는 튀어나올 듯 아직까지도 귀를 울리는 심장 소리에 마음도 진정이 되지 않았지만 얼굴만큼은 대수롭지 않은 듯 계속해서 가벼이 말을 꺼냈다.

"그냥 잠깐 입술 박치기 한 거, 그 정도로 정리하자고요."

"뭐? 뭔 박치기?"

눈썹에 이어 단휘의 미간이 굳었다.

잠깐 입술 뭐 어째? 잘못 들었겠지. 입술 박치기라니, 여인의 입에서 나올 말이 아니다.

"말꼬리 잡지 마시죠. 별일 아니니 그냥 지나가드린다고요."

사실 별일 맞는데. 평생 기억에 남을 내 첫 키스라고! 태권도를 전공하다

보니 남자들에게 거부감이 느껴지는지 소개팅 주선이며 미팅 자리에도 불러주는 이가 없었다.

같이 태권도를 해왔던 동갑내기나 선배들은 그녀를 여자로 봐주지 않았다. 어쩌면 당연했다. 자신보다야 바람에 날아갈 듯 여리여리한, 보호 본능을 일으키는 스타일의 여자들이 훨씬 당기겠지.

쉽게 할 수 없을 거라 생각했던 첫 키스였지만 그래도 누구와 언제 어떤 식으로 하게 될지 나름 기대했었는데……. 그런데 당하고 말았다. 그것도 혼인하기 싫다고 자신을 이용해먹는 저 무뢰배 같은 작자한테서.

화가 나 죽을 것 같았지만 청비는 흥분하지 않으려고 입술을 깨물었다.

"알았죠? 방금 일은 없었던 일로 하는 거예요, 우리."

없었던 일로 하자니, 그만큼 저 여인에게는 자신이 취한 행동이 아무렇지도 않았다는 것인가? 청비는 그가 생각한 대로 행동한 적이 한 번도 없었다. 항상 예상을 벗어났고, 이번에도 역시나 그의 기대를 무참히 밟았다.

"몇 시간이 지난 것도 아니고, 어제 일도 아닌 방금 일어난 일을 없던 걸로 하자? 참으로 쉽구나, 넌."

"쉽긴 뭐가 쉽다는 거예요? 입술에 그, 그건 태자님 그쪽이 한 거잖아요! 가만히 있는 입술에 먼저 갖다 댄 게 누군데! 그리고 쉽다니, 태자님이 저의 뭘 보고 그런 판단을 하는 건데요?"

"류하 형님이었다가 또 건희 타령을 하지 않았느냐. 지금도 없던 일로 하자고 하질 않나."

아, 맞다! 건희와 공주님 일을 잊고 있었네. 청비는 자신의 옷 속에 있는 건희의 답장을 신아 공주에게 빨리 전해주어야 했다. 분명 공주가 건희를 만날 거라 잔뜩 기대하고 있을 터인데. 여기 더 있다가는 말싸움만 하다가 계속 시간을 보낼 게 뻔했다.

청비는 이번 일은 나중에 따지기로 했다.

"더 얘기해봤자 서로 감정만 상할 것 같네요. 다음에 얘기해요. 우선 지금은 더 중요한 볼일이 있으니까."

청비는 단휘를 남겨두고 도망치듯 휘장 밖으로 나와 공주를 찾아다녔다. 공주를 찾는 건 어렵지 않았다. 공주가 입고 있는 의복이 붉은색의 금으로 수를 놓은 화려한 비단이라 멀리서도 눈에 띄었다.

공주도 청비를 찾고 있었는지 둘은 금방 눈이 마주쳤고, 서로 눈짓을 하며 사람들이 없는 곳으로 동시에 걸음을 옮겼다.

"공주님 이리 예쁘게 꾸미고 오셨는데 어째요."

"왜? 건희가 나를 만나지 않겠다든?"

"아니요. 그건 아니고 태자님이 계속 따라붙는 바람에 기회를 만들지 못했어요. 대신 답장은 받아왔어요."

기회를 만들지 못했다는 말에 공주는 시무룩해졌다. 하지만 기대하지 않던 답장을 가져왔다고 하자 공주의 두 눈이 커다래졌지만 청비가 내미는 답장을 선뜻 받질 못하고 바라보기만 했다.

"받기가 겁이 나는구나. 내 처소로 돌아가 혼자 보겠다. 답장을 받으리라곤 생각 못 했는데, 청비 네가 고생 많았느니라."

"고생은요."

청비는 답장을 건네는 것으로 중요한 임무를 마쳤으니 내일 밤 법사를 만나러 가기 위해 필요한 것을 요구해야 했다. 분명 가는 길목마다 병사들이 깔려 있을 터, 혹시라도 걸리기라도 한다면 분명 단휘의 귀에 들어가 일을 망칠 수 있을 것이다.

"공주님, 죄송한데 그 목걸이 한 번만 다시 빌려주시면 안 될까요?"

"청비, 너 또……."

얼마 전 자신의 목걸이로 청비가 밖으로 나간 걸 떠올리며 또 그럴까 싶어 공주는 걱정스러운 눈길로 청비를 보았다.

"이번엔 절대 그런 거 아니에요. 밖에 나가지도 않고, 문제도 일으키지 않을 것이니 걱정 마세요."

신아 공주는 목걸이를 빼내어 청비의 손바닥에 내려놓으며 말했다.

"목걸이는 아예 너에게 주겠다. 그동안 고생 많았는데 그 값을 받는 것이라 생각하거라."

"이 귀한 목걸이를…… 주시다니…… 고맙습니다, 공주님."

이것만 있으면 궁을 구석구석 돌아다닐 수 있을 것이다. 갑작스러운 횡재에 청비는 목걸이를 꼭 쥐며 폴짝폴짝 뛰어다녔다. 공주는 처소로 돌아가야겠다며 폐하와 황후께 인사를 드리러 갔고, 청비도 홀을 나섰다.

그때였다. 후궁 후보 중 한 명인 사혜 공주가 청비의 앞을 막아섰다.

"제게는 무슨 일로……."

"물어볼 것이 있느니라."

사혜 공주는 우아한 몸가짐으로 들고 있던 잔을 시녀에게 건네며 가 있으라 손짓했고, 시녀는 뒤로 한참 물러났다. 그로 인해 주변에는 듣는 이가 아무도 없었다. 사혜 공주는 청비만이 들을 수 있는 작은 목소리로 입을 열었다.

"여홍 아가씨가 왜 후보 자리를 버리고 궁을 나갔는지 아는 게 있느냐? 그 아가씨 욕심이 많아 보였는데 아무 이유 없이 그냥 궁을 나갈 리는 없고 좀 수상해서 말이다."

"그게……."

전에 먹보 아가씨 여홍은 겁이 많아 보여 그런 방법이 먹혔지만 지금 눈앞의 공주는 몸가짐도 그렇고 저 교양 있는 말투로 보아 분명 체면을 중요시할 것이라 생각되었다. 태자의 폭력 정도는 모르는 척 견딜 만큼 참을성 있는 성격 같아 보였다. 뭔가 대박 한 방이 필요한데. 이렇게 또 단둘이 말할 기회가 언제 오겠어. 아예 지금 머리를 써서 사혜 공주라는 이 여자도 제 발로 궁을 나가게 해주자.

청비는 공주를 머리끝부터 발끝까지 샅샅이 훑어보며 잔머리를 있는 대로 굴리기 시작했다. 과거에는 아들을 낳아 후사를 잇는 걸 중요시 여겼지. 지금도 할머니들은 아직까진 아들, 아들 하니까.

청비는 묘안이 떠올랐는지 입꼬리를 올리며 눈빛을 반짝였다.

"사실 알고 있는 게 있긴 한데……."

"그것이 무엇이냐?"

"밖으로 새어 나가선 절대 안 되는 얘기라……."

청비는 기밀 사항이라도 말하는 것처럼 목소리를 깔고 진지한 분위기를 조성했다.

"이건 반드시 공주님만 알고 있어야 해요."

공주는 긴장하며 침을 꼴깍 삼키고 알았다 고개를 끄덕였다.

"사실…… 밤마다 태자 전하께서 저를 찾으세요."

"전하께서는 혈기왕성하신 나이이니, 그건 당연한 것이 아니냐?"

공주는 고작 그거 때문이었느냐며, 그 정도는 제게 아무것도 아니라는 듯 실소를 하였다.

공주야, 이건 전초전이지. 설마 그런 걸로 당신을 내쫓는 건 어림도 없지. 이 방법까지는 쓰고 싶지 않았는데. 태자님아, 진짜 미안. 다 당신을 위한 거야.

"태자님께서 저를 찾으시는 건 맞지만…… 실상은 그게 아니라…… 다른 이유가……."

공주는 청비의 대답을 재촉했다.

"다른 이유? 그것이 무엇이냐? 답답하구나. 빨리 말해보거라."

이번 작전은 마담뚜다!

"사실 저는 중개를 해요. 마담뚜라고 아시려나? 제 침소에 태자님이 들어오시면 저는 전하께서 좋아하시는 여리여리한 남정네를 방에 넣어주죠."

"나, 남⋯⋯."

공주가 제대로 말을 잇지 못하고 더듬거리자 청비가 친절하게 다시 한 번 되새겨주었다.

"네, 남정네."

공주는 충격이 꽤나 컸는지 아연실색한 얼굴로 고개를 갸웃거렸다.

"말도 안 돼. 태자 전하께서 사내와 그렇고 그런⋯⋯."

겉으로 우아함을 떨고 있지만 체면을 중요시할 것 같은 공주는 분명 아들을 낳아 왕위에 올리는 게 큰 목적일 터였다.

태자가 남색을 밝힌다면? 아들이고 뭐고, 하늘을 봐야 별을 따는 법. 아예 그런 희망을 깡그리 없애줘야 큰 충격요법이라 할 수 있지. 미안하다, 공주야. 그리고 정말 미안하다, 태자야.

"또 누구를 물색해놓아야 좋아하시려나. 혹시 아는 예쁘장한 사내 있음 소개 좀 해줘요."

"그, 그럴 리가⋯⋯ 말도 안 돼!"

"말을 해줘도 이러시네. 지금까지 태자님이 여색 밝히시는 거 봤어요? 지금까지 여인 없이 홀로 지내시는 게, 다 그 때문이라니까요."

공주의 동공은 이미 초점을 잃었고 허탈함에 말을 잃은 듯 보였다. 청비는 마지막 최후통첩을 날렸다.

"만약 공주님께서 후궁이 되고 싶으시다면 독수공방은 일상처럼 생각하셔요. 오죽하면 여홍 아가씨가 이 넓은 궁에서 생과부로 썩기 싫다고 야반도주하듯 나가셨을까요."

공주는 하얗게 질린 안색으로 금방이라도 쓰러질 것 같았다. 그런 공주의 모습에 시녀들은 멀리서 바로 달려와 부축하며 처소로 모셔갔다.

얘도 이제 조만간에 떨어져 나가겠는데. 그럼 단 한 명, 금란만 남은 건가? 그 여자는 어떤 방법을 써야 하나.

머리를 굴리다 청비는 문득 그런 생각이 들었다. 자신이 지금 너무 열심히 하고 있다는.

내가 왜 이렇게 열심히 하는 거지? 태자와의 거래이기도 하지만 뭘 하든 며칠 만에 싫증을 내고, 끈기라곤 멸치 똥만큼도 없던 나였는데. 참으로 이상하지 않은가?

그, 그래! 이게 다 저 여자들을 위해서 그러는 거야.

그 얼음과 불 사이를 왔다 갔다 하는 태자 놈 변덕을 누가 받아줄 거야. 태자랍시고 막말에 뭐든 제 맘대로 하고, 시키는 대로 다 해줘야 하고, 잠깐 같이 있는 나도 그 꼴 못 보겠는데 평생을 어떻게 같이 살아. 옆에 있으면 완전 피곤하고 스트레스 받는 스타일이라고. 땅을 치고 후회하는 일 없게 내가 미리 여자들을 도와주는 셈 치자. 그 여자들은 나중에 나한테 고마워해야 해. 내가 태자의 후궁 후보들을 쫓아내려고 이리 애를 쓰는 것은 같은 여자로서 그녀들이 안됐기에 나서는 것이지, 다른 이유는 없다. 그뿐이다. 안 그럼 다른 것이 무에 있겠어?

청비는 낮부터 몸단장에 얼굴을 치장하느라 쉬지도 못하고 연회에 참석해 춤까지 추어 내내 긴장했던 탓에 마음과 몸이 모두 피곤했다. 자신의 처소로 들어오자마자 바로 침상에 누워서는 곯아떨어졌다.

시녀들이 옆에서 '씻으시라', '옷을 갈아입으시라', 아무리 말해도 청비에게는 들리지 않았다. 결국 시녀들은 잘 때 불편할 것 같은 장신구를 빼주고는 청비를 편히 잠들게 해주었다.

"……여기…… 이봐……요……."

또 그 꿈이었다. 광활하게 펼쳐져 있는 꽃들과 그 끝자락에 서 있는 머리가 무척 긴, 은회색의 긴 도포를 입고 있는 남자.

창백한 얼굴색, 서늘하면서도 강렬한 눈빛, 흐트러짐 없는 자세.

그는 항상 같은 모습으로 그녀를 바라보았다. 항상 같은 눈빛으로 바라보는 남자의 시선을 느끼고 그녀 역시 남자를 바라보는…… 그런 꿈을 청비는 어렸을 때부터 계속해서 반복적으로 꾸었었다.

말을 걸려고, 좀 더 가까이 보고 싶어서 가까이 가보았지만 항상 같은 거리가 유지되었다. 남자는 움직이지 않고 그 자리에 서 있는데 아무리 다가가도 거리는 좁혀지질 않았다. 남자를 불러도 보고, 계속해서 소리도 질렀지만 그는 조금의 미동도 없었다. 언젠가부터는 청비도 포기하고 가만히 서서 남자의 깊은 눈길을 받을 뿐이었다.

오늘도 또 그 꿈이구나 싶어 청비는 항상 그래 왔듯 남자를 보았다.

당신을 현실에서도 본 것 같아. 이탄국에 오기 전 사고가 났을 때 분명당신을 보았어. 같은 옷차림, 지금처럼 긴 머리. 주변의 이목을 끌 만한데도 사람들은 그가 보이지 않는 것처럼 지나갔었다. 환영이었던 것일까?

다시 이렇게 재회하니 꿈인 걸 알면서도 반가움이 들었다.

『청비야…….』

청비야? 방금 내 이름을 부른 거야? 믿기지가 않아 청비는 두 눈이 커질 대로 커졌다. 잘못 들은 게 아니었다. 남자가 멀리 있어 목소리가 이처럼 크게 들리진 않을 텐데 신기하게도 자신을 부르는 묵직한 음성은 이곳 전체에 울려 퍼졌다. 그 울림에 심장도 떨렸다.

『곧 나를 만나게 될 것이다.』

그를 만나면 하고 싶은 말이 있었는데 목소리가 나오지 않았다. 대체 누구인지, 언제 만날 수 있는 건지, 물어보고 싶은 말들은 많은데 속으로만 말이 돌 뿐이었다. 남자는 멀어져가고 청비는 그 모습을 안타깝게 바라볼 수

밖에 없었다.

"저기…… 이봐요! 잠깐만요!"

가지 말라고 붙잡아도 남자는 돌아서지 않는다. 계속해서 남자를 쫓아가는데 누군가 자신을 깨우는 소리에 꿈에서 현실로 돌아오고 말았다. 청비는 침상에서 일어나 앉았다. 자신을 깨운 이는 시녀였던 모양이다.

시녀는 바로 물을 따라 청비에게 건넸다. 무심결에 잔을 받아 든 청비는 갈증이 났던지라 벌컥벌컥 들이켰다. 물의 찬 기운이 싸하게 느껴졌다. 자신의 침소인 것이 눈에 보이는데도, 아까 꿈을 꾼 것이 생생해서인지 그것이 현실인지 꿈이었는지 분간이 안 갔다.

너무 생생해. 정말 현실에서 내게 말을 한 것처럼 느껴졌어.

곧 만나게 될 거라는 남자의 목소리가 머릿속에 박혀 청비는 혼잣말을 되뇌며 중얼거렸다.

"분명 그랬어. 다시 만나게 될 거라고……."

"네? 아가씨?"

자신들에게 하는 말인 줄 알았는지 시녀가 물었다. 청비는 멍하니 잠이 덜 깬 얼굴로 그제야 고개를 들었다.

시녀들은 침상 주위에서 안절부절못하며 자신을 둘러싸고 있었다.

"이렇게 일찍 무슨 일이세요?"

"어서 일어나셔야 합니다. 사시부터 월명루에서 가무극을 한다 하니 지금부터 어서 몸치장을 하셔야 해요. 폐하께서 참석하라는 명을 내리셨어요."

그냥 이유 없이 일찍 일어나라고 했다면 이불을 머리까지 뒤집어쓰고 다시 잠을 청하겠는데 가무극이라는 말에 귀가 솔깃했다.

가무극? 연극 공연 뭐 그런 건가? 월명루라면 전에 류하 왕자가 궁을 소개해줬을 때 연회가 열리거나 궁중 예약을 볼 수 있는 곳이라 했잖아. 탄신 연회도 끝났겠다, 이제 뭔 재미가 있으려나 했는데 요런 볼거리가 또 기다리고 있었네.

'까마귀 소저'를 입에 달고 다니던 그 남자한테는 어차피 저녁에 가봐야 하니, 시간 때우기 용으로 잘됐다 싶었다.

청비는 침상에서 벌떡 일어나 시녀가 가져온 세숫물로 얼굴을 급히 씻고 단장을 위해 몸을 내맡겼다.

시녀들을 따라 고적한 돌담 길을 지나자 월명루가 서서히 모습을 드러냈다. 빼곡하게 심어진 능수벚나무에 햇빛이 비치니 연녹색 빛 잎사귀의 그림자가 발길 닿는 곳마다 물결쳤다.

황제가 벌써 걸음을 하였는지 일대에는 궁 수비대들이 흩어져 월명루를 지키고 있었다. 그들을 일사불란하게 지휘하는 건희가 있는 것으로 보아 태자도 이미 와 있겠구나 짐작했다.

월명루 안에 들어서니 류하 왕자가 전에 궁을 안내하며 월명루에 대해 해줬던 말이 떠올랐다.

─달빛이 가장 잘 비치는 곳이라 해서 월명루라 이름이 붙여졌지.

낮이라 그 말이 확 와 닿지는 않았지만, 달빛 대신 봄볕 햇살을 가득 받아서인지 유난히 따사로웠고 온기가 느껴지는 곳이었다. 시녀들은 청비가 안으로 발을 내딛고 들어가는 걸 본 후에야 안심한 얼굴로 밖에서 대기했다.

무대처럼 높게 대리석으로 단을 쌓아 만들어진 단폐와 그 앞으로는 황제와 황후가 앉는 옥좌와 낮은 교상(의자)들이 자리를 잡고 있었다. 황제와 황후는 이미 자리해서 이야기를 나누고 있었고, 황제의 후궁들과 그 옆에는 그녀들의 소생들로 보이는 어린 소년과 소녀들이 앉아 있었다. 전날의 연회와 달리 오늘은 황제와 그 직계가족들만이 모이는 자리 같았다.

황제가 불렀다 하여 온 것인데 그럼 황제는 자신을 완전히 가족이라 여기고 있는 거야?

마침 천무 황제와 눈이 마주친 청비는 앞으로 가 인사를 올렸다.

"폐하께서 불러주신 덕분에 이런 공연도 볼 수 있게 되고 정말 영광입니다."

"그래, 쉽게 볼 수 있는 것은 아닐 테니, 재밌게 보거라."

청비는 다시 한 번 감사의 말을 올리고는 남은 교상 중 가무극을 보기에 좋은 자리를 골랐다. 그때 가장 후미진 쪽에 앉아 있는 류하가 눈에 들어왔다. 류하를 발견한 청비의 눈에는 곧 연민이 서렸다. 모두 화기애애해 보이는데 류하 왕자는 그런 분위기와는 멀어 보였다.

보는 사람 짠하게 왜 저런 구석진 곳에 혼자 앉아 있어. 항상 곧은 모습이었는데 오늘따라 기가 죽어 있다고 해야 하나?

무척 쓸쓸해 보였다. 청비는 류하 앞으로 가 걸음을 멈추었다.

"여기 있었네요. 류하 왕자."

"너도 왔구나."

자신을 보고 서슴없이 환하게 웃어주니 그 모습에 청비는 눈이 시렸다. 전에 류하 왕자가 했던 말이 생각났다.

─해륜궁은 나에게 그리 즐거운 곳이 아니다. 있는 내내 가시방석같이 불편한 곳이지.

그래서일까. 류하 왕자의 웃음이 왠지 가짜처럼 느껴졌다.

"옆에 앉아도 돼요?"

청비가 허락을 구하자 류하는 미소로 답하며 품에서 손수건의 용도로 보이는 비단 천을 꺼내어 교상에 깔아주었다.

"이제 앉거라."

"뭘 이런 것까지, 고마워요. 지금에야 말해서 미안하지만 사과를 하고 싶어요. 그날이요, 류하 왕자가 궁을 나간다고 한 날. 배웅해준다고 했으면서 약속도 못 지키고 미안했어요."

"그날 왜 네가 안 나왔을까 궁금하기도 하고 걱정도 되었는데, 단휘에게 그 말을 듣고 그때 무슨 일이 있었을지 대충 짐작했다. 내가 해륜궁을 떠난 그 시각, 후궁 후보를 간택 중이었으니까."

사람들이 많으니 자신이 후궁 후보가 된 것에 대해 자세히 말을 할 수가 없어서 답답했다. 청비는 그간의 사정을, 다는 아니더라도 사실대로 얘기하고 싶었다. 류하 옆으로 좀 더 가까이 앉기 위해 교상에 앉아 있는 채로 팔걸이를 잡아 들어 옮기려던 그 순간, 그녀의 이런 행동을 저지하는 중저음의 음성.

"다시 제자리."

깔리는 듯 낮은 음성의 주인은 역시나 태자였다. 태자의 저지에 청비는 동작을 멈추고 다시 원래 위치에 교상을 내려놓을 수밖에 없었다.

"태자님 오셨……어요."

제발 다른 자리로 가. 여기로 오지 마.

청비의 간절한 바람에도 단휘는 터벅터벅 가까이 다가왔다.

내 얼굴 보기 껄끄럽지도 않나. 눈도 못 마주치겠는데 좀 눈치껏 가주지.

단휘가 옆 교상에 앉으려 하자 청비는 재빠르게 그 교상에 손을 턱하니 올려놓았다.

"여기 자리 있어요."

"누구 자린데?"

그냥 맡아놨다고 하면 다른 자리를 찾아서 갈 것이지. 뭘 또 누구 자린지 묻는 거야.

가뜩이나 어제 입 맞춘 일이 아직도 방금 일어난 것처럼 실감 나 죽겠는데. 이런 때에는 최대한 부딪치지 않고 피하고 싶다고.

청비는 난감한 얼굴로 중얼거렸다.

"그게……."

"내가 앉겠다 하면 그게 내 자리인 거야."

옆에 단휘가 털썩 앉아버리자 청비는 고개를 확 돌렸다.

아, 진짜, 이 남자. 어제 그런 일이 있었는데도 내 얼굴 보기 민망하지도 않나.

극이 시작되었는지 주변이 일순간 조용해지고 청비는 체념하여 단폐로 얼굴을 돌렸다.

단폐의 무대에는 북소리에 맞추어 화려하게 분장을 한 남성들이 나왔다. 그들은 대금과 징의 선율에 맞추어 역동적인 군무를 선보였고, 화려한 몸짓과 절제된 표정으로 이야기를 시작했다.

가무극을 처음 접해보는 청비로서는 처음에는 신기함에 눈을 떼지 못하다가 말 한마디 없이 몸으로만 극을 끌고 나가니 금세 지루해져 졸기 시작했다. 그러다 머리가 뒤로 갔다가 눈을 뜨는가 싶으면 다시 꾸벅 졸아 앞으로 넘어가고…… 목운동에 한창이었다.

"형님 자리로는 넘어가지 마."

"……뭐가……요?"

여전히 잠에 취해 있는 청비의 졸음 섞인 물음에 단휘가 짧게 대답했다.

"그냥 뭐든 다."

단휘의 말이 끝나기 무섭게 청비의 머리가 류하의 어깨로 툭 떨어졌다.

분명 넘어가지 말라고 했건만.

가무극 공연에 방해되지 않게 단휘가 청비를 조용히 불렀다.

"이쪽이라고."

하지만 청비는 잠에서 깰 기미가 없어 보였다.

"제 것을 좀 챙기겠습니다."

단휘가 청비의 얼굴로 손을 가져가 자신의 어깨로 당기자 청비의 머리가 단휘의 어깨로 휙 기울어졌다.

그의 얼굴은 여유로움이 넘쳐흘렀지만 마음속은 기분 나쁜 뭔가가 넘칠 듯 들끓었다. 청비의 머리를 제 쪽으로 기대게 하려고 뻗은 손에 힘이 과하게 들어가버린 탓에 청비는 갑자기 단휘의 어깨에 팍 부딪혔다. 마치 돌덩이에 얼굴을 부딪친 듯 청비는 바로 신음을 내뱉었다.

"아오, 아파. 뭐예요?"

그제야 정신을 차린 청비가 눈을 비비고 반쯤 뜬 눈으로 단휘를 흘겼지만 그는 모른 척, 가무극에만 시선을 집중하고 있었다. 가무극이 끝나자 청비를 포함한 다른 여인들은 모두 처소로 돌아갔다. 황제는 이런 자리에 술이 빠져서야 되겠느냐며 바로 술상을 차리라 명해 시녀와 시종들은 분주하게 상을 내왔다.

월명루 누각에는 황제며 다른 왕자들과 태자, 류하까지 사내들만이 모두 자리하게 되었다. 술을 권하며 한창 분위기가 무르익었지만, 다른 이들과는 달리 류하와 단휘는 서로 말이 없었다. 둘 사이에서는 냉랭한 분위기마저 감돌았다. 침묵을 깨고 단휘가 먼저 입을 열었다.

"형님이 주청강에서 청비를 발견했다 하셨는데, 혹 다른 특별한 것은 더 없었습니까?"

"특별한 것?"

류하는 청비를 발견한 날을 떠올렸다. 그날은 어느 때보다도 주청강이 신비스럽고 아름다웠다. 물이 맑아진 이유에서 그런 것도 있겠지만 말로는 형언할 수 없는 뭔가가 있었다.

잔잔하던 수면이 바람이 닿아 일렁이던 풍경. 풀잎의 바스락거림도, 눈이 내리듯 흐드러지던 물푸레 꽃잎도, 청비에게서 진동하던 그 달큰한 향기도 모두 하나하나 잊을 수가 없었다.

"모든 게 특별했다. 오염된 강물로 인해 죽은 곳이나 다름없던 곳이었는데 강물이 맑아져 있었으니. 그로 인해 주변이 많이 달라져 있었지. 나무며, 꽃, 주변에 있던 모든 것들이 다시 생명을 찾은 듯했다고 해야 하나."

단휘의 머릿속엔 며칠 전 황후의 화원에 있었던 늪이 맑은 물로 정화되었던 것과 자신의 눈으로 실제로 확인했던, 죽은 것이나 다름없던 주청강이 완전히 달라졌던 모습이 겹쳐졌다.

사람의 힘으로는 도저히 손을 쓸 수 없는 강물과 소택지였다. 모두 맑은 물로 정화가 되다니. 모두 청비가 그 자리에 있었고, 우연이 아니었다. 대체 어떻게 받아들여야 할지 단휘의 얼굴이 사뭇 심각해졌다.

청비, 너에게 기이한 능력이라도 존재하는 것인가.

"너도 들었겠지만 주청강은 이미 수로 축조에 들어갔다."

술잔에서 입을 뗀 류하가 말을 건네자 깊이 잠긴 단휘의 생각이 멈추었다.

"형님께서 직접 맡으셨다 들었습니다. 어떤 식으로 시행되고 있는 겁니까?"

이탄국은 비가 자주 내리는 편이라 물이 부족하진 않았다. 하지만 면적 중 일부가 습지이다 보니 대부분 순환되지 않고 항상 물이 고여 있어 강이나 저수지는 오염된 곳이 많았다. 아무래도 그 물을 농수로 쓰다 보니 농작물의 수확량에도 영향을 끼치고 있어 수로 공사의 진행은 빠르면 빠를수록 좋았다.

"현재는 강 주변으로 석재 쌓기에 들어갔다. 워낙 경사가 심한 지형이라 계단식으로 깎아내어 수평을 맞출 것이다. 그리고 곧 제방, 보, 도수관을 갖추게 될 것이다. 특히 물이 새어 나가지 않게 보벽에 점토를 붙이고 토압을 견딜 수 있도록 외곽 또한 말뚝을 박을 것이다. 그리 되면 보의 물을 논으로 끌어들이는 것은 수일 내로 이루어지겠지."

"그렇군요."

다시 분위기가 가라앉자 이번엔 류하가 말문을 열었다.

"넌 청비를 어떻게 생각하는 것이냐?"

전부터 자신은 혼자가 편하다며 어떤 여인에게도 메이지 않고 발길 가는 대로 유랑을 하고 싶다는 말을 습관처럼 해왔던 태자였다. 태자가 정말 청비를 마음에라도 담게 된 것일까? 일찍이 후궁을 들이기 싫어 대역을 삼을 여인이 필요하다 말했기에 청비를 후궁 후보로 올린 이유도 그것일 것이라 짐작이 되었다.

하지만 그것만으로는 부족했다. 굳이 직접 본인에게서 듣지 않아도 알 수 있는 것. 청비를 보는 단휘의 눈빛이며 그 행동들은 분명 애(愛)였다. 단휘에게 있어 청비는 한낱 후궁 후보 대역이 아닌 것 같았다.

"관심 정도에서 끝내거라. 기억을 잃은 여인이 아니냐. 이곳에 마음이 묶일 여인이 아니다. 너도, 청비도 상처만 받을 것이다."

"그럼 형님께서 바라는 것은 청비가 기억을 찾아 이곳을 떠나는 것입니까?"

류하는 아무 말도 할 수 없었다. 청비가 떠난다……? 재회한 지 얼마 되지 않았는데, 다시 볼 수 없게 된다고……?

자신 역시 위선자인가. 단휘에게는 청비를 위하는 척 기억을 찾으면 이곳을 떠날 여인이니 놔줘야 한다 말하고 있지만, 그는 내심 청비를 자신 옆에 두고 싶은 마음을 아니라고 부인할 수 없었다.

"해륜궁으로 돌아오신 연유가 수로 축조 때문만은 아닌 걸로 압니다. 하지만 저는 모른 척할 것입니다."

형님께는 항상 미안한 마음을 갖고 있었고, 할 수만 있다면 항상 전부터 태자라는 보위는 자신보다 형님께 적격이라며 넘겨줄 수 있다 생각해왔었다. 하지만 청비는…… 청비만큼은…….

단휘는 혼란스러웠다. 언제부터 자신이 이렇게 되어버린 것인지……. 청비와 같이 있으면 자신이 태자가 아닌 그저 평범한 사내처럼 느껴졌다. 태자님이라고 부르긴 하나, 전하라고 부르진 않는다. 입에 발린 말도 하지 않는다. 그에게 잘 보이려 하지도 않고, 앞에서는 떠받들면서 뒤로는 다른 생각을 하지도 않는다. 그녀는 그저 지금 느끼는 기분을 말하고, 진실된 그 눈으로 자신을 있는 그대로 대해주는 여인이었다.

모든 것을 갖고 있긴 하나 그것을 자신의 것이라 생각해본 적이 없었다. 지금 누리고 있는 것들은 모두 자신이 태자이기에 가질 수 있는 것이었다. 지위를 버리게 되면 자신에게 남겨질 것이 무엇이 있겠는가.

동궁전? 사람들? 재산?

무엇 하나 자신의 것이 없었다.

그렇다고 딱히 미련이 있거나 아쉬운 것은 없는데 그 여인만은…… 다르다. 형님이라 해도 양보할 수 없을 것 같고, 이제는 떠나보낼 수가 없게 되어버렸다.

이 넓은 궁에서 내 것이 무에 있겠나, 항상 외롭고 공허했던 시간이 그 여인 하나로 달라지고 있었다. 거래이긴 하나 청비가 자신의 궁에 있으니 냉기가 드나들던 외롭던 궁 생활도, 허했던 마음도 그녀가 주는 온기로 따스해지는 것 같았다.

내가 왜 이렇게 된 거지?

자신도 모르게 청비를 보고 있으면 미소를 짓고, 그녀가 다른 사내들을 보면 화가 치밀었다. 어느새 그는 이탄국의 태자가 아닌 평범한 사내가 되어 있었다. 흘러가는 대로 시간을 보내고 무료하고 의미 없다 생각했던 궁 생활이 이토록 웃음이 나고 행복했던 적이 있었을까?

세상에 혼자라 생각했고 진정으로 내 것은 없다 생각했는데…… 이제 내 것을 갖고 싶었다. 온전한 내 것.

청비가…… 필요하다…….

모두들 향락에 젖어 떠들썩해진 분위기에서 류하와 단휘만이 조용히 술잔을 비워갔다.

제14장
도심(掏心) : 마음을 드러냄

꿈 때문에 깊게 못 잔 데다 아침 일찍 일어나기까지 해 가무극을 보는 중에도 몇 번씩이나 졸았던 청비는 동궁전으로 돌아오자 점심을 내오겠다는 시녀들의 말에 됐다며 손사래를 치고는 낮잠을 청했다.

이곳은 자명종도 없어 잠들었다 못 깨면 어쩌나 싶어 걱정하며 잠이 들었는데 다행히도 법사를 만날 수 있다는 생각에 마음이 들떠 저녁때쯤 눈이 절로 떠졌다.

"아직 저녁이네. 다행이다."

"다행은요. 지금 깨셨으니, 밤잠은 다 주무신 듯합니다."

시녀는 잠자리를 정리하며 걱정스럽게 청비를 보았다.

"태자님은요? 혹시, 저 안 찾아요?"

"평소 그렇게 정신을 잃으실 정도로 술을 안 하시는데 오늘은 술에 취해 일찍 침전에 드셨다 합니다."

그 대답에 청비는 안도했고, 혼자 쉬고 싶다며 시녀를 밖으로 내보냈다.

이제 나갈 준비를 해볼까?

청비는 어렵게 구해 침상 아래 깊숙이 숨겨놓았던 시녀복을 꺼냈다.

이걸 입고 동궁전을 나간다면 궁 안에 같은 옷을 입고 다니는 시녀들이 많으니 아무도 나를 알아보지 못할 거야. 최대한 빨리 갈아입자.

아직은 어둠이 완전히 깔려 있지 않았기에 혹시라도 자신의 얼굴을 보고 알아챌까 싶어 청비는 허리까지 내려오는 표의를 머리에 뒤집어썼다. 얼굴도 가렸으니 나갈 채비는 모두 끝났다.

이제 가는 동안 들키지만 않으면 되는 것이다.

다행히 태자도 술에 취해 일찍 잠들었다 했고, 마주칠 일도 없으니 지금이 기회야!

청비는 창밖으로 밖에 지나다니는 사람이 있는지 살핀 뒤 조심스럽게 창문을 열었다.

창문이 워낙 커서 한쪽 창만 열어도 충분히 나갈 수 있었다. 청비는 발하나를 먼저 올린 뒤 가볍게 훌쩍 뛰어올라 창을 넘었다. 그녀의 눈동자는 계속해서 주변을 면밀히 살폈다. 다행히 아무에게도 들키지 않았다. 탈출 성공이었다.

그자가 분명 외궁으로 오라고 했어. 외궁이라면 전에 류하 왕자가 궁전을 구경시켜주었을 때 가보았던 곳이니까 기억을 떠올리면 잘 찾아갈 수 있을 거야.

쥐 죽은 듯이 소리 내지 않고 동궁전을 나오니 해가 지고 한기가 느껴져 몸이 떨렸다. 청비는 표의를 더 깊게 올려 쓰고 걸음을 재촉해 외궁으로 향했다.

외궁은 중요한 손님이나 타국의 사절단이 묵고 있는 곳이기에 길목마다 병사들의 경비가 삼엄했다.

시녀 복장을 해서인지 병사들은 그냥 그녀를 지나쳐 갔다. 간혹 병사들이 막을 때면 챙겨온 공주한테 받은 목걸이를 보여주며 신아 공주의 급한 심부름을 가는 길이라 말하여 쉽게 관문들을 통과할 수 있었다.

이제 다 왔어. 그때 류하 왕자와 와봤던 기억으로는 이제 조금만 더 가면 도착이야. 그자가 법사를 만나게 해준다고 했으니 한국으로 돌아갈 방법을 찾게 될지도 몰라.

서서히 외궁으로 들어가는 문이 보이기 시작하자 청비는 마음이 들떴다.

무율은 청비가 분명 올 것이라는 확신을 갖고 있었기에 외궁 입구에서 청비를 기다리고 있었다.

약속한 시간, 외궁 문 안으로 들어서는 여인을 보고 무율의 얼굴이 기다렸다는 듯이 환해졌다.

표의를 뒤집어쓰고 있어 여인의 얼굴이 보이지 않았지만 점점 진해지는 익숙한 향기에 그 여인이 청비라는 걸 대번에 알아차렸다.

"왔군요, 까마귀 소저."

반가운 얼굴로 저에게 다가온 무율에게 청비는 미간을 일그러뜨리며 투덜거렸다.

"근데요. 저기, 왜 자꾸 나를 까마귀 소저라고 불러요?"

"까마귀처럼 까맣지 않습니까? 머리도…… 눈도."

그래도 까마귀라니, 듣기 좋은 말은 아닌데.

"그래도 내 이름 알고 있잖아요. 이름으로 부르세요, 그냥."

"정 싫으시다면 그리하겠습니다."

날이 밝기 전에 다시 궁으로 돌아가려면 여기서 시간을 낭비할 수 없어 청비는 주변을 살폈다.

"법사는요? 어디 있어요?"

"따라오십시오."

무율은 무턱대고 청비의 손을 잡아 외궁 안으로 발을 들였다.

"잠깐만요. 저기 손은 좀……."

덥석 제 손을 잡은 무율에게 이건 아니지 싶어 청비가 말을 붙이자 무율은 힐끗 눈길을 주더니 가소를 비쳤다.

"그럼, 그냥 거저 만나게 해줄 줄 알았습니까? 손을 잡는 거 치곤 꽤 비싼 값을 치르는 것인데."

그래, 지난번에 외출해서 법사 한번 만나려다 그 봉변을 겪었는데 이 정도쯤이야.

특히 무율이라는 이 남자는 그리 나쁜 사람 같지는 않아 보였다. 그 덕분에 공짜로 법사도 만나고.

저 넉살 좋은 웃음 봐.

그녀만이 아닌 모두에게 친절을 베푸는 성격일 것이다. 그래도 궁금하긴 하다. 왜 자신을 돕는 건지.

대가도 필요 없다 했었어. 대체 왜지?

"저번에도 물었지만 왜 날 도와주는 거예요?"

"참 의심이 많으십니다."

그는 의미심장한 웃음을 내비쳤다.

"네. 타인의 친절에 그리 익숙지 않은 편이라서요."

"좋은 겁니다."

그가 청비의 머리를 쓰다듬었다. 생각지 못했던 행동에 청비는 바로 몸을 뒤로 뺐다.

"뭐 하는 거예요?"

"칭찬."

무율의 입가에 짧게 미소가 머물렀다. 하지만 그것도 잠시, 해가 저물고 있는 창밖을 보며 청비를 재촉했다.

"지금은 시간이 많지 않으니 그 이야긴 다음에 하는 걸로 하죠."

그는 다시 앞서 걸어갔고 청비도 그 뒤를 놓치지 않고 따랐다.

얼마나 걸었을까. 홍색의 목조 문 앞에서 무율이 걸음을 멈추고 청비의 손을 놓아주었다.

"이곳입니다. 들어가보십시오."

문을 열자 내부는 창문마다 휘장을 쳐놓아 전체적으로 어두웠고, 사람이 있는 게 맞는지 의심스러울 정도로 고요를 넘어 음산함마저 풍겼다. 발자국 소리도 들리지 않을 정도로 숨죽이며 조심스레 안으로 들어가자 문이 닫히는 소리가 들리고 적막감이 청비를 감쌌다.

창문 앞에는 누군가가 어떤 움직임도 없이 서 있는 듯했다. 뒷모습인데도 기묘하고 신비스러움이 풍겨 청비는 잔뜩 긴장이 되었다. 주눅이 들어 무슨 말을 꺼내야 할지도 고민되었다.

마른침을 삼키고 한 발짝 다가가려 했지만 청비는 그 자리에서 꼼짝도 할 수 없었다.

"거기 서서 듣거라."

어디선가 들어본 적이 있는 목소리. 이 목소리는……

"드디어 만나게 되었구나."

드디어 만나게 되다니? 나를 어떻게 알고? 이분, 왠지 수 쓰는 것 같은데.

"다시 돌아가고 싶은 것이냐?"

법사가 허튼수작을 부리는 게 아닐까 잠시 의심했던 청비는 이어진 그의 물음에 온몸이 굳어버렸다. 자신은 단 한마디도 하지 않았는데 법사가 던진 말에 기절이라도 할 듯 소스라치게 놀라 저도 모르게 뒷걸음질을 쳤다.

돌아가고 싶냐니……. 정말 영험한 법사인가 봐.

온몸이 파르르 떨리기 시작했다. 법사를 그렇게 만나고 싶어 했었는데 지금 이 순간은 두렵고 겁이 났다.

뭐야, 우리나라로 치면 족집게 도사 뭐 그런 건가? 정말 어떻게 안 거지?

뭐 쌀을 뿌리거나, 젓가락 통을 흔들어댄 것도 아닌데 바로 알아맞히는 저 신력이란.

청비는 감탄 수준을 넘어 소름이 끼치도록 무서웠다. 법사는 여전히 돌아보지 않고 조금의 미동도 없이 계속 말을 이어갔다.

"넌 돌아갈 수 없다."

"뭐, 뭐라고요?"

돌아갈 수 없어?

청비는 충격에 몸이 휘청거리고 오한이 일었다. 그게 무슨 말이냐며 당장 이것저것 묻고 싶은 게 많았지만 침묵할 수밖에 없었다. 법사에게서 느낀 건지 아니면 법사의 신력에 자신이 주눅 들어서인지 말로 표현할 수 없는 어떤 강력한 힘이 자신을 억누르는 것 같았기 때문이었다.

"돌아갈 수 있는 방법은, 아무것도 없다."

다시 한 번 돌아갈 방법이 없다 일언지하로 일침을 하니, 청비는 금방이라도 가라앉을 듯 위태로운 몸에 애써 힘을 주고 힘겹게 서서 법사의 말에 집중했다.

"넌 그곳에서 죽은 것이고, 이곳에서 다시 살아난 것이니라."

끝까지 얼굴을 보이지 않은 채 비수 같은 말들을 계속 내뱉는 법사의 뒷모습은 섬뜩하기까지 했다. 법사에게서 풍기는 음산한 기운은 청비를 바짝 조여왔고 심장은 전에 없이 발작하듯 매우 빠른 속도로 강렬히 뛰어 숨조차 제대로 쉴 수 없을 지경에 이르렀다.

"대체 당신이 뭘 안다고 그런 헛소릴 하는 거예요?"

돌아갈 수 있는 방법이 있을 것이라는 희망 하나로 지금껏 이곳에서 버텨왔는데, 이럴 순 없다. 뭔가 잘못 알고 있는 거다. 저자가 그냥 점쟁이로서 신통한 척해 보려고 말도 안 되는 말을 내뱉고 있는 거다.

"내가 그딴 말을 듣기 위해 찾아왔는 줄 알아요?"

"……."

"왜 말이 없어요? 제대로 말 좀 해봐요. 정말…… 정말…… 돌아갈 방법이 없는 거냐고요!"

청비의 속은 까맣게 타들어갔다. 어떤 말이라도 해주길 간절히 바랐건만, 법사는 말 한마디 하지 않았다. 그 뒷모습이 참으로 냉정하고 매정하게 느껴졌다. 직접 얼굴을 보고 말을 나누고 싶었다. 대체 어떤 얼굴로 자신에게 절망적인 말들만 하는 건지. 법사를 보아야 했다.

검붉은 휘장 틈 사이에서 새어 나오는 석양빛이 법사를 비추었지만 방 안이 전체적으로 어두워 얼굴은 보이지 않았다.

청비는 땀이 배인 손을 꽉 쥐고 한 발 한 발 소리 나지 않게 천천히 걸음을 떼었다.

법사가 계속 창밖을 보고 있어 옆모습만이라도 보러 그의 옆으로 다가가서는데, 그가 휘장을 완전히 치는 바람에 안은 완전히 깜깜해져 가까이 다갔음에도 얼굴을 볼 수 없었다.

다만 휘장을 통과해 스며들어온 붉은빛으로 법사가 자신을 향해 돌아섰음을 알았다.

"돌아갈 수 있다 하더라도…… 의미가 있겠느냐?"

법사의 말이 청비는 도통 이해가 가지 않았다.

의미가 있느냐니? 하루하루를 그 희망으로 이곳에서 버티고 있는 건데.

청비는 울컥 눈물이 치밀어 올랐다.

"그게 무슨 말이에요?"

대체 돌아갈 방법이 있다는 거야, 없다는 거야?

청비는 망연한 시선으로 법사의 대답을 재촉했다.

"말해봐요. 그게 무슨 뜻이냐고요."

한국으로 돌아갈 수도 있다는 것일까? 청비는 법사의 소매를 잡고 간절히 호소했다.

"돌아갈…… 방법이 있다는 거죠……? 그죠?"

돌아갈 수 있을지도 모른다 생각하니 억누르고 참아왔던 눈물이 방울방울 떨어져 법사의 옷을 적셨다. 청비의 절절한 애원은 계속 이어졌다.

"알려주세요, 제발."

"그곳에서 널 붙잡고 있던 단 한 사람마저 네 손을 놓았으니 그나마 이어져 있던 인연의 끈이 끊어진 터. 돌아가는 데 의미가 있겠느냐는 말이다."

세상 모든 걸 다 꿰뚫고 있는 듯한 법사의 음성.

"그게 무슨……."

청비의 목소리가 엷게 떨렸다. 파르르 몸이 떨리고 눈물도 줄줄 흘렀다. 자꾸 다른 말로 그녀의 말을 무시하는 법사가 이해가 안 되다 못해 야속하기까지 했다.

이토록 매달리는데, 만약 돌아기지 못한다면 앞으로 인생이 송두리째 바뀔 판인데. 매달리는 그녀를 내치지만 않았지, 한 치의 흐트러짐 없는 말투로 얼굴조차 보여주지 않던 법사는 그녀에 대한 동정심조차 없는 듯했다.

"넌 살고자 이곳에 온 것이다."

저 말은…… 그래, 기억난다. 분명 꿈속에서 비슷한 말을 들은 적이 있다.

─너를 살리기 위해 이곳으로 데려온 것이다.

─곧 나를 만나게 될 것이다.

뭐지, 이 익숙한 느낌은? 청비의 온몸에 소름이 쫙 올랐다.

꿈속에서 들었던 맑고 깊은 남자의 미성.

한동안 뇌리에 박혀 떨칠 수 없었던 그 목소리를 이 법사에게서 듣고 있었던 것이다.

그녀의 착각이 아니었다. 청비는 억세게 잡고 있던 법사의 옷에서 손을 떼었다. 청비의 얼굴에는 알 수 없는 공포와 두려움이 가득 차올랐다.

이게 대체 어떻게 된 거지? 그럼 설마…….

혼란스러움에 법사를 보는 청비의 눈빛이 매우 흔들렸다.

"당신……."

청비는 꿈속의 남자가 맞는지 법사의 얼굴을 확인하고 싶었다. 꿈속에서도 얼굴은 정확히 본 적이 없지만, 머리 길이와 머리 색만 실제로 보아도 어느 정도는 알 수 있을 것 같았다. 매번 꿈속에서 느꼈던 그 신비함과 생경하기까지 했던 초연한 분위기는 절대 잊을 수 없으니까.

청비는 창 쪽으로 가 창문을 가리고 있는 휘장을 모두 열어 한쪽 옆으로 쳤다.

"널 다시 찾을 것이다, 자청비야."

그 순간 낮은 음성이 메아리처럼 울렸다. 청비가 바로 돌아섰지만 이미 그는 신기루처럼 온데간데없이 사라진 후였다.

어떻게 된 거지? 분명 여기 서 있었는데. 그리고 법사가…… 내 이름을 불렀어. 그는 내 이름을 알고 있었어.

청비가 밖으로 나가자 무율, 그자만이 열린 문 앞에 서서 눈물이 홍건한 그녀를 걱정스러운 얼굴로 보고 있었다.

"무슨 일이십니까? 얼굴이……."

"그 사람 어디 갔어요? 법사 어디로 갔냐고요!"

무율의 얼굴이 반대편 복도로 향하자 청비는 넋이 나간 얼굴로 그를 지나쳐 복도로 뛰어갔다. 그 남자를 이대로 보낼 순 없었다.

그런 청비의 어깨를 휙 잡아 세운 무율은 단호하게 그녀를 다그쳤다.

"그는 이미 갔으니 다음에 보는 것이 좋을 듯합니다. 처소에 까마귀 소저가 없는 걸 태자가 알아챈 것 같습니다."

"싫어요. 다시 그 법사를 봐야 해요!"

"동궁전에서 소저를 찾고 있다 하니 얼른 가봐야 합니다. 안 그러면 당신과 나, 둘 다 난처해집니다."

청비는 무율의 말이 들리지 않았다. 법사를 다시 한 번 봐야 했다. 꿈속의 그 남자가 맞는지 확인도 해야 했고, 한국으로 돌아갈 방법이 있는 건지도 아직 확답을 듣지 못했다. 뭐 하나 확실한 게 없었다.

"정신 차리세요! 법사를 허락 없이 궁에 들인 것은 큰 죄라 소저가 들킬 경우엔 다신 그자를 보지 못할 수도 있습니다. 그래도 상관없으십니까?"

다신 법사를 볼 수 없다는 말에 청비의 행동이 멈췄다.

"그만 돌아가세요. 차후에 다시 만나게 해드릴 것입니다."

안타깝게 내려다보는 무율의 얼굴을 보며 청비는 기어들어가는 목소리로 알았다고 대답하고는 그래도 선뜻 발이 떨어지질 않는지, 꼭 그자를 다시 만날 수 있게 해달라고 신신당부했다. 그녀는 떨어지지 않는 발걸음을 옮겨 동궁전으로 향하였다.

무율은 청비의 힘없는 뒷모습을 바라보다 수하들에게 법사를 찾으라 명했다.

무율의 머릿속엔 여러 의문들이 스쳤다.

대체 무슨 일이 있었던 거지?

무율은 청비의 정체를 더욱 파악하기가 힘들었다. 귀족은 아닌 듯 보였고, 어느 누구에게나 굽힘 없는 태도와 몸에 배인 당당함으로 봤을 때 평민이나 천한 출신으로 보이지도 않았다. 외모로 보면 이탄국의 여인이라고 보기도 어려웠다. 이국적인 외모와 어디서도 들어본 적 없는 말투. 대체 저 여인의 정체가 뭔지 실로 궁금했다.

그날 시장 골목에서 태자와 청비가 함께 있을 때 둘의 사이가 심상치 않음을 짐작했는데 해륜궁으로 들어와 실제로 보게 되니 무율은 더욱 확신할 수밖에 없었다.

태자는 자신이 생각하는 것보다 청비라는 저 여인에게 깊이 빠져 있는 듯 보였다. 태자뿐만이 아니었다. 자신이 청비에게 다가가니 류하 왕자까지 나서서 경계하는 것으로 보아 분명 류하도 저 여인에게 마음이 있음이라. 청비를 꿰뚫듯 보는, 조금도 눈을 뗄 줄 모르는 태자의 시선하며, 적당한 거리를 유지한 채 청비의 근처를 떠나지 않는 류하 왕자의 그림자······.

재밌군. 여인 하나를 두고 형제가 탐을 내는 상황이라니. 그것도 태자와 왕자의 신분이 아닌가.

나도 이 묘한 기류에 합류해야겠군. 알아야겠다. 청비라는 여인에 대해······.

청비······ 그 여인에 대해 알 수 있는 것이 없으니 더 신비스럽게 느껴졌다. 출생이며, 얼굴······ 이름조차도······. 청비에 대한 관심과 흥미로움이 커지는 무율이었다. 침소에 들어서도 무율이 계속 생각에 빠져 있는데 법사를 찾으러 나섰던 수하들 중 우두머리가 안으로 들어왔다.

"주변을 샅샅이 뒤져봤지만 법사를 찾지 못했습니다."

"아직까지도 찾지 못했다면 이미 궁을 나간 것이다."

무율은 곤란해진 얼굴로 창가 앞에 섰다.

아직 값을 치르지도 않았건만 돈도 받지 않고 가버리다니. 제 발로 찾아와 법사를 찾는 것을 안다며 자신을 궁으로 데려가달라 청한 자였다. 자신은 어떤 말도 하지 않았는데 법사를 찾는 것을 알고 왔다 하니, 그것만으로도 영험하다 여겨져 데리고 온 것이었다.

혼자 남겨져 눈물을 뚝뚝 흘리고 있던 청비의 얼굴이 떠오른 무율은 법사를 이대로 그냥 쉽게 보낼 수 없었다. 그 여인에게 법사를 한 번 더 만나게 해준다고 약조까지 하지 않았던가.

"더 소란스러워지면 다른 이들의 이목을 끌게 될 것이니 은밀히 사람들을 보내 궁 밖으로 나가 그자의 흔적을 찾거라."

홀로 남은 무율은 의자에 앉아 검지로 탁자를 두드리며 생각에 잠겼다. 법사를 찾으면 청비와 어떤 대화를 나누었는지 물어볼 참이었다. 무슨 이야기를 하였기에 그렇게 애달프게 운 것인지 알고 싶었다.

보통 사연은 아닐 것이다. 분명 무언가가 있었다. 그 여인에 대해 조금은 알아낼 수 있을 거라 여겼는데, 아쉬운 마음이 컸다.

법사를 찾아낼 때까지 기다리는 수밖에.

터덜터덜 힘없이 걷고 있는 청비 앞에 갑자기 검은 그림자가 나타났다. 태자였다.

"이 밤에 어딜 갔다 와?"

"……."

청비는 대답이 없었다. 청비는 불쑥 나타난 태자의 존재를 완전히 무시해 버렸다.

"내 말 안 들려?"

사람이 말을 하는데 제대로 쳐다보지도 않아?

청비는 뭔가 골똘히 다른 생각에 잠겨 자신이 보이지도 않는 얼굴이었다. 다시 한 번 부르려는데 청비가 먼저 입을 열었다.

"미안한데, 좀 피곤해서 먼저 들어가 쉴게요."

청비의 착 가라앉은 음성에 단휘의 얼굴이 굳어졌다.

뭐야, 운 건가? 잠겨 있는 목소리로 봐서 분명 운 것이 틀림없었다. 평소와는 뭔가 달랐다. 표정도, 말투도, 항상 밝던 분위기도 보이지 않고 뭔가 위태로워 보였다.

단휘는 잠시 멈칫했다.

무슨 일이 있었던 거지? 이 상황에서 어떻게 해야 할지, 뭐라고 말을 꺼내야 할지 망설이는 순간 청비는 단휘를 그대로 지나쳐 갔다.

"거기 서."

청비는 단휘의 말이 들리지 않는지 터벅터벅 바닥만 보며 걸었고 그는 아예 가는 길을 막아섰다.

"비켜요."

단휘가 비켜주지 않자 청비는 다른 길로 가려 했지만 다시 그로 인해 길이 막히자 짜증이 돋았다.

"뭐예요, 진짜? 왜 이렇게 귀찮게 해요? 좀 쉬고 싶다는데. 이게 무슨 뜻인지 몰라요? 혼자 있고 싶다고요."

"나 보고 말해."

항상 자신의 눈을 곧게 보며 이야기하던 여인이었다. 하지만 지금 그녀의 시선은 계속해서 아래로 떨어져 있었다. 단휘는 자신을 대하는 태도보다 그것이 더 신경 쓰였다.

청비는 다시 무시하듯 단휘를 지나쳐 갔지만 몇 걸음 못 가서 그가 팔을 붙잡는 바람에 다시 멈춰 설 수밖에 없었다.

"아, 진짜. 꾹 참고 있는데!"

청비는 금방이라도 왈칵 쏟아질 것처럼 눈물이 그렁그렁 맺힌 붉은 눈으로 단휘를 보며 짜증스럽게 목소리를 높였다.

"지금 기분이 좀 그래서 혼자 있고 싶다는데 왜 길을 막아가지고…… 눈물 더 나게. 나, 우는 게 그렇게 보고 싶어요? 내가 눈물 난다니까 고소하고 막 속이 후련하고 그래요?"

결국 참고 있던 눈물샘이 터졌다. 슬픔이 복받쳐 목이 메었고 목소리까지 갈라졌다. 줄줄 나오는 눈물을 손으로 닦아내며 청비는 단휘를 세찬 눈으로 보았다.

'또 우냐? 보기 싫다.' 그런 말을 하겠지 했는데, 갑자기 태자가 그녀 앞으로 다가왔다. 그 바람에 거리가 완전 좁혀져 청비의 코앞에 그가 닿을 듯 서 있었다.

갑자기 뭐, 뭐야? 청비는 당황해 고개를 치켜들었다.

"손으로 닦지 말라고."

그가 청비의 등에 손을 올리고 바짝 당기니 청비의 몸은 단숨에 단휘에게로 끌려갔다. 둘 사이에는 바람조차 드나들 틈이 없었다. 단휘가 청비의 등에서 뒷머리 쪽으로 손을 옮겨 더 가까이 당기니 아예 청비의 얼굴이 단휘의 가슴에 묻히게 되었다.

뭐, 뭐야. 손수건 대용으로 몸을 빌려주겠다는 거야?

단휘의 행동으로 청비의 얼굴에 굴러떨어지던 눈물은 그의 옷에 닦였다.

"울고 싶으면 울고. 아니면 말고."

괜찮은 척하면서 '그냥 기분 때문에 눈물이 나온 거다.'라고 둘러대려 했지만 저렇게 다감하게 말을 건네니 눈물이 안 날 수가 없었다. 그의 따뜻한 체온이 느껴졌다.

정말 한국으로 돌아갈 수 없을지도 모른다는 생각과 꿈속의 남자를 어떻게 이탄국에서 보게 된 건지, 자신에게 무슨 일이 일어나고 있는 건지 이해가 안 되고 복잡한 생각들로 가득했는데 태자 덕분인지 기분이 좀 나아지는 것 같았다. 복받치던 감정도 진정이 되어갔다.

아무 말도 해주지 않는데, 가만히 서 있기만 하는데, 이 남자, 오늘만은 참 녹을 듯 달다.

자신만 보면 땍땍거리는 데다 보는 시선도 비뚜름해 싫었던 남자가 오늘따라…… 뭐랑 같다고 해야 하지? 사탕이나 초콜릿은 너무 오글거리고…… 그래, 달고나! 그거 좋네.

생긴 것만 보면 별로일 것 같은데 달달한 것이…… 약간 쌉쓸하기도 하고. 오늘만큼은 태자 넌 내게 '달고나'다.

태자는 내일 얘기하자며 청비를 처소까지 데려다주었다. 처소로 돌아온 청비는 바로 침상에 누워 잠을 청했다.

빨리 자자. 그래야 내일 아침이 찾아오니까. 해 뜨자마자 다시 그 법사를 찾는 거야.

청비는 이불을 머리 꼭대기까지 뒤집어썼다. 눈물을 펑펑 쏟아서인지 노곤함에 이내 잠이 들었다.

꿈인가. 지금 내가 꿈을 꾸고 있는 것인가?

친구들을 만나러 가던 중 교통사고가 나고 그 이후로 자신이 의식을 잃었던 건지, 어떻게 된 건지는 알 수가 없지만 분명 그곳이었다.

사고 이후로 그나마 기억을 하고 이어졌던 기억……. 그날, 한국에서의 마지막 날로 돌아와 있었다.

오래된 사진처럼 어둡고 흐릿했던 그날의 기억들이 조금씩 색을 찾아가고 곧 선명해졌다.

얼음장처럼 차가웠던 강. 그곳에 다시 자신이 있었다. 떠올리기 싫은 그 일이 다시 재연되고 있었다. 힘이 빠져 감각 없는 제 몸을 누군가가 강으로 데리고 갔고, 몽롱하고 머리가 아파 정신이 들 때쯤 그녀의 몸이 물에 빠지고 물속으로 점차 가라앉았던…… 그때는 물속이라 흐릿해서 잘 안 보였는데 수면 위로 얼굴이 보여질 듯, 물에 가려지는 듯하다 청비는 그 얼굴을 보았다.

그 순간, 물 때문인지 충격 때문인지 숨이 멎을 듯했다. 하지만 그도 잠시, 물속에서 마음대로 움직일 수 없는 몸이 되자 청비는 발버둥치는 것도 힘들어 살려달라 외쳤다.

"아빠!"

끝까지 죽을힘을 다해 애원했다.

"아빠 살려줘요……! 제발 구해줘요!"

쉴 새 없이 흐르는 눈물도, 애타는 목소리도 물에 의해 흩어졌고, 청비는 숨을 놓는 마지막 순간까지도 애타게 불렀다. 자신을 놓은 이를…….

"아빠……."

자신을 강에 빠뜨린 이가 아빠라는 것을 깨달은 순간 느낀 충격으로 이탄국에서 깨어났을 때도 그 상황을 정확히 기억해내지 못했을 뿐이었다. 흐느낌이 터져 나오고, 가슴이 찢어지는 것처럼 아프고 고통스러웠다.

"……구해줘요. 아빠…… 살려줘요……. 아빠."

가족이라곤 아빠 하나뿐이었다. 엄마 없다는 소리를 들을까 봐, 외로움을 느낄까 봐 엄마 몫까지 그녀를 보살피던 아빠였다. 엄마의 부재를 서운하다 여길 틈이 없을 정도로 엄마의 빈자리까지 채워준 아빠였다. 근데 자신을 빠뜨린 이는 분명 아빠였다…….

현실이 아닐 거야! 그냥 꿈일 거야!

울음을 속으로 삭이며 꺽꺽거리는데 누군가 자신을 부르고 있었다. 청비는 힘겹게 눈을 떴다.

"악몽을 꾼 것이냐? 아님 어디가 아픈 거야?"

태자의 음성. 시녀들이 청비가 계속 깨어나지 않는다 하여 보러 온 단휘였다. 무슨 꿈을 꾸고 있는 것인지 청비는 쉼 없이 눈물을 흘리며 고통스러운 얼굴로 흐느끼고 있었다. 그 모습을 보며 단휘는 자신이 가슴이 아리고 욱신거리는 기분이었다.

대체 이 여인이 무슨 일로 이러는지 알고 싶었다.

어제도 그렇고, 지금도 이렇게 말없이 눈물만 흘리고 있으니 답답함이 밀려왔다. 단휘의 얼굴은 괴로운 듯 더욱 굳었다.

단휘는 침상 밖으로 힘없이 축 늘어진 청비의 손을 잡아 올렸다. 청비의 손은 흠칫할 정도로 얼음장같이 차가웠다. 급히 청비의 뺨에 자신의 손을 대어보니 역시나 얼굴도 찬 기운이 돌았다. 단휘는 청비의 몸을 자신의 품으로 끌어당겼다. 누가 찬물을 끼얹은 것처럼 청비의 몸도 아주 차가웠다.

"당장 가서 궁의를 데려오라!"

단휘는 청비의 몸에 이불을 감싸주었고, 그것으로도 안 되겠는지 청비를 세게 끌어안아 자신의 체온을 옮겨주었다. 곧 청비의 들릴 듯 말 듯한 목소리가 입술 사이로 새어 나왔다.

"기억이…… 나요. 나 버림받은 거에요."

하나뿐인 가족이면서 이 세상에서 가장 믿고 사랑했던 아빠한테서.

"……나를 구해주지 않았어."

다시금 믿을 수 없는 고통에 복받쳐 오르는지 청비는 눈물을 주체하지 못하고 흐느껴 울었다. 단휘는 제 몸에 기대어 있는 청비를 일으켰고 그녀는 말을 멈추지 않았다.

"……내가…… 죽어가고 있는데…… 나를…… 나를……."

단휘는 청비의 눈물을 쓸며 말했다.

"누가 죽어간다고 그런 말을 하는 것이냐? 지금 내 눈앞에 이렇게 살아 있는데. 그런 소리 하지 말거라."

죽어가다니. 그런 일은 생각조차 할 수 없었다. 단휘는 청비가 어디론가 사라지기라도 할 것처럼 불안한 마음이 들어 놔주지 않겠다는 듯 그녀를 품에 꽉 안았다.

"그런 소리 마라. 만에 하나 그렇다 해도 내가 그리 두지 않을 것이니."

청비에겐 그 어떤 말도 위로가 되지 않았다.

한국에 돌아갈 수 있다는 희망으로 버텨왔는데. 만약 돌아갈 수 있다 하더라도 갈 곳이 있을까?

법사가 그녀에게 한 말이 어렴풋이 머릿속에 스친다.

─그곳에서 널 붙잡고 있던 단 한 사람마저 네 손을 놓았으니 그나마 이어져 있던 인연의 끈이 끊어진 터. 돌아가는 데 의미가 있겠느냐는 말이다.

그 말이 이걸 뜻하는 거였어?

표정 없이 눈물로 범벅이 된 청비의 얼굴에 자조적인 웃음이 희미하게 머물렀다.

아무도 없다. 이제 자신에게 남은 것은 어떤 것도 없다. 모든 것을 잃어버린 셈이나 마찬가지였다. 청비는 더 이상 살고자 하는 의지를 잃어버린 것이나 마찬가지였다.

돌아갈 곳도 없는 내가 살아갈 이유가 있을까…….

단휘의 머릿속은 온통 어제 구슬프게 울던 청비의 얼굴로 가득했다. 그 어떤 것도 손에 잡히지 않아 그는 들고 있던 붓을 내려놓았다. 몇 번을 왔다 갔다 한 궁의들도 청비의 병명을 모르겠다, 그저 마음의 병인 듯 보인다 하였다.

청비는 이제부터 일어나지도 않고, 먹지도 않았다. 그 어떤 진수성찬도 입맛이 없다 마다했다. 기분 전환이 되게 악공들을 불러주겠다 해도 고개를 흔드니, 단휘로서는 청비에게 해줄 수 있는 것이 아무것도 없었다.

"청비는 뭐 하고 있고?"

"어제부터 계속 방 안에만 계십니다. 신아 공주님이 오셔서 만나고 계시다 합니다."

"먹는 건 어떠하더냐?"

"그것이……."

시녀장이 뜸을 들이며 말을 잇지 못하는 걸로 보아 정오가 지난 이 시각까지도 아무것도 먹지 않았구나 싶었다.

어제도 죽을 몇 숟갈 먹다 말고 숟가락을 내려놓았다 들었는데 오늘도 제대로 식사를 하지 않다니, 저러다 분명 무슨 일이 나고 말지.

어제는 그래도 몇 마디 말이라도 했었지만 오전에 그가 들렀을 때 청비는 아예 그를 보지도 않았다. 대체 왜 그러냐, 무슨 일이 있었던 것이냐 물어도 침상에 누워 들은 척도 않았다. 단휘는 대체 청비가 왜 이러는지 알 길이 없었다. 계속 눈물만 하염없이 흘려대던 청비를 생각하니 다시 단휘의 가슴에 통증이 일었다.

신아 공주는 청비가 건희와 자신의 일을 분명 궁금해할 것이라 여겨 청비에게 가장 먼저 편지의 내용을 알려주고 싶었다. 자신도 하루를 꼬박 앓은지라 아직 미열인 상태로 찾아온 것이건만 청비는 아예 일어날 기미가 보이지 않았다.

신아 공주에게 청비는 궁 안에서 유일하게 마음을 터놓을 수 있는 동무였다. 항상 청비의 밝은 얼굴만 보아오다 저리 힘들어하는 모습을 보니 신아 공주는 마음이 좋지 않았다.

"청비야, 시녀들에게 듣기론 네가 아무것도 먹지 않고 누워만 있다 하는데, 맞느냐? 정녕 쓰러지기라도 하면 어쩌려고."

청비는 신아 공주의 어떤 말도 들리지 않았다. 누군가가 제게 말을 건네는 것도, 옆에서 저리 걱정해주는 것도 다 귀찮을 뿐이었다. 마치 자신이 있는 곳은 유리관 안이고, 사람들은 모두 유리관 밖에 있는 듯 그들이 하는 말들은 귀에 윙윙 울려댔다.

"무슨 일인지는 모르겠지만 청비 네가 어서 일어났으면 좋겠구나. 네가 내 고민을 들어주고 나를 도와준 것처럼 나도 너에게 도움이 되었으면 해. 그리고 도와준 일에 대해 어찌 되었는지 지금은 말해줄 상황이 아닌 듯하구나. 다음에 또 들르마."

신아 공주가 나가고 이제 좀 조용해지려나 싶었는데 시녀들이 번갈아가며 들어와 계속해서 음식을 권했다.

"식사를 하셔야지요. 계속 이렇게 거르시면 몸이 상하시옵니다."

청비는 말없이 싫다 고개를 흔들고 홱 몸을 돌려 누웠다. '이대로 아무것도 안 먹으면 굶어 죽기밖에 더 하겠어?'라는 마음이었다. 차라리 그렇게 해서라도 사라지고 싶다. 아예 없었던 존재처럼…… 이곳에서의 삶이 모두 귀찮게만 느껴졌다.

끝없이 기분이 가라앉던 청비의 머릿속에 갑자기 주청강이 떠올랐다.

내가 발견되었던 곳……. 그래, 이렇게 굶어 죽기를 기다리는 것보다는 차라리…….

골똘히 생각에 빠져 있는데 갑자기 문이 열리고 단휘가 들어왔다. 침상에 누워 있던 청비는 단휘를 본 순간 이불을 뒤집어썼다. 단휘는 자신을 보자마자 피하는 청비에게 다가가 어르듯 말을 꺼냈다.

"물이건 음식이건 입에도 대지 않는다고? 먹고 싶은 것이 없느냐? 무엇이든 다 만들어 올리라 할 것이니 말해보거라."

"……."

"언제까지 그럴 작정인 것이냐? 대체 왜 그러는지 말을 해보거라."

역시나 청비는 어떤 반응도 하지 않았다. 차라리 자신에게 바락바락 대드는 모습이 더 좋았다. 이렇게 말 한마디 없이 아무것도 먹지 않고 다 죽어가는 모습으로 있으니 단휘는 안타까운 마음이 들어 더는 지켜보는 것이 힘들었다.

"주청강에 가보고 싶어요."

겨우 그녀의 입에서 나온 말이 주청강에 가고 싶다니. 그래도 어쨌거나 청비의 침묵이 깨졌으니 다행은 다행이었다.

"알았다. 그럼 식사를 조금이라도 하고, 그 후에 내가 데리고 가주겠다."

시녀가 기다렸다는 듯 죽을 가져왔다. 청비는 억지로 몇 숟갈 떠먹는 둥 마는 둥 하다 더는 못 넘기겠는지 숟가락을 내려놓고 단휘를 보았다.

"죄송해요. 더는 넘어가지 않아요. 이제 데려가주세요. 부탁이에요."

저러다 쓰러지는 건 아닐지. 얼마 먹지도 않고 식사를 안 한다 하는 청비를 힘겹게 쳐다보며 단휘는 알았다 대답하고는 말을 준비하라 명했다. 그러고는 그 어느 때보다도 조심히 청비를 말에 태우고 자신도 뒤에 올라탄 뒤 궁을 나와 강으로 향했다.

벌써 해가 저물어가고 있었다. 청비는 주청강으로 가는 내내 한마디도 하지 않았다. 주청강에 도착하자 작업 시간이 끝나 마을로 내려간 것인지 공사 작업을 하던 인부들은 하나도 보이지 않았다.

해가 지고 있어서인지 강에 비친 석양이 물결 따라 흔들렸다. 우두커니 서서 허공을 응시하는 청비의 눈빛이 깊게 일렁거렸다. 그녀는 쓰러질 듯 아슬아슬한 걸음으로 강 앞에 힘없이 서서는, 한참 동안 강만 바라보고 있을 뿐이었다.

분명 무슨 일이 있는데 말을 하지 않으니…….

청비의 침묵은 바라보는 사람으로 하여금 마음을 더 갑갑하고 무겁게 만들었다. 두 눈 가득 고인 눈물을 꾹꾹 누르려 애쓰는 모습이 애처롭기까지 해 단휘는 옆에 있어주고 싶었다. 금방이라도 눈물이 쏟아질 것 같은 눈을 보며 위로가 되고 싶었다.

하지만 제가 다가간 만큼 멀어질 것 같은 불안함에 발이 떨어지질 않아 그는 청비의 애달픈 모습만 눈에 담을 뿐이었다.

혼자 처량하게 있는 뒷모습은 꼭 그에게 인사라도 하는 것 같았다…….

만약 네가 기억을 찾는다면…… 바로 나를 떠나겠지……. 너는…… 머무르는 것보다는 항상 떠나는 것을 먼저 생각했으니까.

청비가 제 곁에 없다 생각하니 벌써부터 가슴께가 쓰려온다.

"청비야."

기억을 찾아도 궁에 좀 더 머물러달라는 말이 하고 싶었다. 바로 떠나지 말고, 좀 더 자신 곁에 있어달라는…… 청비 너를 보내고 혼자가 되어도 아무렇지 않을 수 있게 내게도 시간이 필요하다는…… 그 말을 하려 청비의 이름을 꺼냈지만, 동시에 청비 역시 그를 불렀다.

"태자님."

그를 부르는 청비의 목소리 톤은 평소와는 다르게 아주 차분했다.

"잠깐, 저 혼자 있고 싶어요. 잠시 시간을 주세요."

왠지 모를 불안함과 초조함에 단휘는 옆에 있고 싶다, 뒷모습이라도 보는 것이 좋으니 이대로 있겠다…… 대답을 하려는데, 청비는 그에게 그런 여지를 주지 않았다.

"아주 잠시만이라도 좋으니 그렇게 해주세요."

"알았다. 시간은 길게 주지 않을 것이다. 말을 데리고 한 바퀴 돌고 오겠다."

말할 기회를 놓친 단휘는 아쉬움을 담은 눈으로 청비를 바라보고는 곧 말고삐를 잡고 돌아섰다. 청비는 여전히 시선을 강에 향한 채로 처음엔 속울음으로 눈물만 떨구다 더는 참지 못하겠는지 작게 소리 죽여 울기 시작했다.

"흐윽……"

어찌 보면 아빠를 통해 이곳으로 오게 된 것이다.

돌아갈 수도 없고…… 돌아갈 방법이 있다 하더라도 가서 아빠의 얼굴을 볼 수 있을지……. 자신에게 전부였던, 하나밖에 없는 가족인 아빠가 자신을 강물에 빠뜨린 건데……. 만약 돌아간다면 반겨주시기는 할까?

이제는 돌아간다 해도 갈 곳이 없었다. 돌아가겠다는 의지도 사라져버렸다.

고개를 숙이자 눈물은 바닥으로 떨어져 스며들고 바람이 불어와 눈물을 닦아주듯 청비의 뺨을 부드럽게 스치었다. 어디선가 날아오는 풀 냄새와 꽃 향기가 울지 말라고, 괜찮다고, 청비의 마음을 위로해주는 것 같았다.

눈앞의 강은 너무나도 고요하고 평안해 보였다. 청비는 눈물이 그렁그렁하게 고인 눈으로 강을 향해 천천히 다가갔다. 곧 발에 차가운 강물이 닿았다.

시작도 여기였고…… 끝도 이곳이다. 이제 모든 게 끝이 나는 것이다.

이곳에서의 무의미한 생활도, 하나밖에 없는 가족인 아빠가 자신을 버렸다는 고통스러운 기억도…… 더 이상은 없겠지.

한 발 한 발 강물 속으로 발을 내디디며 청비는 강의 잔잔함을 깨어갔다.

강에 비치고 있던 석양은 흔들리는 물결로 인해 부서지듯 흩어졌고, 그와 함께 청비의 처연한 뒷모습이 물속으로 차츰차츰 숨어들었다.

"워워!"

순한 기질이라 평소 날뛰는 법이 없던 자신의 준마가 갑자기 거친 호흡을 내쉬더니 앞발을 들어 올리며 흥분하자 단휘는 한 손으로는 고삐를 잡고 다른 손으로는 말의 안장을 잡아 진정시키려 했다.

바람 한 점 없던 날씨였는데 갑자기 꽃이며 나무가 꺾일 듯 바람이 세차게 불어왔다. 온몸으로 스미는 바람이 칼처럼 시렸다. 본능적으로 불안함을 느낀 단휘는 고개를 돌려 청비가 서 있던 곳을 보았다. 분명히 청비가 있어야 할 자리에는 그녀 대신 푸른 잎사귀들과 꽃잎들만이 바람에 날리고 있었다.

그녀가 없었다. 순간, '쿵' 하고 심장이 떨어졌다.

"청비야!"

이름을 부르며 주변을 살펴도 청비의 모습은 찾을 수 없었다. 여인의 부재에 한 번도 느껴본 적이 없는 두려움이 그의 온 마음을 잠식했다.

상실감에 젖어 다 죽어가는 목소리로 주청강으로 데려가달라 청했을 때부터 알았어야 했다. 강을 바라보는 청비의 공허한 눈빛을 마주했을 때부터 이곳에서 데리고 나갔어야 했다.

후회를 해보았자 지금에 와서 무슨 소용인가.

어서 찾아야 한다. 청비를 빨리 찾아내야 한다.

단휘의 심장은 조금의 틈도 없이 쿵쿵 뛰어댔다. 정신을 차릴 수도 없이 깊숙이 번져오는 불안감에 그의 얼굴은 창백해졌고, 손발은 떨려서 아무것도 할 수 없는 지경이었다.

제발…… 제발…….

이름을 크게 부르며 주변을 찾다가 주청강으로 시선을 돌리는 순간 단휘의 눈빛이 멈칫했다. 청비가 강물의 붉은 석양 속으로 금방이라도 완전히 사라져버릴 듯 깊숙이 들어가고 있었다.

청비의 이름을 부르는 시간조차 낭비였다. 단휘는 지체 없이 그대로 강 속으로 뛰어 들어갔다. 이미 물속에 반쯤 가라앉고 있는 청비의 뒷모습에 그는 가슴이 철렁했다.

거칠게 뛰는 심장을 억누르며 그는 오로지 눈에 청비만을 담은 채 앞으로 나아갔다. 바람에 파도가 일 듯 강물은 청비를 천천히 삼키고 있었다. 청비의 어깨가 잠길 때쯤 단휘가 손을 뻗었다. 청비의 어깨가 닿을 듯 말 듯했다. 수면 위로 흐트러지는 청비의 긴 머리칼만이 단휘의 손에 스쳤다.

청비는 강물 속으로 한 걸음 한 걸음 들어갔지만 잔잔했던 물살은 마치 그녀를 밀어내는 듯 파도가 일어 들어가는 것이 쉽지 않았다. 점점 깊이 들어갈수록 평온하던 주청강에 바람이 심하게 불었다. 귀에서 시끄럽게 윙윙 불어대는 바람 소리는 마치 멈추라고…… 더는 들어가지 말라고 말을 거는 것 같았다.

이제는 환청까지 들리는 건가?

죽을 때가 되면 원래 이런가 보다. 그저 환청이겠거니 생각한 청비는 한 발 한 발 더 힘을 주며 깊은 곳으로 들어갔다. 어느새 물이 얼굴까지 차오르고 이제 한 발만 더 나아가면 모든 것을 강에 내맡길 수 있을 듯했다. 천천히 눈을 감는데 뒤에서 자신을 부르는 음성이 들려왔다. 하지만 청비는 동요하지 말자며 가만히 고개를 저었다.

돌아보지 말자……. 아무 미련 없이 가자.

모든 것을 내려놓듯 청비가 한 발 더 내밀자 강물은 청비의 모든 것을 삼켜버렸다. 발이 닿지 않아 처음엔 버둥거리던 청비는 몸을 강물에 맡기듯 힘을 뺐다. 그러고는 잠을 자는 듯 편히 눈을 감았다. 몸은 더 깊숙이 가라 앉았고, 얼마 지나지 않아 숨 막히는 고통이 찾아왔다.

물속에서 죽는 것도 쉬운 게 아니구나.

청비는 어떻게든 참으려 입술을 꽉 깨물었다. 입 안에 피 비린내가 느껴 지고 가물가물해지는 의식을 차츰차츰 놓기 시작했다. 자포자기한 채 이대 로 시간이 흘러갔으면 하고 있는데 이상하게도 몸이 당겨지는 느낌이 들었 다. 뭐지? 누가 날 잡고 있는 것 같다.

자꾸 자신을 끌어당기자 청비는 버둥거리며 거부했다. 하지만 상대 역시 집요했다. 버티려는 그녀를 끝까지 놔주지 않았다. 강한 힘이 그녀를 꽉 감 싸 안음과 동시에 몸이 붕 떴다.

물속에선 시간이 멈춘 듯 아무것도 들리지 않았는데 이제는 물소리가 들 려왔고 손가락 사이로 드나드는 바람이 느껴졌다. 그리고 바로 살이 에이고 입술이 바르르 떨릴 정도의 추위가 느껴졌다.

물속이 아니다!

정신을 차리고 무거운 눈꺼풀을 들어보니 자신을 안고 있는 이의 얼굴이 흐릿하게 눈에 들어왔다. 안도하는 남자의 얼굴이 보였다.

"다행이다."

그녀의 이마에 남자의 입술이 느껴졌다. 순간 청비는 움찔하며 눈을 감 았다. 청비의 이마에 가느다란 열기가 퍼졌고, 남자는 그녀를 더욱 꽉 안은 채 강물 밖으로 나가고 있었다. 벌써 해는 완전히 떨어져 하늘은 어둑해졌 고, 저 너머에서 달이 모습을 나타내고 있었다.

강을 벗어난 건지 첨벙거리던 물소리도 그쳤고, 자신을 안고 있는 이의 숨결과 바람에 풀숲이 내는 사라락거리는 소리들이 겹쳐 들려왔다.

방금 전까지만 해도 얼음 같던 강물의 수온으로 몸이 으스러질 것 같았는데, 이처럼 누군가의 품에 안겨 있으니 고스란히 따뜻한 온기가 제게 직접 닿아 흐물흐물 몸이 녹을 것만 같았다. 굳이 얼굴을 확인하려 하지 않아도 누군지 알 수 있었다. 자신을 이 강에 데리고 와준 사람. 무엇보다도 이 따뜻함을 알고 있었다.

그와 눈이 딱 마주치자 청비는 그가 무슨 생각을 하는 건지 읽어보려 했지만 눈빛이 읽혀지지 않았다.

노여움? 두려움? 무감한 듯 보이기도 하고 화를 억누르는 듯하기도 한 눈빛.

"다신, 이런 짓 하지 마."

위압적인 목소리. 역시 태자였다. 그가 자신을 살린 것이다. 청비의 입에서는 저도 모르게 옅은 한숨이 흘러나왔다.

마음대로 죽지도 못하다니.

"내려줘요."

그녀의 말에도 태자는 아랑곳하지 않았다. 청비는 격앙된 목소리로 화풀이를 하듯 소리쳤다.

"내려달라고! 왜 방해했어! 대체 왜!"

"너야말로 대체 왜! 왜 죽으려 한 거지? 무엇 때문에!"

죽고 싶은 상황에 태자고 나발이고 예의까지 차릴 수 없었다. 청비의 눈에 단휘는 그저 자신의 행동을 막으려는 방해꾼일 뿐이었다.

"네가 무슨 상관이야! 제발 내려놓으라고!"

온 힘을 다해 그의 품에서 빠져나오려 했지만 단휘가 더욱 힘을 주고 안아 청비는 꼼짝도 할 수 없게 되었다.

단휘가 청비를 강에서 한참 떨어진 곳에 내려놓자마자 청비는 다시 강으로 뛰어가려 했다. 하지만 그가 뒤에서 청비의 어깨를 잡아 돌려세웠다.

"못 보낸다고! 대체 왜 죽으려 하는 건데!"

"살고 싶지 않으니까! 내가 살기 싫다는데 당신이 무슨 상관이라고 막는 거야? 지금껏 해준 게 아까워? 그만큼 나도 충분히 보상해줬잖아! 그러니 나 좀 내버려두라고!"

단휘는 놓칠세라 꽉 잡고 있던 청비의 어깨에서 손을 툭 내렸다. 자연히 그의 시선도 청비에게로 잔잔히 떨어졌다.

청비는 이때다 싶었지만 그가 깊은 눈으로 응시하니 발이 떨어지질 않았다.

"그렇게도 모르겠느냐?"

갑자기 무슨 소리지? 청비는 혼란스러운 눈을 들어 태자를 보았다.

"나는 네가 싫다."

다짜고짜 내가 싫다니. 청비는 뭐라 맞받아쳐주고 싶었다. 하지만 그럴 힘도 없었다.

"내가 제일 싫어하는 것이 연모, 흠모, 은애 같은 감정이다. 마음을 내주고 누군가에게 얽매어 함께해야 하고. 그래서 혼인도 진저리 나게 싫었고 평생을 혼자이겠거니 했다. 그런데 갑자기 네가 나타났어."

태자의 음성은 미세하지만 분명 떨리고 있었다. 숨소리만 겨우 들릴 것 같은 적막을 가르고 그의 발소리가 들렸다.

한 발…… 두 발……. 그가 바짝 다가온다. 얼굴이 맞닿을 정도로 가까이에서 멈춘 태자가 자신의 눈을 놓아주지 않는다.

"그래서 네가 싫다."

"……"

"내가 널…… 은애하게 되었으니까."

뭐? 이건 또 무슨 소리야? 내가 싫다 해놓고 또 은애라니. 은애……라면 좋아한다, 뭐, 사랑한다…… 그런 거 아냐?

구름이 하늘에서 모두 걷혔는지 달빛이 환했다. 강에 비치는 달빛조차 그들에게로 반사되는 것 같았다.

내가 이 남자의 눈을 이토록 제대로 바라보았던 적이 있었던가.

빠져들 듯 아름다운 태자의 눈동자는 흔들림 없이 그녀에게 향해 있었다. 청비 또한 가만히 그 눈을 바라보았다.

청비는 계속 물에 빠져들겠다고 버둥대느라 숨이 가쁜 상태였고, 그런 청비를 막느라 계속 붙잡고 놔주지 않던 단휘 또한 숨이 찼다. 밤기운이 짙어지고 둘 사이에는 거친 숨이 오갈 뿐 침묵이 이어졌다.

단휘가 팔을 놔주었지만 청비는 몸이 얼어붙은 것처럼 움직이지 못한 채 당황함이 가득한 눈으로 그를 바라볼 뿐이었다.

태자가 나를 좋아한다고?

그간 태자가 했던 말들이 정리가 안 된 채 순식간에 머릿속을 스쳐 갔고, 뒤죽박죽 머릿속에 생각이 많아졌다.

말도 안 돼. 생각을 안 해봤던 건 아니지만 그건 모두 장난이었다. 아니면 거래였거나.

이를 어찌 받아들여야 할지…… 청비의 입에서 나오는 말은 당연히 더듬거려졌다.

"내…… 내가 강에 들어갈까 봐 그냥 던지는 말……이죠? 그럴 리 없잖아요. 태자인 당신이 나를 왜……."

단휘의 입에서 나지막한 목소리가 흘러나온다.

"내가 묻고 싶은 말이다. 넌 왜 내 눈에 띈 것이냐."

태자의 목소리가 평소와 다르다 여겨지는 건 자신의 착각일까? 자신의 모습이 비치는 듯한 태자의 깊고 고요한 눈에 청비는 심장이 졸아드는 듯했고, 생전 없던 떨림까지 느꼈다.

마음이 왜 이러지……? 심장이 벌렁거린다고 해야 하나?

두근두근, 콩당콩당, 뛰는 게 아닌, 뒤집어질 정도로 속에서 펄떡거리고 있었다.

밤이 깊어졌는지 달이 더 가까이 다가왔다. 새하얀 달빛이 환히 비치는 태자의 얼굴은 무표정으로 일관하고 있었다.

"가져본 적 없는 두려움이다."

평소 하늘을 찌르는 콧대의 태자를 보아오다 불안함이 서린 그의 얼굴을 마주하니 청비의 마음이 저릿했다.

왜 마음이 먹먹한 것인지 이유도 알려 하지 않은 채 지금 느끼고 있는 마음을 들키기라도 할까 청비는 몸을 돌렸다.

평소 자신에게 화만 낼 줄 알았던 태자가 자신을 은애하고 아낀다니…… 무슨 말을 해야 할지…… 어떻게 대답을 해야 할지 몰라 청비는 애꿎은 입술만 깨물었다.

"당장 알아달라는 것이 아니다. 다만 지금처럼 함부로 행동하지 말거라. 그리고…… 나를…… 멀리하지 마."

"저는……."

깊어진 밤인 데다 물속에서 나온 지 얼마 되지 않은 청비였다. 체온이 한참 내려가 있어 한기가 느껴지고 입에서 나오는 작은 목소리조차도 덜덜 떨리고 있었다.

말을 이으려 했지만 뒤에서 안아버리는 단휘의 행동 때문에 그마저도 어려웠다. 이대로 계속 있고 싶다는 생각이 들 정도로 따뜻했다.

평소 아무 거리낌 없이 대하던 태자였지만 고백을 들은 터인지 지금 이 상황이 너무 어색해 청비는 몸을 틀어 단휘에게서 한 발짝 뒤로 떨어졌다.

죽으려다 원치 않게 다시 이리 숨을 쉬고 말을 하고 있는 것도 받아들이기 싫은데 태자까지 신경 써야 한다니. 원래 없던 존재였기에 이곳에서 저 하나 없어진다고 무슨 큰일이랴 싶어 궁에는 인사도 하지 않고 온 것이었다. 하지만 태자가 죽으려 한 자신을 잡은 데다 저런 고백까지 하니 무엇 때문인지 마음 한편에서는 이제 되었다고, 죽으려 하는 것을 그만두라고 말하는 것 같았다. 이곳에 더 있으라고 자신을 붙잡고 있는 것 같았다.

내가 왜 이러지? 이탄국이라는 나라에 정이 들은 것일까? 아니면 나를 아낀다는 이가 한 명이라도 있으니 살고 싶어진 거야?

저를 삼킬 듯 날뛰었던 주청강은 언제 그랬느냐는 듯 아주 잠잠하고 평화로웠다. 정말이지 거짓말 같았다. 지금은 마치 제 마음을 달래주는 것 같았다. 소용돌이치던 마음은 어느새 조금씩 진정되고 있었다.

하지만 태자가 다가오자 다시 심장이 빠르게 뛰기 시작했다.

"그냥 거기 있으면 안 돼요?"

"추워서 그런다. 너를 구하느라 홀딱 젖었는데 체온도 나눠줄 수 없다는 것이냐?"

"누, 누가 구해달랬어요?"

"그럼 옆에 와서 앉거라. 네가 옆에 딱 붙어 있어야지. 안 그럼 네가 또 그 위험한 짓거리를 할까 불안하니까."

풀썩, 그는 먼저 바닥에 앉아서 그녀에게 또한 앉으라며 자신의 옆자리를 두드렸다. 청비는 그보다 조금 떨어져서 깍지를 낀 손 안에 무릎을 가두고 앉았다. 그 모습에 단휘는 그제야 청비가 딴 생각을 안 할 것이라 안심이 되는지 표정이 한층 풀어졌다.

단휘는 마른기침을 하며 청비 옆에 다가가 앉았다. 피하려 했지만 소용없었다.

"그냥 있어."

바짝 붙어 앉아 있으니 서로의 열기가 더해져 몸이 금방 덥혀졌다. 몸을 감싸는 온기와 나른함에 청비는 졸음이 몰려왔다. 잠시 잠에 취해 꾸벅 졸아버린 청비가 단휘의 어깨로 푹 쓰러졌다.

단휘는 갑자기 제 어깨에 청비의 머리가 닿아 당황했지만 최대한 몸을 움직이지 않은 채 숨도 죽였다. 몸이 경직된 단휘는 조심스레 고개만 돌려 흐려진 눈으로 청비의 얼굴을 찬찬히 훑었다.

너를 보면 욕심이란 것이 생기는구나. 필시 욕심이란 과한 것을 탐내는 마음이거늘. 가지면 안 될 것을 원하는 것처럼, 너를 보고 있으면 내 마음이 그러하다.

간간히 물 밖으로 튀어 오르는 물고기들도 자취를 감추었고, 차가운 강바람도 온데간데없이 사라졌다. 따뜻한 기운이 청비와 단휘를 포근히 감쌌다.

제15장
부심(腐心) : 방안을 생각해내느라 몹시 애를 씀

신아 공주는 건희에게서 받은 편지의 내용이 생각나자 다시 눈물이 차올랐다. 무언가에 몰두하지 않으면 건희에게서 받은 답장의 내용이 생각나 상념에 빠지곤 했다.

편지의 내용은 참으로 짧았다. 글자도 너무나 정갈했다.

공주님, 저는 일개 호위 무사일 뿐입니다. 공주님의 마음을 받을 수가 없습니다. 공주님께서도 감정을 정리하시고 제가 더 이상은 공주님께, 불편을 드리지 않았으면 하는 바입니다.

조금의 흐트러짐도 없는 글체의 편지를 다 읽고 난 신아 공주는 그대로 침상에 엎드려 소리 없이 울었다. 눈물만 흘릴 뿐, 할 수 있는 것이 없었다. 하루를 꼬박 앓았어도 쉽게 떨칠 수가 없었다.

건희를 향한 그간의 감정을 어떻게 단번에 정리를 할 수 있을지…… 앞으로는 아예 모르는 척, 봐도 못 본 척을 해야 한다니…… 몰래 지켜보기라도 하며 가슴앓이를 했던 것도 이제 그만두어야 한다는 생각에 한숨이 나왔다.

"공주님 다 되었습니다."

공주는 눈을 떠 거울을 바라보았다. 표정 없이 인형처럼 앉아 있는 제 모습이 비쳐졌다.

"치장이 과하구나."

"그것이, 황후 전하께서……."

신아 공주의 처소에는 아침부터 공주를 단장시키느라 시녀들이 왔다 갔다 바삐 움직여 아주 분주했다.

시녀들이 정성스럽게 곱게 빗어 올린 머리는 금테가 둘러진 곡옥 장신구로 마무리되었다. 직접 황후가 골라 놓고 간 옷을 입은 공주는 평소보다 화려했다.

그래, 오늘이 그날이었지.

체념한 듯 공주는 눈을 감았다.

"황후 전하께서…… 준비가 다 되시면 처소로 들라 하셨습니다."

내키지 않았지만 별수 있겠는가. 공주는 한숨을 내쉬고 일어났다. 어차피 한 번은 부딪쳐야 할 일.

자신이 처한 상황을 피할 수 없는 것을 알기에 공주는 애써 마음을 다잡고 천천히 황후의 처소로 향했다.

황후의 처소엔 황후와 무율 왕자만이 자리해 긴밀한 대화를 나누고 있었다. 천무 황제의 탄신 연회에서 서로 얼굴은 봤지만 아무래도 보는 눈들이 많은 만큼 인사만 나누었을 뿐이었다.

"황후 전하, 그날은 황송했사옵니다. 소신이 직접 뵈러 갔어야 했는데 일이 생겨서 그만……."

무율은 그날 시장에서 청비를 따라가는 바람에 황후를 뵙지 못한 것에 대해 용서를 구했다. 항상 인자하기만 한 황후였지만 무율 왕자를 대하는 얼굴에는 야욕이라는 갈증이 함께 들어 있었다.

황후는 일찍이 사로국과 내통하여 이탄국 군단의 기밀이며, 안에서의 일들을 모두 밀서로 전해주고 있는 상황이었다.

오랫동안 나라에 전쟁이 없어 평화롭다 여기고 있는 분위기이니 저들이 안심하고 있는 사이 준비만 잘 마치면 이탄국을 쉽게 손에 넣고 자신은 실질적인 권력을 움직일 수 있는 태비가 될 수 있었다. 그리되기만 한다면 신아 공주와 사위가 될 무율도 이탄국의 황후와 황제로 올릴 수 있으니 이보다 더 바랄 일이 무엇이랴.

"괜찮습니다. 오랜만에 시장 구경도 하고 좋았습니다. 왕자님 부하들이 그만큼 신경을 써주었고요. 사로국 상황은 어떻게 되어 가고 있습니까? 소문엔 태자께서 거의 자리보전해 일어나질 못하고 있다던데."

"예, 상황이 더 긴박해질 듯합니다. 의원들 사이에서도 형님의 지병이 더욱 깊어져 오래가지는 못할 듯하다는 말이 돌고 있으니 말입니다. 그나저나 이탄국도 달라진 것이 많더군요. 태자에게 여인이 생겼다니 말입니다."

"그것은 제가 좀 더 면밀히 지켜보고 있습니다. 차후에 논할 일이고, 오늘은 제 하나밖에 없는 딸을 보여드리고자 여기까지 오라 했습니다."

밖으로 새지 않게 은밀히 나누던 둘의 대화는 시녀가 밖에서 고하는 목소리에 멈춰졌다.

"신아 공주님께서 오셨습니다."

"들라 하라."

문이 열리고 신아 공주가 들어왔다.

"신아 공주가 마마께 인사 올리옵니다."

고개를 든 공주는 의아해했다. 황후는 낯이 많이 익은 사내와 다과를 나누고 있었다. 연회에서 황후가 자신에게 소개해주었던 그 사내가 틀림없었다. 그때는 건희를 기다리느라 제대로 보질 못했는데 오늘 보니 내내 미소를 짓고 있으면서도 다물린 입술이 꽤 고집스럽게 보였다.

가까이 오라는 황후의 말에도 막상 발이 떨어지질 않았다. 착한 사내이길…… 혹시라도 이 혼인을 물러달라 부탁이나 해볼 수 있는 사내이길 바랐는데, 야망이 짙게 서린 눈동자를 보니 실망감이 컸다. 일말의 희망이 사그라드는 기분이었다.

"신아야, 무얼 하느냐? 가까이 오지 않고. 너와 정혼할 사로국의 무율 왕자님이시다."

단휘와 같이 주청강에서 아침을 맞이하고 돌아온 이후로 반나절을 꼬박자고 이틀을 굶은 탓에 청비는 현기증이 일었다.

일어나자마자 바로 먹을 것을 갖다달라 해 음식이 차려지자 손에 잡히는 대로 먹어치우기 시작했다.

"아가씨, 천천히 드세요."

"그러다 탈 나시겠습니다."

"아가씨께서 궁을 비우신 사이에 희소식이 있었어요."

청비는 시녀들이 옆에서 제게 말을 걸어도 듣는 둥 마는 둥 고개만 끄덕이며 먹는 것을 멈추지 않았다.

"사혜 공주님께서 후궁 후보 자리도 마다하고 본국으로 돌아가셨대요."

"아가씨께는 좋은 일이지만 다들 무슨 일로 되지 못해 안달인 후보 자리에서 물러나신 건지……."

의문이 담긴 듯한 시녀의 말에 청비는 한입 베어 먹던 무화과가 목에 걸렸는지 캑캑대다 얼굴이 새빨개졌다. 시녀가 다급히 건네는 물로 간신히 무화과를 넘긴 그녀는 그날을 떠올렸다.

사혜 공주가 돌아갔다면…… 그 말을 믿은 게군. 나중에 태자가 알면 어찌 될지.

그를 여자를 때리는 파렴치한에 남색까지 밝히는 호색한으로 만들었다는 걸 알면 그 성격에 절대 자신을 가만두지 않을 것이다. 그냥 무조건 모른 척 가만히 있거나 둘러대야지.

"이제 다 먹은 것이냐?"

이 목소리는……? 뒤를 돌아보니 태자가 열려진 문에 기대어 서글서글한 미소를 지으며 자신을 바라보고 있었다. 태자의 등장에 청비는 흠칫 놀라 더 먹으려고 잡았던 닭 다리를 떨어뜨렸다. 호랑이도 제 말 하면 온다더니.

"다 먹었으면 일어나고."

"왜요? 어디 가는데요?"

어젯밤 태자의 품 안에서 물에 빠져 죽겠다고 난리를 친 데다 고백까지 받았기에 얼굴을 보기 껄끄러웠다.

"잊었어? 건희 대신 내가 호신술이며 검술을 가르쳐준다 하지 않았느냐."

태자는 어느새 탁자로 와 앞에 앉아서는 한쪽 팔로 턱을 괴어 청비를 물끄러미 보았다. 그런 단휘의 행동에 물을 들이켜던 청비는 사레에 걸려 캑캑대다 벌떡 일어났다.

"너는 왜 뭐든 이렇게 급한 것이냐."

단휘는 곧장 일어나 청비의 등을 두드려주고는 그녀의 귀에 속삭였다.

"급한 것은 좋지 않지만 어제 내가 한 고백에는 급해도 된다."

청비가 멍해진 얼굴로 바라보자 단휘는 헛기침을 하더니 밖에서 기다리겠다며 먼저 나갔다.

남겨진 청비는 항상 제게 까칠하게만 굴던 태자가 잘해주니 적응이 쉽지 않은지 입을 다물지 못한 채 그가 나간 문만 바라보았다.

아, 갑자기 왜 저러는 거야. 마음 복잡해지게.

전에는 오로지 한국으로 돌아가겠다는 생각으로 하루하루를 보내었지만 이제는 마음가짐이 달라졌다. 이것도 제 운명이겠거니, 우선 이곳에서 살아보기로 마음을 굳힌 청비였다.

돌아갈 순 없지만 자신이 왜 하필 이탄국에 오게 된 건지, 자신에게 일어났던 신기한 일들은 분명 이곳에 오게 된 이유와 관련이 있을 것이라 유추하며 청비는 좀 더 이곳에 정을 붙이기로 했다.

이제부터 이탄국에 대해 알아야 할 것도, 살아가기 위해서 배울 것도 많았다.

특히 호신술 같은 건 실력이 떨어지는 태자한테 배우고 싶진 않았지만, 대놓고 그런 말을 할 수는 없기에 청비는 풀어져 있던 머리를 질끈 묶고 밖으로 나갔다.

항상 태자가 공터에서 호신술로 검을 다루는 것을 봐왔던 청비는 앞서 걸어가는 태자의 뒤를 열심히 따라갔다. 그러다 궁금함을 참지 못해 대체 어디에 가는 것인지 물었다.

"어디 가는 거예요?"

"석궁장."

"석궁장? 그곳은 뭐 하는 곳인데요?"

"석궁이란 것도 배워보거라. 아마 너라면 재미있어 할 것이다."

계속 따라가다 석궁이 무엇인지 물어보려 했지만 벌써 도착한 건지 자신의 눈앞에 펼쳐진 전경으로 석궁장이 어떤 곳인지, 석궁이 어떤 무기인지 미루어 짐작할 수 있었다.

석궁으로 보이는 무기는 화살과 비슷해 보였지만 화살과는 다르게 T자 모양이었고 나무로 만들어진 대가 활보다는 좀 더 두꺼웠다.

계속 먼저 걸어가고 있던 단휘가 걸음을 멈추어 한곳을 뚫어지게 보는 바람에 청비도 단휘 옆에 멈춰 섰다. 단휘를 따라 시선을 옮기니 이미 석궁 연습에 한창인 류하 왕자의 모습이 보였다.

"형님이 계실 줄은 몰랐습니다."

"청비야, 몸이 안 좋다 들었는데 괜찮은 것이냐?"

류하는 단휘의 말에 대꾸하지 않고 청비에게 걱정이 담긴 말투로 말을 건넸다.

"네, 괜찮아요. 그러니까 이렇게 석궁도 배우러 왔죠."

배시시 웃으며 답하는데 갑자기 단휘가 청비의 얼굴 앞에 석궁을 떡하니 내미는 바람에 류하 왕자의 얼굴이 석궁에 가려졌다.

"배우러 왔으면 석궁에 집중해야지. 한눈팔지 마."

"아, 갑자기 그래서 놀랐잖아요!"

청비는 제게 내미는 석궁을 빼앗듯이 받아 들고 처음 보는 석궁이 신기한지 이것저것 만지며 구경했다. 하지만 단휘는 그럴 틈도 주지 않았다.

"빨리 오지 않고 뭐 하고 섰어."

구경할 새도 없이 단휘는 청비의 팔을 잡고 류하를 무심히 지나쳐 멀리 떨어진 과녁 앞에 섰다. 석궁을 발 아래로 내린 뒤 단휘는 장전하는 법부터 시작해서 진지하게 설명했다.

"이렇게 석궁 머리를 발로 고정하고 활대를 잡아당겨. 그리고 손잡이를 돌려서 활을 장전하는 거지. 연속으로 쏘려 한다면 팔만으로 장전을 해도 되지만 그건 또 위력이 반감돼서 제대로 된 위력을 보려면 이런 방법으로 장전해야 해. 그리고 여기 석궁 시위에다가……."

초반에는 설명을 잘 듣던 청비는 빨리 해보고 싶은 마음에 단휘의 말에 귀를 기울이기보다는 들고 있던 석궁을 요리조리 관찰했다.

"내 말 띄엄띄엄 듣지?"

"그게 아니라, 직접 해봐야 더 잘 아는 편이라. 그냥 바로 실전으로 해보면 안 돼요?"

"뭐?"

"설명을 아무리 들어도 직접 손으로 감을 익히는 거랑은 다르거든요."

그래, 직접 해봐라. 생각보다 이게 얼마나 어려운 건지. 너도 초장부터 아는 것이 좋겠지.

어깨를 으쓱거리는 청비의 모습에 웃음이 나와 단휘는 순순히 대답했다.

"그래, 한번 해보거라."

단휘는 자신이 장전을 해놓은 석궁을 청비가 갖고 있는 석궁과 맞바꾸고는 과녁을 가리켰다.

"과녁판 빨간 원을 조준해라. 그것을 맞춰야 해. 먼저 석궁을 이렇게 잡아봐."

태자가 석궁을 잡는 방법을 알려주고 청비는 집중했다.

"청비야."

하지만 류하 왕자가 이름을 부르며 옆으로 다가오자 청비는 금세 주의가 흐트러져 석궁을 내려놓고 류하를 보았다. 류하 왕자는 석궁을 들어 과녁을 향해 조준하며 그녀에게 물었다.

"석궁은 누구한테 배우는 것이냐? 설마 단휘는 아닐 것이고."

그 말을 끝으로 침묵이 흘렀다. 단휘는 실소하며 반문했다.

"설마라니요, 형님."

단휘의 말이 끝남과 동시에 류하는 당기던 방아쇠를 발사해 화살을 과녁

중앙에 관통시켰다. 청비의 탄성이 이어졌고, 박수 치는 소리로 인해 가라앉아 있던 분위기는 소란스러워졌다.

"정말 대단해요, 왕자님! 완전 명중인데요?"

그것이 화근이었다. 박수까지 치며 감탄하는 청비를 보니 단휘의 가슴에는 불꽃이 일었다. 그와 반대로 류하의 얼굴에서는 희미하게 걸린 웃음이 묘하게 빛났다.

"내가 가르쳐주겠다, 청비야."

류하한테 배운다면 자신이 실수를 해도 아주 친절히 가르쳐줄 것이라 의심치 않았기에 '그럼 그럴까요.' 하고 대답을 하려는데 태자가 그녀의 말을 막았다.

"안 바쁘십니까, 형님? 청비는 제가 가르쳐줄 것이니 형님께선 신경 쓰지 않으셔도 될 듯합니다."

단휘의 얼굴에는 여유로운 미소가 서려 있었지만 왠지 모르게 그 미소는 인위적인 것처럼 느껴졌다. 단휘는 입가에 계속 미소를 드리운 채 말을 덧붙였다.

"그리고 제 실력 모르십니까? 열 살 때부터 '석궁의 신' 소리를 들어왔던 저입니다. 제 곡사 실력은 이탄국에서 이미 경지에 이르렀으니 당연히 청비가 저한테 석궁을 배우는 게 맞습니다."

"곡사를 할 경우가 얼마나 되겠느냐? 석궁이란 건 수평사격일 때 실력이 드러나는 법. 수평사격에서는 이탄국에서 나를 넘어설 자가 없다는 건 너도 알 것이다."

말을 되받아치며 주고받는 둘 사이의 분위기는 심상치가 않았고 누구 하나 먼저 수그러들 기미가 보이지 않았다.

"그럼 대련이라도 하시겠습니까, 형님?"

"그 말을 기다리고 있었다."

이제 둘에겐 청비를 가르치는 문제는 중요치 않았다. 둘은 그 어느 때보다도 승부욕에 불타오르고 있었다.

그 둘 사이에서 청비는 이러지도 저러지도 못해 낄 자리가 아닌 곳에 있는 것처럼 불편했다. 쭈뼛거리다 그냥 돌아갈까 망설였지만 과연 누가 이길지 궁금하기도 해 뒤로 멀찌감치 떨어져 구경하기로 했다.

내가 요런 구경을 언제 해보겠어. 심심한데 경기 관람한다 치고 여기서 시간이나 때워야지.

병사가 과녁판을 새로이 가져와 단휘와 류하 앞에 설치를 하는 동안 둘은 서로 누구랄 것도 없이 자신감이 넘치는 얼굴로 석궁을 장전했다. 먼저 장전을 끝낸 류하가 으레 농담을 하듯 말을 툭 던졌다.

"석궁병을 모집할 때 항상 내가 심사해왔던 걸 알고 있을 것이다. 너의 순서가 끝나면 심사하던 습관이 나올지도 모르겠구나."

"감히 태자의 석궁 실력에 심사를 하다니요. 그저 웃음이 나옵니다, 형님."

무겁게 내리누르는 듯한 류하의 목소리와 단휘의 건조한 웃음소리가 자신한테까지 들리지 않기에 청비는 둘의 뒷모습을 보며 사이좋은 형제라 단정 지으며 흐뭇한 얼굴로 감상을 시작했다. 순서를 정하기 위해 병사가 엽전을 던지려 하는 순간이었다.

"형제간에 우애가 참 보기 좋습니다."

그때 팔짱을 낀 무율이 그들 쪽으로 걸어왔다. 그러고는 장난기 가득한 눈으로 청비에게 손을 흔들어 보이고는 옆에 장전되어 있는 석궁들을 손으로 쓸다 그중 한 개를 집어 들었다.

"구경꾼은 싫고…… 저도 끼면 안 되겠습니까? 제 나라에선 저도 석궁 쪽으로 나름 인지도가 있는 편이라."

무율의 짓궂은 소년스러운 얼굴에 알 수 없는 미소가 잡혔다. 단휘와 류하, 무율의 눈빛은 팽팽하게 부딪쳤고, 그들은 마치 석궁장을 활활 태울 듯한 기세였다. 폐하의 탄신일 연회가 끝났기에 이미 귀족들도 모두 궁에서 나가고 타국에서 온 사절단이며 왕족들도 하룻밤을 머무르고 다들 자신들의 나라로 돌아간 터였다. 그 사실을 알고 있었기에 단휘와 류하는 무율이 어째서 나타난 건지 의심스러웠다.

감정을 드러내지 않은 채 류하가 먼저 물었다.

"아직 사로국에 돌아가지 않은 것이오?"

"예, 해륜궁에 좀 더 남아 있어볼까 합니다."

무율은 제게로 향해진 싸늘한 눈길에도 개의치 않고 류하와 단휘 사이에 끼어들어 과녁판 앞에 섰다. 그는 묵묵히 석궁의 활과 대를 살피며 방아쇠를 당길 준비를 마치고는 멀찍이 떨어져 있는 청비를 보며 입을 열었다.

"일찍이 제 나라로 떠나려 했는데, 좀 사정이 있어서요. 또 눈에 밟히는 이가 있어서 쉽게 발이 떨어지질 않더군요. 그래서 허락을 받았습니다."

청비를 바라보는 무율의 눈빛이 심상치 않음을 느꼈는지 단휘는 마땅치 않은 얼굴로 추궁했다.

"허락이라니? 대체 누구의 허락을 받았다는 것이냐?"

석궁을 과녁판에 조준하던 무율이 방아쇠를 당기자 '슉' 하는 소리와 화살이 과녁판 정중앙을 관통했고, 그 위력은 아주 파괴적이었다. 뒤이어 무율의 담담한 대답이 이어졌다.

"황후 전하의 허락을 받았습니다."

무율의 입에서 뜻밖의 인물이 나오자 단휘의 얼굴에는 적잖게 놀란 기색이 역력했고 류하는 말이 없었다. 멀리서 보니 세 남자의 분위기가 마치 싸우는 것처럼 보이자, 청비는 중재하고자 하는 마음에 그들이 있는 곳으로 향했다.

"있고 싶은 대로 얼마든지 머물라 하시더군요. 그래서 생각 중입니다. 얼마나 더 머무를지."

무율이 자신들 쪽으로 다가오는 청비를 발견하고 손짓하며 그녀를 불렀다.

"소저, 이리 오십시오."

그 말에 단휘와 류하의 얼굴이 동시에 굳어졌다. 그들은 무율을 노려보았다. 청비를 보는 무율의 눈에서는 웃음기가 사라지고 사뭇 진지했다.

"누굴 보고 오라 하는 것이냐?"

단휘의 못마땅한 기색에도 무율은 청비가 오니 자리를 옆으로 비켜 서주었다.

"어차피 오려고 했거든요."

청비는 이 남자들이 왜 이러나 싶었다.

"소저는 제가 얼마나 더 궁에 머물렀으면 좋겠습니까? 소저의 생각이 궁금합니다만."

무율이 청비를 향해 화사한 눈웃음을 보내자 단휘가 미간을 잔뜩 일그러뜨리며 가로막듯 커다란 체격으로 청비를 가리고 섰다.

"사내놈이 무슨 눈웃음을. 어디서 수작을 부리는 것이냐?"

류하 또한 단휘 못지않게 탐탁지 않은 표정으로 진지하게 되물었다.

"황후 전하께서 궁에 머물도록 허락하신 것이 사실이오?"

계속 가벼운 태도로 일관하던 무율이 석궁을 내려놓고 대답을 하려 하던 그 순간 카랑한 목소리의 주인공이 대신 대답하며 끼어들었다.

"사실입니다, 오라버니."

언제 온 건지 신아 공주가 무척 어두운 얼굴로 서 있었다. 낯빛은 평소와는 달랐고 금방이라도 눈물이 쏟아질 것 같은 걸 꾹 참고 있는 듯했다.

"신아야, 이자를 아는 것이냐?"

류하 왕자에게 짐짓 대답을 하지 못하고 무율을 매섭게 노려보기만 하는 공주였다.

"류하 오라버니! 단휘 오라버니! 좀 도와주세요. 저는 정말이지 저자를 제 신랑으로 받아들이고 싶지 않아요!"

의미심장한 미소가 어려 있는 무율 말고는 모두 할 말을 잃은 듯, 분위기가 싸했다.

신, 신랑? 말도 안 나오네, 진짜. 그럼 이게 그 정략결혼 그런 건가?

"공주님, 그러니까 공주님께서 곧 혼인을 하시는데 상대가 이 남자라는 거예요?"

"청비야, 네가 내 마음을 제일 잘 알 것 같구나. 갑자기 혼인하게 되는 것도 도망칠 정도로 싫어 죽겠는데 신랑감도 저런 사내라니."

신아 공주의 눈에서 한줄기 눈물이 뚝 떨어지더니 설움이 복받쳐 오르는지 아예 주저앉아 소리 내며 울기 시작했다.

"흑흑흑, 나 혼인하기 싫어……! 오라버니, 좀 어떻게 해주세요!"

공주는 울면서 싫다 거부하는데 무율은 판이하게 달랐다. 자기도 별수 있느냐는 얼굴이었다. 싫은 것인지 좋은 것인지 판단하기가 어려웠다. 입을 꾹 다물고 자신과 관련된 일이 아닌 것처럼 지켜만 보고 있으니 공주와 혼인할 사람이라고는 전혀 생각이 되지 않았다.

"신아 공주의 말이 사실인가?"

단휘의 묻는 말에 무율은 이번에도 역시나 제 일이 아닌 듯 답하였다.

"예, 사실일 겁니다."

"사실일 겁니다? 말하는 투가 참으로 건방지구나. 그렇다면 공주 옆에 붙어서 잘 보여야 할 시간도 모자랄 터, 낄 데 안 낄 데 구분도 못 하고 끼어서는 지금도 청비한테 눈웃음이나 흘려대고 있는 것이냐?"

단휘의 말이 끝나기 무섭게 신아 공주가 벌떡 일어나더니 반색하며 청비와 무율을 번갈아 보았다.

"눈웃음이라니? 그게 무슨 말이야? 무율 왕자! 청비한테 관심 있어요?"

공주는 고민의 답을 찾았다는 얼굴이었다.

무슨 뜻으로 저런 말을 하는 거야. 나는 갑자기 왜 갖다 붙여. 단순한 것도 저 정도면 아주 중증이지, 정말.

청비는 왜 그런 말을 하느냐며 공주한테 눈짓을 했고 무율은 피식 웃음을 터뜨렸다.

"관심이 있다 하면요?"

"네놈이 감히!"

공주는 단휘의 말은 귓등으로도 들리지가 않는 모양이었다.

"그럼 됐네."

공주는 저렇게 해맑을 수 있나 싶을 정도로 얼굴이 환해졌다. 청비는 그 웃음이 왠지 모르게 찜찜했다.

"되긴 뭐가 됐다는 것이야?"

단휘의 다그침에 더 생각해볼 것도 없다는 얼굴로 공주의 대답이 돌아왔다.

"무율 왕자가 나 말고 청비랑 혼인하면 되겠어!"

청비의 입은 쩍 벌어졌고 단휘는 그게 말이 되느냐며 공주에게 버럭 성질을 냈지만 공주에게는 소용없는 듯 보였다.

"오라버니, 그냥 다른 여자 찾으세요. 오라버니는 이탄국 태자잖아. 오라버니 좋다는 여자들이 성 밖에까지 한 무더기로 줄을 설걸? 그 금란이라는 여자도 독하고 억세 보이는 것이 오라버니랑 아주 천생연분이 따로 없던데, 완전 잘 어울려요! 그러니 청비는 그냥 저와 무율에게 양보하시어요."

금란이랑 천생연분이라고? 은근슬쩍 신경에 거슬린다, 저 말.

공주는 너무나도 순진무구하게 말하며 청비와 무율의 손을 당겨 서로 손을 잡게 했다. 단휘는 뭐라 말하려는 류하를 지나쳐 한걸음에 다가가서는 청비의 손을 확 잡아채 무율에게서 떼어냈다.

아까워서 몇 번 못 잡아본 손인데.

청비를 제 등 뒤로 옮겨놓고 무율을 보는 단휘의 눈이 냉랭했다.

이유 없이 실실대는 저 얼굴도, 속으로 어떤 생각을 하고 있는지도 알 수 없어 다 마음에 들지 않았다. 대체 황후 전하는 무슨 생각으로 이자를 신아와 혼인을 시키려는 것인지 알 길이 없었다.

"아직 태자 전하의 여인이 된 것도 아니지 않습니까? 소저는 아직 후궁 후보인 것으로 알고 있습니다만."

"나도 무율 왕자의 그 말에 공감한다."

무율의 말을 받쳐주며 류하까지 합세했다.

"후보는 말 그대로 아직 단휘 네 여인이 아니란 뜻이지."

상황을 가만히 지켜보고 있던 류하의 얼굴은 무척 진지했다.

"후궁에 오르지 않는다면 다른 이들에게도 기회가 주어지는 것이다. 그리고 지금 가장 중요한 건, 청비의 생각이다. 청비야, 너도 한번 말해 보거라. 이대로 단휘의 후궁이 되고 싶은 것이냐?"

청비는 대답을 망설였다.

─내가 널…… 은애하게 되었으니까.

주청강에서 자신에게 고백을 하던 그날의 단휘의 모습과 겹쳐 보여 청비는 단휘의 눈을 제대로 볼 수 없었다. 그날 단휘의 애잔한 목소리를 다시 한 번 떠올리니 가슴이 시큰거렸다. 고백을 받았지만 그렇다고 바로 단휘에 대한 감정이 확 커질 수 있는 건 아니었다. 단휘를 향한 자신의 마음이 어떤 것인지 생각해본 적이 없었다. 딱히 좋아하는지도 모르기에 마음이 확실치 않은 이 상태로 그의 마음을 받아줄 순 없었다.

그리고 그것보다 더 큰 문제가 있었다. 류하의 말에 청비는 현재 가장 크게 걱정해야 할 것이 무엇인지 깨닫게 되었다. 이대로 궁에서 하루하루를 보내다 정말 태자가 만약에라도 자신에게 후궁이 되어달라고 한다면 그때 가선 돌이킬 수 없는 큰일이지 않은가.

태자의 고백까지 받은 이상, 앞으로도 그저 거래라고만 여길 순 없었다.

이제 대답을 해야 하는데…… 당신의 후궁이 될 생각이 없다 거절을 해야 하는데…….

그의 상처 입은 얼굴은 보고 싶지 않았다. 항상 당당하고 오만한 태자의 모습이 좋았다.

청비는 대답하기 곤란한 얼굴로 일관하다 상황을 전환시키는 말로 류하의 질문을 얼버무렸다.

"제 대답이 뭐 그리 중요한가요. 저는 아무것도 아닌 여인일 뿐인데."

류하를 보며 말을 하고 있지만 제게 꽂혀 있는 단휘의 시선이 무척 따가웠다. 긴장으로 딱딱한 굳어진 얼굴과 달리 목소리는 너무도 태연하게 나와 그나마 다행이었다.

"아, 공주님! 저랑 하실 이야기 있으시죠?"

청비가 여기서 나가서 이야기하자며 신아 공주의 팔짱을 끼었다. 신아 역시 이곳에 더 있기 싫었다.

울면서 조른다 해도 단휘와 류하에게 더는 먹히지 않을 것 같았다. 신아 공주는 얼굴에 얼룩덜룩 묻어 있는 눈물을 닦아내고는 청비와 같이 석궁장을 나갔다.

공주는 아까 정신없이 내뱉은 말이 떠올랐는지 청비의 눈치를 살폈다.

"아까는 내가 이성을 잃었어. 너무 생각 없이 말한 것 같구나. 화 많이 났느냐?"

청비는 공주의 말이 들리지 않았다. 자신이 한 대답 때문에 단휘가 마음이 상했을지, 그가 고백에 대한 대답을 기다리고 있는 건 아닐까 하는 생각들만이 머릿속을 메우고 있었다.

"이미 한 말을 주워 담을 수는 없고, 아까는 내가 어떻게 되었나 봐. 이제야 정신이 차려지네. 너무 속상해서 튀어나온 말이니 신경 쓰지 말거라."

멍한 얼굴로 무슨 생각을 하는 것인지 청비가 대답이 없자 공주는 '청비야!' 하고 크게 이름을 불렀다. 그제야 청비는 공주를 보았다.

"무슨 생각을 그리 골똘히 해?"

"죄송해요, 공주님. 잠시 생각할 것이 있어서. 그나저나 아까는 정말 놀랐어요. 뜬금없이 혼인을 하신다니. 건희 님은 어찌하시고요? 도대체 두 분 어떻게 된 거예요?"

"건희가 준 편지, 어떤 내용인지 궁금할 것 같아서 며칠 전에 널 찾았는데 네가 많이 아픈 듯 보여 말을 못 했어."

"아, 그땐 죄송했어요. 지나다니는 사람들도 있으니 일단 들어가서 이야기해요."

신아 공주의 처소에 들어온 청비는 공주에게 주변도 물리라며 눈짓을 했다. 공주는 시녀들을 모두 내보내고 문이 닫히는 걸 확인하고 나서야 청비와 같이 탁자에 앉았다.

속으로만 끙끙대느라 속병이 날 지경이었는데 이렇게 털어놓을 수 있는 상대가 있는 것에 공주는 감사했다.

"정말이지 너무 속상해. 자신은 일개 호위 무사일 뿐이라며 내 마음을 받을 수가 없다는구나. 그리고……."

받은 편지의 내용을 청비에게 알려줘야 하는데 쉽게 입이 떨어지지 않았다. 몇 번이고 읽어 이제는 아무렇지 않을 줄 알았건만 편지 내용만 생각해도 또 눈물이 나는 건 어쩔 수 없었다. 차오르는 눈물을 참으며 공주는 힘겹게 입을 열었다.

"그가 내 감정을 정리하라는구나."

정리하라 해서 쉽게 정리될 것이었으면 이리 연서를 주지도 않았을 것이고 이런 답장을 받을 일도 없었다. 공주는 절망감에 한숨을 푹 내쉬었다.

"공주님, 그렇게 희망이 없진 않아요."

"그게 무슨 말이야?"

"싫다는 말은 안 했잖아요. 제가 보기엔 건희 님이 이런 내용의 편지를 준 건 공주님이 싫어서가 아니라 공주님하고의 신분 차이 때문에 그런 것 같은데."

"내가 싫은데, 차마 그렇게 말할 수 없어서 신분을 운운한 거면?"

틀린 말은 아니었기에 청비는 쉽게 뭐라 단정을 지을 수 없었다.

또 직접 나서야 할 때인가.

"그럼 할 수 없네요. 직접 가서 물어보는 수밖에."

"뭘 물어보려고?"

"궁금하지 않으세요? 건희 님 마음이요. 건희 님이 공주님을 어찌 생각하는지 물어봐드릴게요."

그러고 보니 자신이 싫다 좋다는 말은 편지 안에 없었기에 공주도 알고 싶은 마음이 있는지 작게 고개를 끄덕였다.

"근데 건희 님이 통 보이질 않아요. 오늘 태자님 근처에도 안 보이시던데."

"요 며칠 폐하의 호위를 맡은 걸로 안다. 아마 지금쯤 궁에 도착했을 거야."

"공주님은 여기 계세요. 제가 혼자 갔다 올 테니. 공주님까지 같이 가시면 눈에 띌 거예요."

공주를 다독여주고 청비는 성문으로 향했다. 마침 성문으로 천무 황제가 타고 있는 마차가 긴 행렬을 만들어 들어오고 있었다. 청비는 들키지 않게 몸을 숨기고 눈으로 열심히 건희를 찾았다.

청비와 공주가 석궁장을 나가고 난 후, 단휘와 류하, 무율의 눈에서는 여전히 불길이 사그라들 기미가 보이지 않았다.

곧 무율이 쏜 화살이 과녁판 정중앙에 꽂혔다. 그 모습을 보며 단휘는 제법이라는 눈빛을 보이고는 석궁을 들어 자신 앞에 있는 과녁판에 화살을 쏘았고, 이어 류하도 다음 발을 쏘았다.

모두 최고 점수로, 누구 하나 뒤처지지 않는 실력이었다. 병사들이 과녁판의 화살을 수거하는 동안 단휘와 무율은 바로 석궁을 장전하고 있었지만 류하는 별 재미를 못 느끼는 얼굴로 석궁을 옆에 내려놓고 무율에게 말을 던졌다.

"전부터 궁금했소. 청비는 얼굴만 아는 사이라 했는데 어찌 아는 것이오?"

류하의 말에 무율을 향한 단휘의 목소리엔 날이 섰다.

"뭐야? 그럼 전부터 알던 사이라는 거야?"

"우리가 어떤 사이인지 청비 소저가 말 안 했습니까?"

"우리?"

무율의 '우리'라는 말에 단휘의 얼굴에는 불편함이 여실히 드러났다.

저놈이 실성했나. 어따 대고 '우리'라는 말을 지껄여.

"왜 숨겼는지는 모르나 꽤 긴밀한 사이인 것은 맞습니다."

류하와 단휘, 이 두 남자의 날카로운 눈빛을 받으면서도 무율의 태도는 마치 이 상황을 즐기는 것처럼 속을 알 수 없는 미소와 함께 여유로워 보였다.

시간은 흘러가고, 석궁 대련이 계속됐지만 누구 하나 뒤처지지 않은 점수로 우열을 가리기 힘들었다. 그러다 무율이 청비 뒤를 밟도록 미행을 붙여 놓은 수하가 온 것을 발견하고 먼저 기권을 하는 것으로 대련은 중단되었다. 그는 자신은 여기까지만 실력을 보이겠다는 말로 석궁장을 빠져나갔다.

무율은 인적이 드문 곳에서 부하에게 보고를 받았다. 청비가 신아 공주의 처소를 나와 성문으로 가 몰래 누군가를 지켜보고 있다는 내용이었다.

그는 아주 흥미로운 듯 입꼬리를 올렸다. 몰래 숨어 지켜보는 행동이라……. 그냥 지나치기엔 아까운 큰 구경거리일지도.

"안내하거라. 청비가 간 곳으로."

건희가 천무 황제의 마차 옆에서 호위를 하고 있었기에 그를 찾는 것은 금방이었다. 청비는 일단 건물의 구석진 곳에 몸을 숨기고 건희가 혼자가 되길 기다렸다.

황제가 궁 안으로 들자 건희가 호위병들을 해산시키고 드디어 기회가 온 듯싶었다. 이때다 싶어 청비는 바닥에서 작은 돌멩이를 주워 건희의 주변에 던졌고 자신 앞으로 날아든 돌을 본 그는 바로 돌아서 주변을 경계하다 청비와 눈이 마주쳤다.

청비의 손짓에 잠시 망설이는 모습을 보이다 결국 그는 걸음을 뗐다. 청비는 따라오라는 눈짓을 하며 먼저 구석진 골목 안으로 들어서서 건희를 기다렸다. 혹시 안 오면 어쩌나 걱정했는데 언제 온 건지 건희가 제 앞에 있었다.

"건희 님, 단도직입적으로 물을게요."

"말씀하십시오, 아가씨."

"공주님이 싫으세요?"

"싫다니요, 그렇지 않습니다."

아름다운 공주님을 싫다 할 수 있는 자가 누가 있을까. 오히려 되묻고 싶었다. 하지만 입 밖으로 나오지는 않고 속으로만 뇌까리며 그는 청비가 하는 말을 들었다.

"공주님 좋아하시잖아요. 말 안 한다고 누가 모르나요? 완전 얼굴에 다 써 있는데. 공주님 좋아한다고."

"아니, 제 얼굴에 정말 써 있단 말입니까? 어느 쪽에 써 있습니까? 코 쪽입니까?"

장난으로 던진 말에 그는 사색이 되어 손가락으로 얼굴 여기저기를 박박 문질러댔다.

그게 아닌데. 건희 이 남자, 이런 매력이 있으셨구만.

"저기, 건희 님. 얼굴에 써 있다는 건 그냥 빗대어 해본 말이에요. 건희 님이 공주님을 좋아하고 있는 게 얼굴에 보일 정도라는 얘기죠."

건희의 얼굴이 벌게졌다. 저거 봐. 완전 사랑에 빠졌는데 왜 아니라고 자꾸 부정하는 거지?

분명 건희도 공주님을 좋아하고 있어. 내 감을 믿어보자.

"혹시 그것 때문이에요? 공주님 신분 때문에?"

"……."

"신분 차이가 그렇게 신경 쓰이면 같이 도망이라도 가면 되잖아요. 공주님은 분명 따라가고도 남으실 분이니."

"감히 제가…… 어찌……. 청비 아가씨, 그런 말은 입 밖에 꺼내선 안 될 말입니다."

건희의 얼굴은 자못 심각했다. 조금만 더 밀어붙이면 그의 솔직한 모습을 볼 수 있을 듯해 청비는 더 강하게 나가보기로 했다.

"건희 님, 그렇게 마음을 숨기다간 공주님을 아예 놓치게 될걸요. 공주님께선 곧 무율 왕자랑 혼인할지도 모른다고요."

"무율 왕자라면……."

"들어봤을 거예요. 사로국이라는 나라의 왕자라는데 성격이 그렇게 호랑말코 같을 수가 없더라고요."

무율 왕자에 대해 안 좋은 이야기를 해야 건희의 마음이 움직일 수 있을 것 같았다.

드라마를 보면 그렇지 않은가. 본디 남자란 저보다 잘난 이한테는 자신이 좋아하는 여자를 보내줄 수 있어도 필시 이상하고 못된 놈한테는 절대 보내지 않는다. 특히 건희같이 상남자 냄새 풀풀 풍기는 남자라면 더욱.

"무율 왕자, 우와, 완전 권위주의 쩔어. 나 무슨 남극 황제펭귄 보는 줄 알았잖아요. 우리 불쌍한 신아 공주님 어떡해. 시집가면 완전 고생길이 훤할 텐데. 시집가니까 웬걸, 막 여덟 번째 부인 되어 있고 그런 거 아냐. 제 2의 구운몽 찍는 거 아니냐고요."

맞다. 여기선 황제펭귄이고 구운몽이고 뭔지 모르지. 청비가 다른 말을 꺼내려는데 갑자기 주변의 이상한 낌새를 감지한 건희가 눈빛이 날카로워짐과 동시에 경계 태세를 취했다.

"누구냐!"

건희가 청비를 지나쳐 차고 있던 검을 빼내어 들자, 청비 역시 방금 나눈 대화를 누군가가 들었으면 어떡하나, 무력행사를 해서라도 겁을 주어 입막음을 해둬야지 싶었다.

"나와라, 나와! 나의 매주먹치기! 당겨 턱치기! 기술을 보여주마! 아, 파, 차! 파차!"

검을 휘두르며 공기의 흐름을 바꾸는 건희와 손날을 왔다 갔다 알 수 없는 기합과 함께 수직 발차기 공격 자세를 취하는 청비의 앞에 모습을 나타낸 건 무율이었다.

"심합니다, 소저. 그렇게 대놓고 제 욕을 하시다니요."

이런, 하필 저자한테 걸리다니.

무율의 등장에 청비는 차라리 기절이라도 하고 싶은 마음이었다.

건희와 내가 한 이야기를 다 들은 건 아니겠지.

청비의 심장이 격하게 뛰기 시작했다. 건희와 자신이 나눈 대화를 듣기라도 했다면 정말이지 상황이 심각했다.

무율은 공주와 혼인할 남자가 아닌가! 거기다 호랑말코라는 둥 황제펭귄이라는 둥 제 욕을 그리도 했는데 가만 있을 것 같지 않았다.

어찌할지, 청비는 입술만 깨물다 최대한 내색하지 않으려고 안간힘을 쓰며 무율에게 다가갔다.

"언제부터 거기 있었어요?"

표정을 흘끗 살펴보니 무율은 입꼬리를 살짝 치켜 올려, 의미 모를 웃음을 짓고 있었다. 알 수 없는 묘한 눈웃음에 청비는 더욱 애가 탔다.

"이봐요. 내 말 안 들려요?"

무율은 청비가 건희한테 하는 이야기를 처음부터 다 듣고 있었던 터였다. 만약에 공주와 저 건희라는 남자가 도망을 간다면…….

제게 달가운 일은 아니었지만 이것으로 청비의 빌미를 잡을 수 있기에 그리 손해도 아니었다.

우선은 공주와의 혼인으로 사로국에서 제 입지를 다져야 하는 것이 맞는데, 태자가 청비 일에 있어서 길길이 날뛰는 것으로 보아 차후에 분명 청비는 오랜 자신의 야망을 이루는 데 도움이 될 것이 분명했다.

무율은 청비 역시 놓치고 싶지 않은 마음이 컸다. 공주와 저 남자와의 일은 앞으로 더 지켜보면 될 일이었다.

"아, 언제부터 서 있었냐고 묻잖아요!"

"사로국이라는 나라의 왕자라는데 성격이 그렇게 호랑말코 같을 수가 없더라고요, 라고 말하는 것부터 들었습니다."

"아…… 호랑말코."

그럼 공주를 데리고 도망가라는 말은 듣지 않은 거네.

휴, 그나마 다행이었다. 그제야 긴장된 마음이 풀어진 청비는 안도의 숨을 쉬었다. 무율과 건희가 부딪히면 좋을 것이 없다는 생각에 청비는 날카로운 표정으로 일관하는 건희에게 무언의 눈치를 주며 먼저 보내버리고 자신은 남아 무율을 상대했다.

"사과할게요. 당신 뒷담화 깐 거. 그러니까 그냥 못 들은 걸로 해줘요."

"그 전에, 대체 호랑알코가 무슨 뜻입니까? 구운몽은 또 뭐고요. 하나같이 알 수 없는 말들 투성이던데."

"아니. 호랑알코 말고, 호랑말코요."

"글쎄 그것이 무엇이냔 말입니다."

사실 말을 안 듣고 엄청 고집 세고 자기만 안다 그런 뜻인데. 차마 그렇게 다 이야기할 순 없었다.

"그냥 호랑이처럼 기가 세고 위엄이 좀 있다 그런 거예요. 왜요? 마음에 안 들어요? 그럼 호랑개코 시켜줄게요."

"호랑말코든 호랑개코든 아까 그자가 누구이기에 그렇게 제 험담을 한 것입니까? 제가 나타나서 그 정도였지 아니었다면 끝도 없겠던데요."

"그건 좀 미안하게 됐어요."

무율의 얼굴을 살피는데 표정은 생각한 만큼 나쁜 것 같진 않았다. 자신의 착각일까? 마치 재미난 구경을 하고 있는 사람처럼 무율의 입가에는 아까부터 내내 웃음이 실려 있었다.

뭐지? 재밌나, 이 상황이?

"근데 왜 웃어요?"

"그냥 뭐랄까, 까마귀 소저를 보면 그냥 웃음부터 나오는군요. 근데 저는 제 처사가 그리 나쁘지 않다 여기는데 소지는 저를 그렇게 보셨습니까? 어찌하면 절 좋게 봐주시려나……."

생각해보면 무율이 자신한테 밉보인 적은 없었다. 다만 자신의 의사든 아니든 공주와 건희 사이에 끼어든 것이나 다름없으니 딱히 좋게 보이지가 않는다. 하지만 법사를 만난 것도 무율 왕자 덕분이었으니 오히려 고맙기도 한 자였다.

"인사도 제대로 못 했네요. 법사 만나게 해준다고 하지 않았어요?"

무율은 별거 아니라는 식으로 손을 흔들며 가볍게 넘겼다.

"아닙니다. 뭘 그 정도 가지고."

"그 법사, 다시 만나게 해준다고 하지 않았어요?"

"저도 그렇게 해드리고 싶습니다만 그 이후로 법사를 찾는 것이 쉽지가 않군요. 남의 나라이니 찾는다는 벽보를 붙일 수도 없고. 정 원하신다면 다른 법사를 만나게 해줄 수는 있습니다."

"다른 법사요? 아니요, 괜찮아요."

그 법사여야 했다. 어릴 적부터 꿈속에서 나타나 자신을 보았던 그 남자가 맞는지 확인을 하고 싶었다. 말이 안 될지 몰라도, 분명 꿈속에서, 현실에서 환청처럼 들었던 그 목소리의 남자였다. 무슨 수를 써서라도 다시 한번 그 남자를 만나야 한다.

"소저, 한 가지 물어봐도 되겠습니까? 그날, 왜 그리 슬피 운 것……."

"아! 아까 석궁 재밌었어요? 엄청 하고 싶어 안달이 나 보이던데, 실컷 하고 왔어요?"

무율이 말을 마치기도 전에 청비는 말을 돌렸다. 그렇게 친하지도 않고 속을 알 수 없는 남자한테 일일이 자신의 이야기를 하고 싶지 않았다.

"주인공인 소저가 빠졌는데 할 맛이 나겠습니까? 제가 가장 먼저 나왔습니다."

"주인공? 제가요?"

"아마도."

청비를 내려다보는 무율의 눈에 온기가 번지며 자신도 모르게 입가에는 미소가 그려졌다. 보는 것만으로도 입가에 웃음이 맺히는 여인이었다. 다른 고관대작의 여식이나 타국의 공주도 마다한 이탄국 태자가 왜 이 여인에게 빠져 있는지 조금은 알 것 같기도 했다. 뭔가 신비스러우면서도 특별한 것이 있는 여인이었다.

"머무르는 곳이 동궁전이라 들었습니다. 근처까지 데려다드리지요."

동궁전에 다다르자 무율은 그만 쉬시라는 말을 남기며 등을 돌렸다. 청비는 그의 등에 대고 조심스레 말을 내뱉었다.

"저기, 무율 왕자."

그 조곤조곤한 음성에 무율이 멈춰 돌아섰다.

"신아 공주님, 좋아하세요?"

"그걸 왜 소저가 궁금해하십니까?"

"그건……."

무율은 잠시 망설이는 듯하다 무심히 입을 열었다.

"좋아하는 감정이 생기기엔 시간이 너무 짧았다 생각됩니다. 공주님을 이번에 처음 뵈었으니까요."

헉. 이번에 처음 뵈었다고? 그러면서 공주와 혼인하겠다는 거야?

자신이 살다 온 곳에서는 상상할 수도 없는 일이기에 청비는 도무지 이해가 가지 않는 얼굴이었다.

처음 봤다면서 혼인을 하고 싶은 마음이 생기나? 얼굴 한 번 보고 혼인이라니!

"좋아하지도 않는 상대랑 어찌 평생을 함께해요?"

자신의 일인 것처럼 나서는 청비의 모습이 어느 때보다 진지해 보여 무율은 피식 웃음을 터뜨렸다. 청비는 아랑곳하지 않고 말을 멈추지 않았다. 해볼 수 있는 것이 이렇게 말로 설득시키는 것뿐이라 해도 시도는 해볼 필요가 있었다.

"아무리 정략혼이라도 마음에 있는 상대를 고르시는 게…… 그쪽한테도 좋잖아요."

그럼 공주님도 건희랑 이어질 수 있다고. 그래야 나 역시 공주님 라인을 타서 이탄국에서 좀 더 편하게 지낼 수 있고 말야.

"방법이 아예 없는 건 아니지요."

청비가 두 눈을 빛냈다.

무율이라는 이 왕자, 의외로 말이 좀 통하는 남자였나?

"까마귀 소저가 제 신부를 구해주셔야겠습니다."

"제가 무슨 수로요?"

여기저기서 아주 난리네. 한쪽에선 건희와 이어지게 도와달라 그리고, 또 요쪽에선 신부를 구해달라니. 나를 진짜 무슨 뚜쟁이로 보나.

"혼인을 파기한다면 저는 신부를 잃은 것인데 대신할 누군가가 있어야 하지 않겠습니까?"

"그렇긴 한데…… 그럼 아예 다른 나라 공주님을 찾아보시는 게……."

그냥 장난으로 던져본 건데 너무나 진지하게 반응을 해주니 청비가 또 어떻게 나올지 궁금해지는 무율이었다.

"그럼 뭐 꿩 대신 닭이라고 소저라도 신부로 삼을 수밖에요."

"뭐요? 꿩 대신 닭?"

아까 공주도 나를 무율 왕자랑 엮으려 해서 어이없었는데. 이 작자가 진짜. 버럭 소리를 지르고 싶었지만 그를 자극시켜서 좋을 것이 뭐 있나 싶어 좋게 좋게 해결하려고 청비는 애써 웃음을 지어 보였다.

"에이, 저는 안 되죠."

"소저였으면 합니다."

청비가 또 어떤 생생한 반응을 보일지 즐기고 있는 무율은 조금 더 놀려주고 싶은 마음이 들어 커다래진 청비의 눈 주변에 손을 대고는 손가락으로 살며시 그녀의 뺨을 쓸었다.

"까마귀 소저라면……."

청비가 흠칫거리며 무율에게서 한 발짝 뒤로 떨어지는 찰나, 차가운 새벽 공기처럼 서늘하고 땅속까지 푹 가라앉을 듯한 음성이 그들 사이에 끼어들었다.

"손 떼."

청비가 먼저 고개를 들려 목소리가 들려온 곳을 확인했다.

음성의 주인은 단휘였다.

곧 청비는 움찔하며 무율에게서 바로 떨어졌고 그의 손 안에는 쓸쓸한 바람이 대신했다. 아쉬운 듯 손을 내린 무율이 단휘를 보았다. 저를 노려보는 단휘의 눈길에서는 분노가 일고 있었다. 그 눈길이 청비의 뺨에 대었던 제 손으로 옮겨지니, 하도 뜨거워 손이 타버릴 것 같은 느낌마저 들었다.

아주 화가 단단히 나셨군.

분을 억누르는 듯한 단휘의 음성이 이어졌다.

"청비 넌 들어가 있어."

청비가 들어가지 않고 멈칫하자 단휘는 최대한 감정을 억누르며 나직이 명령하듯 내뱉었다.

"들어가 있으라 했지."

한마디 하려다가 단휘의 심상치 않은 기세에, 상대하다간 저한테 좋을 것이 없을 듯해 청비는 마지못한 얼굴로 그들에게서 멀어졌다. 청비가 가고 단휘와 무율 사이에는 매서운 찬바람이 불어왔다. 날이 선 목소리로 단휘가 먼저 말문을 열었다.

"청비가 누군지 몰라시 이러는 건 아닐 테고. 관심이라면 일찍이 거두는 게 좋을 것이다."

으르렁거리는 단휘의 어투에도 무율은 표정의 변화가 없었다.

태자가 이렇게까지 나오다니, 더욱 저 여인이 궁금해진다.

"제가 좀 진보적입니다. 아직 정해지지도 않은 후보 아닙니까. 그런 것에 연연해서 멀리하는 건 제 성격상……."

"당신이 사로국의 왕자라 하나 이곳은 이탄국이야. 뭘 믿고 이리 건방진 건데? 뭐? 청비가 정해지지 않은 후보라고? 그럼 이것 또한 들었을 것이다. 청비는 내가 직접 후보로 올린 여인이야. 그것이 뭘 뜻하는지는 모를 터."

청비의 얼굴에 손을 댔다는 것만으로도 단휘는 분노에 사로잡혀 있었다.

"마지막 경고니 잘 들어."

단휘는 냉정함을 잃지 않으면서 서슬 퍼런 비수 같은 말을 날렸다.

"내 여인에게 눈독 들이지 마."

"하나 그 여인은 이곳에 마음이 묶여 있지 않아 보이더군요. 그래서 제 마음이 더 가나 봅니다. 손 닿으면 잡힐 듯하니 말입니다."

무율은 공손한 말투였지만 자신의 마음을 여실히 드러냈다. 그 나름대로의 도전장이었다. 그러다 자신의 부하가 멀리서 모습을 보이자 그는 빙글거리는 웃음으로 먼저 자리를 떠났다.

"그럼 저는 이만 먼저. 일이 있어서 가봐야겠습니다."

혼자 남은 단휘의 얼굴은 표정 없이 차가웠다. 그의 서늘한 시선은 무율의 뒷모습을 지나 청비가 들어간 동궁전으로 옮겨졌다.

"부르셨습니까."

후원 정자에서 꿀을 곁들인 포도주를 마시며 시녀들과 희희낙락 시간을 보내고 있는 황후 앞에 무율이 인사를 올렸다.

"무율 왕자 왔군요. 아까 말을 못 한 것이 있어 불렀습니다."

일찍부터 공주를 단장시켜 자신의 침소로 불러 무율 왕자와 인사를 시켰으나 공주가 말도 없이 그냥 나가버리는 바람에 황후는 이 혼사에 대해 제대로 된 이야기를 하지 못했다.

"날짜는 두 달 후로 생각합니다. 왕자의 생각은 어떠십니까?"

"생각보다 빠르긴 하지만 저는 상관없습니다. 다만 공주님께서 받아들이실지……."

"아까 일은 신경 쓰지 마세요. 공주가 아직 어려서 그런 겁니다. 시간이 지나면 저한테 좋은 것이 무엇인지 알게 되겠지요. 그리고……."

황후는 말을 잇다 주위를 살피며 일어섰다.

"모두 물러가거라. 이곳엔 아무도 들이지 말고."

정자에는 도도한 얼굴로 일어선 황후와 무표정으로 일관하는 무율만이 남겨졌다.

"보아서 아실 겁니다. 현재 태자는 기억을 잃은 계집에게 아주 푹 빠져 있습니다. 그냥 마음이 있어 숱한 후궁 중 하나로만 두려는 건 줄 알았는데, 상황이 달라진 듯해요. 오늘 태자 측근에게서 전해 들은 내용이 꽤나 충격적이더군요."

잔을 내려놓고 가늘게 치켜뜬 눈으로 석양을 보는 황후의 얼굴에는 비틀린 미소가 번졌다.

"그 아이를 일개 후궁이 아닌 태자비에까지 올린다 합니다. 현재 후보에 올라와 있는 금란이라는 아가씨의 집안은 이탄국 최고 관직인 집정관을 계속 맡았던 데다 지금 부친은 수도 하북성 다음으로 큰 당원 행성에 보직 중인 대장군 아닙니까? 차후 태자의 든든한 오른팔이 되어줄 터인데 저리 마다하니 우리에게는 오히려 희소식인 게지요. 하지만 그것도 아직은 확정된 것이 아닙니다."

청비라는 여인을 바라보는 태자의 눈빛이 예사롭지 않았기에 분명 앞으로 그의 앞날을 뒤흔들 일이 생겨날 것이라 여겼던 황후였다. 그래서 그 여인을 후궁 후보에 올린 것은 황후에게는 여간 반가운 일이 아니었다.

자신의 숨겨져 있던 욕망이 차츰차츰 드러날 때가 다가오고 있었다. 슬하에 신아 공주만을 두어 공주마저 타국으로 시집을 보내고 차후 현재의 황제가 잘못되기라도 하여 단휘가 황제로 즉위한다면 그녀의 입지는 매우 불안했다. 그래서 자신만큼이나 이탄국을 삼키고 싶어 하는 사로국의 무율 왕자는 신아 공주와 혼인시키기에는 아주 적격인 셈이었다.

둘의 혼사가 이루어진다면 이제 남은 건 시기였다. 자신의 오랜 숙원을 실행시킬 시기.

태자가 머물고 있는 동궁전 쪽을 깊이 응시하는 황후에게선 잔혹함마저 풍겼다.

"태자 측근에게 들은 바로는, 태자가 청비라는 계집을 황명부에까지 올릴 생각이라 합니다. 얼마 안 있어 왕족들에게도 통보가 가겠지요. 그들이 얼마나 실망이 클지 안 봐도 훤합니다. 이 폭풍우가 지나가면 곧 무율 왕자와 우리 공주의 혼인을 알리려 합니다. 그러니 왕자도 준비하고 계세요."

그러겠다며 황후의 명에 화답했지만 아직 청비에 대해 알아야 할 것이 많은 무율은 혼인이 당장 코앞으로 닥쳐오자 표정이 심란해졌다. 자신이 생각한 것보다 일이 빠르게 진행되고 있었다.

"대체 둘이 무슨 말을 나누는 거야?"

청비는 무율과 단휘가 무슨 이야기를 하고 있을지 궁금했다. 사이가 그다지 좋아 보이지 않았기에 분명 단휘의 성격상 좋게 끝나진 않을 것이다.

태자가 꽤 화난 것 같던데. 그래도 내가 나름 후궁 후보인데 너무 무율이라는 자와 가까이 있는 모습을 보였으니 거슬릴 만하지. 남들 눈을 너무 생각 못 했다.

거기다가 태자는 내가 좋다고 고백도 하지 않았던가. 그러니 그가 더 싫을 수도.

정말이지 머릿속이 복잡하다 못해 터질 것 같았다. 너무 많은 일들이 자신에게 일어나버렸다. 하지만 지금은 무엇보다도 법사를 찾는 일이 가장 중요했다. 어딜 가서 그를 찾아야 할지, 방법도 없고 머리가 지끈지끈 아파왔다. 머리에 주렁주렁 달려 있는 장식들이 오늘따라 더욱 거추장스럽게 느껴졌다.

뒤이어 들어온 시녀들은 청비의 무겁고 불편하다는 투정에 그녀의 머리장식을 빼주며 시중을 들었다. 이제 이런 시중에 익숙해진 청비였다. 그녀는 시녀들에게 자신을 맡기고 생각에 골몰해졌다.

법사를 찾는 것이 먼저이긴 한데, 무슨 수로 이탄국이라는 이 나라에서 그를 찾는담?

청비는 문득 무율이 한 말을 떠올렸다.

―남의 나라이니 찾는다는 벽보를 붙일 수도 없고.

벽보? 그래, 분명 무율 왕자가 벽보라 했었지? 그래, 그거야! 이탄국의 사람들이 가장 많이 보고 소문이 잘 나는 곳에 법사를 찾는다는 벽보를 붙이면 그의 귀에 들어갈지도.

청비는 생각보다 꽤 괜찮은 방법이라 생각했다.

한국에서도 범인을 찾을 때 몽타주를 붙이고, 동물이나 사람을 잃어버리면 전단지를 붙이지 않는가.

이탄국에서는 벽보였던 것이다.

그거 붙이는 것쯤이야. 그냥 사람들 많이 다니는 곳에 갖다 붙이기만 하면 되는 거 아냐.

청비의 얼굴에 금세 화색이 돌았다.

"벽보를 붙이고 싶은데 어디에 붙여야 사람들이 많이 볼까요?"

가장 친절한 인상의 시녀에게 물으니 시녀는 생각해볼 것도 없는지 바로 대답을 해주었다.

"하북성의 가장 큰 저잣거리인 산청에 벽보나 방을 붙이는 계문이 있습니다. 지방 사람들도 거치는 길목이라 가장 많은 사람들이 보는 곳입니다. 하나 그곳은 폐하나 태자 전하의 자필이나 인장이 찍힌 방문만 붙일 수 있지요."

벽보 붙이는 것도 간단하지가 않네. 다시 고민에 빠지려는 찰나 갑자기 문이 벌컥 열리면서 단휘가 냉기를 풍기며 안으로 들어왔다. 시녀들은 놀라서 고개를 푹 숙이며 그에게 인사를 올렸다.

"다들 나가거라."

단휘의 착 가라앉은 낮은 목소리에 시녀들은 빠른 동작으로 모두 밖으로 나가 문을 닫아주었다. 방 안, 단휘와 청비 주변에는 적막이 내리깔렸다.

또 왜 저렇게 심각한 건데.

단휘의 눈을 보니 자신을 잡아먹을 듯한 기세였다. 단휘의 묵직한 걸음이 청비를 향했지만 그가 다가오는 거리만큼 청비 역시 뒤로 물러났다. 그렇게 물러나니 더 이상 물러설 곳이 없어지고 딱딱한 벽이 등에 닿았다.

청비는 마주하고 있는 단휘의 얼굴을 피했다. 옆으로 빠져나가려고 몸을 돌리려 했지만 단휘의 한 손이 벽을 짚는 바람에 청비는 서 있을 수밖에 없었다.

"장난치지 마세요."

"내가 장난치는 것처럼 보여?"

엄한 음성에 청비가 다른 방향으로 빠져나가려 하자 그의 다른 손이 막아서는 바람에 청비는 단휘의 두 팔 안에 가두어져 꼼짝도 할 수 없었다.

"네 대답 기다리는 거, 그건 기다려줄 수 있어. 그런데 거기까지다. 다른 걸로 내 인내심을 시험하지 마."

"그게 무슨……."

"몰라? 무슨 말인지?"

알 것 같다.

"다른 사내들이랑 가까이하지 말라고."

근데 그런 말을 들을 정도로 무율 왕자와 친한 사이가 아니라고.

"대답해."

대답하는 것보다 더 중요한 것이 있었다.

숨을 편히 쉴 수가 없어! 숨 좀 쉬자.

그녀의 심장이 또 빠르게 뛰고 있었다. 심장박동이 거세지니 죄어드는 느낌에 숨 쉬는 것조차 자유롭지 못했다.

왜 자꾸 심장이 뛰는 거지? 태자가 나한테 또 무슨 짓을 할지 몰라서 그런 걸 거야. 그래서 긴장을 한 거고. 그래서 초조한 거고. 그래. 단지 그뿐이야.

청비는 이러다간 자신의 심장 뛰는 소리가 태자에게까지 들릴 것 같았다. 그가 만든 좁은 공간에서 옴짝달싹 못한 채 표정을 찡그렸다. 단휘는 그 표정이 더욱 마음에 들지 않았다.

그놈 앞에서는 잘만 웃더니 자신 앞에서는 또 이렇게 인상을 쓰고 있다. 다 마음에 안 든다.

그의 시선을 피해 괜히 주변을 맴도는 청비의 눈동자가 그를 향할 때까지 단휘는 청비를 가만히 바라보았다. 그래도 저를 봐주지 않는 여인이다. 여인은 검지로 자신의 팔을 콕콕 찌르며 밀어내는 행동까지 보이며, 아주 산만했다.

"할 말 있으면 편히, 좀 떨어져서 하는 게 어떨까 싶은데요. 요 팔은 좀 놓으시고요."

드디어 청비가 자신을 보고 말하자 그는 눈을 가늘게 뜨며 살며시 입술선을 올렸다.

이제 날 봐주는 건가.

청비는 태자의 기분이 풀어졌나 싶어 미소를 지어 보였다. 그리고 이 상황을 최대한 자연스럽게 빠져나갈 방법을 모색했다.

단휘는 그런 청비의 생각을 다 읽었다. 다 마음에 들지 않았다. 저 어색하기 짝이 없는 억지웃음하며, 어떻게든 이 상황을 능구렁이처럼 빠져나갈까 잔머리를 굴리는 저 얼굴도.

단휘는 급격히 기분이 상해 굳은 눈으로 청비를 내려다보았다. 하지만 청비가 긴장하는 것 같아 그는 손을 바로 풀었다.

"내가 무서운가……?"

갑자기 뭐야. 뜬금없이 대체 어느 장단에 맞춰야 할지 몰라 청비의 얼굴에는 혼란이 가득했다.

나한테 또 무슨 짓을 하려고! 저리 떨어져! 이 말들을 하려고 벼르고 있었는데, 막상 그의 눈을 마주하니 할 말이 떠오르지 않았다. 어느새 그의 딱딱하던 눈빛이 풀려 있었고 목소리도 속삭거리듯 아주 낮았다.

"아니면, 내가 싫은 것이냐……?"

무슨 짓을 하려는지 알 수 없어 살짝 쫄아 있었는데 이런 식으로 나오면 나보고 어떻게 하라고.

청비는 곤란한 얼굴을 했다.

그는 대답을 기다리고 있었다. 살얼음처럼 금방이라도 깨질 듯 얼어 있는 강 한복판에 서 있는 것 같았다. 한기가 밀려드는 것처럼 시리고, 위태롭다.

내가 뭐라고. 내 대답이 무엇이 그리 중요하다고 저런 눈빛을 하는 거야.

강에서 태자가 자신에게 고백하던 순간이 떠올라, 청비는 단휘를 안타깝게 보았다.

당신은 태자잖아. 나는…… 나는…… 지극히 평범한 데다 이곳에선 기억을 잃어 궁에 얹혀 있는 여인일 뿐인데.

무섭냐고? 싫으냐고? 아니. 난 당신이 싫거나 무섭거나 하지 않다.

예전에는 그냥 이탄국의 태자, 거래를 하게 된 상대, 그뿐이었는데. 이제 태자를 생각하면 평온했던 마음이 초조해지고, 머릿속은 회오리가 몰아쳐 복잡해졌다.

고백을 들은 그 후부터 단휘를 아무렇지 않게 대할 수가 없게 되어버렸다. 가짜 후궁 후보 역할을 해야 하는 단순한 관계가 이제는 복잡하고 알 수 없는, 어려운 관계가 되어버렸다.

이 상황에서 내 마음이 굳이 무엇인지 확인하는 것도 지금 내겐 시간 낭비처럼 느껴지니까. 그가 자신의 대답을 어떻게 받아들일지. 말 한마디 한마디가 어렵게 나온다.

"저는 지금 이대로가 좋아요."

"그래. 그거면 됐다."

"……."

"이 관계에서 다시 시작하면 되니까."

단휘는 웃었지만 그 웃음은 무척 쓸쓸해 보였다. 그가 이만 쉬라는 말을 남기고 나가자, 혼자 남은 청비는 한참을 그 자리에 서 있었다.

그가 원하는 대답을 줄 수가 없어서 미안함이 들고 가슴 한구석이 욱신

거린다.

그의 뒷모습이 왜 이렇게 신경이 쓰이는지, 왜 이렇게 쉬이 떨칠 수가 없는지, 마음이 계속 무겁다.

온종일 그 생각에 잠도 오지 않는 밤이었다.

〈2권에 계속〉

이탄국의
자청비
①

초판 1쇄 인쇄 2017년 2월 12일
초판 1쇄 발행 2017년 2월 15일

지은이 김보람 ㅣ 펴낸이 강성욱 ㅣ 책임 기획 전주예 ㅣ 기획 디자인 이선영 ㅣ 기획 편집 송진아 김혜정
일러스트 Cierra ㅣ 로고 김미현 ㅣ 교정 서진영 류혜선
펴낸곳 테라스북 ㅣ 등록 제25100-2013-000012호
주소 (134-826) 서울특별시 강동구 동남로 65길 13 2층
전화 070-4794-5826 ㅣ 팩스 0505-911-5826
블로그 http://terracebook.blog.me ㅣ 전자우편 terracebook@naver.com
ISBN 978-89-94300-62-7 (04810)
ISBN 978-89-94300-61-0 (SET)

ⓒ 김보람 2017 Printed in Korea

테라스북은 오름미디어의 임프린트 브랜드입니다.

이 도서의 국립중앙도서관 출판시도서목록(CIP)은 서지정보유통지원시스템 홈페이지(http://www.seoji.nl.go.kr)와
국가자료공동목록시스템(http://www.nl.go.kr/kolisnet)에서 이용하실 수 있습니다. (CIP제어번호: CIP2016017807)

이탄국의
자청비